完譯
李鈺全集

4

이옥李鈺(1760~1815)

이옥의 자는 기상其相, 호는 문무자文無子 · 매사梅史 · 경금자絅錦子 등이 있다. 정조 14년 (1790) 증광增廣 생원시에 합격한 후 성균관成均館 상재생上齋生으로서 정조 16년(1792) 응제문應製文으로 작성한 글의 문체가 패관소설체稗官小說體로 지목되어 국왕의 견책譴責을 받았다. 이후 정조 19년(1795) 경과慶科에서도 문체가 괴이하다는 지적을 받고, 과거 응시를 금지하는 '정거停擧'에 이어 지방의 군적에 편입되는 '충군充軍'의 명을 받았다. 처음에는 충청도 정산현定山縣에 편적되었다가 경상도 삼가현三嘉縣으로 이적되어 사흘 동안 머무르고 돌아왔다. 이듬해 다시 별시別試 초시에서 방수傍首를 차지했으나, 계속 문체가 문제되어 방말傍末에 붙여졌고, 정조 23년(1799) 삼가현으로 다시 소환되어 넉 달을 머물게 되었다. 해배된 이후에는 경기도 남양南陽에서 글을 지으며 여생을 보냈던 것으로 보인다. 이옥의 문학 작품들은 그의 절친한 벗 김려金鑢가 수습하여《담정총서薝庭叢書》에 수록해 놓았으며, 그 밖에《이언俚諺》,《동상기東床記》,《백운필白雲筆》,《연경烟經》이 전한다.

실시학사實是學舍 고전문학연구회古典文學研究會

벽사 이우성 선생과 젊은 제자들이 모여 우리의 한문 고전을 정독하고 연구하는 모임이다. 1993년부터 매주 한 차례씩 독회를 열어 고전을 강독해왔고, 그 결과물의 일부를《이향견문록》,《조희룡 전집》,《변영만 전집》등으로 정리해 출간하였다. 고전 텍스트의 정독이야말로 인문학의 기초이자 출발점임을 명심하며 회원들은 이 모임의 의미를 각별히 여기고 있다.

이우성李佑成 학술원 회원, 성균관대학교 명예교수
송재소宋載邵 성균관대학교 한문학과 명예교수
김시업金時鄴 성균관대학교 국어국문학과 교수
이희목李熙穆 성균관대학교 한문학과 교수

권순긍權純肯 · 세명대학교 한국어문학과 교수 | **권진호**權鎭浩 · 한국국학진흥원 연구원 | **김동석**金東錫 · 중국 북경대학교 한국학연구중심 연구원 | **김명균**金明鈞 · 한국국학진흥원 연구원 | **김영죽**金玲竹 · 성균관대학교 한문학과 강사 | **김용태**金龍泰 · 부산대학교 점필재연구소 연구교수 | **김진균**金鎭均 · 성균관대학교 대동문화연구원 연구교수 | **김채식**金埰植 · 성균관대학교 박물관 연구원 | **김형섭**金炯燮 · 성균관대학교 대동문화연구원 연구교수 | **나종면**羅鍾冕 · 서울대학교 규장각 한국학연구원 책임연구원 | **신익철**申翼澈 · 한국학중앙연구원 한국학대학원 교수 | **윤세순**尹世旬 · 동국대학교 문화학술원 연구교수 | **이신영**李信暎 · 한국고전번역원 상임연구원 | **이지양**李知洋 · 연세대학교 국학연구원 전임연구원 | **이철희**李澈熙 · 성균관대학교 대동문화연구원 연구교수 | **이현우**李鉉祐 · 동국대학교 문화학술원 연구교수 | **정은진**丁殷鎭 · 영남대학교 한문교육과 교수 | **정환국**鄭煥局 · 동국대학교 국어국문학과 교수 | **최영옥**崔煐玉 · 성균관대학교 대동문화연구원 연구원 | **하정승**河政承 · 한림대학교 기초교육대학 교수 | **한영규**韓榮奎 · 성균관대학교 대동문화연구원 연구교수 | **한재표**韓在熛 · 세명대학교 한국어문학부 강사

자료편 ― 원문

이옥 지음 ― 실시학사 고전문학연구회 옮기고 엮음

完譯 李鈺全集

4

휴머니스트

완역 이옥 전집을 펴내며

　실시학사實是學舍에서 이옥 문학의 역사적 의의와 그 가치를 인정하
고, 그 유문遺文들을 수집하여 한 전집으로 만들 것을 계획한 것은 비교
적 이른 시기의 일이었다. 그러다가 1999년에 고전문학연구회 제군들
이 분담하여 역주譯註 작업에 착수한 지 2년여인 2001년에 비로소 역고
譯稿를 완성하였고, 곧이어 시중市中 출판사를 통하여 발행하였다.

　이 책이 세상에 나간 뒤에 상당히 인기를 얻어 얼마 안 가서 초판이
품절된 형편이었다.

　그런데 그 뒤에 우리는 다시 이옥이 남긴 몇 종의 글을 새로 발견하
였다.《백운필白雲筆》과《연경烟經》이 그것이다. 이 두 종류의 유문은
이옥의 해박한 지식과 참신한 필치를 유감없이 발휘한 것으로, 그의 전
집에서 결코 빠뜨릴 수 없는 것이다. 이에 다시 역주 작업에 착수하여
많은 시일을 끌면서 끝내게 되었다.

　이번에 이 두 종류의 글을 첨부하여 새롭게 서점가에 선을 보인다.
참고가 될 도판을 찾는 데 노력했으며, 기간旣刊의 글들을 추가로 교정
하는 데 신경을 썼다. 나는 이번 완역 이옥 전집을 발간하면서 고전문
학연구회 제군들이 끝까지 변함없이 일치 노력하는 것을 보면서 충연
充然한 기분을 느꼈다. 특히 도판 작성과 교정에 많은 수고를 해온 이현

우, 김채식, 한재표, 김형섭 회원에게 상찬해주고 싶다.

휴머니스트 출판사의 호의로 완역된 이옥 전집을 출간할 수 있어서 감사히 생각하며, 우리 선민先民의 문학유산이 오늘날 젊은 세대들의 살이 되고 피가 되어 훌륭한 성장 동력제가 되기를 기대해 마지않는다.

2009년 2월 고양 실시학사에서

이우성

실시학사 고전문학연구회에서 《조희룡 전집趙熙龍全集》에 뒤이어 이제 《이옥 전집李鈺全集》을 내게 되었다. 이옥李鈺은 18세기 말에서 19세기 초의 한 문사文士로서 우리나라 소품체小品體 문학의 뛰어난 작가라고 할 수 있는 분이다.

그런데 이옥의 성명姓名은 지난날 어떠한 사승史乘이나 민간 학자의 기록에도 별로 나타나지 않는다. 따라서 그의 작품들도 그다지 세상에 공표되지 않은 채 내려왔다. 우리나라 한우충동汗牛充棟의 그 많은 문집 가운데서 이옥의 것은 전혀 보이지 않았다. 오직 당시 문학동인집文學同人集이라 할 수 있는 김려金鑢(1766~1821)의 《담정총서薄庭叢書》 속에 산만하게 수록되어 있는 것이 대부분이고, 그 밖에 보잘것없는 단행본 형식의 한두 가지가 도서관의 한구석에 끼어 있거나 시중 책가게에 간혹 보인 적이 있었을 뿐이다. 그러니까 이옥의 글은 그가 죽은 지 2백여 년에 한 번도 체계적으로 편집된 것이 없었고, 또한 한 번도 인쇄를 겪은 적이 없었으며, 다만 필사筆寫된 것이 이것저것 분산적으로 남아 있었을 뿐이다.

이옥의 존재가 이와 같이 된 데에는 몇 가지 이유가 있다고 추정된다. 첫째 그의 가문이 한미하여 조야朝野를 막론하고 그를 급인汲引 발탁해줄 사람이 적었고, 둘째 그의 문학 성향이 소품체에 편중되어 있어서 당시 국왕 정조正祖의 강력한 문체반정文體反正 정책에 배치됨으로써 과거科擧 진출이 전혀 불가능했으며, 셋째 그의 생득적生得的 체질이 외곬으로 나가서 국왕의 정책적 요구에 자기를 굽혀가며 타협할 수 없었던 때문이다. 그리하여 수차례에 걸친 국왕의 견책과 두 번의 충군充軍 등 가혹한 제재 조치를 받았다. 당시 사족士族에게 충군의 처분은 정말 참담한 죄벌이었다. 그러나 이옥은 끝까지 그의 문학을 지켜 나갔다. 같은 시기에 적지 않은 명사들이 정조 임금의 엄중한 명령 아래 자기의 문학세계에서 방향을 돌려, 정조의 정치 교화에 순응하는 입장을 취했는데 이옥은 그렇지 않았다. 이옥의 그 후 창작 활동은 변치 않고 더욱 치열한 자기 탐구와 자기 표현에 열중했음을 보여주었다. 말하자면 이옥은 그의 문학을 생명으로 여기며 어떤 무엇과도 바꾸거나 포기할 수 없었던 것이다.

이옥 문학의 내용에 대해서는 이 책의 해제에서 자못 상세하게 다루어져 있으므로 여기 첩상가옥疊床架屋을 하지 않는다. 다만 그 문학의 시대적 상황과 문학사적 의의에 대해서 일언一言하고자 한다. 18세기 후반은 이조 중세 사회의 하향기·해체기에 있으면서 상대적으로 정치적 안정 속에 농업 생산이 향상되고 상업·수공업이 활기를 띠고 있었으며 학술사상 면에서는 실학實學이 흥성하였다. 그런데 당시 소수 특권 귀족들의 벌열閥閱 정치를 청산하고 왕권王權 신장에 의한 통치 체제의 확립을 추구한 것이 정조 임금의 기본 방침이었다. 그러기 위해서는 소수 특권 귀족을 견제하고, 전통적 사대부士大夫들의 지지 위에 넓은 기반을 가지는 동시에 사대부들의 정통 교양—성리학과 순정문학醇正文學을 확보하여 왕조王朝의 정치 교화를 펼쳐 나가려 하였다. 이

점에서 정조는 비교적 성공한 편이다. 그러나 이미 중세적 계급지배 관계가 해체 과정에 들어섰고 전국 농촌에 변화가 일어나는 한편, 상업·수공업의 발달에 의한 도시 평민층의 대두는 체제 유지에 적지 않은 방해 요소가 있는 것이었다. 거리의 전기수傳奇叟나 사랑방 이야기꾼에 의해 조성造成된 패사稗史가 양반관인兩班官人들에게 흥미를 끌게 되고, 문사文士들은 즐겨 소품체로 글을 써서 일반 지식층에 매혹적 대상이 되었다. 이 패사와 더불어 소품은 순정문학의 아성牙城을 허물 우려까지 있는 것이었다. 실학이 등장하면서 성리학이 공리공론으로 비판되는 데다가 순정문학이 패사소품에 의해 허물어지는 것은 보통 문제가 아니었다. 실학은 유교 경전을 바탕으로 개혁을 주장하는 것이어서 정조의 정치 이념에 위배됨이 없지만 패사소품은 사대부의 정통 교양에 수용할 수 없는 것으로, 그대로 방임하면 문풍文風은 물론, 국민의 심성에 큰 해가 된다고 생각하였다. 정조의 강력한 문체반정 정책은 여기에서 나온 것이다.

문체반정 정책의 시행에서는 사람에 따라, 신분과 처지에 따라 문책이 달랐다. 남공철南公轍과 같은 사환가仕宦家의 자제에 대해서는 정조가 직접 엄하게 훈계하여 문체를 고치게 하였고, 안의현감으로 나가 있는 박지원朴趾源에 대해서는 남공철을 통하여 "문체를 고치면 남행南行이지만 문임文任(홍문관·규장각 등의 청화淸華한 관직)을 주겠다"라고 달래기도 하였다. 그런데 이옥과 같은 한사寒士에 대해서는 한 번의 기회도 주지 않고 가차 없이 처분을 내려 전도를 막아 버렸다. 이 얼마나 불평등하고 불공정한 일인가.

그러나 이옥은 이로 인해, 그의 불우한 생애와는 반대로 그의 문학은 독자적 창작 태도를 일관하여 우리나라 소품체 문학의 한 고봉高峰을 이룸으로써 그 이름은 영원히 빛나게 될 것이다.

18세기 말에서 19세기 초의 커다란 역사적 전환을 앞둔 시대의 경사傾斜 속에 소품체 작품을 통하여 인정人情 풍물風物의 이모저모를 참〔眞〕그대로 묘사하면서 종래 성리학적 사고와 순정문학의 권위에 대한 도전으로 근대적 문학정신에 가교자架橋者 역할을 한 것이 이옥 문학의 문학사적 의의인 것이다.

이 전집에 수록된 자료를 간단히 말해둔다. 통문관通文館 소장《담정총서》에서 뽑아온 것이 그 대부분이고, 다만《이언俚諺》은 국립중앙도서관에서, 희곡《동상기東床記》는 한남서림翰南書林의《동상기찬東廂記纂》에서 취해온 것이다. 이 밖에 다른 자료가 혹시 더 있을지 모르지만 현재 이옥의 작품으로 확인할 만한 것은 거의 다 망라된 것으로 여겨진다.

2년 유반에 걸쳐 실시학사 제군들의 성실한 독회讀會와 활발한 토론을 거치는 동안 우리는 이옥 문학의 진수眞髓를 체인體認할 수 있었으며, 이로 인해 우리 선민들의 진실한 삶을 다시금 깨우치게 되었다. 우리의 작업이 그만큼 값진 것으로 여겨진다. 끝으로 우리의 작업을 지원해주신 한국학술진흥재단에 감사의 뜻을 전한다.

2001년 8월 고양시 화정에서

이우성

9

이옥의 생애와 작품 세계

1. 이옥의 시대와 생애

이옥李鈺(1760~1815)은 성균관 유생으로 있던 1792년(정조 16) 응제문應製文에 소설식 문체를 구사하여, 임금으로부터 '불경不經스럽고', '괴이한 문체'를 고치라는 엄명을 받았다. 이 일로 그는 실록實錄에 이름이 오르고, 일과日課로 사륙문四六文 50수를 지어 올리는 벌을 받기도 하였다. 그 후로도 문체로 인해 수차 정거停擧를 당하고 충청도 정산현定山縣과 경상도 삼가현三嘉縣에 충군充軍에 처해지는 등 파란곡절을 겪었다. 유배지에서 돌아온 뒤, 그는 더 이상 과장科場에 출입하지 않고 경기도 남양南陽에 칩거하면서 글쓰기에 열중하며 여생을 마쳤다.

조선조 후기에는 경화세족京華世族이 아니어서, 출신이 서족庶族이어서, 또는 시대를 앞서서 사유한 탓에 권력 체계에서 소외되어 방황하는 지식인이 양산되었다. 이옥은 이러한 조건을 두루 갖춘 인물로서 그가 문제적인 것은 기성 문학의 권위에 도전하여 개성적이고 주체적인 글쓰기를 하였기 때문이다. 그가 주로 활동했던 정조 연간의 문풍은 유가 경전에 기반한 고전적이고 격식을 추구하는 당송唐宋의 시와 고문古文 외에, 시속의 변화와 개인의 서정을 진솔하게 표현하는 소품小品이 한

줄기 새로운 문학 조류로 등장하였다. 이옥은 이 새로운 문학의 가치를 발견, 창작하는 데에 평생을 진력한 인물이다.

(가) 가계와 생애

현재 이옥의 묘지墓誌나 행장行狀을 발견할 수 없어 그 생애에 대해 불분명한 것이 많다. 문체파동文體波動에 연루되어 실록에 두어 차례 이름이 올랐을 뿐, 다른 문사들처럼 사우師友 간에 왕복한 서신도 없고, 김려金鑢의 기록을 제외한 동시대 문인의 저작에서도 이옥에 대한 기록을 거의 찾아볼 수 없다. 그 이유를 다음 몇 가지로 추정해볼 수 있다.

지엄한 임금으로부터 견책譴責을 받고 군적에 오른 낙인찍힌 인물이라는 것, 불우한 개인의 이력 외에도 그가 지향했던 연문학적軟文學的 문체가 후대에 지속되지 못한 것, 그의 저작이 문집으로 출간되지 못하고 흩어져 어렵게 전해진 것, 문과文科에 급제하지 못하고 관계官界로 나간 일이 없다는 것 등이 그것이다.

미흡하지만 이옥의 글에 나타난 단편적인 기록과 김려의 발문跋文, 최근 밝혀진 그의 가계를 통해 그의 삶을 복원하면 대략 다음과 같다.

이옥은 자가 기상其相이고, 호는 경금자絅錦子이며, 문무자文無子 · 화석자花石子 · 매화외사梅花外史 · 매암梅庵 · 매계자梅谿子 · 청화외사靑華外史 · 도화유수관주인桃花流水館主人 · 화서외사花漵外史 · 석호주인石湖主人 · 문양산인汶陽散人이라는 호를 쓰기도 하였다. 그는 1760년(영조 36)에 진사進士 이상오李常五의 4남 6녀 중 3남으로 태어났다. 위로 두 형 영섭鍈鐷과 박섭鑮鐷은 전취소생이고, 이옥은 동생 집섭鏶鐷과 함께 재취소생인데, 모친은 이원현감利原縣監을 역임한 홍이석洪以錫(평안도 병마절도사 홍시주洪時疇의 서자)의 딸이다. 관향은 전주로 효령대군의 11대손이며, 직계 조상 가운데 주목할 만한 이로는 고조高祖 이기축李起築(1589~1645)이다.

이기축은 인조반정仁祖反正에 가담하여 정사공신靖社功臣 3등에 녹훈되고 완계군完溪君에 봉해지면서 하루아침에 신분이 격상된 인물이다. 그는 원래 얼속孼屬으로 반정 후에 승적承嫡이 되었다. 《인조실록》(1년 10월 19일조)에 사촌형 이서李曙가 이기축을 누고 "신臣의 얼속孼屬"이라 칭하는 대목이 보이고, 《계서잡록溪西雜錄》에는 기축은 원래 점사店舍의 고노雇奴인데 아내의 선견지명으로 반정에 가담하여 출세한 이야기가 나온다. 《대동기문大東奇聞》에는 인조가 《공신록》을 작성할 때 '기축己丑'이라는 아명兒名을 개명해준 일화가 수록되어 있기도 하다. 증조 만림萬林은 무과로 부사를, 조부 동윤東潤은 어모장군禦侮將軍 용양위 행부사과龍驤衛行副司果 벼슬을 지냈다. 부친 상오는 진사에 합격하였으나 관료 생활을 한 적이 없고, 아들 경욱景郁(초명 우태友泰)과 손자 명달明達의 대를 살펴보더라도 과거 급제자가 없고 관계로 나아간 이도 없었다. 그리고 북인北人의 계보를 적은 《북보北譜》에 그의 가계가 올라 있다.

이처럼 이옥의 집안은 한미한 무반계의 서족庶族으로, 당색은 오래전에 실세失勢하여 권력 기반을 잃은 북인계였으니, 애초에 사환仕宦하는 길이 요원했던 것이다. 무엇보다 심각한 콤플렉스로 작용한 것은 세상이 다 아는 집안 내력일 것이다. 그의 고조부는 벼락출세한 시전 바닥의 미천한 인물로 희화화되어 사람들의 입에 오르내렸고, 왕명으로 승적된 신분임에도 실제 통혼은 서얼 집안과 이루어졌다. 이 출신의 흠결이 그가 생을 걸고 글쓰기에 몰입한 것이나, 그의 복잡한 내면세계를 이해하는 데에 중요한 단서가 될 것 같다.

이옥의 집안은 상당한 재력이 있었던 것 같다. 서울에서 생활할 때

집 안에 함벽정涵碧亭이라는 정자가 있었고 담용정淡容亭이 딸린 남판
서南判書의 구택을 구입해 살기도 하였다. 그의 집안이 남양 매화산梅
花山 아래 정착한 것은 1781년(22세)인데 바닷물을 막아 어장을 만드는
일에 아흐레 동안 오십여 명의 공력을 투입하였으며, 차조 밭을 일구
는 데 여덟 명의 종복을 동원하기도 하였다. 새 자료《백운필》에는 "나
의 집 전장의 곡식을 운반"하는 사람이 "배를 끌고 면양沔陽에 가서 옹
포甕浦 가까이에 정박했다"는 얘기가 나온다. 또 호서湖西의 농가에서
견문한 일화와 그 지역의 농사법을 기술한 글이 적지 않은 것으로 보
아, 호서 지역에도 이옥 집안의 전장이 있었던 것으로 여겨진다. 여유
있는 경제적 여건 아래 독서와 창작에 몰두할 수 있었던 셈이다.

(나) 교유 관계

이옥이 어떤 인물과 교유하였는지 또한 소상히 알 수 없다. 생평을
알 수 있는 이들은 대부분 성균관 시절에 만난 사람이다. 그중에 담
정薄庭 김려(1766~1821)는 이옥 문학을 이해한 평생의 지기로서 이옥의
많은 글이 후세에 전해지는 데에 큰 역할을 하였다.《담정총서薄庭叢
書》가운데 이옥의 유고遺稿 11종을 수습, 편정하고 그 제후題後를 썼던
것이다. "붓 끝에 혀가 달렸다"라고 이옥을 극찬했던 강이천姜彝天
(1769~1801) 역시 성균관 시절에 교유한 인물이다. 그는 김려, 김선金鑪
(1772~ ?) 형제와 함께 정조로부터 문체가 초쇄噍殺하다고 질책을 받았
는데, 이옥의 〈남쪽 귀양길에서南程十篇〉에 대한 독후기 〈서경금자남정
십편후書絅錦子南程十篇後〉를 써서 공감을 표하기도 하였다. 짧았던 성
균관 시절, 이들을 만나 비평을 주고받으면서 자신의 문학세계에 더욱
확고한 인식을 가졌던 것으로 여겨진다.

북학파北學派이자 사검서四檢書의 한 사람인 영재泠齋 유득공柳得恭
(1748~1807)은 이옥에게 매우 중요한 인물이다. 이옥의 외조부 홍이석
은 유춘柳瑃을 맏사위로, 이상오를 셋째 사위로 맞았다. 유춘은 유득공
의 부친이므로 이옥과 유득공은 이종사촌이 된다. 유득공이 쓴 〈선비행
장先妣行狀〉에 의하면 그는 다섯 살 때 부친을 여의고, 일곱 살 때 모친
과 함께 남양 백곡白谷에 있는 외가에 의탁하였다. 외가는 누대의 무반
가로, 유득공의 모친은 어린 아들의 교육을 우려하여 열 살 무렵 서울
경행방慶幸坊 옛집으로 돌아왔다고 한다. 남양에 이사한 해 가을 이옥
은 백곡의 외가를 방문하였는데,《백운필》에는 유득공을 통해 들은 이야
기가 여러 편 수록되어 있다. 즉 유득공이 청나라에 갔을 때 각국 사신
들 앞에서 '감달한堪達漢'을 알아맞혀 박학을 떨친 일화(《기이한 동물들》),
심양瀋陽의 낙화생(《낙화생》), 유득공에게 석화石花를 대접하고 물명을
물은 일(《석화》) 등 두 사람이 친밀하게 교유했음이 확인된다.

유득공은 서계庶系로서 문명이 높아 1779년(정조 3) 규장각 검서관으
로 발탁되었고, 세 차례나 사행단에 들어 심양과 연경燕京을 다녀왔다.
그때 기윤紀昀, 나빙羅聘 등 당대 내로라하는 청조淸朝 문인들과 교분을
쌓았고, 명물지리학에 대단히 밝았으며 각국의 언어에도 관심이 높았
다. 백과사전적 지식을 소유한 당대 최고의 재사才士였던 것이다. 그런
데 이옥은 유득공이 애독하였던 전겸익錢謙益과 왕사정王士禎을 빈번히
인용하고, 동시대 나빙의 저서를 환히 꿰고 있었던 것이다. 당시에 구
하기 어려웠던 일본의 백과사전《화한삼재도회和漢三才圖會》, 역관들이
주로 보던 만주어·한어漢語 교재인《한청문감漢淸文鑑》까지 열람하였
다. 새로운 것에 지적 호기심이 강했던 이옥이 유득공을 통해서 이런
책들을 입수했을 것이다. 이옥의 글을 읽으면서 조선조 후기 한 재야

지식인의 굉박한 독서량에 놀라게 되는데, 왕실 서고의 관원이자 중국 왕래가 잦았던 유득공과 같은 존재가 있었던 관계로 보인다.

　이옥에게서 실학적 사고를 발견하기 어려우나, 여기서 유득공을 매개로 연암 그룹과의 관계를 언급해두고자 한다. 이옥은 1795년 10월, 충군의 명을 받고 안의安義를 경유하여 삼가로 내려가는데, 당시 안의 현감이 연암燕巖 박지원朴趾源(1737~1805)이었다. 경화문벌의 도도한 연암이 한미한 서생 이옥을 어떻게 대했을까? 안의 관아에 들러 신축한 하풍죽로당荷風竹露堂을 구경한 이옥은 하룻밤을 유하면서 〈집에 대한 변〉을 지어 연암을 옹호하였다. 연암이 중국에서 보고 온 벽돌건축을 관아에 재현하자 당풍唐風이라는 비난을 받았던 것이다. 연암 역시 신문체新文體로 지목을 받은 처지였으니 저간의 세상 소식을 전했을 수도 있겠다. 연암과 같은 노성한 문호와 접촉한 데는 유득공과의 연이 작용했을 수도 있다고 여겨진다.

　연암이 지은 〈열부전烈婦傳〉을 보았다는 언급이 있으나, 지금으로서는 이옥이 연암의 저술을 얼마나 읽었으며, 북학파의 사유가 그에게 어떤 영향을 끼쳤을지 단언할 수 없다. 다만 정조가 신문체를 유행시킨 인자로 연암을 지목하였고, 이덕무李德懋와 유득공 역시 초년기에 완물玩物 성향의 잡저소품雜著小品을 남겼다는 것, 기존의 시문에 염증을 느끼고 새로운 사조에 민감하게 반응했다는 것, 하찮은 사물에서 진眞을 발견한 것, 우리 국풍과 물명에 지대한 관심을 보인 것, 그리고 패설稗說을 중시하는 문학관 등 여성 취향을 제외하면 이옥은 연암 그룹의 그것과 크게 다를 바 없어 보인다. 그러나 본령을 고문에 둔 연암과 달리, 이옥은 "고문을 배우면서 허위에 빠진다"는 발언조차 서슴지 않았다. 연암 그룹이 소품을 한때의 여기적餘技的 취미로 삼았던 것과도 다르다. 그만큼 각기 추구한 미의식, 관심 영역, 진을 재현하는 방법 등에서 현저한 차이를 보이는 것이 사실이다.

2. 이옥의 작품 세계

이옥은 부賦 · 서書 · 서序 · 발跋 · 기記 · 논論 · 설說 · 해解 · 변辨 · 책策 · 전傳과 같은 전통적 장르는 물론, 문여文餘 · 이언俚諺 · 희곡戲曲과 같이 실험성이 짙은 장르까지 두루 창작하였다. 여기에 전하지 않는 사집詞集《묵토향초본墨吐香草本》, 최근 발굴된 잡록류《백운필》, 잡저류《연경》을 포함시키면 그가 다루지 않은 장르가 없는 셈이다. 이 가운데 비리鄙俚하거나 쇄세瑣細한 대상을 섬세하고 이속적俚俗的 언어로 재현한 소품 성향의 글이 거의 전부를 차지한다고 할 수 있다. 아래에 장르별로 간략히 소개한다.

(가) 부 · 서발 · 기 · 논변 등

부賦는《경금소부絅錦小賦》와《경금부초絅錦賦草》라는 두 질로 묶을 만큼 많은 양을 차지한다. 김려는 이옥을 사부詞賦의 대가라고 극찬한 바 있거니와, 이옥의 재사다운 자질은 20대에서 30대 초반에 쓴 13편의 단편 부에 잘 발휘되어 있다. 관념적이고 모작에 치우친 기존의 부를 문학성이 높은 장르로 부활시켜 섬세하고 명징한 언어로 그려내었다. 거미 · 벼룩 · 흰 봉선화와 같은 미소微小한 세계를 재현하는데, 편마다 착상이 기발하고 사물에 대한 성찰적 자세가 예사롭지 않다.

서書는 〈병화자 최구서에게 보내는 편지〉 한 편이 전한다. 사륙변려

문四六騈儷文으로 된 이 글은 함축적인 비유와 궁벽한 전고를 많이 사용하였다. 금란지교의 사귐을 추억하며 문체파동에 연루되어 '길 잃은 사람〔失路之人〕'이 된 처지를 서정성이 짙은 문장으로 엮었다.

서序는 대개 본 글에서 다루고 있는 내용을 소개하는 글 형식이다. 그런데 《〈묵취향〉의 서문》과 《〈묵토향〉의 앞에 적는다》와 같은 이옥의 서문은 자신이 사詞 장르를 연찬하게 된 이유, 사가 지닌 정서적 감응력을 기술하여 특색을 보이고 있다. 《〈구문약〉의 짧은 서문》은 구양수歐陽脩의 산문 152권을 2권으로 선집하면서 쓴 서문으로, 정조 당시에 여러 형태의 당송팔가의 선집이 간행된 것에 비추어볼 때, 역대 고문이 구양수 한 사람에게로 귀일한다고 본 점이 흥미롭다. 유전流轉 면연綿延한 구양수의 문장 풍격을 선호했던 것 같기도 하다.

제후題後 가운데 주목되는 글은 《〈검남시초釖南詩鈔〉의 뒤에 적어본다》와 〈원중랑 시집袁中郎詩集 독후감〉이다. 정조는 《육률분운陸律分韻》 등을 간행하여 육유陸游를 시의 모범으로 권장한 바 있는데, 이옥은 육유 시가 원만하기만 하여 늙은 기녀의 가무에 비유된다고 하였다. 원굉도袁宏道의 시집을 읽은 뒤에도 '희제戱題'라는 글제를 붙였지만 당시 원굉도에 대한 거센 비판을 의식한 것으로 여겨진다. 원굉도의 특징으로 든 학고學古의 배격, '세쇄연약細瑣軟弱'한 문체, '마음에서 우러나오는 말'은 이옥 자신이 지향하는 문학이기도 한 것이다.

세 편의 독후기讀後記는 탈유가적 지향을 살필 수 있는 글이다. 이옥은 주자학에 대해 아무런 비판적 언급을 남기지 않았다. 그러나 주문朱文을 '농가의 힘센 계집종', '늙은 암소'와 같은 일상의 천근淺近한 대상과 병렬함으로써 주자학에 신복信服하지 않는 태도를 보이기도 하였다.(《주자의 글을 읽고讀朱文》) 이에 반해 노자의 세계를 우리 삶에서 필수

불가결한 요소이자 자유자재로 그 모습을 바꾸는 물이라 하여 예찬하였다.(《노자를 읽고讀老子》) 경직된 틀을 벗어나 자유롭게 사고하려는 열망을 표현한 것으로 보인다.

기記라는 제명이 붙은 가운데 〈남학의 노래를 듣고〉·〈호상에서 씨름을 구경하고〉 등 단형 서사체의 기사문記事文 4편은 시정에 떠도는 기이하고 흥미로운 이야기를 취재한 것으로, 패설을 중시하는 그의 문학관을 엿볼 수 있다. 〈세 번 홍보동을 노닐고〉·〈함벽루에 올라〉와 같은 유기遊記는 서정성이 풍부하며 경물의 미세한 부면을 아름답게 묘사한 수작이다. 형식과 내용에서 이채를 띠는 글은 〈중흥사 유기〉이다. 경물에서 촉발된 흥취와 유람객의 행보를 시간순으로 엮은 이 기문은 기존에 볼 수 없던 형식이다. 시일時日·반려伴侶·행장行裝·약속約束·천석泉石·초목艸木·면식眠食 등 15목 47칙으로 세목을 나누어 빠짐없이 기록하고, 맨 뒤 '총론總論' 조목에서 사흘 동안의 산행을 총평한 것이다.

논論 가운데 〈도화유수관에서의 문답〉은 당시 사람들이 사詞에 대해 갖는 음화영월吟花咏月하고 기화섬교綺華纖巧한 장르라는 부정적 인식을 논박한 글이다. 스스로 창작 사집을 남길 정도로 사에 능했던 이옥은 만년에 사법을 탐구하고 사 창작에 열중하였는데, 역대 사의 변천과 사 작가, 사가 지닌 장점을 세세히 기술하고 이 또한 정감을 담아내는 훌륭한 장르임을 주장하였다.

해解는 〈선비가 가을을 슬퍼하는 이유〉 한 편이 있다. 만물의 영장인 인간만이 감정을 가졌기에 가을에 슬픔을 느낀다는 구양수의 설을 가져와, 선비의 지감知感으로서 자신이 살고 있는 시대가 가을이 아닌가라는 의미심장한 질문을 던진다. 사회의 병폐를 곳곳에서 목도하고 점차 쇠미해가는 조선조 왕조의 운세를 예감했던 것 같기도 하다.

책策으로 분류되는 편은 〈과책〉·〈오행〉·〈축씨〉 세 편이다. 이것이 실제 시책試策인지는 알 수 없지만, 김려가 "옛사람의 저서 체제를 본받은 것"이라 하여 이옥의 일반 글과 성격이 다름을 언급하였고, 당시 책문策問 가운데 이와 유사한 시제試題가 있어 대책對策으로 습작한 글이 아닌가 싶다. 그중 〈오행〉이라는 글은 주자학의 철학적 기반인 오행상극설에 대해 너무도 근거가 없음을 논박하였다. 극剋이란 강한 것이 이기는 것이며, 생生이란 따로 없다고 하였다. 홍대용洪大容 등 북학파가 주장한 것과 내용에 차이가 있지만, 그 역시 오감五感은 물론 인간의 품성까지 오행에 결박하는 사유를 배척했던 것이다.

(나) 문여 · 전 · 이언 · 희곡 등

문여文餘 1에는 《봉성문여鳳城文餘》 67편을 수록하였다. 〈남쪽 귀양길의 시말을 적다〉와 〈소서小敍〉를 제외한 다른 글은 모두 삼가 유배 때, 그곳의 민풍 토속을 적은 것이다. '문여'란 김려가 《담정총서》에 '봉성필鳳城筆'을 편정하면서 붙인 말로, "비록 문文의 정체正體는 아니지만 기실 문의 나머지〔文餘〕이다"라며 이 글을 옹호한 바 있다. 인물이나 사건의 핵심적 부면만 제시하여 편폭이 대단히 짧으며, 그 가운데 세태를 다룬 글이 큰 비중을 차지하기 때문에 '문의 정체'가 아니라고 한 것 같다. 즉 가마 탄 도둑, 집단을 이루어 엽전을 주조하는 도적, 한 자리에 아홉 지아비의 무덤을 쓴 어느 과부 이야기 등 기문奇聞을 선호하는 그의 취향을 엿볼 수 있는데, 당시 향촌 사회의 변화상을 "창 틈으로 바깥을 엿보듯이" 관찰하고 아무런 논평이 없이 기술하여 더욱 문제적이다.

문여 2에는 잡제雜題류를 수록하였다. 거울이나 파리채, 오이와 가라지와 같은 생활 주변의 자질구레한 사물, 투전놀이 · 골동품 · 화폐와 같은 도회의 시정인들이 선호하는 대상을 정치하게 묘사하였다. 대개 이런 사물을 매개로 하여 자신의 불우의식을 표출하였으며, 때로 정치 현실을 우의하기도 하였다.

전傳의 부류에 속하는 글은 모두 25편이다. 이 분야에서 박지원과 함께 조선조 후기를 대표하는 작가로 여겨져왔고, 연구 성과도 상당히 축적되어 재론이 필요 없을 듯하다. 소설적 성향이 높은 작품은《연암 · 문무자 소설정선》(이가원 역)과 《이조한문단편집》(이우성 · 임형택 역편)에 진작부터 번역되어 알려졌던 것이다. 그 밖에 충 · 효 · 열의 인물을 입전한 작품도 문장이 섬세, 곡진하여 그의 능력을 잘 보여준다. 인물전 외에도 탁전托傳과 가전假傳, 동물전이 각각 한 편씩 있어 제재의 폭도 다양함을 알 수 있다.

이언俚諺이란 원래 우리나라 민간에서 쓰는 속된 말 또는 속담을 가리킨다. 중국에서 고대 민가로 국풍이 있었고 그것을 계승한 한대의 악부, 송대의 사곡이 있었듯이, 이옥은 지금 조선 땅에 살면서 '이언'을 노래할 수밖에 없다는 것, 그것을 '참 그대로' 그려내는 것이 중요한데 남녀지정이야말로 가식이 없는 참〔眞〕이라고 보았다. 또한 그 참을 재현하는 방법으로써 속담이나 방언과 같은 민중언어를 구사해야 한다는 문학론을 펼치고, 실례로서 조선식 민가 66수를 창작하였다.

희곡은《동상기東床記》한 편이 전한다. 1791년(정조 15) 왕명에 의해 노총각 김희집과 노처녀 신씨의 혼인이 성사된 일을 듣고 사흘 만에 완성한 것이다. 총 4절로 구성된 이 희곡은 우리 문학사에서 그 유례가 없던 것으로, 육담 · 음담패설이 혼재한 구어투 문장에다 혼례품 ·

혼례 절차·신랑 다루기 등 전래의 혼인 풍속이 다채롭게 구현돼 있어, 이옥 문학의 실험성과 파격성이 어떠한 경지를 이루고 있는지 잘 보여 준다. 그중 물명을 열거하는 방식은 판소리 사설의 한 대목이, 한바탕의 흥겨운 놀이마당으로 마무리하는 결말 구조는 전통극을 연상케 한다. 이는 시정의 서민 문화를 깊이 이해했던 작가의식의 소산이라 여겨진다.

(다) 《백운필》

여기에서는 새로 역주譯註한 자료 《백운필白雲筆》을 중심으로 기술하고자 한다. 《백운필》은 해배解配된 후, 1803년 5월 본가가 있는 경기도 남양에서 탈고한 저작이다. 서명書名을 붓 가는 대로 기록한다는 '필筆'이라 하고, 매 장마다 '담談'이라는 표제를 붙인 데서 알 수 있듯이 소한적消閑的 글임을 표방하고 있다. 경세적 글이 아닌 것은 분명하나 대단히 다양한 내용과 형식을 담고 있다.

이옥은 《백운필》 서문에서 이 책을 저술하게 된 동기를 다음과 같이 말하였다.

①이 글을 어찌하여 '백운白雲'이라 이름하였는가? 백운사白雲舍에서 쓴 것이기 때문이다. 백운사에서 왜 글을 썼는가? 대개 어쩔 수 없이 쓴 것이다. 어찌하여 어쩔 수 없이 썼다고 하는가? 백운은 본디 궁벽한 곳인 데다가 여름날은 바야흐로 지루하기만 하다. 궁벽하기에 사람이 없고 지루하니 할 일도 없다. 이미 일도 없고 사람도 없으니, 내가 어떻게 하면 이 궁벽한 곳에서 지루한 시간을 보낼 수 있겠는가? …… ②내가 장차 무엇을 하며 이곳에서 이 날들을 즐길 수 있겠는가? 어쩔 수 없이 손으로 혀를 대신하여 묵경墨卿(먹), 모생毛生(붓)과 더불어 말을 잊은 경지에서 수작을

할 수밖에 없다. 그런데 나는 또한 장차 어떤 이야기를 해야 하는가? ……
조정朝廷의 이해 관계, 지방관의 잘잘못, 벼슬길, 재물과 이익, 여색女色,
주식酒食 등에 대해서는 범익겸范益謙의 칠불언七不言이 있으니, 나는 일
찍이 이를 나의 좌우명으로 삼았다. 그것도 이야기할 수 없다. ③그렇다
면 나는 또한 장차 어떤 이야기를 하며 끼적여야 하는가? 그 형세상 이야
기를 하지 않을 수 없는데, 이야기를 하지 않는다면 그만이겠지만 이야기
를 한다면 부득불 새를 이야기하고, 물고기를 이야기하고, 짐승을 이야기
하고, 벌레를 이야기하고, 꽃을 이야기하고, 곡식을 이야기하고, 과일을
이야기하고, 채소를 이야기하고, 나무를 이야기하고, 풀을 이야기해야 하
겠다. 이것이 《백운필》이 부득이한 데서 나온 것이고, 또한 어쩔 수 없이
이런 것들을 이야기한 까닭이다. 이와 같이 사람은 이야기하지 않을 수 없
는 것이고, 또한 이야기할 수 없는 것이 있다. 아, 입을 다물자!

소한의 글쓰기를 내세운 것은 《동상기》 서문과, 자문자답의 문장 형
태는 《이언》 서문을 연상케 한다. 왜 이런 글을 쓸 수밖에 없는가를 세
세하게 늘어놓았고, 원망의 감정을 제어하지도 않았다. 사士는 오로지
출사로서 자신의 존재를 드러내던 시대에 관계로 진출할 길이 막힌 지
금, 자신이 할 수 있는 일이란 글쓰기밖에 없는데 어떤 화제는 시비是非
에 말려들기에, 또는 자신과 무관한 일이어서, 또는 글 읽은 사士가 취
할 만하지 않다는 것이다. 사유의 다양성이 용인되지 않는 사회에 대한
불만, 나라의 경영을 논할 위치에 있지 않다는 분수의식, 약자 또는 소
수자로서의 절규가 깊이 담겨 있다.
　이 짧은 서문에 고문가들이 비판하는 소품의 부정적 속성이 고스란
히 들어 있는 셈인데, 불평의 감정을 과도하게 드러낸 불우지사不遇之士

의 글이라는 것, 글쓰기의 대상을 생활 주변의 자잘한 사물로 한 것이 그러하다. 그리고 문답의 형태를 일곱 차례, '吾欲~不可'의 통사 구조를 열 차례나 반복하고, 동일한 글자를 빈번하게 사용하는 등 번쇄함을 전혀 꺼리지도 않았다. 일반 고문과 비교할 때, 파격적인 글쓰기가 아닐 수 없다.

전체 체재는 조선조 후기에 많이 저록著錄되었던 백과전서적 저술을 의식한 것 같다. 〈담조談鳥〉(21칙)·〈담어談魚〉(17칙)·〈담수談獸〉(17칙)·〈담충談蟲〉(19칙)과 같은 조충류 74칙과, 〈담화談花〉(15칙)·〈담곡談穀〉(12칙)·〈담과談果〉(17칙)·〈담채談菜〉(15칙)·〈담목談木〉(17칙)·〈담초談艸〉(14칙)와 같은 초목류 90칙을 10목目으로 나누었다. 각 동식물의 생태적 특성과 그 이용에 대한 다양한 정보를 절목節目으로 분류하는 체제를 보이고 있으며, 당시 우리나라에 널리 서식하고 분포하던 종을 거의 다루고 있다.

다음에 《백운필》에서 흔히 보이는 자료 인용과 기술 방식 하나를 들어 본다. 우리나라 바닷가에서 익히 볼 수 있는 도요새를 기사화한 것이다.

①해상海上에 봄이 끝날 무렵이면, 어떤 새들이 떼 지어 날아와서는 울곤 하는데, '도요桃夭'라고 소리 내며 울어서 바닷사람들은 그 새를 '도요새'라 부르면서 도요새 물때의 절후節侯라고까지 한다. 부리가 뾰족하고 긴 편이며 몸은 가볍고 다리는 조금 긴데, 작은 놈을 '미도요米桃夭'라 하여 언뜻 보기에 참새보다 크고, 큰 놈을 '마도요馬桃夭'라 하여 메추라기보다 조금 작다. 발바닥에는 소금기를 지니고 있어 논의 물을 밟고 부리로 쪼면 볏모가 자라지 못한다. ②내가 살펴보니 도요새를 《훈몽자회訓蒙字會》에서는 휼鷸이라 하였고, 《한청문감漢淸文鑑》에서는 수찰자水札子(논병아

리)라 하였다. 휼鷸을 《설문해자說文解字》의 진장기陳藏器 주註에서는 "메추라기와 비슷하여 색은 푸르고 부리는 길며 뻘에서 사는데, 촌사람들은 전계田鷄가 변한 것이라고 한다"라 하였고, 《이아爾雅》의 곽박郭璞 주註에서는 "제비와 비슷하며 감색이다"라 하였고, 이순李巡 소疏에서는 "또 다른 이름은 '취우翠羽'이며 장식물로 쓸 수 있다"라고 하였다. 찰鷀을 《유편類篇》에서는 "백설百舌(지빠귀)과 비슷하여 부리가 길고 물고기를 잘 먹는다"라 하였고, 《광아廣雅》에서는 "벽체鷿鷈(논병아리)이니 '수찰水札'이라 하기도 하고, '유압油鴨'이라 하기도 한다"라고 하였다. ③지금 도요새를 보니 그 깃털이 관冠을 꾸밀 만하지 못하고, 그 부리가 길다 할 수 없으며, 휼鷸과 찰鷀 중에서 어느 것에 더 맞는지 결정할 수가 없다. 이와 같구나, 이아학爾雅學의 어려움이여!

해안가에 도요라는 새 떼가 출몰하는 철을 그린 뒤, 그 이름의 유래, 그 새의 모양과 종류를 소개하고 농작물에 어떤 피해를 주는지도 기록하였다. 짧은 글 속에 다양한 정보를 제시하고는, 국내외의 여러 유서類書와 자전에서 도요새 비슷한 새 이름들을 적시하면서 자신의 견해를 덧붙였다. 《백운필》에는 이런 식으로 비슷한 동식물을 연관 지어 그 물명과 생태적 특성을 고증한 기사가 적지 않으며, 대개 자료의 출처나 인용 문구가 적확하게 제시되어 있다. 그중에 《사문유취事文類聚》나 《연감유함淵鑑類函》에도 실린 내용이 많은데, 이는 자료를 폭넓게 섭렵하고 깊이 소화하지 않고는 불가능한 일이다.

앞 인용문에서 관심을 끄는 서지는 《훈몽자회》(1527)와 《한청문감》(1527)이다. 전자는 어린이를 대상으로 펴낸 한자사전이고, 후자는 역관들이 주로 보던 만주어·한어 사전으로, 모두 훈민정음을 이용하여 음을 달아 놓은 책이다. 《백운필》에는 이 서적들을 빈번하게 인용하고 있다. 이옥이 국문으로 된 글을 남겼는지 알 수 없으나, 이런 책들을 숙독했다는 것은 의미가 깊다.

이옥이 섭렵한 책은 대단히 광범하다. 전래의 경사자집은 기본서이고, 명·청대에 쏟아져 나온 각종 소설류와 희곡류, 동시대 청조 문인의 저작에 이르기까지 그의 독서 범위는 어떠한 제한도 없었던 것 같다. 《백운필》을 집필하는 데에 활용한 자료는 워낙 방대하여 지면 관계상 다 거론할 수가 없다. 다만 《본초집해本草集解》나 《정자통正字通》 같은 유서류나 자서류가 주종을 이룬다는 것(23종), 고금의 국보류菊譜類와 화사류花史類를 거의 소개하고 있다는 것(10종), 《술이기述異記》 같은 패설잡록류를 빈번하게 인용하였다는 것을 지적해둔다. 이 밖에 일본의 《화한삼재도회》, 국내 문인들의 문집, 국내외 여러 의서醫書들도 활용하고 있다. 이옥은 이러한 백과사전적 지식을 종횡으로 펼치는 데 전혀 막힘이 없었다.

이 책이 지닌 값진 성과의 하나는 당시에 사용하던 우리말을 풍부하게 채록한 것이다. 자하紫蝦라 적지 않고 權精〔곤쟁이〕이라 적었고, 각응角鷹과 추어鰍魚를 각각 寶羅〔보라매〕와 米駒〔미꾸라지〕로 표기하였다. 이런 식으로 바닷사람들이 이르는 어휘 수십여 종을, 농부가 전하는 품종 서른다섯 가지를, 나물 캐는 아낙이 이르는 말 서른여덟 가지를 적어 나갔다. 이는 동시대에 어패류의 명칭을 적으면서 뜻을 모르는 방언으로 된 이름은 기록하지 않았다는(《우해이어보서牛海異魚譜序》, 1803) 김려나, 곡식·풀·나무 등 우리말 명칭은 비속하고 전아하지 못해 한자어로 고쳐야 한다고(《과농소초課農小抄》, 〈제곡명품諸穀名品〉 '안설按設') 했던 연암의 사유와 비교되는 것이다.

또한 이옥은 국어國語·향음鄕音·방언方言이라는 용어를 변별하고 구사하였다. 우리 국어에 虎를 범犯이라 하고 赤을 치治라고 읽기 때문에, 범처럼 사나운 물고기를 '범치'라 부르게 되었다는 의견을 밝히기도 하였다. 그는 우리 국어의 음가音價가 어떤 환경에서 실현되는지도 알고 있었다. 물고기 이름 어魚자의 초성에 양陽이나 경庚의 종성이 있어서, 백어白魚는 '뱅어', 리어鯉魚는 '잉어'라 발음한다는 것이다. 鱸魚(농어)를 '農魚', 葦魚(웅어)를 '雄魚'라 적는 것은 이런 원리를 모르는 소치라고 보았다. 우리말을 깊이 탐구한 결과 자득의 경지를 얻게 된 것이다.

《백운필》에는 이옥 자신의 경험담과 민간의 전언傳言을 많이 수록해 놓았다. 기문일사에 대한 관심과 애호를 여기서도 잘 보여준다. 그중에 말 모양을 한 물고기, 사람과 교접하는 인어, 괴상한 짐승 박駁, 커다란 흑사黑蛇를 잡아먹는 사람 등 기이한 이야기가 많으며, 이전에 쓴 자신의 작품을 인용하는 경우에도 〈발이 여섯 달린 쥐〉·〈강철에 대한 논변〉·〈신루기 이야기〉·〈용부龍賦〉와 같이 기사奇事가 대부분이다.

이 책의 제명 '붓 가는 대로 기록한다'는 '필筆'의 성격은 이옥 자신의 삶이나 취향, 성벽을 이야기할 때 특히 잘 나타나 있다. 꽃과 나무를 유달리 좋아했던 그는 남양 향제鄕第 주위에 어떤 꽃, 어떤 나무를 어디에 심었는지, 언제 누구에게서 구했는지, 생장 상태는 어떠한지 일일이 기록하였다. 사경을 헤매는 다섯 아이에게 삶은 지렁이로 응급 처방을 하였고, 양송養松을 위해 장청사長靑社를 조직하였으며, 내세에는 꽃 세상인 대리 땅에서 환생하고 싶다는 소망을 밝히기도 하였다. 그 밖에 산나물과 생강을 유별나게 좋아하여 생긴 에피소드, 작은 과일도 반드시 즙을 내어 마시는 까다로운 성벽 따위를 누에가 고치를 만들어내듯

이 유려하게 엮어 놓았다. 생활에서 비롯한 이러한 글은 오늘날의 에세이를 대하는 듯하다. 《백운필》에는 그간 알려지지 않았던 이옥 개인에 대한 정보나 인간적인 면을 진솔하게 드러낸 기록이 적지 않다.

이처럼 《백운필》에는 동식물의 생태적 특성을 기록하면서 관련되는 민간의 전언을 많이 포함시켰다. 또한 섬세하고 경쾌한 필치로 자신의 생활 감정을 세세하게 이야기하며, 군데군데 교유 관계나 창작한 시문들을 끼워 넣었다. 이것이 실용을 목적으로 저술한 《산림경제山林經濟》나 《임원경제지林園經濟志》와 같은 실학서와 구별되는 점이다. 백과전서적 체재에 다채로운 내용과 형식의 글들을 두루 수록하여, 새로운 글쓰기 유형을 유감없이 보여준 것이다.

(라) 《연경》

최근 발굴된 자료 《연경烟經》은 이옥이 1810년에 집록한 담배 관련 저작이다. '담배의 경전'이라는 뜻에서 알 수 있듯이 이 책에 실린 내용은 연초 재배에서부터 담배의 제조 공정과 사용법, 흡연에 소용되는 도구, 즐겁게 향유하는 법에 이르기까지 담배에 관련된 주요 사항을 폭넓게 다루고 있다.

이 책의 분량은 25장張에 불과하지만 모두 4권, 58칙으로 구성되어 있다. 각 권마다 소서小序를 두어 권을 집필한 동기를 밝혔으며, 각 칙에 번호를 매기고 소제목을 부여하고, 다시 매 칙을 세분하여 빠짐없이 기술하려 하였다.

기록한 내용은 상당히 다양하다. 첫째 권에서는 담배 씨를 뿌리고 키우고 수확하는 방법을, 둘째 권에는 담배의 원산지와 성질, 담뱃잎을 썰고 보관하는 방법, 그리고 담배 피우는 법 등을 설명하였다. 셋째 권에는 채양蔡襄의 《다록茶錄》이 오로지 다구茶具에 대해서 쓴 것처럼 담배에 관련된 도구들을 모았다. 넷째 권은 원굉도袁宏道의 《상정觴政》의 예를 들면서 《연경》에서는 담배의 효과, 담배 피우기 좋은 때와 그렇지 않은 경우 등을 기록하였다.

각 권의 집필 의도를 밝힌 소서는 모두 옛 성현의 말을 인용하였다. 첫 문장을 《논어論語》와 《중용中庸》에서 공자가 채마밭을 가꾸는 일과 맛에 대해 언급한 구절, 《주자어류朱子語類》에서 꽃병의 이치를 말한 주자의 글귀를 가져왔다. 옛 성현들이 일상의 자잘한 사물에서 촉발하여 고원한 도를 논하였듯이, 이 책이 보잘것없는 사물을 다루었지만 의미를 지닌다는 주장을 하고 싶었던 것이다.

이옥은 하루라도 차군此君이 없으면 안 된다고 할 정도로 담배에 벽癖이 있었다. 이전에도 담배 관련 글을 여러 편 남겼다. 1791년(32세) 담배를 의인화한 가전假傳 형식의 〈남령전南靈傳〉을, 1795년 삼가로 내려갈 때는 송광사 중과 담배 연기를 담론하고 또 글을 지었다. 1803년에 완성한 《백운필》에도 '담배' 이야기를 실었는데, 그 글은 《연경》 둘째, 셋째 권과 중복되는 내용이 상당히 많다. 즉 《연경》은 자신이 지은 담배 관련된 글의 완결편인 셈이다.

이옥은 국보류와 화사류 외에도, 각종 기호품 종류의 저록을 탐독하였던 것 같다. 《연경》 서문에는 주보酒譜와 다보茶譜 종류 저작이 여덟 종, 향보香譜 종류가 세 종, 꽃과 과실에 관련된 것이 여섯 종, 대나무에 관한 것이 두 종 등 무려 열아홉 종이나 거론하고 있다. 생활 주변의 사물을 깊이 관찰하는 성벽에, 이런 종류의 서적을 두루 읽으면서 자연스레 담배 관련 글에 주목하였을 것으로 여겨진다.

택당澤堂 이식李植(1584~1647)이 읊은 〈남령초가南靈草歌〉를 읽었고,

임경업林慶業의 《가전家傳》에 나오는 기사 한 구절까지 유의 깊게 보았다. 담배의 네 가지 공功을 극찬한 옛 선인의 발언도 눈여겨보았다. 중국 자료로는 담배의 전래에 대해서는 《인암쇄어蚓菴瑣語》(淸, 李王連)에, 애연으로 유명한 한담韓菼에 관한 일화는 《분감여화分甘餘話》(明, 王士禎)에 들어 있는 기사를 숙독하였고, 《수구기략綏寇紀略》(明, 吳偉業)에 나오는 담배 기사도 열람하였다. 그는 이 과정에서 담배를 단편적으로 언급하는 것은 있어도 체계적 저술이 없음을 확인하였다.

우리나라에 담배가 전해진 지도 또한 장차 이백 년이 된다. …… 꽃에 취하고 달을 삼키듯 하니 담배에는 술의 오묘한 이치가 있으며, 푸른 것과 붉은 것을 불에 사르니 향香의 뜻이 서려 있고, 은으로 만든 그릇과 꽃무늬가 새겨진 통이 있으니 차茶의 운치가 있으며, 꽃을 재배하여 향기를 말리니 또한 진귀한 열매와 이름난 꽃과 비교해도 손색이 없다 하겠다. 그렇다면 이백 년간 마땅히 문자로 기록한 것이 있어야 할 터인데, 편찬하고 수집한 자들이 이를 기록하였다는 것을 들어보지 못했으니, 아마도 자질구레하고 쓸모없는 사물은 문인들이 종사하기에 부족하다고 생각해서인가?

이식·이덕무 등 그 폐해를 지적한 사람들과 달리, 이옥은 담배를 극찬하였다. 담배가 술의 오묘함, 향의 뜻, 차의 운치를 다 연출할 수 있는 일용품이라는 것이다. 그런데도 관련 저작을 발견할 수 없어서 집필하게 되었다고 한다. 금연론 또한 팽배하던 당시에 이옥이 아니라면 어느 문인이 담배와 관련된 글을 집록했겠는가.

그런데 애연가였던 다산茶山 또한 《연경》을 읽었다. 아들 학유學游에게 보낸 편지(《기유아寄游兒》)에 닭을 기르는 경험을 살려 유득공의 《연경》의 경우처럼 《계경鷄經》을 편찬하도록 권하는 얘기가 나온다. "속된 일을 하면서도 맑은 운치를 지니려면 매양 이러한 사례를 기준으로 삼을 일이다(就俗務, 帶得淸致, 須每以此爲例)"라고 《연경》의 가치를 높이 평가하였다. 유득공이 《연경》을 지었다면 이옥이 그것을 몰랐을 리 없을 터인데, 혹 담배가 크게 성행하던 때였으므로 이옥의 글이 유득공의 것으로 오전誤傳되어 다산의 수중에 흘러들어갔을 수도 있겠다.

소품 문학으로서 《연경》이 관심을 끈다면 그것은 제4권 때문일 것이다. 사실 1권과 3권은 농작법과 도구 사용법을 담은 실용서의 성격이 짙다. 다음에 예시한 〈담배 피울 때의 꼴불견〉은 이옥 소품의 묘미를 잘 보여준다.

아이 녀석이 한 길 되는 담뱃대를 물고 서서 담배를 피우다가 이따금 이 사이로 침을 뱉는다. 가증스러운 일이다.

규방의 치장한 부인이 낭군을 대하고 앉아 태연하게 담배를 피운다. 부끄러운 일이다.

나이 어린 계집종이 부뚜막에 걸터앉아 안개를 뿜어내듯 담배를 피운다. 통탄할 일이다.

시골 남정네가 길이가 다섯 자 되는 백죽통白竹筒을 가지고 가루로 된 담뱃잎을 침으로 뭉쳐 넣고는 불을 댕겨 몇 모금 빨아들여 곧 다 피우고는 화로에 침을 뱉고 앉은자리를 재로 뒤덮어 버린다. 민망한 일이다.

다 떨어진 벙거지를 쓴 거지가 지팡이만 한 긴 담뱃대를 들고 길거리에서 사람들을 막아서서 한양의 종성연鐘聲烟 한 대를 달란다. 두려운 일이다.

대갓집의 말몰이꾼이 짧지 않은 담뱃대를 가로로 물고 고급 서연西烟을 마음대로 피워대는데 손님이 그 앞을 지나가도 잠시도 멈추지 않는다. 곤 장을 칠 만한 일이다.

남녀, 노소, 귀천을 불문하고 모두 담배에 빠져든 정황을 보여준다. 어린아이, 규방의 젊은 부인, 나이 어린 계집종, 시골 남정네, 거지, 대 갓집의 말몰이꾼의 흡연 모습이 참으로 가관이다. 흡연으로 인한 풍기 문란 사례를 하나씩 들고 감정을 실어 품평하였다. 그러고는 품격 있는 흡연의 예, 곧 관리가 지니는 귀격貴格, 노인의 복격福格, 젊은 낭군의 묘격妙格, 사랑하는 남녀의 염격豔格, 농부의 진격眞格이 지닌 멋을 구 체적으로 기술하였다. 이 다섯 가지는 각각 그 나름대로 품격이 있고 운치가 있다는 것이다. 이 책에서 이옥이 말하고자 한 내용은 이것이 아니었을까.

《백운필》과 마찬가지로 《연경》에는 당시 사회사를 이해할 자료들이 풍부하게 들어 있다. 전국의 이름난 담배 산지와 각 지역의 맛이 기록 되어 있고, 서울 저자의 담배 상점이 어떻게 분포되어 있으며, 가격을 흥정하는 모습도 나와 있고, 담배 가격이 등귀할 때 가짜 담배가 성행 하는 사례도 알 수 있다. 19세기 초에 담배가 전국적 기호품으로 애호 되었던 현상을 확인할 수 있다.

《연경》 역시 색다른 글쓰기의 유형을 보여준다. 구두가 끊어지지 않 을 정도로 글이 까다롭고, 한 문장의 길이는 서른 자 내외로 매우 단소 하며, 관련 내용을 가능한 잘게 쪼개어 빠짐없이 집록하고자 하였다. 보잘것없는 사물이라도 기록할 가치가 있으면 저술에 착수하는 치열한 산문정신의 표현이라 하겠다. 《연경》은 아마도 조선조 시대에 담배를 가장 폭넓게 기술한 문헌이 아닌가 싶다.

끝으로 새 자료《백운필》·《연경》의 발굴과 관련하여 이옥의 유고遺稿에 대해 언급해두고자 한다. 이옥이 다작의 작가인 만큼 생전에 어떤 글을 얼마나 남겼는지 알 수 없다.《담정총서》를 찬집할 때 포함되었던 사집《묵토향초본》은 현재 발견되지 않고, 22세 때 지었다는 거질의《화국삼사花國三史》도 전하지 않는다. 장지연張志淵의《대동시선大東詩選》, 〈이옥〉 조에는 "著牟尼孔雀稿"라는 설명이 있는 것으로 보아《모니공작고》라는 이름의 저작이 있었던 것 같기도 하나, 이 또한 현재로서는 그 내용을 알 수 없다. 이런 글들이 발굴되어 이옥 문학의 전모가 밝혀지기를 고대한다.

3. '참 그대로' 자기 시대를 재현한 이옥

이옥은 자신을 "길 잃은 사람〔失路之人〕"이라 자조한 바 있고, 구양수의 글을 선집하면서 "소차疏箚는 세상과 어긋난 사람〔畸人〕이 일삼지 않는 바이기에 취하지 않는다"라고 하였다. 또 "나는 초야에 사는 백성"이라 자인하기도 하였다. 그는 자신을 체제 바깥의 국외자 또는 소수자로 인식하였고, 사士의 일원으로 생각하지도 않았던 것 같다.

깊은 소외의식이 반영되어, 이옥의 글 가운데 경세를 논한 글이 드물며 사회의식을 쉽사리 간취하기도 어렵다. 아무런 주장을 내보이지 않고 늘어놓은 듯하다. 그에게 백성은 훈도의 대상이 아니고 예실구야禮失求野의 대상도 아니며, 이욕을 추구하는 인간일 뿐이다. 이것을 더욱 밀고 나가 감정이 풍부한 하층 여성, 시정의 인정물태人情物態와 생활 주변의 자잘한 사물 등 기성 문인들이 몰가치하다고 여기는 영역을 주목하였다. 대상에 접근하여 세밀하고 경쾌하게 그리되, '참 그대로' 자기 시대를 재현하는 데 있어 민중언어를 대단히 풍부하게 구사하였다. 각 지역의 방언, 도둑들의 은어, 시정의 음담패설이나 욕설, 심지어 소지장所志狀에 이르기까지 사용하지 못할 언어문자가 없었다.

이옥은 자신의 문학세계나 글쓰기 방식에 대해 확고한 인식을 가지고 있었다. 문체반정에서 정조 임금과 평행선을 달린 것은 불가피한 일이었을지도 모른다. 여기에 입신출세할 기회가 주어지지 않으리라는 서얼의식과 타협할 줄 모르는 개결한 그의 성격이 작용했을 터이다. 소품에 빠져들었던 인사들이 한때의 여기로 여기면서 왕명에 의해 곧장 고문으로 선회한 것과는 그 처지가 달랐던 것이다. 문인 지식인이 국가체제 안에서만 성장할 수 있었던 사회 조건하에서 이옥의 선택은 지극히 어려운 것이었다.

만년에도 소외된 처지를 의식했던 이옥은 쉼 없이 글쓰기에 열중하고 치열하게 새 장르를 탐구하였다. 세상 어디에도 마음을 붙이지 못한 채 오로지 문학 창작으로 위안을 삼았다. 그는 그 자리에서 글을 구상하고 써 내려갔으며 고치지도 않았고, 아무리 긴 편폭의 글이라도 사흘을 넘기지 않았다. 그런데도 매 편 우열을 논하기 어려울 정도로 고른 수준을 보여준다. 정조는 순정醇正함으로 돌이켜야 할 문장이라 폄하했지만, 이옥의 존재로 인해 우리나라 소품 문학은 질과 양의 양면에서 최고 수준에 이르게 되었다고 할 수 있을 것이다.

이현우

2

文餘 1 ─ 鳳城文餘

일러두기

1　현재 전하는 이옥의 모든 글을 장르별로 재편집하여 번역 · 주석하였다(《완역 이옥 전집》 제 1~3권). 원문(제 4권)은 번역한 순서대로 편집하여 수록하고, 저본(제 5권)은 영인하여 붙였다.

2　현재 이옥의 글로 알려진 것은 모두 수습하였다. 《담정총서薄庭叢書》 소재 글은 통문관 소장본(필사본, 10종)이 유일하며, 《이언俚諺》과 《동상기東床記》는 각 글에서 이본異本 종류를 밝혀두었다. 《백운필白雲筆》은 연세대학교 소장본(필사본 2책)을, 《연경烟經》은 영남대학교 소장본(필사본 1책)을 저본으로 하였다. 이 자리를 빌려 원 소장처에 감사의 뜻을 표한다.

3　번역문은 원전의 뜻을 충실히 반영하도록 하였다. 독자들이 읽기 쉽도록 원문을 적절히 끊어서 번역하고, 필요한 경우 주석을 달아 설명하였다. 동의어나 간단한 설명은 ( ) 안에 병기하였다. 저자가 사용한 우리말 음차 표기는 〔 〕 안에 밝혀두었다.

4　번역문의 제목들은 원제原題를 우리말로 풀이하여 달았다. 원래 제목이 없는 《백운필》 164칙則과 《연경》의 각 권에도 새로 제목을 부여하였다.

5　원문은 독자들이 읽기 쉽도록 구두句讀를 표시하고 문단을 나누었다. 저본 자체의 오자誤字는 바로잡고 주석을 달았다.

6　《담정총서》 소재 이옥의 글 뒤에 붙은 김려金鑢의 제후題後를 번역하여 제 2권 부록에 수록하였다.

7　번역문과 원문에 문장부호를 붙였다. 【 】—원주原註, 《 》—책명, 〈 〉—편명, 〔 〕—동의이음同意異音 한자 표시, ' '—강조 · 간접 인용, " "—대화 · 직접 인용을 뜻한다.

8　《완역 이옥 전집》 제 1~3권의 옮긴이는 각 편의 끝에 적어두었다. 동일인이 계속 옮겼을 경우에는 담당 부분이 끝나는 편에만 밝혔다.

賦

後蛙鳴賦

客諈主人曰: "子之〈蛙賦〉, 儘辯且諍矣, 恨不使癡司馬聆之. 而亦寓言也, 若紏之以經. 則彼自鳴者蛙, 官私焉何情哉? 是子欲刺其無馨, 反實其不伶也. 請與夫更評也, 子果知蛙之鳴乎?"主人曰: "是可知已, 子亦曾聞人之群聚, 則必聲者乎? 在市盈市, 在城盈城. 遠而聽之, 囂然如羹. 然而徐就而枚叩焉, 則未嘗不有鳴其腸者矣. 慽者之哀, 酗者之狂. 謳者爲驩, 喊者爲爭. 情之所廬, 而卽其聲生焉. 蛙之於人亦類也, 而其聲由中而成焉. 推而察情, 灼乎明矣. 在昔《周禮》〈六典〉, 秋官掌刑. 蟈氏投灰, 除蛙及丁. 是故或懼而鳴. 粤王句踐,[1] 將吳其兵. 塗逢怒蛙, 式其車衡. 是故或感而鳴. 智伯債

1_ **踐** 저본에는 '賤'으로 되어 있으나, 誤記가 분명하므로 바로잡음.

趙, 水晉陽傾. 蛙亦失所, 產人堵庭. 是故或愁而鳴. 元鼎五年, 將軍南征. 兆之所符, 蛙鬪漢京. 是故或怒而鳴. 且夫莊周之蛙, 視井如濱. 見東海鱉, 詫其居停. 以此觀之, 驕而鳴也. 德璋之蛙, 爲鼓爲笙. 兩部鼓吹, 月白風清. 以此論之, 樂而鳴也. 彼其閣閣然匀匀然, 如怒吃如啼嬰. 如鵝如鴨, 如箋如箏! 誼光風之早涼, 玷宿雨之初晴者. 雖似無謂, 亦皆有名. 謂余不信, 子其虛心而聽之.”客笑曰: “是子知其一未知二也. 彼何嘗有意於喔呢嚶嚶也? 彼雖膰其腹而銳頭, 荷錦文而紫青. 被文藻之繢綵, 宅深陂之清泠. 或若勇夫之叫聒, 或若辯士之縱橫. 或若文人之唔唔, 或若直臣之詺詺. 若有所鳴, 施于其行. 伊攷其歸, 掘泥跳阬. 是豈可曰有意鳴乎?”主人謝曰: “前言戲耳. 余何知?”

七夕賦 【戲效艷體】

梧桐落, 天地秋. 金風作, 火星流. 今夕何夕? 七月之七. 織女西征, 樂其靈匹. 於是烏鵲飛, 斷銀河. 靈雨濛, 洗香車. 道除白雲, 幕賽綵霞. 百靈宿戒, 儀物旣多. 織女乃揚霞帔, 安星髻. 治桃花之粧, 曳明月之珮. 如喜如愁, 以就鳳蓋. 戒車胡遲, 我心先邁. 及其明河當前, 牽牛已至. 一見郎君, 萬事皆淚. 憑靑鳥而托辭, 愬悲恨之無窮. “前游迫其隔歲, 郎在西而妾東. 冬宵永而月白, 春晝姸而花紅. 雙鴛浴兮喜偶, 寡鶴唳兮悲雄. 覽微物夫猶然, 可獨人兮無情. 朝鸞奩之鎖紅, 夜鳳蠟之啼靑. 機錦絢而績愁, 覺玉梭之稀鳴. 香枕啜其沁紅, 每侍婢之朝驚. 花腮瘠而異昔, 恨可察於其形. 埋愁綠而不死, 復獲侍於辰良. 柔腸易於喜戚, 驪百筵於阿郎. 然斯游之有期, 玉漏未其添更. 知不可乎久樂, 只自增夫悲傷." 牽牛聞之, 愀然作色, 婉然送辭. "佛氏有圓滿之戒, 詩人有別離之詞. 花猶開落, 月亦盈虧. 從古紅顏, 何限其悲. 是故舜車一南, 九疑空翠. 竹悲湘江, 皇英拚淚. 羿失金丹, 瑤臺覺修. 鸞啼桂泣, 素娥傷秋. 況復楚江蓮妻, 章臺柳姬. 石名望夫, 花稱相思. 斯皆佳緣難終, 情根易傷. 天之賦恨, 奚徒阿娘. 罪案二萬錢, 謫限三千年. 漢之廣矣, 其白連天. 余執其咎, 娘實可憐. 然天命之已定, 復惆悵夫何益. 且姑酌彼流霞, 聊以娛乎今夕." 爰詔眾媵, 命觴餻筵. 杯九行而不醉, 樂三終而無懌. 須臾纖月東沒, 絳河西懸. 一聲天鷄, 四座凄然. 僕夫屢告, 已整其軒. 一揖登車, 期以明年. 千回忍淚, 忽覺如泉. 臨風一洒, 雨滿人間.

龜賦 并序【壬寅四月】

在昔孝子之祈親齡也, 必托龜焉, 以其壽且靈也. 而率寓言無幾, 近不經也哉! 歲壬寅四月初吉, 余家設家大人花甲會, 于樂志之亭. 有一武, 眸丹而裙青, 盤跚而嬉于庭. 進而止于牕橛, 非常之瑞聳人瞻聆. 而皆曰: "是瑞也奴視乎青田之翎, 而伯仲間於南極星. 意彼蒼, 錫鮐黃於冥冥乎?" 余小子自不勝欣抃, 作詞以銘, 而以記有天意之丁寧也.

壬寅之孟夏月初吉, 竹里子親齡卲而返甲, 遻兹辰而喜懼. 翩其彩而爽興, 速諸舅而消酲. 於是拓竹扉, 鶒華茵. 虛左具位, 以竢嘉賓. 忽有一客, 無從先至. 其行蹣跚, 其形矗矗. 超及賓堦, 天然而立. 伸長頸而若望, 拱前手而如揖. 竹里子蒼黃下席, 舉襃而問曰: "客何爲者?" 客對曰: "僕海上人也, 字曰'元緖', 官稱'督郵'. 稟北宿之靈精, 宅南溟之清流. 夏后遇之以受其書, 周公從之以定厥居. 或一尺而爲寶, 或五色而爲瑞. 揳其牀而驗靈, 鏤其鈕而效異. 昭昭迋蹟, 載在古傳. 今逢主人, 何晚相見?" 竹里子曰: "然子非三百甲族爲之長者乎? 嗟! 爾遠途之人, 胡爲乎來哉?" 客曰: "側聞主人, 有事觔豆. 萩園蔬而命賓, 釀山花而祈壽. 修子道之不匱, 祝親齡之無疆. 分星文於南耄, 借桃花於西孃. 此固盛事, 聞風而喜. 爰整玄襟, 是以來耳." 竹里子曰: "然則叟不遠千里而來, 亦將有意乎?" 客曰: "唯僕聞人於生會, 必有祈年. 或寓諷於靈春, 或繪象於胎仙. 猶有一物, 可獻于斯原. 吾生之久視, 最萬品而壽考. 偕二儀而不死, 敵三光而無老. 悼鏗聃之早夭, 視小子以喬佺. 培桃核而噉碧, 馴鶴卵而跨玄. 昔余暫游於渤海, 桑九碧于天東. 歸而憩乎蓮花, 繽昧白而晡紅. 逢瑤帝於紫都, 欺我康而使年. 搜春枝而盡花, 欲積籌而礙天. 蓋天下含生之類, 而未有如僕之最壽者. 請以賤齒, 敢獻大庭之下." 竹里子, 且喜且感, 酌酒酬客, 侑以謌曰: "我有嘉賓【〈鹿鳴〉】, 旣醉以酒【〈旣醉〉】. 報以介福【〈楚茨〉[2]】, 綏我眉壽【〈烈祖〉】. 父兮母兮【〈日月〉】, 何不黃耈【〈南山有臺〉】." 客洗盞更酌, 倚歌以和之曰: "四

2_ 〈楚茨〉 저본에는 '節南山'으로 되어 있으나, 誤記가 분명하므로 바로잡음.

月維夏【〈四月〉】, 躋彼公堂【〈七月〉】. 以祈黃耇【〈上同〉】, 降福無疆【〈烈祖〉】.
萬有千歲【〈閟宮〉】, 如岡如陵【〈天保〉】." 歌竟, 遂再拜而退曰: "壽旣
獻矣, 願從此而辭."

蟲聲賦 【效歐陽子秋聲賦】

李子方夜靜坐, 維時凉秋, 萬籟俱寂. 忽聞有聲, 起于四壁. 初瑣
屑而相語, 漸啾啾而凄楚. 如嫠婦棄妻, 切切然呑聲而啼也. 旅魄殤
魂, 潛泣而煩冤也. 畸臣騷客之被讒而失位者, 苦吟思鄉而夜不能
寐也. 李子聞之, 愀然嘆曰: "此蟲聲也. 爾其十月在堂, 來告歲暮
者耶? 將寒促織, 爲人先慮者耶? 竢秋而吟, 若賢臣之憂[3]時者耶?
哀音動人, 以助乎秋士之悲者耶? 嘉遯而不售也, 故其跡寒而淸;
草食而不祿也, 故其心虛而靈. 於其爲聲也, 固無怪乎不平也. 然而
爾質雖微, 亦天之生. 聲雖在爾, 天實假鳴. 非爾之音, 卽天之情.
天惟何故, 使爾鳴至於此傷也? 無乃風雨不用其命, 閔皇綱之莫張
歟; 季世不循其理, 痛澆俗之不良歟; 憐歲功之不登, 而將慰乎流
離之氓歟; 悲陰氣之漸强, 而將弔乎垂死之陽歟? 抑亦有人所未察
之愁, 如山如城. 弸天胸而撑天腸歟? 何其區區然假舌, 凄凄然鳴
腹. 志士聞之而秋嘆, 思婦聽之而夜哭? 嗟呼物之代天叫呼者, 豈

3_ 憂: 저본에는 '遇'로 되어 있으나, 문맥상 '憂'가 아닌가 한다.

其汝而徒哉? 爲鶯於春, 使吾人和且醇也; 爲蟬於暑, 使吾人暇而忘苦也. 下以至晨蚓夕蛙, 皆未嘗爲人所嗟. 汝獨胡爲乎以秋, 使吾人不勝其憂且愁也? 其非盛衰者, 時運之遷也, 亦非天之所奈而然歟? 胡不回爾唧唧之舌, 且爲余詳其說也?" 叩之再三, 默默如瘂. 欲問于天, 天亦何言? 但聞秋雨蕭蕭, 如助蟲聲之繁.

詛瘧辭

歲癸卯, 偶患痁, 三其朔, 鼂百方, 猶不能已. 伏枕譫囈, 戲作〈詛瘧辭〉. 語類些, 意類呪, 恐不若關中蟹, 而第筆誅墨圍, 未必不爲一時之肆快, 聊以忘風頭也.

維上帝之字黎兮, 每頻眷而疾慮. 卯躬雖其貌脆兮, 亦一天之攸顧. 乘銀蚓而下馳兮, 從赤帝而爲馭. 恩偏蒙於顧復兮, 粵自襁而愛護. 迨衣尺而自鞠兮, 戒酣鴆與媒蠱. 肆筋骸之賴寧兮, 免沈痀之爲痼. 豈雖遘无妄之災兮, 亦自勿藥而旋除. 夫何今玆之仲夏兮, 長負第而呻呻? 帝高陽之不肖兮, 性昏憨而婪殘. 字之曰虛耗兮, 掌爲瘧於人寰. 其不幸而遭之者兮, 病午熱而乍寒. 俄發軔於雪國兮, 吻弭節於燄山. 初輕襲於玉樓兮, 終大鬧於泥丸. 同南僧之赴市兮, 指一日而爲間. 詩無切於自醫兮, 杜昔伏而叫艱. 三節嚏於翠華兮, 喪瑤瓊與香擘. 料卯疾而內商兮, 與往牒其一般. 醫家診而詔余兮, 曰此瘧其是矣. 小鬼之無狀兮, 來病乎君子. 鍼雖蝟而不顧兮, 藥雖暝而漿視. 符師之詛祝兮, 墨如血而盈紙. 庖人之供饋兮, 日宰雞而薦匕. 繽祈禳而呵撝兮, 策不一乎鄉里. 并皆悍然而不有兮, 逐冉冉而至此. 余乃不勝其苦楚兮, 將以籲乎瑤皇. 風爲馬而電焱兮, 魂托蝶而悠揚. 鴻龍慰余之顑頷兮, 排青猊而叩玉扃. 敷黎華之潔襟兮, 趨紫庭而蹌蹌. "臣爲民而少咎兮, 天亦慎其或殃. 今方爲妖鬼之所困兮, 敗氣血若瘵肓. 庶幾上帝之垂憐兮, 赫皇威而埽清. 豈惟臣之安兮, 亦天下之咸寧." 帝斯怒而不忿兮, 投右袂而洸洸. 詔靈蠡使闖鼓兮, 命招搖而載旌. 於是眞武天罡, 駢趨而沓至兮, 有若雲矗而雷轟. 雲罕兮陸離, 星鋩兮青熒. 覼爲右而逌爲左兮, 來鬱壘而御戎. 那吒賈勇而前茅兮, 玄女殿其九宮. 鬼卒厖兮八萬, 神將剡兮三千. 風之肅而洒舉兮, 下滾滾而從天. 彼小鬼之倉皇, 匪海魶而雲鶡. 天鼓訇而一聲兮, 已莫處於秋蓮. 淋漓血化紅瑪瑙兮, 墅生楓葉之翩翩. 埋臚骨於溟涬之幽獄兮, 使剉磨而焚燃. 若其魍魉魃魅之助而爲虐者兮, 亦或斧而或鞭. 歸瑤臺而獻凱兮, 上帝欣而嘉焉. 臣攢謝而欲遝兮, 帝曰"女其來前. 女無門而罹災兮! 朕實惻而女憐." 仍錫余以翠霞之金丹兮, 光五采之爛然. 稽首受而歸來兮, 食之使我無病度百年.

魚賦【丙午夏】

水者一國也, 龍者其國之君也. 魚之大而若鯨若鯤若海鰍者, 其君之內外諸臣也. 其次而爲鱮鯉鮪鱣之類者, 又其胥史吏隷之倫也.

外此而大不能盈尺者, 卽水國之萬民也. 其上下相次大小相統者, 又何異乎人也? 是故龍之爲其國也, 旱而涸則必雨以繼之. 慮人之漁而盡, 則鼓層浪以弊之. 其於魚也, 非不惠也. 然而慈魚者一龍也, 虐魚者衆大魚也. 鯨鯢順潮而吸, 以小魚爲詩書; 鮫鰐奔波而吞囓, 以小魚爲蓄畜. 鯊鱝鱔鱧之屬, 乘間抵隙而發之, 以小魚爲銀鐐瓊琚. 强者弱吞, 高者下漁. 苟其不厭, 魚必無餘. 噫無小魚, 龍誰與爲君, 彼大魚者亦安得自大也? 然則爲龍之道, 與其施區區之恩, 曷若先祛其爲害者乎? 於乎人只知魚之有大魚, 不知人之亦有大魚. 則又安知魚之悲人, 不亦如人之悲魚者歟哉?

白鳳仙賦 【上同】

厥有墩花, 字曰'鳳仙'. 錦渥砂殷, 夭夭可姸. 采而染爪, 若畫以胭. 朝纏坼於砌下, 夕必致於盦前. 嗟女手之若霜, 竝枝葉而無全. 獨有一樹, 超然自守. 雪而不融, 玉而無垢. 稱寒梅之介弟, 作艶梨之畏友. 欹疏影於月中, 動清香於雨後. 然而以其色白, 不宜染紅. 女子視之, 凡草是同. 回輕裾而不襭, 任鬪落於林中. 邀飛蝶而自遨, 得終老於和風. 噫衆皆朱紫, 何以獨皓? 衆皆摧折, 何以久保? 爾其緋桃早萎, 霜菊晚凋. 念謝繁華, 超世逍遙者乎? 木災青黃, 蘭以香焚. 韜光鏟彩, 明哲保身者乎? 樗櫟不材, 擁腫拘攣. 仍其無用, 自得保天者乎? 商芝輕漢, 夷厥洗周. 超然高往, 與世無求者乎. 嗟呼以余觀汝, 用亦多方. 硏而爲粉, 色可繪裳. 釀而爲醪, 香可薦觴. 得其油, 可以和大羹. 收其根, 可以已惡瘡. 一葩一葉, 無適不良. 稗女無知, 於汝何傷. 或者天意, 憫春色之方凋, 留汝而作一時之光乎? 童子且勤護之, 吾將爲紅塵中不能潔白者詳焉.

草龍賦

龍者, 至神不測之物也. 或爲梭, 或爲筑. 或爲駿馬, 或爲劍鋒. 隨時幻形, 變化無窮. 其於植物也, 眼爲珍果, 腦作異香. 樹披其鱗之錯, 草拂其鬣之長. 得其一體, 猶擅芬芳. 豈若彼葡萄之蜿蜒其勢, 夭蟜其形. 非龍而龍, 仍以獲名者乎? 爾其老幹[5]初挺, 細柯亂吐. 宛若脩尾, 掉雲拖霧. 四月葉生, 遍體稠疊. 又若密鱗, 閃爍燿燁. 怒鬣指天, 虯結相彎. 又若彩髯, 鼎湖所攀. 結實星磊, 玲瓏透骨. 又若頷珠, 個個明月. 又復淸風乍振, 枝葉飛飜. 紛紅上下, 如鬪鄭門. 初月來照, 影落庭空. 虯蟉活動, 如畫葉公. 宿露結珠, 葉滴蒼翠. 霏霏點隮, 如雨之施. 暮烟暫拖, 籠架滿棚. 依依淺映, 如天之登. 究其體格, 察其形容. 葡兮萄兮, 艸中之龍. 噫! 是果可以爲龍乎? 龍之爲龍以其德也, 不以其貌. 苟不以德, 徒以貌效. 是一花可以爲鳳凰, 一木可以爲猰㺄, 四靈可求於艸間, 又何足爲祥且神哉? 嗟呼世之徒以貌久矣, 孰能辨其爲眞也?

4_ 哲ㅣ저본에는 '喆'으로 되어 있는데, '哲'과 통용하는 글자임.
5_ 幹ㅣ저본에는 '[輪]'로 되어 있으나, 誤記로 판단되어 바로잡음.

蜘蛛賦

李子因夕之涼, 出步于庭, 見有蜘蛛. 颺絲于短檐之前, 舖網于葵花之枝. 乃經乃緯, 乃綱乃維. 其幅經尺, 其制中規. 密而不疎, 實巧且奇. 李子以爲有機心也, 舉杖揮其絲. 盡之且欲朴之, 若有呼于絲上者, 曰: "我織我絲, 以謀我腹. 何與於子, 伊我之毒?" 李子怒曰: "設機戕生, 蟲中之賊. 吾且除爾, 爲它蟲德." 復有笑而語者, 曰: "噫漁夫設網, 海魚惟錯者, 是漁父之虐耶? 虞人張羅, 埜獸登庖者, 豈虞人之敎耶? 士師懸法, 庶頑圜扉者, 抑士師之非耶? 子何不諫伏羲之網, 捄伯益之烈, 責皐陶之讅乎? 何以異於是? 且子能知入吾網者乎? 蝶惟浪子, 粉飾欺世. 趨慕繁華, 白伝紅變. 以是吾得網之. 蠅固小人, 玉亦見譖. 忘生酒肉, 嗜利無厭. 以是吾得網之. 蟬頗廉直, 縱似文士. 自誇善鳴, 叫聒不已. 是以入吾網. 蜂實猜狼, 蜜釰其身. 妄稱赴衙, 空事探春. 是以入吾網. 蚊最陰秘, 性如饕餮. 晝伏夜行, 浚人膏血. 吾是以必網之. 蜻蜓無行, 公子佻佻. 不遑寧居, 倏如風飄. 吾是以亦網之. 若其它燭蛾之樂禍, 醯鷄之喜事. 丹鳥之虛張熏焰, 天牛之僭竊名字. 蜉蝣楚裳之輩, 蛣蜣拒轍之類. 孽由自作, 兇不知避. 罹身網羅, 肝腦塗地. 噫世非成康, 刑不可措. 人非道釋, 餐不可素. 彼之觸網, 卽彼誤也. 吾之設網, 豈吾忤也? 且子於彼何愛, 於我何怒. 而我之毀, 反彼之護耶? 於戲猿獷不可以獲, 鳳凰不可以媒. 君子知道, 不可以縲絏爲災. 其監于玆, 愼哉勉哉! 毋沽爾名, 毋衒爾才. 毋禍于利, 毋殉于財. 毋僭而妄, 毋忮而猜. 擇地後踞, 時以去來. 否則有大蜘蛛於世, 其網不啻我京垓也." 李子聞之, 摘杖而走, 三蹶及樞. 關戶下鑰, 俯而始吁. 蛛出其絲, 復網如初.

龍賦

海天秋晴空碧玉兮, 龍之將出游而戒郊甸者乎? 忽有白雨亂擲珠兮, 龍之擊水而水爲之濺者乎? 玄雲出地立如柱兮, 龍之初離海而乘便者乎? 西風吹起三千丈兮, 龍之始上天而視奇變者乎? 既全體之莫快覯兮, 只自凝神而送眄. 怳惚閃鑠者, 龍之鬐鬣鱗角之之而而燿炫也. 鬱律淶濙者, 龍之諸臣遮邏而擁援也. 劻勷擾沓者, 龍之集百朡而導六傳也. 群山之蓬勃而氣應者, 龍之行而百靈皆餞也. 然而此皆雲之形, 而人之以意度者, 則顧何以得之詳而詭之遍也? 惟其尾之脩如兮, 若千尺之楚練. 垂雲外而宛露兮, 謇後至而爲殿. 爾乃夭矯細掉如相銜兮, 蜿蜒直拖如自倦兮. 遲個低垂如有戀兮, 鬱屈急掣如彼胃兮. 時或如弓復如箭兮, 須臾遠引如一線兮. 雲霧兮既散, 雷收兮擗電. 碧海兮空瀾, 紅日兮復晛. 秋天寒兮寥廓, 望龍去兮不可見. 不見兮何及, 余心結兮余目穿. 噫大哉龍之德也! 優優乎其升降而折旋. 使龍而作而無所見, 人將以謂浮雲之一片. 使龍而見而無所隱, 亦何異乎鰍鱔之宛轉於泥澱也! 彼其時動而時靜, 或隱而或現. 耀靈變而萬昌庶, 施功利而九野怲. 是乃人之仰瞻者, 所以神之而莫之或賤也. 於戲求之於人今古幾彥? 唐時紫衣客漢代金門掾. 深深雲氣裡千載晦直面, 此以外者無可選也. 鱗角之崒然者非不多矣, 竝皆自充於孔甲之膳. 嗟嗟彼俗子之可哀兮, 奚足與論於易之首卷也.

蚤

綱錦子日入而息, 向晦燕居. 紙牖月明, 布衾風疎. 旣無樊蠅之
營營, 秖有莊蝶之蘧蘧. 怡神而肆體, 出沒乎華胥. 忽有一物, 來自
織蒲之隙, 騷屑乎簟與裯被. 靜而聽之, 聲如黍子之亂墜. 俄而夤緣
乎毛髮之際, 賈勇乎肢體之間, 止乎左肩而蹲焉. 若銀鍼失縫, 颯然
入肌. 薔花誤⁶拂, 紅刺鑽皮. 榮驚衛駭, 使人不可支也. 於是擧手搏
之, 捫而至於腋. 磨之擦之, 終用拇指而獲焉. 蜎息爪甲之下, 而生
意尙脈脈也. 余憫其趍於利, 而不知其禍己也, 叩其背而詰之曰:
"爾以微物, 床席淵藪. 適余性嬾, 三月不帚. 渴可吸汗, 飢可舐垢.
人之於汝, 亦非不厚. 何爾不厭, 來敢我侵? 我血非酒, 豈容爾斟.
我膚不病, 豈須爾箴? 吾且莫解, 亦爾之心. 爾其謂人膏血之可吮,
知人竅穴之可透. 栖塵埋隙, 衒夜潛晝. 乘勢⁷而進, 則饞鼠之多機
也. 得利而趍, 則秋蚊之聖知也. 一線之縫皆得據, 一鍼之罅皆能
認. 乃安其喙, 必以其釁. 雖古之扁鵲兪跗, 操針而醫人, 亦無以若
是之嫺且愼也. 然而秖知人之有血肉, 不知有指爪之可畏. 蟻屯而
虹聚, 蜂鑽而蛙沸. 浚人膏澤, 將以充胃. 飽多者糜, 行急者憊. 血
人之肉者, 人亦血其骳. 是汝所以謀口腹者, 適所以身之粤⁸也. 噫
由前而視, 何其智也? 由後而論, 又何其昏也? 無乃知愛其口, 不

6_ 誤 | 저본에는 '愄'로 되어 있으나, 誤字로 판단되어 바로잡음.
7_ 勢 | 저본에는 '執'으로 되어 있으나, 문맥상 '勢'가 아닌가 싶다.
8_ 粤 | 저본에는 '界'로 되어 있으나, 문맥상 '粤'이 아닌가 싶다. '粤'은 惡으로 끌려간다는
뜻임.

愛其身. 囂囂乎逐末利, 而喪其眞者乎? 抑亦智非不明矣, 物欲之所昏蔽而眛冥者乎? 吾且剖其腹, 爲汝質其情." 以爪剝之, 如躍之聲. 催起童子, 點燈就視. 不見其腸, 但見血如桃花之一蕊.

後蚤賦

絅錦子旣撲蚤, 夢始安. 復整被池, 轉輾考槃. 有一道士, 尖臉團肚, 紅衣火爛. 其大粟粒, 來若激丸. 進前致辭, 如欷如嘆. 曰: "主人之夢安乎?" 曰: "安." 道士曰: "嘻其殆矣. 覺者生也, 夢者死也. 天道陰盛則沴, 人事魄强則毀. 是故糞朽之戒, 垂於孔子. 興寐之箴, 戒於陳氏. 自古有志者, 孰不以多睡爲恥也. 況子稟多力强, 可爲之士. 耽詩書而若炭, 惜居諸之如水. 倚泥寢艸, 不自以鄙. 靑燈一炷, 黃卷一几. 無寒無暑, 以火繼晷. 然而丹欲圜而百魔戲, 禪欲定而夜叉猜. 子工之熟, 睡蛇則來. 學業以隳, 志氣以隤. 余是憫子, 思欲挽回. 頂門一針, 慧竅鑿開. 豈敢毀傷? 惟覺是催. 其鋒則稻芒乍胃, 其瘢則櫻葩旋摧. 縱或有技癢之使, 終亦無瘡痏之災. 噫非綉不刺, 非玉不磋. 長安裙屐, 生長煖窠. 魂蕩蕩兮石榴裙, 骨淳淳兮金叵羅. 家視夢鄕, 兄事睡魔. 若此者釘頂撾背, 猶欲無吡. 彼旣非吾之可益, 吾亦不欲彼相加. 是吾之所待子者, 厚於人而非敢薄也. 何主人之視德爲怨, 報善以虐. 性同韓昭之太褊, 文倣尤侗之喜謔. 毒余之甚, 一至於昨. 且夫至人割膚, 饑虎是飼. 愚婦擇蝨, 君子爲嗤. 往哲慈悲, 物我均視. 以古證今, 利歟不利? 犬逐一偸, 擲饗以

餒. 貓禦穴蟲, 割㲥以睡. 顧於大者, 反不爲地. 主人於此, 知亦未
致. 責我之語, 我實子媿. 願從此辭, 不敢復至." 言訖色變, 欲去先
意. 噫嘻今而後, 我知之矣. 幸子無去, 針砭我昏瞢也. 起欲謝之,
欠伸而覺, 乃一夢也.

五子嫗賦

絧錦子之隣, 有四子之母. 聞其又娩, 叩之亦丈夫也. 七日而起,
面猶未蘇. 似無所悅, 倚柱而吁. 使女隸賀之, 嫗怫然曰: "戚之尙
不暇, 何賀之又相惱哉." 余以爲是嫌也, 笑曰: "生男至五, 如之何
不好也?" 嫗曰: "邑添一軍, 府吏之喜. 貧家無錢, 何樂於子?" 余
怪而詰其由, 曰: "天旣我仇, 鬼不相扶. 家素赤無, 所富惟雛. 三年
必擧, 兩對猶餘. 大者纔耕野田, 小者僅負牛芻. 以下髮皆髧髧, 只
費麥飯一盂. 嗟呼民旣有役, 役各其征. 需米保人, 束伍牙兵. 水軍
最重, 募入差强. 生纔三月, 里正報名. 襁抱入府, 疤記立成. 及其
吏與秋來, 催錢火急. 聲如乳虎, 當門怒立. 大兒二百錢, 小兒百五
十. 若不今朝納, 官門捉將入. 是故終歲煮鹽, 窮年把犁. 飢不敢粒,
寒不敢絲. 以備軍布, 猶未及期. 不履履氷, 空自涕洏. 以此思之,
何貴乎兒? 兒實無貴, 是以竊悲." 余聞而惻之, 以古事慰之曰: "嘻
爾何知之也. 昔在漢唐, 國事征伐. 家簽甲士, 戶刺戍卒. 驅若虎兕,
剗以鋒鈇. 歸家無夢, 死綏有骨. 至今思之, 使人竦髮. 今爾世際堯
舜, 百年升平. 國不言戰, 民不知兵. 弄子鞠孫, 各遂其生. 以今視

古, 泥辱雲榮. 些少丁錢, 何足憾情?" 嫗曰: "不然當彼之時, 得則畫面猗閣, 失則暴骨龍沙. 其豈有無錢之憂, 如妾之行泣嗟嗟乎? 以妾觀之, 是今日之悲有加也." 言訖, 凄然欲泣, 嘘唏而去. 余憫民生之多苦, 嘆軍政之甚蒸. 記其問答而文之, 以備夫它日采謠者之聞焉.

奎章閣賦 幷敍

歲丙申, 上置奎章閣于昌德宮北禁苑中, 御眞宸章及諸圖籍藏也. 閣旣成, 卿大夫士及庶民婦孺, 咸曰: "美哉閣也! 巍乎煥乎. 美哉閣也! 眞聖世之作也." 其美之者, 蓋非棟宇采色觀覽謂也. 艸莽賤臣, 慶國之有盛擧也. 竊以謂五鳳景福, 是不過宮室尋常, 而文之者, 猶欲輝映千秋矣. 今若以拙訥自辭, 幸生其世, 而闕然無贊揚語, 或恐王逸兒笑人, 强欲自效於紙筆, 而猶以省中事嚴邃, 非在野所得詳, 搦不律以待者歲矣. 日, 閣之誌出, 布人耳目, 廣求而伏讀之, 得其設置儀章制度有畧. 乃敢置僭妄, 作〈奎章閣賦〉一篇. 其煥爛輝鉥, 至文且華之德, 雖非臣愚賤說所可槩言, 而顧於我聖上設閣之治, 不能形容得萬一, 自不任臨文震惶. 聊以申蹈欣之私忱云爾.
歲乙巳元月上浣, 謹識.

客有夢而爲鶴者, 凌風而擧, 摩雲而翔. 游乎九霄, 戾乎上蒼. 徧乎閶闔, 觀乎一方. 見有大星, 煒煒煌煌. 玲玲爛爛, 暴暴熒熒. 如璧如珠, 如燭如釭. 如日如電, 如鏡之光. 悚然異而覺, 朝而從絧錦子道之, 且質之詳. 絧錦子曰: "子知夫文之德乎? 在流爲瀾, 在植爲英. 在絲爲異錦, 在石爲明瓊. 其在乎天, 燦而爲星. 曰斗曰台, 曰譽曰昌. 繡列璣錯, 若華麗莖者, 何莫非乾文之精? 而若其西北一躔, 奎曰以名. 遠拱東壁, 近揖長庚. 維天有文, 爰集其成. 旣朗旣煥, 復以其晶. 旣淑旣華, 復以其榮. 文之所積, 外而彪章. 珍光瑞彩, 於斯焉藏. 珠虹錦霞, 於斯焉生. 羽袚彈墨之徒, 於斯焉彙征. 矞雲絳河, 莫與敢京. 紫垣太微, 賴爲之明. 經其文於萬衆, 管一世之休亨. 是故趙祖基其休明, 屯五宿而視禎. 高皇煥而洗宇, 屏黑祲而晨晴. 懷鸞篆而吐藻, 迓大蘇於紫城. 蓋上天光明之中, 而奎星至華且靈. 今子之游, 其斯之丁. 噫子見天文, 未見人文. 奚徒未見, 亦未之聞. 我聞奎章, 亦在乎人. 其誰章之, 惟聖吾君. 吾君允聖, 如華如勛. 其治黼黻, 其德氤氳. 媚于上帝, 垂山龍裙. 天經地緯, 文哉彬彬! 休運丕闡, 庶務日新. 如晷斯午, 如歲方春. 業基萬祀, 教暨八埏. 修之於人, 準之乎天. 爰峙一閣, 以象奎躔. 以倣中華, 以述祖先. 有國之閣, 自古惟然. 周人有秘, 守以耳仙. 虎殿漢世, 獜室唐年. 爭華競麗, 埒彼西崑. 宋氏因之, 宸藻是安. 龍圖天章, 藏以世分. 下逮皇明, 尤重其官. 異爲內閣, 文華文淵. 雲漢斯倬, 群龍斯蜿. 萬寶所儲, 小酉之山. 豈徒爾也? 文化攸關. 余惟小華, 厥與之班. 一有不若, 恥在東民. 肆昔我莊憲大王之時, 治存內修, 謨裕後昆. 蔚變齊魯, 陋視夏殷. 筵臣建奏, 盍閣之尊? 麟趾之東, 實相禁園. 木天石渠, 庶見其完. 宮暉先暮, 恨入梧雲. 亦粵肅祖, 丕承光前. 于何未遑, 慨古咨嘆. 乃建小構, 宗寺之間. 列聖手澤, 斯焉是挐. 飛白科斗, 舞虯漂鸞. 乃煌璇墨, 以貫其顏. 蒸虹射斗,光氣爛爛. 然惟斯閣, 旣窄且偏. 文之方盛, 無以稱焉. 蓋其制刱而不備, 儀設而不全. 藏無他書, 守無定員者, 豈文物未闡之故也, 蓋若有待乎神孫. 皇夷挹其不卒, 睬後人而啓端. 是故恭惟我主上殿下, 紹明明, 顧不不. 偵繃辰, 握璿璣. 爲國之道, 文其在玆. 肯堂肯構, 非台伊誰? 自天裁之, 旣叶龜筮. 詢于大同, 群稚[9]是咨. 禁苑之北, 旣景且基. 密邇映花堂咫尺, 深嚴瑞蔥臺一陲. 地旣與之以所, 天又假之以時. 豫章爭抽而竢斧, 醴泉自飛而獻池. 鼚鼓一作, 衆稚趨慈. 民興靈臺之役, 工歌薰殿之規. 於是乃堵乃礎, 乃陛乃墀. 乃柱乃甍, 乃梁乃楣, 乃枅乃梲, 乃栭乃欀. 乃漏而密, 乃榮而夷. 乃殿而敞, 乃樓而危. 乃爲廊廡而脩, 乃爲楯檻而奇. 不壯而穆, 不高而巍. 不僻而幽, 不彩而輝. 璀璨焜煌, 轇轕崎嶬. 縹緲翩翻, 窈窕淋漓. 穹窿倜儻, 蜿蜒迤邐. 褦襶如鳳鳥, 贔屭如玄龜. 如綾紗之各揭, 如瑪琚之相麾. 如蓮坏而灼灼, 如竹苞而猗猗. 如驚雉之聳翮, 如怒鯨之鼓鬐. 正如山岳之突起, 成削千尺之參差. 又如仙人道翁之特立, 軒軒乎冠劍之有儀. 梓堊旣勤, 丹膜斯施. 雖朱綠之有戒, 亦繪事之陸離. 栱蒸雲而不石, 椽吐花而非枝. 蝸涎橫拖, 藻柯倒披. 樑集五鳳, 壁戰九螭. 神將倚柱而搤腕, 玉女臨窓而歛眉. 木生鱗毚, 土出蕊榱. 粉砂黛黃, 檀荷騮緇. 目爲生花, 面若中卮. 不陋不泰, 不鉅不卑. 展也寶閣, 聖人之爲. 於是樓名宙合, 扁揭楣南. 軒上有軒, 楹再其三. 寔爲正閣, 克華且深. 眞容穆穆, 於焉儼臨. 堯眉舜瞳, 鳳章虯髥. 丹幀御榻, 碧帷護檐. 百靈斯護, 萬姓攸欽.

9_ 稚: 저본에는 '雉'로 되어 있으나, 誤字로 판단되어 바로잡음.

香自起而勃蓊, 雲不去而紅曇. 又復宸章閣刄, 寶翰載函. 風水自然之文, 天地正始之音. 煌煌乎明珠之必相聯! 灝灝乎滄海之無不涵. 間嘗論君人之文, 自勅天薰風之吟. 下以幷漢唐宋明, 而其盛莫與相參. 求之於墨藪筆苑, 亦可以軼古超今. 袟安紅錦, 軸設黃金. 光輝所發, 星斗羅森. 册寶印章, 尤大且嚴. 幷藏一室, 或几或龕. 宜千萬歲, 鎭國無厭. 西南有堂, 奉謨斯瞻. 兩夾斯翼, 寶榻香沈. 一十九世, 聖祖所籤. 文之㗩㗩, 詩之渢渢. 筆而楷篆艸白, 畫而花竹蟲禽. 敎誥之所以貽謨, 顧命之所以傳心. 銀潢玉支之牒, 蘭臺金匱之籤. 于架于案, 于帊¹⁰于㡡. 于以密罩, 于以敬緘. 每一披翫, 孝思不任. 如羹如牆, 盥而後拈. 保有萬世, 東國之瞻. 离方有構, 薨甍相接. 觀閣古而旣高, 窩皆有而乍挾. 或層軒而疊架, 或煥閣而深闔. 爰俯群書, 以資涉獵. 類分經史子集, 部別丙丁乙甲. 其書則史載歷代之蹟, 經垂群聖之業. 智士異人之子, 忠臣良輔之集. 秦漢哲匠之家, 唐宋鉅公之什. 百家諸流之所著述, 千古群儒之所編輯. 蟲魚艸木之所箋, 禮樂儀章之所䇿. 以至星歷地誌, 道經兵法. 物譜技訣, 畫卷筆帖. 讖緯稗官, 仙弓佛笈. 神鬼之怪, 藝術之雜. 天上之藏, 海外之拾. 林林叢叢, 累累疊疊. 鱗鱗井井, 秩秩蟄蟄. 矗矗離離, 紜紜燁燁. 不億其計, 有萬其級. 或珠其籤, 或繡其匣. 或香其架, 或錦其裒. 或花其帙, 或雲其篋. 積成群玉之岡, 環作衆香之堞. 芸烟靑而辟魚, 香滿室而長浹. 然而此猶遠購燕市, 華本之合. 若其東籍所藏, 別有西庫屹立. 多或過之, 類或相襲. 巧曆握籌, 不能百

10_ 帊 │ 저본에는 '帕'로 되어 있는데, '帊'와 통용하는 글자임.

十. 積金齊斗, 寶猶莫及. 輝輝玉印, 是款是踏. 煌煌牙牌, 以出以

入. 至尊所緘, 香留卷葉. 庫之稍南, 以軒以閣. 舊名書香, 九楹是

市. 每當曝晒, 此焉移榻. 構各有適, 多猶不沓. 緊彼外閣, 不同而

同. 秘之沁都, 慮于無窮. 屬以芸館, 剞劂是供. 或創或沿, 越以類

從. 又是直院, 惟禁之中. 瀛館之右, 虎門之東. 摛文之院, 邇于九

重. 白玉其堂, 青瑣其牕. 天近蓬萊之雲, 地清翰林之風. 軒宜月而

最白, 砌有花而先紅. 怳如紫虛, 羽客所宮. 於是當塗白面之彦, 間

世黑頭之公. 才凌枚馬, 志齊夔龍. 影華纓而膺選, 接芳武而協恭.

敷懷抱於厦氈, 贊治化於笙鏞. 臨文見才, 隨事知忠. 是故便蕃寵

錫, 大硯玉燈. 飲酒之器, 橘盃銀鍾. 天門曉肅, 臚贊鞠躬. 龍街晚

歸, 金牌戒衝. 春三秋九, 旣和且豊. 賜暇燕賞, 流霞臨江. 梨院寶

瑟, 太僕花驄. 百僚送酒, 恩澤融融. 雖前修之選湖, 榮猶莫其斯隆.

又復抄啓之官, 經藝是通. 早年黃甲, 是敏是聰. 爰試講製, 月課其

功. 若溉嘉樹, 煽彼文宗. 檢書之官, 詞翰兼工. 洛下才子, 拔乎墨

叢. 供給文園, 技竭雕蟲. 歌詠聖恩, 幸時之逢. 筆人畫客, 律官書

童. 下逮胥史, 人無苟充. 久矣內閣, 國之所崇. 奎章閣之制度措置,

於斯備矣. 而於是乎惟我聖上, 當殿宮問寢之後, 際卿宰退食之初.

池邊送蹕, 花外回輿. 於斯周覽, 於斯燕居. 于是時也, 聖人豈無思

歟? 披寧考之舊訓, 撫烈祖之遺書. 優然如見, 噫噫歔歔. 根天之

孝, 久猶藹如. 繼述之治, 斯焉益圖. 堯中舜精, 武烈文謨. 前後一

揆, 如帝之初. 又復紫禁夜靜, 宮月方虛. 晝燭雙熒, 香穟扶踈. 雲

床在前, 玉音伊吾. 蠶絲密而細繹, 復有光於玄珠. 皋比怳其聖臨,

若左右乎先儒. 工於斯而日躋, 摠治心之丹符. 又復春曉初舒, 漏滴

虯壺. 花影綺疏, 鳥語銅鋪. 凭香案而暇豫, 抽往牒而卷舒. 尋千古

之寶鏡, 得柯轍於褒誅. 旁諸書而攷訂, 遵正路而範驅. 嗟叔季而不
有, 宛兄羲而弟虞. 又復春花秋菊, 美景方姝. 群賢蜿蜿, 整簪曳裾.
論前聖之緒餘, 問治不而都兪. 忘簾陛於尺五, 若父子之怡愉. 傾獸
尊而酒暖, 閣臣躍其庭趍. 庭花湛其露斯, 樂魚藻而只且. 若其它虛
池納明, 水光一輪. 珠欄十二, 璧月清神. 則觀感乎天, 移之於人.
徠諫之德, 於斯益眞. 宮砌日煖, 百花爭春. 早紅晏白, 郁郁乎彬.
則體之東皇, 訪于臣鄰. 求才之念, 於斯益新. 禁苑雨過, 芳草爭欣.
陰厓陽岸, 一色羅裙. 則法彼造化, 哀此芸芸. 施民之政, 於斯益均.
慶成秋晚, 萬寶授辰. 玉粒初熟, 滿畦黃雲. 則奄觀銍刈, 念彼耕耘.
務農之典, 於斯益勤. 觀德抗侯, 武夫揚神. 箭落紅心, 鼓動旗翻.
則治在張皇, 念我三軍. 詰戎之戒, 於斯益存. 佳節試士, 羅鳳蒐麟.
儷策銘律, 各以其倫. 則燭盡詞圓, 能者是掄. 造士之禮, 於斯益文.
蒼鸎白鳥, 呦嗃成群. 一團春意, 與物氤氳. 則擴而引之, 撑乾彌坤.
周文舊治, 於斯益仁. 土墍瓦鉶, 穪不嫌貧. 璫鬟自屛, 賞花無樽.
則富而不有, 將以貽孫. 帝堯克儉, 於斯益敦. 此猶萬一, 何敢盡
云? 蓋以爲寶殿法宮, 人主所御. 鷺坡西掖, 詞臣所住. 敷文顯謨,
御書是護. 天祿白虎, 秘書之處. 各有所適, 莫能相與. 惟奎一閣,
諸美是具. 非古書無以典學, 非深閣無以澄慮. 雖聖質之天縱, 閣亦
不爲無助. 嗟乎吾身凡而未翮, 阻貝嶠而莫騖. 雖春塘之屢趍, 尙千
里於跬步. 裳未褰於弱水, 眼未親於琪樹. 香雖聞而失紅, 似翫春而
隔霧. 逢吾子而欲吐, 曷以能夫詳諭? 瞽捫錦而詔蒙, 眩朱黃而莫
悟. 忘愚憒而强說, 語必多其訛謬. 然而要而聽之, 視子之夢何? 客
起再拜, 敬服其語. 北嚮蹈舞, 眉軒口欬. 曰: "始吾夢天, 怳惚有覩.
適適自驚, 謂莫此娛. 今聞子言, 世亦玄圃. 如彼牧豎, 斗見金輿.

又如糟妻, 始供玉筯. 耳返如塞, 不知所訴." 遂系曰: "偉哉閣之用, 顯哉閣之作! 非吾君聖明, 此閣何以闢? 非此閣光明, 吾君安所宅? 上下而千古, 奎章有一閣." 又歌曰: "彼天昭遍, 有奎星之躔兮! 吾君文明, 有奎閣之煥然兮! 非閣之如星, 乃吾君之如天兮."

三都賦 幷敍

都曷爲三? 南都·西都·東都, 是已. 曷爲都有南西東三也? 昔扶餘氏·高氏·朴氏竝立爲三國, 扶餘氏國乎南, 高氏國乎西, 朴氏國乎東, 國皆有其國之都. 於是, 南國之都爲南都, 南都者, 卽今忠淸道夫餘縣也, 西國之都爲西都, 西都者, 今平安道平壤府云. 國乎東者之都爲東都, 今慶尙道慶州府, 卽其地也. 三都雖有其地, 皆古都也. 城郭·宮室, 皆已荒艸矣. 富强行樂, 皆已雲烟矣. 三都曷爲而賦之也? 曰: "都之有賦, 亦古也. 古者國有史, 地有志, 風俗有紀, 固無事乎都之有賦, 而古之人若班固·張衡·劉楨·左思之徒, 猶汲汲然賦之者, 誠以賦者, 賦陳其事, 而亦加諷誦吟咏, 有刺美之義, 而能入人之深故也. 然則, 都曷其可不有賦, 以賦之耶? 旣都不可以無賦, 則豈以此南都·西都·東都之三都而可無賦也哉? 此〈三都賦〉之所由作也." 曰: "然則, 子於扶餘氏·高氏·朴氏, 皆古人也. 將誰與而誰奪?" 曰: "賦者, 亦詩之一體也. 秦詩能夏, 以其悍也, 其敝也折, 鄭衛之詩淫, 以其蕩也, 其末流也靡, 知乎詩, 則可以得於賦矣." 曰: "然則, 子將與朴昔金氏乎?" 曰: "蓋優矣, 賢則吾未之知也矣."

時辛酉, 孟夏, 賦而敍.

南都

新羅鴻濟後三十一年, 有高句麗對盧 · 辨雄者. 以其私游東都, 適遇百濟達率 · 務華於蘇判思實之宅. 於是三子者, 相與登瞻星之臺, 周覽山川之勢, 游觀民物之富. 辨雄曰: "美哉都也! 眞徐國之寶也. 然雖美矣, 猶未若我西都之爲美也." 務華曰: "西都則僕未之曾觀, 而蓋嘗聞諸行李之往來者矣. 以所聞槪所見, 西之都, 若將賢於東之都之美矣, 而不佞甚戇, 不能過謙, 竊以爲皆不及我南國之都也." 辨雄勃然變乎色曰: "子之南都, 能美多少, 而乃欲駕軼我西都耶?" 務華, 於是, 乃掀眉目笑, 咶舌膏脣作而曰: "子生未聞我南都之美耶? 夫善爲家者, 必審其居. 善爲國者, 必擇其都. 故殷易五畿, 姬奠兩區. 國之休旺, 在都何如. 昔我溫祚王, 天造艸昧. 作邑于漢, 巖而未壯. 樸而未煥, 逮于文周. 舍而南爲, 依山爲郭. 因河爲池. 垂及百年, 實鞏實基. 於赫聖王, 猶不寧玆. 乃睠四顧, 求民之宜. 爰定其都于泗之湄, 此南都之所由作也. 爾乃富媼孕精, 鉅靈凝思. 削金鍍玉, 群宰插地. 鷄龍峻極, 實鎭艮位. 魯城東屹, 天寶西瀯. 望月前趨, 七甲後跋. 如屛環匝, 如碁列置. 遠揖近拱, 各有深意. 國之所望, 名曰扶蘇. 高而不亢, 大而不巃. 坳而不鬱, 削而不癯. 安而不庳, 爽而不膚. 列而峏𡾤, 秀而崛岉. 險而𡾙嶒, 絶而屹巇. 廣而嶕嶪, 長而嶈峷. 深而岭嶒, 延而岬碣. 嶕嶹峻嶒, 崖𡾪嵲屼. 屔巘岊匋, 巉峰巖嶭. 東岑迎月, 西岑送月. 二臺盤陀, 高絶蓬埤. 下臨有流, 寔爲泗沘. 自出錦江, 厥委千里. 滾滾不盡, 北匯西沘. 從以金剛之川, 同乎良丹之沚. 爲江爲河, 爲海而止. 爾其灑渙困灋, 浹渫泱沶. 淑淶淡漫, 澈洌潢混. 圓波泯沵, 怒濤茫潊. 桃花春漲, 浩洸鴻泆. 厓不辨牛, 如漢之廣. 霜降石出, 泹泹有響. 碧砂澧沲, 游鱗可賞. 於是築城于玆, 抱山抵河. 粲鉅石而晶贔, 架文矟而嵯峨. 橫雲衢之半月, 抹赤城之晨霞. 枅雉堞以白盛, 列華譙之婆娑. 萬三千有餘尺, 堅固可以攻磨. 於是左祖右社, 前朝後市. 門交兩馴, 涂方九軌. 乃作于宮, 圭測繩揆. 不壯不麗, 何以鎭此? 掄材揀工, 備盡其美. 寫南國之梗樟, 發他山之武夫. 梁爲栢而桂棟, 勞鬼工於侏儒. 折澀浪而承礎, 撑落時而持柩. 千門萬戶, 麗廔銅鋪. 內爲溫室, 外爲法殿. 通爲飛閣, 離爲別院. 釦砌璧釭, 蝸籬螺鈿. 倒藻柯於列栱, 見玉女於雙扇. 仰而望之者, 莫不神駴而眩眩. 迨近玆之重修, 美結構之益華. 亂錦繡於土木, 煥砂綠而紛葩. 臨彎碕而頰笑, 陋漆婿與駛娑. 爾乃引水穿池, 王宮之南. 規而爲月, 雲影相涵. 植菌苔之的皪, 被楊柳之毿毿. 中島嶼而列峙, 象仙山之有三. 於是起望海之樓, 修興王之寺. 輝山耀河, 金碧珠翠. 以資薦福, 以供游戱. 升平旣久, 文物大備. 又復列署星拱, 閭閻櫛比. 雲屯佐平之府, 鍾鳴恩率之里. 街漲香塵, 行者錯趾. 百有餘年, 庶矣富矣. 是故天子授金策之書, 倭人致蠙珠之貢. 徠躭羅於遠譯, 見釋迦於大衆. 國無蛇豕, 時有麟鳳. 熙熙皞皞, 春臺紫洞. 王乃選三令之勝, 迨萬幾之暇. 披紫錦之大袖, 冠金花而微亞. 集文武之臣僚, 命倢伃與婎嫭. 游乎春風之館, 憩乎明月之榭. 及其紅花未落, 春潮初平. 日晏風恬, 波濤不驚. 乃却鳳輦弭羽旋, 御龍舟連彩舫, 溯曲渚沿蘋汀. 魚龍慴伏, 水禽齊鳴. 朱雁粉鷗, 花鴨鸂鶒. 喈喋游泳, 導而前

行. 鷄統乍颭, 錦帆弸弸. 轉于北浦, 苔碧沙明. 奇巖怪石, 傑伉爭
迎. 螭騰豹玃, 神鬼狰獰. 珍木異卉, 紅紫交呈. 倭躑百日, 海桃山
櫻. 迎春杜宇, 木丹冬靑. 香蒸破鼻, 錦纈搖睛. 離離郁郁, 不可殫
名. 於是招舟子命戲夫, 下綸竽施罦罠, 投竹叉設曲薄. 筈箸乍啓,
銀鬐揮霆. 鯉鱸鱒鯔, 葦蘇鯊鯽. 石首錦鱗, 白魚之白. 潑剌金盤,
鼓尾爲赤. 於是紅粧內使, 綠衣食尺. 滌錡燃竹, 游刀而作. 鱠細銀
絲, 是臠是臛. 于以佐飱, 于以侑爵. 香粳玉粒之飯, 竹葉榴花之醞.
擧酒獻壽, 鼓瑟吹笙. 桃皮篳篥, 空侯笛箏. 同調異閱, 樂協群情. 王
乃顧而樂之, 叩舷而歌曰. 山有花兮, 水有波. 江南北兮, 盛繁華. 泛
彩舟兮, 奏簫歌. 酌芳醑兮, 朱顏酡. 日欲暮兮, 奈樂何? 於是, 群臣
相和, 起舞蹲蹲. 絲纜移碇, 犠于北原. 厥有瑞巖, 不燨自溫. 瑩若
象[11]床, 煗如繡墩. 登天政之高臺, 頫楓林之江村. 徑竹園而緩歸, 値
水月之黃昏. 旣流連而知反, 樂不可以終謏. 又復秋晚南池, 移舟溯
沿. 鳳翮相喞, 翠幕連天. 如花如月, 宮女三千. 鸞笙鳳管, 嘲轟騈
闐. 搴洲邊之白蘋, 采水中之紅蓮. 愛淸興之未已, 陟蓬壺而訪仙.
又復踈鍾隔岸, 招提十里. 旃檀異香, 蓊勃四起. 靑翰赤馬, 翠華臨
水. 白拂前導, 高僧列跪. 演伽陵之法音, 拾曼殊之落蕊. 弭棹謳而
上岸, 講玄妙於佛氏. 蓋自刱業以來, 累世寧謐. 年豊而國富, 政成
而民逸. 山川增美, 節喜多術. 失今不樂, 逝者其耊. 所以樂事之頻
繁, 亦由風景之佳麗. 以我觀之, 吳宅建業, 莫予敢儷. 洛師鎬京, 未
定其第. 可以呑幷乎四國, 可以傳至于萬世. 南都之美, 果何如哉?

西都

辨雄曰: "子之說南都, 其止於是耶? 噫! 子誠南士也, 何其言之, 華而不結, 溢而不斟. 嘽嘽乎盈人之耳, 而不能槩人之心耶?

都邑之美, 謂在登臨. 王政之美, 謂在荒婬. 匪可夸也, 伊可愍也. 子信欲聞都邑之美乎? 惟我西都, 被山帶水. 在昔箕聖, 以殷多士. 渡江而東, 聿止于是. 運五遷之餘智, 實有得於相視. 基文明而闢荒, 爲震域而啓始. 貽厥後裔, 傳有千祀. 逮國南僑, 承以衛氏. 國有所守, 民有所恃. 向非奸臣之獻城, 漢兵何以得意於此? 猗我東明, 乃聖乃神. 天帝維祖, 河伯之孫. 旣靈且玄, 握乾闓坤. 涉河建國, 于胥膴原. 是廬是宮, 是宗是君. 神鍍玉橋, 靑白二雲. 榭高儀鸞, 窟深牧麟. 開松侯之新邸, 畊箕師之井田. 新宮高以九梯, 石有路而朝天. 千年舊墟, 靈蹟猶存. 紇升卒本, 莫徵古言. 孺留暫徙, 壽王載旋. 地是樂浪, 城曰長安. 於是乃鑿池濠, 沄沄湯湯. 乃築郛郭, 屹屹嶈嶈. 乃作都門, 浩浩煌煌. 乃建宮室, 乃殿乃房. 乃閣乃觀, 乃院乃堂. 乃樓乃軒, 乃廡乃廂. 乃庈乃廈, 乃廠乃廊. 乃寺乃府, 乃庚乃倉. 乃爲罘罳, 乃爲中唐. 乃爲九門, 乃牖乃窓. 乃苑乃囿, 乃沼乃塘. 乃砌乃墀, 乃壁乃廧. 嘁嘁昭昭, 奕奕揚揚. 離離灄灄, 宭宭蒼蒼. 窨窨實實, 熠熠央央. 嶈嶈沓沓, 雪雪章章. 嚴若周總章, 高若魯靈光. 奓若晉銅鞮, 鮮若漢昭陽. 章華館娃, 銅雀栢梁. 駘盪昭明, 枌梡披香. 陋如广芆, 不可以方. 於是臨高臺, 騁遠目. 鉅岳屹, 群山矗. 或離乍合, 或起旋伏. 或親相背, 或斷復續. 或高而低, 或直而曲. 或密而疎, 或群而獨. 或圍如廥, 或藂如竹. 或坼如蓮, 或削如玉. 或擾如龍, 或駭如鹿. 或跂如鸞, 或建如纛. 遠而

望之, 則瑞錦千疋, 亂費歷錄. 爲帷爲裳, 翠碧丹綠. 故其山曰錦繡,
花萼特挺, 含英孕淑. 春風未敷, 紅瓣齊簇, 故其峯曰牧丹, 若其它
蒼光之岑, 木覓之岳. 北之九龍, 西之弄鶴. 莫不各擅勝槩, 勢相椅
角. 美齊吳會, 險蹴巴蜀. 斯蓋支出妙香, 造化亭毒. 經營措置, 列
垣分局. 豈如彼岥岮嶇峩, 不過爲斷壟殘麓者耶? 頻而察之, 則魚
鱗蜂窩, 十萬其戶. 烟花相接, 撞鐘擊鼓. 列肆星羅, 商旅螘聚. 無
貨不居, 莫可較數. 環城以外, 浿水西流. 百川所宗, 千里源頭. 蛇
迆箭駛, 日夜不休. 穿雲峽而下注, 過神女之高邱. 旣南折而西匯,
始蕩蕩而浮浮. 激以白銀之灘, 從以巖赤之洲. 錯以綾羅之島, 放于
九津之游. 爾乃淨如練, 淸似油. 觸德巖, 漾梯湫. 躍錦魚, 泛白鷗.
楊柳春, 芙蓉秋. 月溶溶, 烟悠悠. 於是長安佳冶, 紅粉之儔. 穀朝
于差, 出游相求. 孔雀扇兮, 錦襦裙. 沙棠楫兮, 木蘭舟. 乘輕波而
汎汎, 遵北渚而夷猶. 揚雉禾之舊歌, 奏小玉之空侯. 或採紅藕, 或
垂月鉤. 或斟素兒, 或登畫樓. 其於子之所稱水嬉者, 不翅黃鵠之於
蜉蝣. 然而此猶㜒嬰嬖媵, 兒女子之相遊也. 方將飮我馬而洗劍, 視
天塹之深溝. 盈盈衣帶之水, 又何足久煩於相詶也? 蓋其土厚而水
深, 兵强而國富. 天府金湯, 秦川錦繡. 是故沃沮降, 靺鞨媾. 荇人
服, 藻那走. 北賷楛矢, 南錫橘柚. 四境之外, 久無戰鬪. 王乃咨縟
薩, 召乙豆. 兵不可以不講, 禮不可以不懋. 先王之游, 曰有蒐狩.
時方季秋, 吉日維戌. 盍整我武, 以從于獸? 於是建招搖, 揮綵幢.
鐃丁當, 鼓豊隆. 三軍之士, 莫不率從. 分爲八門, 合爲九宮. 曁曁
狄狄, 林林蓁蓁. 煜煜闐闐, 滔滔洶洶. 爾乃銀鍪錦幖, 裲襠七重.
㚒反倒頓, 犀毗束胸. 右佩魚韔, 左挾冰箭. 浮游之矢, 更贏之弓.
紅彌綠撻, 椌彈象[12]弸. 剛掛鳴髇, 其利如蜂. 側帶一刀, 鞘護霜鋒.

繡緅鎪鐏, 魚腸芙蓉. 又復鈹鉿鋋鐰, 鐅鏢鉤鏦. 犀渠彭排, 武落錡
鏊. 攢者歧者, 各守其工. 衿服旣成, 我馬亦同. 有驈有騜, 有驔有
驄. 有騢有駶, 有驗有駹. 有驔有騜, 有騋有駜. 屯共雲錦, 走如旋
風. 翠髦珠絡, 嶁箃是供. 整鞦結銜, 環列爲堭. 及其金鳴角開, 駕
隊出雙. 白旛慮無, 散而四衝. 于牧之外, 于藪之中. 于城之南, 于
山之東. 千營擧火, 四野焱紅. 張罿罝, 載罦罾. 設艾如, 羅罻罜.
埋獲審機, 係罿吹筒. 海東靑鷹, 群飛蔽空. 桃花健拘, 駢走橫縱. 於
是淺虎斑豹, 玄猻黃熊. 麋麔麕麖, 鼀黿犴獤. 獲猯豺貉, 羚羊驢蚤.
野兕陸駁, 封狐巨豻. 莫不駇牟自擲, 魂駴神慢. 咷哴叫嘶, 委積寵
嶸. 猛獸猶然, 飛鳥何容? 雪白天鵝, 紅首華蟲. 羅掩六鵮, 射串雙
鴻. 山河爲其鼎俎, 天地爲其樊籠. 闢大庖而論殺, 命軍吏而策功.
堆鹿角之嶠嶠, 編貂尾之芃芃. 繽匊白而肴紅, 飮琉璃之千鍾. 乃登
安鶴之宮, 橫義觜之笛, 撾齋擔之鼓. 和吹蘆之曲, 呈金璫之舞. 歡
聲動於海岳, 壯氣彌於寰宇. 麾諸伍而就列, 尙㤥然而餘怒. 爰命詞
臣, 俾頌大武. 其詞曰, 我整六軍, 淇水之瀕. 左師驛驛, 右師趒趒.
載馳載驟, 其馬維駰. 以卽中林, 有鹿牲牲. 於鑠我王, 武士如雲.
大邦是禦, 小國攸賓. 狩而言歸, 思樂肺肺. 我王康哉, 萬有千春.
嗟乎形勝之美, 由天所成. 卜而居之, 在哲與明. 不有開刱, 何以成
城. 不有善守, 何以永貞? 危可使固, 弱可使勍. 儉可使富, 汙可使
榮. 大化之治, 不求自營. 覇業之就, 莫我敢京. 然則西都之美, 雖
不專在於都邑. 而其視子之南都, 爲多耶未耶?"

12_ 象 | 저본에는 '衆'으로 되어 있으나, 문맥상 '象'이 아닌가 한다.

東都

思實蘇判揖二客而告之曰: "僕不佞, 嘗聞諸先長者曰: '君子之道, 聽其言而知其政, 見其始而圖其終.' 今達率之辨, 固失矣, 而對盧之諭, 亦未得其中也. 夫樂泆則荒, 武黷則窮. 故夫差燕婉以顚其家, 主父鷙橫終隕厥躬, 始雖相斬, 其歸則同. 故古之制都也, 南則逼越, 北則妨戎. 逼越者, 常耽於游冶; 妨戎者, 每失於爭攻. 風土之所遷移, 人事之所臧兌. 先王之所不居, 蓋臣之所忡忡也. 今反資談屑助辭鋒, 持而相似, 如竹和桐, 匪言之言, 竊有憂於二公也. 且賓之詔曰: '東都雖美, 不如西都.' 子能知東都之所以美乎? 何由知其如與不如也? 請爲子歷告之. 彼阤然高起, 秀色蒼藍. 嶁峒嶮巇, 巉巖礜嶜者. 國之東岳, 名曰吐含. 飄颻淸絶, 抃若靈鰲. 谽谺幽峽, 嶙峋峥嶸者. 國之西岳, 名曰仙桃. 嶷嶷一帶, 爲麓爲岡. 巇岏岧嶢, 列插刀戟者. 國之北岳, 名曰金剛. 縹緲崎峥, 嬝婉繁縟. 如攢菡萏, 如翔鸞鷔者. 名曰含月, 是爲南岳. 四局分鎭, 群靈亦圛. 金鰲飛鶴, 明活伏安. 紫玉北兄, 瑪述狼山. 列供飣餖, 競高螺髻. 美不可言, 高不可攀. 密邇方丈, 元氣所蟠. 龍盤虎踞, 天設重關. 彼曠然東望, 漠然無已. 泙汗汩越, 濩渃渺洄. 滇洱鴻濛, 而無津浹者. 國之大池, 東海之水也. 爾乃積太素, 包群美. 厚不知其幾百尋, 衍不知其幾千里. 隔岸而居者, 紅髮玄齒. 靈桃盤柯於其嶼, 神桑托根於其沚. 文鮹潛穴而不潮, 巨蜃結彩而爲市. 神龍之所鎭封, 仙聖之所游暢. 國家之鉅防, 天地之珍藏. 其產於是者, 鰒稱珍羞, 鯨吞巨舫. 蟹匡容釜, 蝦鬚植杖. 玄蔘似猪, 朱蛤如盆. 卵堆珠櫻, 梢縈素施. 腰或漚廣, 吻或豁大. 石花若掌, 昆布若帶. 玄虛之所未賦, 太眞之所曾昧. 漁子浦丁, 是貨是儈. 是脯是醢, 是羹是膾. 塩戶架鍋, 熬海爲醝. 玄精作鹹, 燦若雪花. 海之於民, 功利莫涯. 東川西川, 二流分丫. 淺爲魚籪, 盤作鷺渦. 兎嶺低橫, 蚊江遠斜. 春女秉簡, 游人汎花. 豈無他所, 愛此皓沙. 子見夫諸城之隱隱於雲裏者耶? 西爲金城, 東爲半月. 月城之陰, 滿月斯豁. 又東而迤, 城曰明活. 南山之巓, 表而復闕. 惟此五城, 屹屹屼屼. 隨時遷御, 以備倉卒. 民有所固, 寇莫予突. 恭惟我古昔先王, 龍游而伏羲作, 虯降而殷商殖. 首出庶物, 承天建極. 乃奠城邑, 乃啓邦國. 綏厥萬民, 稼穡是力. 築仁耕義, 守以一德. 繼嗣維孝, 是承是式. 世有賢聖, 受祿萬億. 國以日闢, 人得安息. 故自始國以來, 金官降, 于山服. 碧珍平, 甘文伏. 萇山歸, 悉直屬. 蜻蛉懷, 靺鞨蹙. 小國二十餘, 大國五六. 於是幅員旣將, 生齒漸衆. 市有歡頌, 野無鬪鬨. 乃革茨土, 爲宇爲棟. 殿闢九龍, 樓屹五鳳. 紫楡黃楊, 飛簷栱牙. 懸魚花斗, 獸頭張呀. 沓冒黃銅, 泥牕綠紗. 儉而不陋, 飾而不奢. 允乎穹嚴, 帝王之家. 子欲見東都之古蹟乎? 菀彼楊麓, 其下有井. 佳氣繞林, 神馬留影者, 蘿井也. 瀰瀰小港, 遠接龍城. 海雲千古, 瑞鵲飛鳴者, 阿珍浦也. 石高刀痕, 芳林蒼翠. 白鷄長鳴, 金櫝啓瑞者, 始林也. 小井源源, 流遠根厚. 有龍蜿蜿, 脇誕聖母者, 閼英井也. 有仙神宮, 藻井丹桷. 世世有獻, 苾芬致格者, 始祖廟也. 有祠岳頂, 光氣含吐. 鎖骨駢齒, 永鎭東土者, 脫解祠也. 花落碧桃, 鸞佩鳴空. 仙山聖母, 實肇大邦者, 聖母祠也. 珠邱南秘, 竹葉紛堆. 神兵所護, 伊西自摧者, 竹長陵也. 瑪嶺之顚, 畫壁嵲然. 有妻望夫, 死而爲仙者, 神母祠也. 亭屹鰲頭, 仙郞舊游. 鶴去琴亡, 石瀨自流者, 琴松亭也. 鳳凰鳴矣, 于彼南山. 瑞石猶峙, 聲在其間者, 鳳生巖也. 鰲岑出雲, 石作蓮臺. 衆眞搴芝, 於我褭回者, 九聖臺也. 三十五宅, 分游以時. 花春月秋, 東野仇知者, 四節宅也. 分畎裂遂, 整若棊罫. 萬夫一同, 公私有界者, 井田也. 神元之旁, 鉅橋鍊玉. 鼻荊所亭, 百鬼局趣者, 鬼橋也. 此蓋世出神聖, 事多靈異. 地不秘寶, 天不愛瑞. 煌煌偉蹟, 不可一二. 山河之雄, 物產之細. 城郭之壯, 宮室之麗. 子旣目擊, 不必縷綴. 子欲聞東都之所以厚民者乎? 在昔二聖, 勤課農桑. 外訓耕耨, 內敎績紡. 若姬在豳, 務本興王. 愚夫愚婦, 習而久常. 回拙成巧, 變鳥爲良. 二月于耟, 黍稷稻粱. 九月築場, 乃積乃倉. 或有不中, 水沴火沴. 躬禱錄囚, 弭灾導祥. 二宮王嬪, 六部諸娘. 分朋績麻, 絡緯秋忙. 嘉俳較功, 餠酒互償. 一曲會蘇, 使人斷腸. 絲穀旣裕, 民胥以藏. 市者讓綫, 行者不粮. 聖人之氓, 君子之鄕. 豈若管[13]商, 徒私富强. 子欲聞東都之所以導民者乎? 哲以知人, 惠以安民. 治民之難, 在乎得人. 肆昔先王, 思擇其臣. 乃飾二艶, 翠髻赬脣. 使相居徒, 以察其眞. 南毛旣沈, 代以簪紳. 名曰花郎, 妙選靑春. 駿冠繡衣, 傅白如銀. 人慕似蟻, 士至若闉. 泛涉三敎, 礱磨五倫. 或稱風月之主, 或游山水之濱. 旣披砂而揀金, 又試芥而辨珍. 灼見俊心, 進宅其隣. 忠臣秉義, 烈士成仁. 爲將而良, 爲吏而循. 立之無方, 賢者是親. 法邁中正, 才多興賓. 英豪輩登, 郁郁彬彬. 旣奉源花, 至治可臻. 子欲聞東都之所以囿民者乎? 上世濛濛, 未有敎法. 民無所守, 士無所執. 往在法興, 竺氏東入. 天心沕穆, 與佛相合. 處道捨命, 力折訟譶. 乃設琳宮, 乃建寶塔. 乃鑄洪鐘, 乃延高衲. 天子遠嘉, 貝書滿笈. 舍利放瑞, 虹光煜燁. 求玄宗於毗摩, 見宴坐於迦葉. 塡巨澤而鬼趍, 築新宮而龍集. 三寶永輝, 人皆誦習. 不言而諭, 不喝而愯. 家國淸靜, 人民和輯. 自奉釋氏, 世界妥帖. 慧日龍天, 佛力所及. 於是天帝賚之以玉帶, 河伯贈之以玉篴. 躋群生於衆香, 措國勢於磐石. 無聲之樂, 日娛淸寂. 爰飾衆喜, 以詔群尺. 琴尺衣靑, 舞尺衣赤. 驚〈飄風〉於貴金, 和〈嫩竹〉於于勒. 舞〈韓歧〉與〈辛熱〉, 唱〈兜率〉與〈憂息〉. 法部未終, 鄕樂踵卽. 大面鞭鬼, 金丸飛踢. 月顚醉嚷, 束毒狂擲. 金色狻猊, 不祥是辟. 觀者疊肩, 披擠躡躐. 有酒如洛, 有殽山積. 燃燈八關, 達曉忘夕. 因民之歡, 非竭其力. 王猶太康, 蹴蹴戒惕. 克儉克仁, 化而無迹. 民有歌于衢者曰, 似海徐那伐, 如天庥立干. 逢人有喜樂, 使我無艱難. 東井出黃龍, 南山集白鸞. 願王康萬歲, 治國幷三韓. 僕之所以陳東都者略備矣, 願二賓有以敎之也." 於是, 辨雄·務華相顧逡巡下席, 再拜作而曰: "下土末學, 實固且隘. 如貉如獷, 各守所界. 率爾妄陳, 言多訛詿. 今聞粲花, 內服至戒. 金箆刮瞖, 雷霆破聵. 吾儕小人, 得此已快. 請從而辭, 歸勉其邁."

哀蝴蝶

癸亥春暮, 適見有彩蝶爲風飄墮池水而死. 余哀而憐之, 作詞以弔之.

胡蝶兮褊褼, 褊褼兮可憐. 被服兮陸離, 又何爲兮儚儚. 丹錦兮爲襘, 玄錦兮爲襪. 素錦兮爲裾, 襍五綵兮爲帶. 氍毹衫兮翡翠裙, 孔雀羽兮雙綴. 白鳳兮媥爛, 駕我車兮整瑤環. 胡蝶兮胡蝶, 與女游兮靑山. 靑山兮三月, 芳菲兮未歇. 梅花兮已落, 桂花兮將發. 蘭花兮馥馥, 桃花兮悅惚. 丁香兮百結, 牧丹花兮爛爛. 朝發兮靑山, 夕宿兮花間. 花間兮不可, 葉低兮可攀. 饑食兮花香, 渴飮兮玉漿. 優游兮自得, 與三春兮翶翔. 胡蝶兮胡蝶, 爾胡爲兮踆踆? 春水兮渙渙, 春風兮獵獵. 裳沾兮翼折, 胡蝶墮兮跕跕. 集翠羽兮爲船, 斬鯨須兮爲檝. 愛之兮欲救, 蕩中流兮不可接. 胡蝶兮隨風, 終然夭兮水之中. 山花兮未落, 爲誰兮紛紅. 蠅飛兮霏霏, 游蜂兮鑿鑿. 蜻蜓兮薄薄, 阜螽兮躍躍. 衆皆樂兮得所, 女獨爲兮飄泊? 誰怨兮誰尤! 旣自輕兮復好游. 江有波兮日已暮, 目渺渺兮使余愁. 胡蝶兮歸來, 與落花兮同流.

次陶靖節閑情賦韻

有美一人之窈窕, 表獨立而邁群. 求四海而莫覩, 溯千古而未聞. 性猶玉而溫潤, 氣不麝而芳芬. 旣其質之純粹, 又多態於春雲. 薄朱素而不施, 哂冶女之徒勤. 始余未之及見, 恐不克而殷殷. 懸誠餘而乍覩, 縱末[14]由而猶欣. 爛被章之陸離, 佩用亦其紛紛. 倚天桃而眄眜, 人與花而難分. 自我一見, 心繫瑤軒. 室邇人遐, 杳若雲山. 願吹非竽, 欲續無絃. 縱我繾綣, 奈此嬋妍? 懷中情而莫展, 導蝴蝶而傳言. 心雖摯而禮嚴, 戒踰穿之多譻. 抱明月而將贄, 束朱錦而爲先. 如有資而得近, 贖[15]百身而隨遷. 當南浦之夜靜, 駕采舮而摘芳. 化芙蓉而吐萼, 冒紅巾於水央. 當花氣之惱神, 乍凭几而安身. 化沈香而熏爐, 助芳澤之清新. 當脩夜之怨獨, 左支頤而彈肩. 化銀釭而燒心, 伴柔腸而同煎. 當朝窓之理掃, 抹纖蛾於清揚. 化菱鏡而分面, 告無隱於新粧. 當羅衫之覺凄, 急新製於凉秋. 化綾錦而暖肌, 俾不憂於市求. 當蓮跗之乍移, 下瑤堦而折旋. 化璜琚而鏘鳴, 協宮商於裾前. 當遠書之寄緘, 身在西而心東. 化彤管而宣辭, 動手舌之相同. 當流黃之躬績, 御錦機而當楹. 化飛梭而出入, 敍經緯之分明. 當裙衫之試製, 攬刀尺而自握. 化鴛針而刺繡, 贊巧思之綿邈. 當春愁之不聊, 斂檀板而推琴. 化鳳笙而假鳴, 繼朱脣而揚音. 願以身而徇君, 雖九死而甘心. 同游魚之樂淵, 等夕鳥之慕林. 花迎春而易飄, 月近人而多陰. 寧有時而執袪, 恐無路而披襟. 悲山河之多隔, 悵日月之侵尋. 諒不可以驟逢, 徒輾轉而寤歎. 精誠發於夢寐, 宛再接於花顏. 瑤臺高而夜霜, 得玉膚之無寒. 披情素而欲訴, 固千緖兮萬端. 願奉敎而周旋, 共百年而無還. 雲裳飄而焂擧, 哀我思之未殫. 孤燈燜而在彼, 復短枕之不安. 旣棄我而遠去, 更何所而追攀. 於是無酒而醒, 不寒而凄. 攬衣出戶, 傍偟徘徊. 輕颷颼於竹林, 珠露溥於玉堦. 墻月爲之掩彩, 壁蛩爲之含哀. 淚千行而下投, 腸九

15_ 贖 | 저본에는 '譜'으로 되어 있으나, 誤字로 판단되어 바로잡음.

轉而交摧. 雖願言而已矣, 只自疚乎我懷. 相古哲之有訓, 戒哀樂之
太過. 人情幻於暮雲, 世路歧於九河. 忘西山之落景, 逐東海之餘
波. 人多諼於夢想, 我猶憶於悲歌. 藏中心而莫忘, 庶古義之不遏.

效潘安仁閑居賦

夙余沐於菁莪, 佩庭訓而孳矻. 自幼齡而觀國策, 駑鈍而顚蹶.
懷梔蠟而屢售, 抱武夫而終刖. 嗟日月之不與, 竊自傷夫華髮. 纔泣
梁山之血, 又哭莉湖之痛. 廓萬念之盡灰, 覺往事之是夢. 恥干祿於
顓孫, 慕廢箸於子貢. 於是有先人之敝廬, 在王國之南畿. 屋可以庇
七尺之露, 田可以救八口之饑. 依山足而繚垣, 向海門而掩扉. 稀人
客之去來, 隔世間之是非. 其南則, 跨海建鎭, 樓船百尺. 鳴角警曉,
五兵山積. 其北則, 木道沿洄, 島嶼連雲. 來檣去楫, 櫂歌相聞. 山
傳臥龍之號, 地近桃花之源. 專一壑而卜築, 結三家而爲村. 爰開方
塘, 乃拓小園. 插楊柳而當門, 殖櫻桃而爲藩. 桐抽棲鳳之枝, 竹延
化龍之根. 三鬣晚翠之松, 七絶早紅之柿. 果最珍於棗栗, 花莫繁於
桃李. 家無酒而有杏, 地非蜀而多鵑. 榴剪紅綃之巾, 菊綴黃金之
錢. 雖非官而亦薇, 或有水而未蓮. 牡丹擅其富貴, 海棠號其神仙.
環爲衆香之城, 蒸成養花之天. 又復依巖有萱, 近溪多蓼. 射干猗
儺, 合歡窈窕. 花或碧而離離, 艸或紅而裊裊. 其田則, 麥有大小之
名, 稻有早晩之時. 三粱殊色, 二麻宜脂. 播芋菽而助粮, 壅黍稷而
供粢. 薏苡珠實之異, 玉蜀旁生之奇. 蕎非種而或鉏, 豆不落而爲

其. 何妨偶於桀溺? 不待問於樊遲. 其圃則, 菘葉如扇, 菁根似梨.
晚瓜分畦, 甘瓠擁籬. 萵苣多爽, 菠薐早衰. 池邊水芹, 園中露葵.
蠻椒紅綴, 倭菘黃垂. 紫蔥犯禪家之忌, 黃薑供貧士之資. 又復迷陽
翠荄, 蒼朮黃精. 馬齒堪菽, 羊蹄宜虀. 于山于野, 不殖自榮. 至若
木棉二頃, 香菸五畝. 藍列靑紅, 麻別牝牡. 昌蒲可茵, 地膚可箒.
紫蘇子之庭邊, 紅姑娘之霜後. 方類旣廣, 利用甚厚. 於是泉甘而
冽, 地曠而閑. 駒犢宿壟畝之頭, 鷗鷺狎几案之間. 妻子不媿於王
覇, 奴僕自得於方山爾. 乃承親候於北堂, 勔子道於南陔. 曾多敎於
孟氏, 窈有慚於老萊. 具甘瀡而適性, 問溫淸而怡懷. 春晚秋初, 氣
和景媚. 幸宿痾之初痊, 値神旺而體利. 試扶掖而下堂, 導兒女而嬉
戲. 窺園蔬之幾長, 翫池魚之得意. 來昆季而共侍, 助談笑而擧觶.
誠人間之至樂, 孰復羡於它事? 晨昏之暇, 退而自便. 種花幾十本,
藏書數百卷. 倚紅樹而獨立, 覽白雲而多變. 風入松而奏琴, 月在梧
而障扇. 燕無疑於下簾, 魚不驚於洗硯. 於是絲亂子山之髮, 垢生叔
夜之面. 已忘簪組之榮, 寧恥縕褐之賤. 有酒則飮三杯, 無事則睡一
場. 夢則齊物之論, 醉則太和之湯. 旣不識而不知, 果何有而何亡?
悟林麋之莫馴, 笑風蝶之多忙. 廢百務而昏昏, 頹萬品而茫茫. 期艸
木而同腐, 群鳥獸而度世. 敢自訟於非狂, 實[16]多愧於不慧. 雖不至
荒淫無道, 蓋亦將優游卒歲.

16_ **實** 저본에는 '寶'로 되어 있으나, 誤字로 판단되어 바로잡음.

書

與病花子崔九瑞狀

　秋去春來, 悵葭灰之移筭; 山高水邈, 講梅信之寄函. 千里馳神, 一書替面.
　伏惟足下, 紫鸞淸韵, 黃鶴逸才. 綠水芙蓉, 凌艶華於洛浦; 丹砂竹箭, 稟淑氣於衡岑. 鳳穴揚翎, 夙著克家之譽; 龍門點額, 累屈觀國之行. 曾從歌〈鹿〉之筵, 猥托求鶯之契. 一言相合, 結已厚於金蘭; 百事不如, 倚實慚於玉樹. 花朝月夕, 同深白首之盟; 墨舞毫歌, 兼試紅心之射. 未盡西城之良晤,[17] 遽歎南國之遠離. 天末雲停, 陶淵[18]明之詩怨; 江東日暮, 杜子美之夢馳. 雁絶魚沈, 待遠書而悒悵;

花明柳暗, 拊歸約而跼蹐. 之子不來, 今辰已晚. 紅牋脩啓, 固欽四六之工; 綠艸訇期, 竊慨二三之德. 爰折烏絲之簡, 寄呈驛使之筒. 宗慤有游, 會促長風之檝; 鍾期未遇, 誰憐流水之琴? 華表雲深, 若返一千年鶴; 扶搖海濶, 可圖九萬里鵬. 某志業漸頹, 榮名益邈. 花壇月杜, 辭孟氏之芳鄰; 雨夜霜晨, 思范卿之良友. 燈青泮舍, 奉嚴譴於明時; 雲白太行, 悲遠游於遲日. 棲遲鳳陌, 久悲失路之人; 趨對鯉庭, 已戒還家之跡.

謹申尺札, 聊悉寸誠.

序・跋

墨醉香序

余嗜書, 亦嗜酒, 顧地僻歲儉, 借沽無所取者. 方春煦醺人, 只白
醉空牖矣. 有惠我以瓻借《詩餘醉》一部者, 其文則《花間》·《草堂》,
輯之者, 鱗長潘曳也.

异哉! 墨非醲麴, 卷無彝卣, 則書安能醉我也? 將無以覆瓿耶!
及讀而又讀, 讀三日以久, 花生於目, 香出於口, 蕩胃中之葷血, 滌
心上之積垢, 使人神怡體和, 不自知入於無何有焉. 噫! 此糟邱之
樂, 宜其寓於蓬臼也. 夫人之醉, 在所醉之如何, 不必待飲酒而後
矣. 紅綠眩暉, 則目或醉於花柳矣; 粉黛駘蕩, 則心或醉於艷婦矣.
然則是書之酣暢而迷人者, 何渠不若一石而五斗也耶?

長調短闋, 卽月下三爵之壽也; 歐·晏·辛·柳, 亦花間八仙之
友也. 讀之而能得紗處者, 愛其味之厚也, 吟哦咏嘆而不忍絶者, 醉
而至於濡首也, 有時或步韻而依闋者, 醉極而嘔也, 繕寫而藏之巾

衍者, 將以爲淵明之秫畝也. 吾不知是書耶是酒耶? 今之世, 又誰能知也否耶?

墨吐香前敍

余得潘遊龍《詩餘醉》, 旣讀之, 又讀之, 復輯而錄之. 時又依其闋效之, 又復步其韻和之. 自花始開, 至花落, 了其書, 而余之得, 亦如干牌, 余又繕寫一小册, 名之曰《墨吐香》.

有請其義者, 余曰: "詩餘詞也, 非酒也, 而鱗長名之以'醉', 則以其文能浹人肺脾, 宕人神魂, 如旨酒之可醉人故也. 讀是書者, 人孰無醉. 而余於是, 實酩酊焉. 大醉則醉而劇者, 必吐, 若古之或吐臥被, 或吐車茵者, 是已. 而余之於酒, 醉則不得不吐者, 又余之酒之病則然也. 然則余之讀是書, 而有是作者, 亦余之醉而吐者也. 醉而吐者, 非如換鵝翎倒倉者也. 胃窄於甕, 酒溢而上行, 則瀑而從喉吐, 或從鼻孔吐, 間有以耳吐者, 皆自然耳. 余之吐, 何以異於是? 亦艾子之夜來一臟, 而非嘔出心肝者比也. 吐固醉人之常, 而亦有胃弱病潔者, 見人吐而亦爲之吐焉. 我不知人之見我此編者, 能不據地略略而歡也哉. 噫! 何物賣油郎, 其肯爲我脫汗衫也?"

時辛未歲, 芍藥開後, 桃花流水館主人書.

墨吐香後敍

余童時, 有長者, 過而徵所業, 旣悉索問有詩餘作乎. 余對以不必作故不作, 長者, 瞋目而喝曰: "不能作故不作耳, 何有不必作? 餘亦詩也. 古人作, 吾斯作, 何國之? 然是不能者語也, 如君亦復是言耶?"

余大慙詐, 自是求詞法甚勤, 亦卒不可得. 後十餘年, 得《詩餘圖譜》及《花間》·《草堂》諸書, 而時治擧子業, 只涉躐而止, 未嘗潛心究解也. 間或有所吟短闋, 而亦效矉而已.

今年春, 得潘氏《詩餘醉》讀之, 書凡十五編, 詞千有餘首. 人老而志靜, 春閑而晷永. 爲比牌而援訂之, 隨級而按驗之, 庶可得乎古作者用心之微, 而若句法律法的法, 亦可按卷而瞭然矣. 於是, 或效或和, 長調短闋, 凡如干篇, 非曰能之, 聊以遣閑. 且以酬四十年前, 胡僧一棒喝而噎. 人之在童年, 先生長者之所期許責勉者, 不止一嗆哢花月, 而白首窮居, 枵然無成, 則其孤負前輩者, 不知爲幾事, 而至於無用之詞句, 亦必待老而後, 始得糟粕, 則此又余之所重爲慚恧, 而繼之以歔歔自悲者云爾.

桃花流水館主人又書.

歐文約小序

大凡人情, 老則厭繁, 厭於珍, 則却方丈而喜蔬藿; 厭於華則謝重裀而安縣襖; 猒高明, 則舍傑構而樂朝南小屋. 蓋人老則嗜淡趨穩, 反乎淳而欲守約, 故也.

然則上而有莊·左·馬·班, 下之有韓·柳·孫·李·二蘇·方·王之文, 而必歸乎歐. 歐之文, 凡百五十二卷, 而只取爲二卷則瘠. 嚮子之於文, 其亦老而厭, 而欲其守之約也. 噫! 文章仇命, 困躓幽阨, 而久處乎約, 則年雖未艾, 而萬念先灰, 安得不老於文耶? 然苟欲約之, 卽選其一二篇, 或五六篇, 亦足矣, 何至爲二大縛, 若不憚煩者耶?

曰: '若書若序跋, 可以取而取, 碑碣, 體備, 故各有取, 疏箚, 畸人無所事, 故不取, 濮之類, 歐公之所守禮也, 故不得不取. 所取雖多, 所以取之者, 則亦約矣. 書之末, 以〈洛花記〉而終之, 歐之所以作, 余之所以取, 亦皆一浮花也, 又何論約與不約爲也?'噫! 非文之約, 乃人之老於文而約也, 亦非徒老而約, 卽窮而約也, 是可悲已, 顧何辭以復? 然古之訓曰: "以約失之者鮮." 又曰: "博以文, 約以禮." 敢以是勉.

戲題釖南詩鈔後

歲癸丑春, 余在璧雞, 與意中諸文人, 論唐宋詩, 次及陸游. 誦芬姜子, 忽躍席起, 戟手厲聲曰: "游之詩, 何可汚口吻? 游之詩在家, 當焚. 否, 必誤後人也." 余與歸玄金子, 冠纓幾絶, 笑其太激, 而亦未嘗不以爲旨.

甲寅秋, 余將游湖西, 裝不宿戒, 適見四歲稚子提一卷行, 奪視之, 乃昔歲借人《釰南詩鈔》, 未還者也. 仍納之橐. 旣到湖西, 霜夜方脩, 旅燈無人, 出而時展看之, 誦芬之言, 益信矣. 然而使游而聞, 亦必自以爲寃矣. 原游而論, 初未嘗自畫於是, 而只坐六十年間, 作句太多, 口煉而細, 手熟而圓, 終之爲姜子之所不容矣. 譬如三十老妓, 閑於風情, 闡於烟花, 辭氣大溫, 珠翠太繁, 賓客滿堂, 而且歌且舞, 頓無羞澀, 顧忌底意思, 則自以爲得而人反賤之矣. 雖起游而質之, 必不易吾言矣.

近歲, 吳人有羅聘者, 敍其《學陸集》, 槪曰: "少時, 學陸爲詩, 中年, 覺而盡焚之. 晚歲, 與其妻白蓮女史方婉儀, 夜坐談詩, 方爲誦其所焚詩三十餘首, 還覺可意, 惜其焚而無傳. 故借金鳳釵, 以刊云."

余嘗得而讀之, 旣焚之, 不必更費金鳳釵. 意老羅亦到爛熟境耶? 惜不使誦芬子亦一覽之矣.

戲題袁中郞詩集後

錢虞山論明詩之所由變, 石公必居其一, 至以比大承氣湯. 蓋石公矯王‧李, 而啓鍾‧譚, 功罪相半故也.

以余觀於石公, 不過一尋常文人也, 非有德位之著也, 而其爲辭又不肯師古, 只以石公, 有舌之筆, 記錄石公由情之語, 固一代之變風也. 顧又細瑣輭弱, 不可以大家稱. 使石公處于今, 不過爲南山下數間茆屋, 種一畝殘花, 日與龍子猶輩, 沾沾自鳴者也. 使隣人, 不見其詩而指斥之, 則幸矣. 彼安得登文壇, 主詞盟, 麾旆鳴鼓, 而天下靡然乎從之耶?

豈石公之時, 天下詩道, 不及乎今, 故以石公而猶宗之耶? 抑石公之道, 近乎人情, 不似白雪樓之空事咆哮, 故天下知其然而從之耶? 在石公, 固雄矣. 噫! 此一時也, 彼一時也, 其時則易然.

讀老子

蓋嘗聞之, 至聖先師曰: "老子龍也. 懿哉, 觀也! 夫龍上則天, 下則囷. 其跡玄, 其用圜, 匪缶中之鮮也." 以余觀於龍, 只見其水也, 莫見其龍也. 大矣哉, 水! 水無莫無主無豔無侮, 天地之所腑, 萬物之所乳.

今夫水悠然而浮, 優然而流, 饗人取之, 梅而酸, 蜂而甘, 椒而辣, 醝而醎, 能五味之漿. 水無味也, 卒之味者, 水也. 染人取之, 梔而黃, 藍而碧, 礬而黑, 蒐而赤, 能五色之章. 水無色也, 卒之色者, 水也. 榜人取之, 檝而亂, 舳而行, 風而馳, 石而停, 能千石之檣. 水無力也, 卒之力者, 水也. 田人取之, 澮而儲, 畎而宣, 筧而邀, 槹而傳, 能百畝之秧. 水無恩也, 卒之恩者, 水也. 於是, 斁者取之, 以筌其鱓魴; 浣澼者取之, 以摑其衣裳; 搏埴者取之, 以堅其陶瓶; 洒削者取之, 以遷其陰陽; 采珠者取之, 以拳其夜光. 水無工也, 卒之能百工者, 水也. 受天下之糞, 而不自溷; 行天下之岔, 而不自憲. 物之於水, 大淂則死, 不淂則亦死. 一曰無水競, 二曰無水病, 三曰無水致其命.

大矣哉, 水也! 蜎蜎乎, 沌沌乎, 吾不淂以狀也. 噫! 以余觀於《道德經》, 其水矣夫!

讀楚辭

試嘗以詩論於四時之風. 國風其春日之風乎, 雅其夏日之風乎, 騷其秋日之風乎!

春風之爲風也, 其性親, 其氣柔, 其思恭. 故是時也, 谷蘭生, 梅杏杝, 桃榮, 翟有聲, 使人神夷而志平. 熙如也, 藹如也, 不觴而飲, 國風可以當之矣. 夏風之爲風也, 其性坦, 其氣俊, 其思閌. 故是時也, 艸木廡, 天行大雨, 使人神醲而志厚. 犁如也, 洽如也, 有物浹其肌膚, 雅可以當之矣. 秋風之爲風也, 其性潔, 其氣薄, 其思苦. 故是時也, 霜露降于林, 百蟲吟, 鴈南天, 德用玄, 使人神埭而志危. 黯如也, 慘如也, 無故而自悲, 騷可以當之矣. 故曰:《楚辭》者, 天地之秋聲也. 或曰: "冬日無風乎?" 曰: "冬無風." 非無風也, 風不足以感物, 故曰冬無風.

《楚辭》不可讀, 亦不可不讀. 讀則使人骨清而身羸, 不讀則使人氣濁而志庫. 宜於可讀時, 可讀處, 或一二遍, 或三四遍, 或五六遍, 讀愼, 不可多讀. 葉落夜半, 月明夜, 霜曉, 日欲落時, 蟲鳴時, 鴈唳時, 花落鵑啼夜, 可讀時. 百尺危樓, 無葉樹下, 小溪有聲處, 菊花處, 竹處, 梅旁, 上灘舟中, 千仞石壁上, 可讀處. 先飮醅酒一大杯, 讀時, 摩挲一古銅劍, 讀已, 援琴作步虛詞, 一弄以解之. 如是讀, 方可謂讀《楚辭》來.《楚辭》中, 惟三九然.

讀朱文

以之汲水舂米, 則夷光之妖, 麗娟之姣, 不如田舍健婢; 以之載芻駕鹽, 則赤驥之迅, 脩彌之俊, 不如鄉人老牸; 以之炊飯絮羹, 則巨蒐之馨, 鳥哀之靈, 不如庖丁米塩; 以之製袴縫褌, 則方空之輕, 趾澤之明, 不如織女布帛, 以之內閨外廩, 則駛婆之廣, 昭[19]靈之爽, 不如閭閻屋廬, 以之築牆奠礎, 則重繿之輝, 醫巫之希, 不如溪邊礫石, 以之然突煎鐺, 則豫章之器, 都梁之異, 不如峽裡薪炭, 以之挖土劈柴, 則步光之珎, 騰空之神, 不如鋼斧鐵鉏; 以之寒朣脩脪, 則塗脩之朶, 挑拔[20]之綵, 不如鷄鴨豕牛, 以之論事語人, 則兩漢之蒼, 六朝之章, 不如朱文公文.

蓋其爲文也, 其辭長, 長故詳; 其理眞, 眞故醇; 其氣直, 直故克; 其味淡, 淡故不厭; 其性和, 和故無邪; 其力厚, 厚故壽. 前乎朱子

19_ **昭** | 저본에는 '招'로 되어 있으나, '昭'로 바로잡음.
20_ **挑拔** | 저본에는 '拔挑'로 되어 있으나, '挑拔'의 誤記이므로 교정함.

所無有也, 後乎朱子所不可無也. 常人日用之間, 寧無吳姬漢嬪, 不可無健婢; 寧無穆駿武騾, 不可無老牸; 寧無瑞麥仙葅, 不可無米塩; 寧無齊紗海錦, 不可無布帛; 寧無大宮高臺, 不可無屋室; 寧無瑰·琪·玓·玕, 不可無礫石; 寧無美木奇香, 不可無薪炭; 寧無利矛寶劍, 不可無斧錧; 寧無青鸞白鹿, 不可無鷄豕; 寧無古文選文, 不可無朱文.

朱文, 理學家讀之, 可以善談論; 仕宦者讀之, 可以閑疏箚; 舉者讀之, 可以優對策; 村里人讀之, 可以能札翰; 胥史讀之, 可以熟簿牒. 天下之文, 足於是矣.

記

湖上觀角力記

　每歲五月, 湖上人與泮人, 爲角力戲於麻湖之北桃花峒之前, 例也. 其勝敗無常定, 惟視力之如何.

　近歲, 湖人有金黑者甚力, 泮人之以角力稱者, 皆出其下. 泮人恥之, 憤憤欲一敗之, 不能. 是歲端午前二日, 泮人聞, "黑勞于載, 自鷄鳴至卯, 所手載爲百二十四馬." 相與喜曰: "今日黑必病矣." 遂檄告城中外, 約湖人今日請觀勝負, 尾檄而至. 湖人多爲黑危之, 黑曰: "猶可仆屠牛兒數百輩." 於是, 泮人城中人, 立西北, 湖人東南立, 以觀之. 泮人請選十對, 湖人曰: "我不閑以多人戲, 請以一黑奴承命." 泮人益爲憤. 黑露膊兩袒, 解錦搭包, 係股, 或掛勾子, 或架梁蹙脚, 或手臂子, 連仆九人. 最後有黃姓者, 甚[21]趫, 黑作扛口伿, 輪而摔下之, 未嘗不挣扎, 住立如植. 凡撩跤之法, 投而立者復較. 黑連投, 至七次, 猶不跌, 黑乃高舉至肩上, 若將前擲, 急向

後激之. 黃姓者, 始鳥伏之, 不能起. 泮人大譁, 欲作亂, 湖人爲露
拳變視, 不敢動.

時公子綾昌君, 登皐而觀曰: “壯士也.” 解所携扇與香墜, 賜之.

善畊奴記

有田居而稼者, 求傭於嶺之南, 挈而行. 傭之父閱請曰: “賤之息,
不若人. 敢請, 奚乎任?” 曰: “畊.” 曰: “敢請, 幾之歲?” 曰: “十穫
歸.” 傭之父曰: “賤之息不若人. 惟是春秋, 蓑穫[22]之役, 貽主君憂
是懼, 請俱.” 至則請限田, 予之種二十斛之穀之地. 乃行于田, 擇
沙鳥疎澀之土, 授之. 編茗爲箕, 攓馬牛犬矢, 高其畝二寸, 自秋于
春, 凡十二畊, 冬至前三, 雨水後九. 鐵入土尺有五寸, 周之. 六月
時雨至, 移苗而植之, 苗相去七寸, 旣根, 三鋤之. 苗出膡, 交秸而
絇, 織絇而網, 擧而羃苗. 及穗, 穗皆從目中出, 秀而包, 包而方, 方
而合, 合而液, 液而形, 形而精, 精而馨, 網以上高三尺者, 皆稻[23]也.
未霜, 導田水去之, 旣霜, 銍之砧之, 箕之始斛之, 得稻三百碩. 隣
之人計之, 其之田十五年之穫也. 傭之父請曰: “昔賤之息之來, 主

21_ 其 | 저본에는 ‘其’로 되어 있으나, 誤字로 판단되어 바로잡음.
22_ 穫 | 저본에는 ‘薦’로 되어 있으나, 誤字로 판단되어 바로잡음.
23_ 稻 | 저본에는 ‘蹈’로 되어 있으나, 誤字로 판단되어 바로잡음.

君命之曰: ‘十穫以爾子歸.’ 今十之又五之穫矣. 敢請.” 乃許之. 僮之父挈而歸, 過其田曰: “明勿事乎是. 必不穫.” 果然.

市奸記

漢城有三大市, 東曰‘梨峴’, 西曰‘昭義門’, 中曰‘雲從街’. 皆列肆左右, 羅若星, 百工百賈, 各以其所居者至, 四方積貨, 雲輸而水灌之. 民得冠帶·衣履·飮食於是. 於是, 萬目規規, 惟利是闚; 萬口咻咻, 惟利是謀. 一人賣之, 一人買之, 又一人儈之, 日出而會, 日入而罷. 市之中, 行者戞肩背, 止者冠不正. 有姦細小人, 魚淵而雀藪之, 出沒疑眩於其間. 甚者, 剽囊而賊人貨; 其次, 衒僞而利鬻之, 周之刑書曰: “鴟義奸宄, 奪攘矯虔.” 其之類乎!

金景華, 東萊府人也. 有刀癖, 以膚金三十兩, 貨一短刀於倭, 三年而獲之, 以吹髮無不入. 於是, 室以速香, 妝以赤金, 佩而游京師. 館於新門朴氏, 朴氏亦癖愛刀, 見而欲之, 請奉萬二千錢易之, 景華不肯, 朴氏曰: “京師多剽囊盜, 子不愼, 是棄萬二千錢也. 不如早德我.” 景華笑曰: “吾腕可偸, 吾刀不可謀.” 朴氏曰: “子不賣我, 我若從他獲, 子若之何?” 景華約不收直. 朴氏乃立召剽囊盜三人, 飮之酒, 示人與刀, 戒三日, 必以刀來, 厚賚女, 盜諾, 色不難, 景華猶不信也. 景華雖不信, 猶以慮, 自是, 三步一視刀, 坐立行臥, 其右手未嘗不在刀. 二日, 刀卒無事. 三日, 過小廣通橋, 有迎而至者,貌甚愿, 衣冠偉且鮮, 目景華, 舌嘖嘖, 過曰: "咄, 長者人, 顧不能衣掩蝨."景華自視衣, 左肩有蝨方蝡蝡動. 景華赧, 急回右手擇去之, 行數步, 視其刀, 刀已無矣, 衣繫失其半. 意其爲盜, 亦不敢質, 歸而告朴氏, 朴氏笑曰: "子之刀, 誰敢謀?"啓篋而出之, 衣結處猶未解. 刀竟爲朴氏有.

白鐵似天銀, 羊角似花玳瑁, 朱埴土似漢中香, 臊鼠皮似灰鼠皮, 黃狗毫似狼尾. 市之巧於眩者, 貨之, 多以騙鄉里人, 巧之至, 雖京華辨博者, 亦或墮其局.

照崖李生者, 生於漢陽城西, 長於漢陽城西, 自以爲漢陽之賈無敢我欺者. 一日, 過西門市, 有童子與須白者鬨. 靜聽之, 須白者曰: "與你十文, 你與我."童子曰: "曳亦有眼? 我貨豈只直十文錢?"須白者曰: "你何從有此? 你必挾來於圈子廛. 十文猶白貨, 何敢論直不直?"童子曰: "我挾來, 曳曾見未? 此曳政好吃我罵."須白者喝曰: "鼠子, 敢無禮."童子背而狠曰: "强盜曳!"須白者欲拳之, 童子走且詬, 不絶口.

生爲殷勤之視其貨, 黃玳瑁, 朗如琉璃, 晃如純金, 堅如雕瓜, 圓如鷄眼, 環上有二烏花, 得其位. 懇售之, 與十二文, 而始得之, 歸而示賣圈子者, 羊角也. 生恥之, 陰跡之, 童子卽須白者子, 須白者, 乃市之業僞貨者也.

頓村四旋閭記

惠化門內, 有崇教坊, 國太學所建之地也. 其民, 皆居以世, 職守
孔子廟, 習俗言語, 多與它民異. 或曰: "太學者, 禮樂之所由明, 教
化之所由成. 夫近泉者浸, 近樹者蔭, 宜其民有殊凡過庸之行, 以余
觀於太學之民, 余則不知其然也." 石湖子曰: "不然. 茶坊巷南北,
華衣而膳腹者, 以千家, 未有丹其門楣者; 弼雲臺直下, 蒔花而談
詩文者, 不止數百戶, 亦未有閭飾烏頭者. 獨太學民之居, 有四旋門
焉,《詩》曰: '樂彼之園, 爰有樹檀, 其下維穀.' 得爲穀, 亦已多矣.
何子之望太學民之侈耶?"

四旋門者, 義士鄭信國 · 朴潛美, 孝子李鼎成, 孝子黃成龍, 烈
女安氏也.

義士鄭信國 · 朴潛美, 守文廟僕也. 崇禎丙子, 清人突至, 上幸
南漢, 一城中鼎沸, 太學生皆四散去. 信國 · 潛美, 與進士羅某者,
藏祭器樂器於地, 約願從者十人, 負文宣王版及諸聖哲位牌, 冒出
上東門, 達彳行在. 在道清師有騎者, 皆喝下之. 既入城, 將權妥於
佛殿, 信國 · 潛美, 執不可曰: "雖倉卒, 僧之廟, 不可以安我孔子
也." 於是, 設食堂如禮, 作文誓同志以死. 及清師解圍去, 復從上
奉諸版歸, 日灑掃文廟庭, 至老猶不懈. 朝廷以爲嘉, 賜信國通政
階, 信國辭曰: "職也, 何賞?" 信國 · 潛美既死, 旋其閭曰 '義士護聖
守僕'. 春秋丁, 以文宣王腏, 祭于庭.

孝子李鼎成, 亦守廟僕也. 自幼有至性, 事其母甚孝, 好讀書, 粗

能作詩. 母沒, 鼎成執三年喪以禮, 闕坎於地, 藉草處其中. 時已襄, 猶喫素不飲酒, 每朝夕號哭, 至隣人爲感泣. 後鼎成死, 頓之民皆曰: "李槐陰, 眞孝子." 相與狀于官, 得旌其閭. 槐陰者, 鼎成之自號也. 鼎成有子, 曰寅烔, 亦能孝於其父母.

孝子黃成龍者, 居崇敎坊民也. 兒時孝, 事父甚至. 年十五, 隨人往南郡, 久未歸, 每朝夕泣, 北望以思父. 父病死, 家人以狀至成龍, 成龍聞自若曰: "毋擾人. 兒父必不死矣." 郡守叱曰: "家人在此, 汝何言不死?" 成龍曰: "兒父必見兒而後死, 兒父豈不遲耶?" 衆皆以爲哀過而顚. 成龍趣歸家, 家尙未斂, 成龍乃裸, 抱父屍, 蒙被臥, 不絶聲告兒來者, 一日一夜, 屍忽欠伸覺, 若初不病. 成龍始起曰: "兒父不死矣, 不之然乎?" 聞者皆驚異之, 以爲是孝感. 成龍以是得旌閭於朝.

烈女安氏, 成均館婢也. 平居性騃獃, 殆若無覺者. 夫以罪受官刑榜死, 烈女旣早綒, 不以悲. 居數月, 烈女縫衣, 偶失針, 自針其指, 指痛, 烈女遂呼嘷, 哭不已曰: "頃余不之知! 鐵小入肌, 痛猶難支, 哀哀良人! 痛如何其? 哀哀良人! 痛而死而. 哀哀良人! 奈之何不悲?" 因不食, 晝夜哭不絶, 四日淚盡血而死. 事聞, 旌其閭.

石湖子曰: "余嘗旅游漢陽, 漢陽多忠臣・孝子・烈女・孝女・節婦旌閭之門. 余式而問之, 皆薦紳大族章甫世家家也, 余不以異也. 夫薦紳章甫之世, 皆外守家訓, 內承姆敎, 其爲臣忠, 爲子若女而孝, 爲婦烈而節者, 猶牛畊而馬駕, 直有所遇耳. 能之者, 未必異,遇而不能者, 反之異矣, 何異有? 惟彼小民, 幼而無教, 長而無效, 其於尊君愛親配匹之際, 雖有所不及於士大夫族者, 人固未必異之. 乃能有卓然自殊於千萬人者, 或捐軀而徇義, 或秉禮而勵俗, 終使朱丹其戶, 赫賁于隣. 此惟皇上帝, 降衷于下民, 若有恒性, 而能不爲流俗物欲之所蔽奪者也. 是故鮮, 鮮而能, 故余衮心異之. 周詩曰: '民之秉彝, 好是懿德!' 其之謂乎?"

聽南鶴歌小記

南鶴, 西湖莫愁村人也. 善歌, 南鶴之歌, 宜隔壁聽, 不宜當面聽. 蓋鶴雖善歌, 而容貌甚醜, 面如方相, 身如朱儒, 鼻如獅子, 鬚如老羊, 目如瘦狗, 手如伏鷄. 每出村, 小子皆急啼顚仆. 然其爲歌, 甚清婉柔曼, 巧能作女子喉. 擧扇三拍, 變而奏新聲, 若高樓明月, 弄碧玉簫, 效雌鳳鳴, 若軟風融日, 稚鶯囀杏花枝上, 若十六歲女郎, 送客楊柳橋頭, 酒盡人去, 攬裙而啼, 若半夜酒醒, 聽微風敲檐外瑠璃鐸. 隔壁而聽, 使人魂搖心蕩, 庶幾遇絶代佳人, 而如見其娟娟娥好. 當面而聽, 實不知斯人何以能斯聲矣. 鶴自言: "嘗游茶坊巷金氏, 金氏爲之易婦人裝, 置暗室中, 夜不張燭, 以誑諸妓. 諸妓慕其聲, 皆促郗圍坐, 與之敍手帕, 姊妹甚殷勤. 及度界面調〈後庭花〉二十餘曲, 金氏遽以滿堂紅照之, 諸妓皆驚叫怖塞, 有半晌而始起而泣者." 衆爲大笑.

南鶴之世, 有妓貴葉者, 亦能善男子聲.

游梨院聽樂記

余幼時, 讀《尙書》, 見卷首樂器圖, 莫曉其制, 以爲此古樂也, 今世無之矣. 嘗偶入梨院, 見鍾·鏞·簝·鼗·笙·磬·琴·瑟·塤·篪·柷·敔, 皆設於軒. 其它若月琴·牙箏之類. 又多書之所未見者, 怳然若復對舊圖, 始知今之樂猶古之樂也. 其後, 又得《樂學軌範》而閱之, 又怳然若復入梨院, 幷與書之所未見者, 而可知矣. 然見其器, 未聞其聲矣.

今年辛亥, 晩松柳公, 提擧梨院, 初赴二六會. 余亦與諸人游院中, 聽之雅樂, 淸而緩, 有古意, 而端冕者, 非徒臥, 直欲睡矣. 武成王廟樂, 嘽嘽有壯氣, 而使人久聽, 不耐煩, 俗樂慣於耳, 不足爲奇. 余笑曰: "箾韶而如此, 鳳鳥驚而擧矣, 夫子無事忘肉矣." 金善之曰: "今之樂, 不及古之樂耶? 古之人, 不如今之人耶? 旣不能辨此, 又何以咎彼?" 余曰: "然矣. 然凡聽樂之法, 南呂·黃鍾, 不若龍虎營細樂之打行軍樂一回也; 三絃, 又不若或琴或箾之月下奏界面調一曲也. 是豈古人所謂'竹不如肉'之義耶?" 遂相視而笑. 俄而, 典樂請呈舞, 舞童, 皆花帽錦襴, 繫紅裳, 以大小分其偶, 拜而後舞. 嘗觀許筠〈閱樂〉詩, 莫詳其詩中景矣. 今始了然如觀戲子, 而念《西廂記》. 其曰: '彩袖半揎銅指鈒, 曲頭初換响丁當'者, 舞童第四隊, 大童着紅襴舞者也. 其曰: '舁來腰鼓置中筵, 輪得紅槌彩袖翩'者, 舞童齊出, 繞鼓揚桴而舞者也. 其曰: '跳出彩娥相對舞, 綉衫將押處容來'者, 五方處容, 每一人一舞童前導行者也. 此皆鄕樂, 而處容之以鼻, 視者可供嘔噦.

其後望日, 余爲人所拐,[24] 又游院中, 皆前日所見, 而猶矇叟與伎

女, 卽前未有者也. 朦則無可觀, 伎亦不合觀, 惟名杏桃梅桂者, 四
妓稍可, 而桂甚偉且暮矣. 及樂將闋, 出妓舞, 桂首膺命. 余曰: "此
坡老所謂'影搖千尺龍蛇動'也. 雖有金銅仙, 若置此肥婢於掌, 則腕
必酥矣." 或曰: "今日之游, 太無聊, 未知與蠶頭看花孰優." 余曰:
"眼雖無福, 脚幸不病." 然而觀者, 彌滿軒庭, 至肩磨不可行, 皆閭
里浪子, 不爲耳, 只爲目也.

噫! 嘗讀余淡心《板橋雜記》, 千載之下, 使人骨醉心熱, 怳惚與
雪衣琴心, 流連於迷樓之上, 而恨不得同其世矣. 彼浪子之蝶嘲蜂
鬧奔走於此者, 不幸而生, 當時南曲, 則不爲烟花中餓鬼者, 罕矣.
可以笑, 亦可悲也. 樂止而歸, 花煦正春矣.

種魚陂記

太素汪汪, 蟠以氣無際, 而其底生珊瑚木, 龍鵬鱷鰲錯之者. 天
之陂, 大而非一人或所可私也. 於其滋障, 而有百頃水, 家螽蜂, 族
鱷鱸, 而鱗之溢于海者就之, 則川澤雖有主, 猶其交紅草, 困靑泥,
釣網亦不能以意. 此吾之陂之所以,[25] 又於其內. 而高沒肩, 東而西
二十弓, 橫居十之七, 中爲島, 與水相參多, 而稍東南. 近鄰父老相

24_ 拗 | 저본에는 이 부분의 글자를 판독하기 어려운데, 문맥상 '拗'이 아닌가 싶다.
25_ 以 | 이 다음에 '만들다'는 의미를 지닌 한 글자가 누락된 듯하다.

之, 蓋可置盈尺者千餘魚, 經其役, 有九日, 用五十夫功. 功旣成, 命曰'種魚陂'. 會春暮, 桃花水漲, 余且甌鯔兒之大柳葉者, 拘諸中而私焉. 種紅海棠及倒柳於岸, 以飾之, 以待夫浦雨歇月出小山之時, 橋而上其島, 頮其魚而樂之, 則濠濮蓋庭除間物, 而晨夕之趣, 將不待膾白雪而飽矣. 夫何必垂銕網撈明月, 引十二鼇於竿, 極滄海觀, 而爲美哉!

陂成日, 乙巳暮春記.

三游紅寶洞記

記余八歲時, 侍家大人杖屨, 訪花紅寶洞. 洞在延禧宮之東, 懿昭墓之南, 林廣可小草場, 皆紅杜鵑, 密不漏日, 老者, 可攀而升, 眞霞幕錦帳也. 有淸泉可澆, 芳艸可藉, 仍煮花饎賦詩. 余之云: "向陽花似錦, 滿地草如茵." 宲錄也. 其時聞古有洪輔德, 居於此, 花皆洪之植也, 故名洪輔德洞, 而今訛爲紅寶洞, 又或称紅牌後洞云.

其後歲己亥, 從二兄及諸老友, 自鞍峴飯山寺, 日昳到獨松亭下. 有一生貴, 起別墅於花之西, 風檻水閣, 工未訖, 而已沒入官矣. 時春色方闌, 夕陽又倒, 客旣醉, 花亦醉, 嫣紅照面, 淸香撲鼻, 使人愛不能去. 因小奴折花, 與村人一鬨而歸, 視初游已一紀, 而不覺花之有異矣. 其後每逢春序, 意未嘗不在林下.

今年辛亥三月, 微雨初晴, 又好風淡,[26] 步自照厓, 行憩懿昭墓溪上, 踰數麓, 至紅寶洞, 以爲且紅爛熳矣. 及至, 無一瓣花, 非徒無花, 無樹矣; 非徒無樹, 根亦無矣. 方見村丁窟土, 窑灰糞, 爲種琥珀計. 下視, 水閣亦去矣, 惟井井白礎, 如華表柱, 使人索然似秋, 繼之以感, 始知麻家老婆之不臨碧海痛哭者, 亦屬頑腸也.

噫! 十三年而再游, 又十三年而復游, 則何花之不變于前而變于後耶? 花之變, 余知之矣. 老者悴, 而稚者又榮; 斬者去, 而萌者踵起, 則雖或有盛衰之殊, 而亦未有若是之盡者矣. 豈樵童牧豎, 一朝剪伐, 幷挖其根而然耶? 抑歲久矣, 老者益老, 稚者不復萌而然歟? 紅寶洞, 從此已矣. 因又思之, 湖上友人李尚中家, 曾有桃花小園, 每春欲暮, 紅碧粉紅, 亂襲人衣, 垂柳彈, 綠絲窣地. 余甚愛之, 不見又十一年矣. 未知能免爲李十娘家老梅耶? 古人以桃稱短命花, 亦非耐久朋, 安知不變爲兎葵燕麥也? 余若逢尚中, 當問桃花平善.

觀合德陂記

余平生甚愛水, 愛故觀水多. 觀海 · 觀漢江 · 觀瀑 · 觀溪 · 觀池 · 觀灘 · 觀潭, 觀非不多, 顧無可余愛者. 蓋余性弱, 觀水之波濤汹湧, 沈冥無底者, 則畏, 畏故於海若漢江, 觀而不敢愛. 余性靜, 觀水之喧豗磞湃, 大聲而急流者, 則惡, 惡故於瀑若溪若灘, 觀而不知愛. 若池與潭, 則似宜乎愛, 而余又不能博乎觀, 所觀池與潭, 池或湫而

26_ 淡 | 저본에는 이 글자가 없으나, 누락된 듯하여 보충함.

局, 潭或窊而深, 則又無足爲其愛. 然則終不得觀可愛者.

其惟洪州之陂乎. 登其堤, 環而約之, 周可二十里, 徑三之一. 時九月, 秋水初集, 高處鶴沒脛, 厚處猶可厲. 溶溶汪汪, 湛湛渟渟, 風微而縠生, 日斜而鏡平, 遠而疑之, 如平郊之烟橫; 近而況之, 若空庭之月明. 余顧而樂之曰: "此余之所愛而欲觀者也. 惜乎! 質而猶未飾也. 宜種蓮, 使好事者費蓮子四五斛, 三年之久, 可以得芙蓉萬柄. 於是, 緣堤插垂柳數千枝, 陂中象蓬壺, 置三四島, 島上設丹青小屋, 每豔紅初媚, 以靑翰十餘艘, 載紅粉綠醽, 從事於斯, 則何渠不若長公堤也? 宜種魚, 從范蠡之言, 設九島, 埋魚苗, 歲納守宮以護之, 不數歲, 魚鱉不可勝食. 於是, 禁一寸之目, 毋竭澤, 毋毒魚, 斜陽在水, 柳陰初涼, 籊籊竹竿, 以釣于梁, 豈其食魚必河之魴? 在家可貨, 在國可藏, 不亦富哉? 顧其所處也, 在窮鄉荒絶之瀕, 沮洳一曲, 衰艸蕪沒, 無有以一花一石助其觀者, 則守謙用默, 只與鳧雁而往來而已, 不亦惜哉? 然而余之所惜, 以其愛之至也, 故惜其觀之無華且美也. 而其在陂也, 則器大也, 不中規, 受益也多以歸, 積厚思深, 流行以時, 則枯者潤, 匱者滋, 陂之下數千餘頃, 畝收一鍾, 其利博哉! 奚止於冒紅葩包錦鱗而已也? 然則陂之可愛者, 又以其德也, 而不足爲觀者惜也."

從者曰: "子未之見耳. 四五月之交, 桃花水大至, 益之以時雨, 是陂也, 爲江爲海. 西疇告竭, 鍬耜如雲, 啓閘而決之, 雪浪馬奔, 不徒爲灘瀑比也. 于斯時也, 子必畏而惡之, 不能愛乎觀之矣." 余曰: "然則余之所可愛者, 是今日所觀之陂耶!" 遂歌以美之曰: "陂水之積兮, 行其素. 可以漑兮, 可以溯. 吾誰從兮? 黃叔度."

登涵碧樓記

余天性懦, 是行也又嚴, 途之左一二里, 有好樓榭, 亦不敢迤而就之. 非徒不敢, 亦不欲也. 自歧而西, 未及陝四里, 山止而沙, 沙盡而水, 水有橋甚長, 橋窮而有樓特然起, 石門當馬首, 朱闌直加人眉額, 若出余不意而攔道留客者也.

余不得已, 由其門入, 登其軒, 凭其欄, 雲際東南群山, 龍蜿而鳳翥者, 吾不知其何郡何峀, 而但蒼翠之色, 悠然可喜. 明沙十里, 積雪初霽, 老槐短樫, 圖畫點綴. 大川透邐, 東流而去, 盤而或渦, 曲而亦渚. 至于樓下, 涵泓渟滀, 深則爲黛, 淺則爲縠. 黃魚躍波, 翠禽唼藻, 斜陽一抹, 樓影側倒. 樓則架百尺之巖, 頫千仞之潭. 憑虛獨立, 飄飆下臨, 倚柱而唾, 珠落波心, 飛石而擿, 無射發音. 視其扁, 曰'涵碧樓'.

噫! 是涵碧樓耶. 昔余家漢江北, 有亭曰'涵碧', 其時, 聞斯樓冠絕嶠南, 每欲一登覽, 甲乙之, 今遂矣. 軒胸爽襟, 悅可人目者, 何其似吾舊時之亭也? 結構丹白, 制亦精麗, 而漫滭歲月, 雨蝕風渝, 文櫳瑣闥, 殆莫枝梧. 且被游人之所點汙, 惡詩疥壁, 歃墨飲梁, 使人對之, 若將幷江山而穢之也.

攀磴而上, 樓後有寺, 曰'烟湖', 寄於蒼壁之間, 危若燕壘, 懸似蠔房. 僧去已久, 惟一泥觀音守之, 其初蓋欲以僧守樓, 而佛不保僧, 瓶錫四走, 則終古守樓而不去者, 惟嚴雲汀月而已也. 晚風多厲, 高處不可以久, 移武下梯, 不覺回首眷眷.

蜃樓記

野氣城郭, 海氣樓臺. 或曰: "海之中有蟲, 其名曰'蜃'. 蛇身千尺, 火鬣而龍角, 是能吁氣, 成樓臺狀." 博物者曰: "信有是炬, 其角烟出紅碧, 結而爲小樓臺." 然則之樓臺者, 果海之氣耶? 非海之氣, 而果蜃之氣之使之然歟?

在幼聞諸隣趙公春日, 於靈仁海上, 有樓三成而高, 其尋可千, 碧之瓦, 華之楹, 瑣之戶, 文之欄, 粉之壁, 垂鳳之阿, 畫皎而鏡絢, 不可盡物. 俄忽倚山, 而寺雲 · 梲蓮 · 朱儒 · 黃金, 沓冒彌敞且華. 暫焉爲丹譙之屹, 素雉雲亘, 石門如月. 朱丹之轂, 翠蓋之游, 容裔而由之, 有巨人, 衣金鱗, 揚紅耗, 倚劒而立, 釖碧如脩虹, 皆蜃云. 然則蜃之氣, 若是其靈且瑰耶!

小人起瓜牛屋, 猶斧木於山, 泥土而高之, 積日而後始成. 大屋一年, 虖祈三年, 阿房十年而不得. 爾乃不瞬而爲之, 又不瞬而虧之, 何其能也? 薊之野有樹, 其林千里, 惚焉而有, 儵焉而無, 名之曰'烟'. 崑邱山有吐壽鳥, 呵紅屈爲文, 神龍噓而錦雲隨, 蜥蜴噴而氷爲珠. 物亦然, 氣之所靈, 又豈可測也哉? 無因而營, 無假而成, 吾何必海與蜃也? 非樓而樓, 爲有樓於無樓, 是可觀也已, 況巍峩煥燁如說者道者乎!

花之外海也, 蛟蜃宮之. 每春蒸日炙, 天欲雨, 往往有見蜃樓者. 余獨未之而恨, 日海人以樓起告. 余于海而望之, 自吾約十里, 有山跨海而立, 深靑而黟. 爲障爲屏, 爲廧爲城, 忽又有穴, 規而洞, 爲大城門; 忽又上亘而下垂, 爲千柱之橋; 忽又縱而不橫, 爲林立之華表; 忽又斗斷而錯起, 爲欒欒之岡; 忽又合而復爲障爲屏, 爲廧爲城, 其門仍而不塞. 方其殷也, 中海而島者, 皆起而答之, 芋而拳, 拳而斗, 斗而屋, 低者穹, 尖者方. 上平而簷, 雖以樓之, 亦非不可也. 又有離立而特者, 根漸踈而瘦, 冠圍而廣之, 子子焉, 童童焉, 如屋上之菌焉, 此則蜃樓之蓋也. 然而是悄悄也, 是蒼莽也, 曰屋而屋, 曰山而山, 曰雲而雲, 曰烟而烟. 侈之曰樓, 夸之曰市者, 亦或然矣, 而其曰結構之詳也, 采色之章也, 則亦好事者言也.

古之人, 以世之樓臺之不可常, 爲世悲之. 而山猶不可久, 樓又何可壽也? 余以是重爲之悲之也. 余嘗早陟乎山之高, 以臨其野, 蓋有不頃之海, 靑白而溶溶也.

南程十篇

敍文

恭承天誦, 惟九月旣望前三日辛酉, 自漢陽濟于銅雀之津, 至于麟德院. 壬戌宿于花石莊, 甲子宿于金角, 乙丑至于天安, 丙寅至于銅川, 有老人指示嶺南道, 作'路問'. 丁卯至于定山. 戊辰雨止于石城. 己巳濟于黃山江, 宿于斗城. 自漢陽至于斗城, 六百有二十里.

辛未至于良井, 壬申雨止于松廣之寺, 作'寺觀', 夜有僧語, 作'烟經'. 癸酉至于松灘, 甲戌始出嶺, 作'方言', 宿于安陰, 感水, 作'水喩', 有新屋, 作'屋辨'. 丙子至于紫峙, 見採[27]棉, 作'棉功'. 丁丑宿于三嘉. 自斗城至于三嘉, 四百有一十里.

己卯雨. 庚辰自三嘉至于貴壽院, 多石, 作'石歎'. 辛巳至于大梅.
壬午濟于洛東江, 宿于海平. 甲申復濟江, 至于金泉, 乙酉始入嶺,
至于永同, 作'嶺惑'. 丙戌濟赤登之津, 至于陳驛, 丁亥濟仙江, 至
于淸州, 戊子至于天安, 紀行, 作'古蹟'. 己丑至于振威, 庚寅還至
于銅雀之津, 辛卯歸于漢陽. 自三嘉至于漢陽, 八百有九十里. 各行
秉數, 千有九百有二十里.

路問

丙寅次于銅川, 有嗽且語者, 多四方言. 召致前, 華須䵟, 顙有文,
使其年, 曰: "自生之歲, 至于今玆, 見二十有九閏." 曰: "姿奚居
人?" 曰: "家則庇仁." 曰: "奚業?" 曰: "壯從駔馬五六子, 貸錢數
百千, 西至于義, 南過康津 · 順天, 北逾磨雲嶺, 東幷海, 視千里如
庭戺. 執貿, 遷三十餘年, 消折貨已盡, 身朽, 不可任筋力事. 今流
于道塗, 惟人之餘衣食, 是賴." "將奚適?" 曰: "是歲, 嶺以南熟, 且
易以絮, 天小暄, 幸而不溝壑, 迨是而圖." 曰: "余之獲矣. 自恩津,
湖西南之交, 往于嶺之三嘉治, 將奚路, 有幾路, 奚走爲康且徑? 行
人不閑于役, 叟則貫, 幸相之."

折指而對曰: "路三. 自恩之論山, 東五十里, 爲連山之豆歧, 自
豆歧四十里, 爲公州之閑田, 自閑田二十里, 爲沃川之陳驛. 又二十
里爲藿巖, 自藿巖六十里, 爲永同縣, 六十里過秋風嶺, 爲黃澗之

倉, 始南二十里, 爲金山, 自金山六十里, 淂扶桑, 扶桑湖嶺民之所
會. 去星州四十里, 自星州又四十里高靈縣, 又六十里陜川, 又六十
里, 爲三嘉縣. 兼數五百有七十里, 路一. 間一路, 不及五百七十里
者, 百有八十里. 自江京未及參禮驛, 至于全州之東, 良繇之野, 國
薑之所生. 踰熊峙, 至于鎭安之羽化亭, 鎭安・安陰之界, 爰有六十
人之嶺, 寔牛之步而行. 遵于花林之遷, 至于安陰縣, 涉山陰, 至于
丹城之紫峙. 其詰至于三嘉, 日可戻, 是路一. 又一路, 自江京之雲
橋, 至全州一百里, 南過南原, 東至于雲峯・咸陽之八良峙, 一百有
七十里, 劉綎都督之所勒石. 又北過丹城・晉州, 至于三嘉, 二百
里." 曰: "四百有七十里." "三路者, 皆術. 然熊峙捷, 捷故暫隘."
曰: "其熊峙乎, 不有熊乎?" 夋曰: "狐貛已空, 安問熊?" "多旅乎?"
曰: "湖人衣嶺絮, 嶺人待湖而鹹, 皆繇此出, 馬鈴鐸相和, 行者, 資
以火." 命從者, 饋之酒.

寺觀

全州之東, 終南山之下, 爰有松廣之寺. 外門棟, 採而不鉋. 第二
門, 金剛二玉女二, 守之. 第三門, 揭諦四分左右立, 皆金甲・金兜
鍪・金鉞・寶鈹. 門西鼓樓. 門之內佛庭, 大而方, 庭中, 石華表・
石燈. 殿四, 中重屋曰大雄, 西曰香爐, 東曰羅漢, 十王殿居其幽.
羅漢東, 僧寮四所, 東近溪爲紙之所.

觀于大雄, 金佛三, 曰如來, 曰觀音, 曰大勢知佛. 皆坐面陽, 膝
平蓮臺, 顱出于窣, 岸笠至背. 始見其準, 肩以上高丈夫身三寸, 手
食指尺二寸, 圍長三尺强. 股十指, 腰十股, 腹可三十鍾. 前白瓷

瓶·綵花·梵字幡·三角繡囊·圓鏡·金鏞·法鼓, 稍右紫幰, 各
居前以尊經, 蠹之所食.

觀羅漢, 羅漢五百數. 有目, 魚者·簾睫者·鳳眴者·睡者·睡
者·突睛者·瞋者·睨者·盼而笑者·雞嗔視者·三角者, 眉, 劍
者·蛾者·彎者·長者·如禿帚者, 鼻, 獅昂者·羊者·鷹嘴勾者·
齇者·平者·曷者·截筒者, 口, 卷唇者·櫻崇者·馬喙者·鳥喙
者·虎吻者·喎者·魚呴水者, 面, 黃者·微青者·朱者·粉白者·
如桃花者·酡者, 栗色者·黔者·痣者·麻者·白癜者·瘤者. 魚
目而獅鼻者, 羊鼻而睫簾者, 獅鼻而瞋而虎吻者. 目同而鼻非, 鼻同
而口非, 口同而面色非, 皆同而長短胖瘦非, 長短胖瘦同而形態非.
或立·或坐·或頻·或偎·或顧左·或顧右·或與人語·或看書·
或作書·或附耳·或負劍·或凭肩·或垂首如愁·或如思·或掀
鼻如喜·或似儒·或似宦·或似婦人·或似武人·或似病人·或
似弱兒·或似老人, 千人之社, 萬人之市. 觀于北陰, 帝坐, 以序卽
判官烏帽夾案立, 吏幞頭手簿牒鞠躬立, 夜叉前吏立, 力士立于門
如揭諦, 天女鳳冠霞帔奉桃, 童子奉花立.

渡溪之, 紙之所. "丁夫八, 洴澼于石砆者, 何?""始涷楮也.""老
者數人, 隅坐若無事, 手枝條者, 何?""取其膚也.""揚水于槽, 圍
立四嚣, 用棍攪不停者, 何?""糊也.""童子二人, 橫杠于槽, 安簾
于杠, 翻簾入槽中, 復出簾, 水雨下簾微白者, 何?""淘而始紙也."
"持刃錐繙紙若審蝨者, 何?""治其疵也.""張索繩蛛絲者, 何?"
"紙成而晾也.""老弱踏碓不敢自休者, 何舂?""曰: 硾也."顧語僧,
告者曰: "紙之寶乎, 其敢易諸?"

爲僧寮湫且陋, 歸于西殿. 板龕及人乳, 金佛一, 頭芉大, 一燈一

爐. 暗樓上,《華嚴經》·《圓覺經》如干, 縛四壁《驢脣字》, 近戶卦小鐘一, 寺大師之所嚴寂也. 開戶牆外, 有二碧樅, 一幢一蓋, 皆百年木.

烟經

一時, 客住松廣法門香爐寮中, 於如來前, 作跏趺坐, 講《圓覺經》. 是時, 客欲吃一杯烟, 出象鼻杯, 引香爐至. 幸文沙彌, 卽從座起, 雙手合掌, 而白客言: "我佛如來, 坐蓮華檯普臨, 寮中一小世界, 不許寮出一切烟氣." 客時大笑, 謂幸文言: "佛有香爐, 朝夕燒香, 爐旣燒香, 香必爲烟. 一切世間, 能火諸物, 未爲烟時, 香自爲香, 艸自爲艸, 各自不同, 及燒爐中, 脫化爲烟. 香烟亦烟, 艸烟亦烟, 艸烟香烟, 是一般烟, 平等烟中, 此烟彼烟. 且我愛烟, 旣愛艸烟, 亦愛香烟. 如來豈獨但愛香烟, 不愛艸烟? 且我是客, 非是如來焚脩弟子, 豈有釋迦世尊如來, 待一來客, 不勸客我吃一杯烟?"

幸文胡盧, 恭遷香爐. 客坐吃烟, 謂幸文言: "同一爐火, 俄燒汝香, 烟爲香烟, 今燒我艸, 烟爲艸烟, 前烟後烟, 非一般烟. 汝謂艸烟於汝香烟, 有相因緣, 無相因緣?" 幸文合掌, 而白客言: "前烟前烟, 後烟後烟, 後烟前烟, 有何因緣?" 客言: "善哉! 前烟後烟, 旣無因緣. 是彼後烟, 於此前烟, 不知面目, 不知姓名, 不相知人, 何必前烟, 爲後烟地? 前烟香烟, 後烟艸烟; 前烟艸烟, 後烟香烟, 香烟艸烟, 各烟其烟, 何必後烟, 愛前烟福?" 幸文合掌, 潛歎無已. 客旣吃烟, 謂幸文言: "火香火艸, 必有烟出, 汝謂是烟, 自爐火出, 自香艸出? 若謂是烟自爐火出, 未投香時, 何不出烟? 若謂是烟自香艸出, 未入火時, 何不出烟?"

幸文合掌, 而白客言: "無火無烟, 無香無烟. 火合香艸, 烟始得出." 客言: "善哉! 汝雖有火, 藏一爐中; 汝雖有香, 鎖一盒中, 終年香不去爐從火, 終年火不來盒求香, 香自自香, 火自自火, 未知何處出汝香烟, 而供如來. 大千世界, 無一點烟, 如來亦不得吃香烟."

幸文起謝, 涕淚大下, 五體投地, 而白客言: "年十五時, 無父無母, 不得不至祝髮花嚴. 今住花嚴, 又二十臘. 它人祝髮, 舉皆譬如自持香艸, 故投火燒, 弟子卽是不欲燒物, 誤墮火燒, 雖不欲燒, 旣已火燒, 亦無奈何. 阿僧祇刼, 永爲罪人. 今聞雷音, 滿心慚詐." 客見幸文如是恨歎, 謂幸文言: "香爲香烟, 艸爲艸烟, 烟雖不同, 烟則相同, 物化爲烟, 烟化爲無, 烟出霎頃, 同歸虛無. 汝看寮中, 香烟艸烟, 今在何處? 閻浮提, 是一大香爐."

方言

楚言楚言, 齊言齊言, 鄒魯言鄒魯言, 秦言周言, 吳言吳言. 或刺刺, 或唛唛, 或恂恂如, 或吃吃. 且一物也, 關中人名, 於粵名, 燕趙名, 揚宋之郊名, 朝汕洌水名, 此言之所以方也.

嶺之南, 古徐伐羅國也. 二白限其北, 智異間其西, 東南海, 海東南漆齒氏之所嘲哳也, 中國之有交廣閩浙也. 聞於鄉之音, 一日莫或辨, 二日得其半, 三日隨而貫. 請曰'都兀呀', 相助之義也, 應曰'于喧羅', 尊之所以唯, 卑亦施於尊. 母曰'於邁', 祖曰'豁輩', 女子曰'嘉散', 笁曰'斫枝', 篙曰'擧致', 絢曰'朔落緊', 稻曰'羅樂'【郞各反】, 馬曰'沒', 鷄雛曰'貧兒利', 山曰'昧', 石曰'突其', 廁[28]曰'求義', 廚曰'精子'. 有有義者, 有無義者, 有訛者, 有不訛者, 不可詳也.

或曰: "土也. 土故, 峽言異於沿, 海言異於野, 都言異於鄙, 北方之言似女眞,[29] 南方之言似倭. 肺主聲, 心主情, 食於其土, 飮於其土, 安得不土其音?" 或曰: "不然. 漢城國之中也, 城之中有民焉, 其嚀喚應唯嘷哭詶對, 字萬物, 多與凡之民異, 別之曰'頓民'. 是豈土也哉? 風也." 湖之人有從行者, 入逆旅與主人言, 謂今曰'山代', 謂秋曰'歌瑟', 謂村曰'瑪瑟', 嶺之主人大笑之. 嶺之主人, 笑湖之人之言, 而不知湖之人亦笑嶺之人之言.

吾不知, 湖之人之笑嶺之人之言, 是耶, 嶺之人之笑湖之人之言, 是耶? 又安知湖之人嶺之人, 不笑吾之人之言耶?

水喩

有山有谷, 有谷有水, 有水有石, 有石, 石必白. 蓋山出水, 水由谷中行, 水之所道, 土去而石留也. 谷尙脩而彎, 水尙悠而湲, 石尙幽而爛. 無是, 不足爲勝也.

德裕山之支, 耦行而東止于五十里, 其間谷也, 谷中水也. 水性下, 將東赴于海, 而兩山持之, 不能遂. 於是, 山東亦東, 山西亦西, 肩隨徐行而後之. 其行也, 或跳而爲瀑, 或攪而爲渦, 或守而爲淵, 或走而爲川, 或射而爲瀨, 或族而爲濆, 或泉而爲澗, 或散而爲潊,

---

28_ 底 │ 저본에는 '廉'로 되어 있으나, 誤字로 판단되어 바로잡음.
29_ 眞 │ 저본에는 '直'으로 되어 있으나, 誤字로 판단되어 바로잡음.

猶遮邏不得其志. 於是, 得水中之石, 洩其怒焉. 石確而介者也, 受而安之. 有臥者·有立者·有伏者·有蹲者·有觚者·有箕者·有浴者·有飲者, 水其於石何? 喧豗震薄, 曲踊隕突, 時復委蛇豈弟, 與行人相虛徐也? 土人利其水, 筧而致其澤, 碓而替其力, 甕而代其鑿, 水之利溥矣哉! 然居者, 高其樓, 山趾往往築石爲防, 利民者, 時亦害民也. 水上之民曰: "是安陰之花林洞也." 安有三洞, 皆以水石勝. 余所見者, 其殿也."

屋辨

安陰有新小屋一, 監朴侯之所營. 柱凡十有二, 東西三, 南北四. 東爲榮, 不壁不槅; 西爲突奧, 有壁有戶, 有牖有窗. 其經視榮, 短三之一. 奧之北, 以其簷一, 稍級於榮而爲樓, 樓有壁有牖有窗. 視其制, 其壁外甌, 而內墍完且堅也. 其戶牖窗, 或續竹, 或比板, 而自樞方圓也. 其陛帄礎石, 而不琢瑳, 自然也. 由簷而觀, 角而微隋; 由頂而觀, 尖而圜. 其葺瓦, 若粥蔬之芝. 不穹不脩, 不雕不華, 不騫不沈, 不曲而衷, 可以哦於斯, 酡於斯, 叱於斯, 婆娑於斯.

侯曰: "我作室家, 人聞之者曰: '華之制, 其嗔大.'" 噫! 嘗觀造屋者, 多澤木如蠟, 煉石如餳, 輪檁弓柁, 五七其樑, 四角急卷, 鶴矯鷲蹌. 不龕則牖, 上壁下牆, 瓦文列卦, 丹碧粲章, 繩鋸解木, 如綖如鋌, 經之緯之, 棊罫井方, 鐵鐶似絙, 鐵樞陰陽. 乃瞻其脊, 鱷魚曝洋, 滴水相顧, 三星煌煌. 以此較彼, 孰眞孰巧? 孰儉孰張? 且古者, 兼屋民, 穴冬而巢夏. 中國有聖人作, 然後宮室始連山之墳, 皇[30]曰: "大庭! 主我屋室, 視民之未居者, 喻之易之."

係曰: "上古穴居而野處, 後世聖人, 易之以宮室. 宮室屋廬之興, 皆華也. 箕子東出, 百工以從, 攻木者・攻金者・刮摩者・搏埴者, 亦皆華也. 以是, 工作是宮, 以吾觀於世, 皆華也. 爲是言者, 亦不知其從矣."

石嘆

嶺以南, 多石. 厓麓磵壑, 畦塍道远聚落, 皆石也. 山不見草, 水不見砂, 十畝之間, 堆壘相望, 小民之居, 不泥而墙高于屋. 在塗行者, 日易屝, 馬蹄不愼, 木澁生燐. 磊磊砢砢, 何其多耶? 山之石方, 水之石規, 田之石角, 塗之石參差. 大者如屋, 次者如斛, 小者如圓, 甚小者如粟. 積者書萬軸, 族者雅聚肉, 錯者推棊局, 歷者陶衒粥. 日浴者白, 花剝者黑, 磨于人足者, 線而碧.

御者曰: "嗟乎! 漢陽而是, 錢不足偫. 以岊于堂, 以甃于唐, 以突于房, 以礎于廊, 以圍于塘, 以粲于牆, 圓者・方者・衍者・狹者・隋者・跂者・敦者・薄者・捄者・尖者, 皆材也, 有用而無用矣." 有林子者偕曰: "吁! 使是而漢, 尊而字之, 華而庇之, 私而秘之, 寵而戲之. 汝安從貨之?" 余曰: "不徒石則然. 築相殷, 漁相周, 蔡相齊秦, 古之用人也."

30_ 皇: 저본에는 '日皇'으로 되어 있으나, '日'은 衍字로 판단됨.

嶺惑

自忠州南, 有鳥嶺, 自槐山南, 有竹嶺, 自雲峯東, 有八良嶺, 自長水縣而東, 有六十人嶺, 自黃澗[31]南, 有秋風之嶺. 於是, 區其外曰'嶺南'. 嶺南不絡嶺, 不可境. 嘗聞之, 鳥嶺天險, 行者騎人肩, 竹嶺馬解鞍, 八良嶺夷而高, 自趾于頂十五里, 六十人之嶺, 古者無六十人, 不敢入, 故名. 是以, 知嶺皆險阻陡峻也.

甲申次于金泉, 乙酉行晨, 戒御曰: "飽爾馬, 愼爾馬, 鞿今日汗." 戒從者曰: "日欲中, 可陟秋風, 結爾屨, 毋遠從." 至于黃澗之治, 顧曰: "嶺何遲?" 問諸逆旅人, 已嶺北三十里.

噫! 曰'相皆有道寅亮', 曰'將軍皆勇智制凶門', 曰'士皆服義理', 曰'道皆巍且浩', 曰'德皆方大直', 曰'學皆眞實博約', 曰'章皆煌煌鏘鏘耶?' 有實而後名, 亦有無實而名者.

古蹟

戊辰濟于黃山之津, 其南野南扶餘, 階伯之所死綏. 至于牟月城, 爰有落花之巖, 義慈氏之所顚. 辛未至于金馬國, 韓武康王之所遷國. 丁丑至于三歧, 爰有闍崛之山, 龍華香徒庾信之誓天. 孟冬, 庚辰至于大良州, 爰有竹竹氏之門. 辛巳至于靈川, 大伽倻惱窒朱日氏之所受封, 爰有琴谷, 師勒之所疑業. 至于京山, 伽倻碧珍氏之所

31_ 澗 | 저본에는 '間'으로 되어 있으나, 교정함.

食. 癸未歇馬于嵩善, 爰有金烏之山, 徵士吉再之盤桓; 爰有洛東之水, 貞女尙娘氏之所沈,〈山有花〉之所綠歌. 甲申至于甘州, 古甘文國, 爰有獐夫人之藏. 丙戌濟于赤登之江, 至于管[32]城, 徐伐羅歇運之所國殤, 東京之所綠歌〈陽山〉. 丁亥夕于淸州, 爰有銅檣, 古娘臂城. 戊子至于歡州, 古南扶餘 · 高句驪 · 徐伐羅之塞. 己丑至于慰禮城, 十濟溫祚氏之所肇邦.

噫! 徐伐羅之亡, 忽焉已千年, 扶餘氏 · 伽倻氏, 皆先羅而沒. 谷爲陵, 陵爲谷, 水東西流, 邃古之蹟, 不可徵. 獨南扶餘國有蘇定方碑, 金馬國有王宮坪, 坪有礎有塔, 或曰'善花夫人', 或曰'薯童王'. 大伽倻有石佛一, 終古而不遷者, 其石耶? 忠臣烈女孝子之名, 往往赫于路, 然則, 終古而不遷者, 惟石與忠臣烈女孝子之名也.

棉功

踰嶺而南, 路傍多棉田, 土之宜耶? 田中多女子, 提籃者, 扱者, 拖袱者, 俗之治耶? 從者曰: "聞諸嶺之人, 棉花落五日, 市粥新布匹." 問從者曰: "汝知棉之所以爲布乎?" 曰: "棉旣花矣, 以我籃往, 于時采之; 抱薄乘屋, 于時曬之; 反之察察, 于時擇之; 絞之軋軋, 于時核之; 偃弩彈繩, 于時高之; 雲分踐席, 于時牢之; 外圓虛中, 于時繭之; 紡車斡鐵, 于時撚之; 四十相比, 于時升之; 椓庭塗糊, 于時烝之; 貫筬加繪, 于時筬之, 游梭往來, 于時織之. 凡經十二手

32_ 管 | 저본에는 '筦'으로 되어 있는데, '管'과 통용하는 글자임.

乃成." 曰: "亦艱矣. 棉何以而花?" 從者曰: "藏核于土, 自核而芽, 自芽而苗, 自苗而莔, 下根上幹, 自幹而枝, 自枝而葉, 葉而後房, 房而後蓓, 蓓而後坼, 坼而後花. 凡九變而花." "布旣成矣, 衣之如何?" 曰: "布旣成矣, 是曰'無名'. 灰而輕之, 陽而明之, 采而榮之, 縠而精之, 石而晶之, 度而亭之, 剪而程之, 箴而兵之, 絲而幷之, 烙而平之, 濯而淸之, 火而貞之. 亦十有二運而成." "大囍矣."

噫! 乃畊乃播, 乃糞乃鋤, 由核而花, 則男女牟之, 由花而布, 由布而衣, 以之爲線, 以之爲絮, 以曳以婁, 以宜寒暑. 女專之, 女子亦勤矣. 湖西有長者, 貲甚豊, 坼伯公. 其初, 一寡婦之紅, 勤之利大矣. 四月種棉, 九月授衣, 民亦勞矣. 奈何貴哆囉緂氆, 而賤棉布也!

重興遊記

時日 二則

癸丑秋八月壬午, 會于會賢坊, 定山游議, 乙酉往孟嶠, 約也. 景戌[33]入山, 丁亥留, 戊子從東間路下, 止于孟嶠. 己丑歸.

秋久晴, 丁亥山中陰, 戊子霾, 山高也.

33_ **景戌** 당시의 간지로 보아, 丙戌의 誤記로 보임.

伴旅 二則

紫霞翁閔師膺元模甫,　歸玄子金士精鑢,　臬其仲木犀山人大鴻鑪,[34] 偕. 及余才四人, 余曰李鈺其相.

初約徐稚范進士同, 適不來. 童鳳采期會, 不至, 其後悔.

行峑 二則

李子曰: "余嘗觀乎人適莽蒼者, 謀信而歸猶, 積日費心神. 裝就, 每多欠人." 驢或馬一, 童子執具從者一, 執躑躅杖一, 葫蘆一, 瘦瓢子一, 班竹詩筒一, 筒中束人詩卷一, 彩牋軸一, 一人楬一, 油衣一, 衾一, 氈一, 烟杯一, 脩五尺強烟小盒一. 傴僂先後出其門, 自謂整頓好之. 五里又思之, 所忘者, 筆墨硏.

行中短烟杯二, 佩小刀二, 烟囊三, 火鎌三, 天水筆一, 蠲紙三幅, 人各足換麻屩一兩, 手一摺扇, 囊中常平□[35]五十而已.

34_ **鑪** | 저본에는 '鑢'로 되어 있으나 '鑪'의 誤記가 아닌가 싶다. 金鑪가 쓴 〈題重興遊記卷後〉에 "與李鈺其相・徐有鎮太嶽及舍仲犀園玉衡, 乘月夜會, 飮酒賦詩"라고 하였는데, '犀園'은 그의 아우 金鑪의 호이다.

35_ □ | 저본에 한 글자가 비어 있는데 '寶'가 아닌가 싶다.

約束 五則

李子與金子, 飲酒酣, 金子顧李子曰: "子欲出乎? 秋氣沁人肺胃, 城市覺鬱鬱不自聊. 吾欲逞觀乎北漢城, 子何莫出乎?" 又曰: "吾弟鴻, 宲主是行, 要與子偕." 李子曰: "諾. 請其期." 曰: "二十七吉." 曰: "遲遲. 不有昨乎?" 金子曰: "諾."

它日, 李子遌閔子於泮道, 金子言且告以緣, 閔子曰: "然. 二三子專之耶! 顧老夫不當先耶? 二三子之行, 而豈可少老夫前也?" 李子謝曰: "幸之焉. 願先生早之, 毋使之懸也."

出國門, 立三章法. 一曰戒詩, 作詩中人, 不可作人中詩; 爲詩中景, 不可爲景中詩.

二曰戒酒, 山坳水涯, 幸而酒家, 勿問紅鵝, 勿問波渣, 勿問當壚者之如何. 不許我衆, 不飲而過. 一杯而和, 二杯而酡, 三杯而歌, 不呶則傞, 一切勿許飲至三螺, 如來釋迦, 證此金科.

三曰戒身, 旣杖旣屨而綦, 旣扱衣, 仄蹬可, 峻阪可, 踔崩橋可, 陡壑可, 白雲臺不可, 匪不能, 不可也. 有渝此言, 山神其原諸.

譙堠 二則

出國都城曰彰義門, 西北也, 入曰惠化門, 東北也.

入北漢, 西南小門曰文殊暗門, 出東南小門曰輔國暗門, 暗門, 不譙穴城. 行歷而見者, 大南門·大西門·東北暗門, 中城而關, 曰捍禦門者. 望見者, 外城之漢北門也, 大東門也, 東將臺也. 雉堞視京都, 雖庳且淺, 譙樓皆新而皖. 城廊有制, 倉卒足可爲暴客禦.

亭榭 四則

鍊戎臺, 有洗劍亭; 白雲峒門少東, 有山暎樓; 都之東孫家莊, 有在澗亭.

前後, 於洗劍亭, 從仁王一出, 爲買紙出, 爲祗迎車駕出, 爲入僧伽寺出, 并今出爲五. 洗劍亭近于京, 雖有名, 石太平, 水太爭, 地太明, 山太輕, 只可爲公子少年者行也.

留山中二日, 登山暎樓三. 晝而登, 夕又登, 其翌日朝, 又過而登. 晝而夕晴, 其翌朝陰, 山色之晦明, 水氣之陰晴, 今之行而集其成. 見暮山如媚, 楓葉齊醉; 朝山如寐, 藹乎滴翠. 暮水甚駛, 砂石不寧; 朝水有氣, 岩壑雨漬. 此朝暮山水之異, 而樓之可記也.

在孫家莊, 曰歸來亭; 在川上, 曰在澗亭. 刻于亭下石, 曰'歸來洞天', 曰'籠水亭', 曰'損溪', 曰'桃花潭'. 周遭山野, 密通城鄂, 流水粼粼, 白石鑿鑿, 固城東第一落. 顧朱刻詩, 爲水所泐, 闌干爲風雨蝕, 甚至蛛絲籠板, 燕泥栖楹, 蓮池淺古, 芋區縱橫. 無虧無成, 惟山色水舛也. 問諸酒人, 嫗栢子答金氏之古平泉.

官廨 一則

城中有行宮, 曰昔臨軒, 有璿源牒藏修所. 有筮城將營, 有訓局倉, 有禁營倉, 有御營倉, 皆匪一所. 有火藥庫, 有總攝營, 在重興寺旁, 蓋庤餱粮鎧仗, 爲城守計.《詩》曰:"迨天之未陰雨, 徹彼桑土, 綢繆牖戶. 今此下民, 誰敢侮予?"

寮刹 五則

山城中, 皆山也, 故有寺, 凡十二. 曰文殊, 廢, 曰重興, 曰太古, 曰龍巖, 曰祥雲, 曰西巖, 曰扶旺, 曰鎭國, 曰輔國, 其序從我觀. 曰圓覺, 曰國寧, 曰普光. 我未之觀, 觀亦未必異也.

寺必有法堂, 曰極樂殿, 或曰極樂寶殿, 或曰大雄殿. 有房皆一, 而獨扶旺, 分左右. 扶旺, 又有凝香閣. 太古, 有普愚師碑閣, 碑陰歷載檀越主, 我太祖康獻大王, 以判三司事與焉. 別館及門, 寺各不類, 侈儉在衰旺.

直祥雲北, 有圓休峰, 峰下有菴云.
山城西南, 有地藏·玉泉諸菴, 而僧伽寺長焉. 冥府殿與極樂寶殿, 二而一, 有長壽殿, 有齋室, 有浮屠舍, 有僧寮, 頗廣. 有門樓, 皆新繕也, 丹雘堅茨之工, 城中且無之.

山城東南下, 有青岩寺, 一名護雲菴, 其門曰鎭巖. 有藥師殿, 曰滿月寶殿, 寺名曰'奉國', 皆湫俗不可久.

佛像 五則

寺佛廟也, 有寺即有佛. 或塑或鑄, 或劚或琢, 塑者塗, 鑄者範, 劚者繪, 琢者塡. 中曰如來世尊, 左曰觀音菩薩, 右曰大勢至佛, 西嚮而坐東曰地藏菩薩. 有四佛者, 有三佛者, 有尊一佛者. 僧伽, 獨尊五佛, 其一曰長壽佛, 礲玉嵌金以侈之. 近歲, 至自燕寺之所緣設.

入佛室, 五方皆繪事, 畫佛詔, 畫羅漢毅, 畫十王驕, 畫鬼爆, 畫玉女佻, 畫龍擾, 畫鸞鳳翹, 畫地獄慘而妙, 畫輪回紛而昭. 因聞而想, 因想而象, 因象而爽, 如是懍慌. 君子浼焉而不賞, 小人敬之以顙.

扶旺, 揭三障, 一白衣大士像, 款曰'唐吳道子筆', 一泗溟堂惟政[36]師像, 髥不祝, 一樂聖堂敏環師像, 刱寺者也.

鎭國, 有老子騎牛出關障一, 李漱供也.
釋迦之宮, 一切所以莊嚴它者, 穹之以朵龕, 崇之以蓮臺, 承之以錦墩, 容之以繡鞗, 從之以香童, 瓏之以玻瓈燈, 蔟之以紙花, 籢之以淨瓶, 隆之以法鼓, 是則大同. 惟靑巖小菴, 香爐前, 供紗幬 · 漱風, 僧伽有金屛, 畫洞春, 甚工.

---

36. **政**: 저본에는 '正'으로 되어 있는데, 誤記로 판단되어 바로잡음.

緇髡 十二則

出國門, 已遇僧, 至北漢, 漸多遇, 入寺遇盡僧. 見僧凡二百餘, 語僧才十餘.

獅馱, 曾爲護宗闡教正覺普慧八路諸方大住持八道僧兵都摠攝, 花山龍珠寺摠攝者也. 自造泡寺, 今移爲北漢摠攝. 自言, 本湖南人氏, 語半晌, 甚闍利, 猶時作南言.

玄一, 有能詩聲, 見于重興, 夜追至太古, 使之賦, 辭以有方喪.

每寺, 出指路僧一以送之. 曰湍聰, 太古至龍巖, 曰乃淨, 龍巖至祥雲, 曰處閑, 祥雲至西巖, 曰西巖最燁, 至扶旺, 曰扶旺僧道恒, 至鎭國, 鎭國僧曰孟繕, 至輔國, 輔國僧致遠, 城將責松餅, 急不能遠送, 送至暗門, 倩樵童, 指獅子厓, 童金龍得也.

太古之頓礱, 以借筍語; 祥雲之師彦, 以沽酒語; 扶旺之晟日, 晝寢, 以杖警其脇, 戲而語, 鎭國僧將豐一, 可與語而語. 外此, 不可殫記.
寺宿二夜, 夜輒有唱梵唄者, 誦《兵學指南》·〈大將清道圖〉者, 而燈歇, 不省從誰口也.

僧衣, 或布襖, 或靑縣布襖, 或皂布直裰襖, 袖或廣或窄. 僧冠, 編竹短桶帽 · 布梁簷巾 · 蔽陽笠, 織竹皮籉笠. 又有笠簷, 似絲笠,上似缸, 頂似餠口. 僧帶, 絲條, 或絲條其紅條者, 貼玉圈或金圈于帽. 又有鴉衣而笠氈, 笠頂飄紅毦, 腰係靑錦帒當尻, 鳴鐵琅璫而趨者, 僧之職軍者也. 僧珠, 多木而糅, 貧者薏苡.

袈裟, 形似袄而隋, 鱗緝而成, 左右貼繡字, 曰月光菩薩. 月光菩薩, 垂紫綠碧三條. 僧言: '縫有度, 寸有數, 制有寓, 莫敢誤, 莫敢汗. 諸佛之所護, 至理之所具也.' 一見於僧伽寺, 紅絲布也.

諸寺, 絶無經典, 惟僧伽及扶旺, 略有之, 雖有之, 葉佚頁散, 不可讀. 所有者, 只〈結手文〉·《恩重經》·《法華經》五六縛而已, 可知無通經僧.

僧吾知其非蚌也, 非蛇螭也, 而死而火, 往往得五色珠, 名之曰舍利. 舍利, 果靈乎? 聞湖南一寺, 養一村老夫蠢, 訝訊之, 於鼻中, 得舍利珠數匊, 故食於寺. 舍利, 果靈乎哉耶? 天下之化物者, 莫如火. 故火之所治, 松脂可使爲紅鞁鞊, 汁糯米爲五色珠, 皆火之工也. 熬僧而出珠者, 又何足靈也? 顧僧則靈其說. 太古寺之後, 有石浮圖, 誌曰'寶蓮堂大士應香'. 湜聰之言曰: "香師平居, 持律嚴且淨. 壬子寂, 及茶毘, 有三舍利, 一紺, 二金色, 放光三日夜, 草木皆如炬, 遂封于此云." 靑岩寺前, 亦有蒼松堂大士之藏.

靑岩寺, 近京城, 其僧胖而晢, 知其有酒肉嗜. 擧自好, 知其有所媚; 手姣而衣花, 知其不力于事. 藥師殿, 與閭閣烟相接, 有靑裙者, 淅於香積廚. 其僧, 只民而不髮者.

僧伽有僧十餘, 天烈指路, 敬洽說經. 又有新祝頭者, 未字法名, 頗姣俊, 匿後寮, 有羞人色.

泉石 一則

泉石, 蕩春臺攘, 祥雲簾瀑埉, 西水口虓, 七游巖烺, 山暎樓脕, 孫家莊昶, 皆佳賞, 優劣未易標榜也.

艸木 二則

佛殿前, 多萩金鳳花·鷄箱花·紅姑娘艸·黃葵花. 若唐菊在在植, 花紅白紫三色. 環山皆松, 近寺, 多樅與紫檀木, 沿溪, 或檍橡栗繞人居, 雜木多不可名.

未入山, 皆言楓太早, 及入, 楓及絡石及木之宜紅者, 已盡紅矣. 石榴花紅, 胭肢紅, 粉紅, 蒿花紅, 猩血紅, 老紅, 退紅, 隨處而色不同, 地之區而木之殊也.

眠食 一則

宿孟嶠, 而蕁出都城, 飯僧伽, 又飯太古而宿. 朝飯於宿, 夕飯扶旺, 宿鎭國, 飯如前. 歸飯于泮, 復宿孟嶠, 凡四宿而七飯.

盃觴 二則

再飮孟嶠, 前後共四觴. 行宮前壚, 一碗有半, 太古寺半碗, 祥雲一碗, 訓倉壚一碗. 朝大霧, 送僧沽酒來, 不果. 孫家莊一碗, 藥師殿一碗, 惠化門遝靑袍而跨驢者, 邀與飮, 飮一鍾, 泮飮二觴, 桂子巷飮一杯. 鍾者淸也, 碗者白也, 觴者醇也, 變而曰杯者, 紅露也.

山行, 酒固不可無, 亦固不可多.

總論 一則

風枯露潔, 八月佳節也; 水動山靜, 北漢佳境也, 豈弟洵美二三子, 皆佳士也. 以玆游於玆, 如之何游之不佳也? 過紫峒佳, 登洗劍亭佳, 登僧伽門樓佳, 上文殊門[37]佳, 臨大成門佳, 入重興峒口佳, 登龍岩峰佳, 臨白雲下麓佳, 祥雲峒口佳, 簾瀑絶佳, 大西門亦佳, 西水口佳, 七游岩極佳, 白雲靑霞二峒門佳, 山暎樓絶佳, 孫家莊佳.

貞陵洞口佳, 東城外平沙, 見群馳馬者佳, 三日復入城, 見翠帘·坊肆·紅塵·車馬更佳, 朝亦佳, 暮亦佳, 晴亦佳, 陰亦佳, 山亦佳, 水亦佳, 楓亦佳, 石亦佳, 遠眺亦佳, 近逼亦佳, 佛亦佳, 僧亦佳, 雖無佳殽, 濁酒亦佳, 雖無佳人, 樵歌亦佳. 要之, 有幽而佳者, 有爽而佳者, 有豁而佳者, 有危而佳者, 有淡而佳者, 有縟而佳者, 有窅

而佳者, 有寂而佳者. 無逞不佳, 無與不佳, 佳若是其多乎哉! 李子
曰: "佳故來, 無是佳, 無是來."

論 · 說 · 解 · 辨 · 策

斗論

天下之器, 維斗爲大. 星有北斗, 以平四序之分, 聖人象之, 積黍於黃鍾之管, 三因而始爲斗. 斗者, 龠與升合之所集成, 而酾秉斛石勺鍾之所由生也. 斗不停下於斗者, 無以準其平, 過斗而量者, 尤無所得其衡. 是故, 聖人旣作之, 慮其久而失平也, 鑄銅爲嘉量, 銘而款之, 守在栗氏, 慮其或不相同也. 每歲, 巡守省方而同之, 春秋二分, 物而平之, 有不齊者, 刑而懲之. 今觀於〈周官〉·〈虞書〉·〈月令〉諸篇, 可以見古聖人之所重視斗者矣.

今也不然, 問諸歸市者, 一湖西百里之內, 而彭澤斗米錢四十零, 天安·禮山四十錢, 靑陽不及錢四十, 非有貴賤, 斗不一也. 一湖西百里之內, 而斗若是其不一, 則衆而八路, 遠而千里, 不待問而後知. 且京師者, 一國之準, 京師之市以升量十, 則以京師班祿輸漕之斗, 三猶不弱. 是官與市, 已不相同, 何怪乎縣吏之斛, 租糴或異,店媼之升, 授受有二也?

噫! 穀民食也, 斗所以量穀也, 而龠升合之所由, 爲龠秉斛石勺鍾者, 則古聖人之所以重視之. 謹其始, 齊其異者, 豈徒然也? 將以息訟而止奸也.

北關妓夜哭論 幷原

客有道北關之妓夜哭事甚詳者. 其說曰: 咸興之妓, 有名可憐者, 顏色甚好, 性倜儻如也. 粗解詩文, 誦諸葛亮〈出師表〉琅琅也, 善飮酒, 善歌, 兼能舞釰, 能撟琴品簫, 能棊與雙陸. 人皆稱之爲‘才妓’, 而顧自許以俠也.

嘗從太守, 登樂民之樓, 見有從萬歲橋來者, 美少年也. 巾服姣鮮, 儀容秀美, 風韵能動人. 十步跨黑衛而行, 後一騎載琴囊 · 詩筒 · 酒榼而隨. 可憐知其必以已爲歸, 辭病至其家, 視驢已繫門外小桃樹, 遂延入中堂, 歡然若平生也. 於是, 閉戶張燭, 爲房中之游, 與之詩, 我和彼倡, 彼和我倡; 與之琴而歌, 我琴而彼歌, 我歌而彼琴; 與之酒, 我斟而酬彼, 彼酌而酢我. 與之棊, 彼贏而我輸; 與之雙陸, 我勝而彼負; 與之簫, 雙鳳來而喜其遇; 與之釰, 雙蛺合而不能離. 可憐大喜過望, 自以爲‘我於斯世, 得一此人, 足矣. 吾不虛生此世也’, 欣欣乎猶恐不得當也. 乃先解鬢與裙, 托以酒, 請睡, 少年黽勉, 若不樂者. 及華鐙吹落, 爐香襲人, 少年但面壁側身, 臥作長吁短噫而已. 可憐初猶有所待, 久則疑之, 逼而驗之, 閹也. 可憐遂蹶然起,以手敲地, 哭曰: "天乎, 天乎, 斯人乎! 斯人乎, 天乎!" 大哭一場, 推戶視之, 落月已曉, 鳥啼花落矣.

論曰: 姬其善於哭者, 已矣. 姬之哭, 豈傷其情欲之不得遂者耶? 姬之哭, 其哭千古際遇之難者也. 天地之間, 人而合者, 有二, 曰君臣也, 曰男女也. 惟其人與人, 合而爲也, 故有悲哀喜樂於其間, 此人之常情也. 然則其得之, 則喜而樂; 不得之, 則悲而哀者, 宜君臣男女之壹是均也. 悲歌擊釖, 偏在於不遇之士; 掩鏡齋涕, 多見於薄命之妾, 則亦繇乎良人與國君者, 一身之所仰望也. 其所懸誠而馳想者, 不得不女切於男女重於君也. 人之情, 亦不其然乎? 是故, 勿間男女, 其懷質抱藝砥礪, 而自惜者之所以求之也.

雲從龍, 風從虎, 非徒君擇臣, 臣亦擇其君, 而求之如行深山採金光, 得之如入滄海遇明月. 旣見君子, 云何不喜? 昔張良, 遇沛公於秦楚之際, 說以太公兵法, 沛公能善用, 張良曰: "沛公殆天授也." 仍留事之. 有志士蘇舜欽, 讀〈張良傳〉, 至此, 引一大白, 撫卷唱曰: "君臣際遇, 若是其難乎!" 舜欽之一大白, 足令千古人下淚, 況姬關北之烟花一女子也? 非有大而難容之道, 絶世獨立之譽, 而聲色伎萩, 沾沾然自以爲冠絶其曹, 則猶復傲兀當世, 思得如我者從之. 十載靑樓, 歷試而陰求者, 匪此人乎?

咸興大路也. 觀察御史之揚準旟駈熊軾而至者, 吾嘗見之矣; 節度邊帥之建牙, 鳴角而過者, 吾亦嘗見之矣; 貴游公子之花衣, 怒馬而行者, 吾亦嘗見之矣; 富商大賈之輕銀錢, 賤錦綉而游者, 吾亦嘗見之矣. 能詩而不能酒, 非吾偶也; 能酒而不能歌, 匪吾多也; 能歌而不能琴, 非吾心也; 能琴而不能碁, 非吾儀也; 能碁而不能舞, 非吾數也, 以之雙陸洞簫, 皆能吾所能者而後, 方可爲'此人'也.

此世此人, 豈容易可得也哉? 悠哉悠哉, 轉轉反側者, 固已久矣. 而乃者, 虹橋斜日, 遠眼忽明, 則有美一人, 淸揚婉兮. 邂逅相遇, 適我願兮. 及其回燈添酒, 予倡女和, 則左之左之, 君子宜之; 右之右之, 君子有之. 維其有之, 是以似之. 當是時也, 巨魚之縱大壑, 鴻毛之遇順風, 賢臣之得聖主也, 百年非敢望也, 一夕猶自幸也. 今夕何夕, 見此邂逅, 子兮子兮, 如此邂逅何? 自不覺神淸而志滿, 意驕而身怡, 雖使爲君而死此夜, 固所甘心也.

誰知能人之所未能者, 反不能人之所能, 有人之所無有者, 獨不有人之所有? 竟使遇而有不遇之嘆, 則已焉哉! 此世'此人', 信乎不可得而遇也! 夫人之悲不遇也, 不遇於其所不當遇, 則不之悲焉; 不遇於其所可遇而後, 爲之悲焉. 賈誼遇文帝, 而不遇故悲; 李廣遇武帝, 而不遇故悲. 奚徒是也! 聖人亦然, 孟子之去齊也, 三宿出晝, 不豫之色, 不掩乎眉睫者, 誠以齊王之足可遇而不遇故也. 向使齊王無易牛之仁好勇之問, 則孟子顧何惜於齊王之不遇也? 然則姬之蹶然而起, 噭然而哭者, 實哭其遇乎難遇之人, 而猶不遇也, 豈不悲哉? 豈不哀哉?

故曰: "姬之哭, 非哭其情欲之不得遂, 而哭千古際遇之難者也. 其豈非善於哭者也耶? 古人言: '人不可無三副痛哭淚, 一副淚, 哭千古不遇佳人.' " 余則曰: "可憐一副淚, 哭千古不遇佳人才子."

蜀葵花說

葵莱也. 葉宜芼, 花白而細節, 節生葉間. 蜀葵花也. 葉小異於葵, 微似匏, 花大於葵, 有紅, 有白, 有淡紅, 亦有單葉, 有千葉. 黃蜀葵, 亦花也. 葉尖而狹有缺, 異於葵 · 蜀葵, 花亦異, 色微黃, 形如菊而大, 其大過牡丹, 莖高, 率高人尺餘, 而花於頂. 一莖一花, 頸秀而笠, 能隨時而傾, 朝則傾東, 夕則傾西, 日中則正, 蓋花之慕日而偏隨者也. 故古人謂"葵爲傾陽", 政黃蜀葵之謂也.

國朝賜及第人人花二朵, 莖葉青, 花紅黃相間, 異於牡丹 · 蓮 · 梅 · 菊諸花狀, 染紙而剪, 於花無所類, 其取制者, 蓋蜀葵花也. 噫! 花乎花乎! 奚取於蜀葵花耶? 豈取其向日而傾耶? 又何不黃其彩而規其製耶? 欲取其傾陽, 而蜀葵之取焉, 則是猶取竹之節, 而取石竹也; 取桃之華, 而取胡桃也, 取其名而訛矣; 取其義而詿矣, 奚取之有哉?

且蜀葵之爲花也, 花旣不能傾陽; 葉旣不能宜芼, 已不逮乎葵與黃蜀葵, 而嘉實不如桃梨李橘; 烈香不如蓮梅蘭薇; 麗華不如牡丹芍藥; 凌寒不如菊; 忘憂不如萱; 動人不如若榴; 耐久不如月季, 直花之無可尙者也. 且其爲色甚紛, 無純粹之美; 開落甚忙, 無貞固之守; 根陳而始花, 無膚敏之譽; 子落而自蒔, 無難進之義, 君子無可取者一焉.

噫! 畫藻於率, 尙其潔也, 鏤蘤於冠, 取其華也. 今也, 賜新進者, 賁首之餙, 而必以是蜀葵花, 則吾固知其無可取也. 或曰: "古語曰: '葵能衛足.' 或可資自保之智歟?" 曰: "是又葵之智, 非蜀葵之謂也." 余姑植之庭, 爲恃繁華圖永久者, 戒焉.

獵鶉說

有某氏, 貧家子也. 適事嶺南, 得十萬錢, 歸踰鳥嶺, 有幅巾少年, 跨驢之若果下者, 從山谷來. 左鞲坐籠脫鷂, 後從一東京小猧, 至山之椒. 嗾夫猧令令走, 有鶉起于叢, 解鷂放之, 擧而搏于厓. 驢望之彳丁, 疾趨止于鶴, 跪前膝以就之. 幅巾者, 從鞍上鉤引之, 掛而去.

某氏大以奇, 請奉錢十萬相易, 難之, 盡捐其所乘馬, 得之. 騎其驢, 牽其猧, 鷂則臂, 行獵數鶉以懸, 揚揚得意,[38] 歸其家, 家則夕不炊矣. 其父日倚扉, 聞之, 怒笞罵之. 後數日, 某氏間其父出, 往于田, 鷂與猧驢, 益馴焉. 其父歸, 從林間覘之, 嘖嘖曰: "有是乎, 無怪吾兒之輕十萬錢也. 曩使乃父行, 亦必易而歸." 遂父子幷悅之, 逐日出不悔.

噫! 甚矣, 耳目之役人也! 貧人之得貨, 非不知重而輕之, 父之笞子, 聞則怒, 而見則悅, 豈有它哉? 心役而物誘之然也. 噫! 棄十萬, 易一鷂, 猶可嗤也, 彼以萬乘四海之富, 易一狐一兎, 則豈不哀哉? 噫! 甚矣, 耳目之役人也!

野人養君子說

孟子曰: "無野人, 莫以養君子." 君子者何? 內而公卿大夫士, 外而方伯二千石六百石諸長吏, 皆君子也. 野人者, 民是也. 古之君子, 學優而仕, 束帶立於朝, 入而竭力事一人, 出而盡心牧萬民, 位高而任重, 德厚而望隆, 固不可筋力而自養也. 先王爲之法, 使爲其下者, 養其上. 於是, 田夫穫, 而君子食稻梁; 紅女績, 而君子衣錦裳; 武徒貉, 而君子是嘗; 匠師落, 而君子是堂; 百工作, 而君子用各以方, 一切所以供君子者, 咸出於民.

夫民之所以資是供也, 日不暇食, 夜不暇息, 女禿其指, 男跰其趾, 盡力而就, 則不敢自有于筐于筐. 敬之君子, 奚其養之若是其至耶? 以其入則竭力事一人, 出則盡心牧萬民, 吾雖有畲, 微君子, 吾得以鋤歟? 吾雖有絲, 微君子, 吾得以機歟? 我矻矻頷頷勞力於下, 彼葊葊屬屬勞心於上, '勞心者食於人, 勞力者食人', 理固當矣, 先王之法之然矣. 於是, 粟不待責而精, 絲不待促而成, 旣盡其禮, 又致其誠, 藹然若孝子孝婦之所以養父母舅姑者, 則此野人之所以養君子, 而謂之以養君子, 不媿; 稱之以養野人, 不懡者也. 其爲養, 顧不大哉? 然則, 君子野人之養, 今古皆率是耶?

曰: "何可然也? 君子野人之君子, 言位非德也." 間或有官而不賢, 位而不能, 非君子而尸君子者, 入不能竭力事一人, 出不能盡心牧萬民. 斷獄以貨, 聽訟以謁, 善而不勸, 灾而不恤. 以涊乎民, 恝乎若越人之過秦, 時復鳥攫肉鷺窺魚, 閹然思飽於民. 又有湎酒瞀色, 無知無識, 而惟俸錢是索者, 則民雖畏其笞掠, 不能絕其衣食, 而彼亦有喜怒性情於中, 顧何心勤且誠也? 子曰: "至於犬馬, 皆能有養."去此不相遠矣.

噫! 一溢之米, 一稱之錦, 均是民也, 同我養也, 而或爲父母之養, 或爲犬馬之養, 則受其養者, 可以知所處矣. 又況槩量不平, 勃谿于庭; 徵索逐日, 詛祝于室, 則求受犬馬之不敬, 而亦難得者乎?《周書》曰: "享多儀, 儀不及物, 是曰不享." 儀之不及, 君子猶恥. 是故, 《詩》曰: "緇衣之宜兮, 敝余又改爲兮, 適子之館兮, 旋余授子之粲兮." 此言民知所以養君子也, 《詩》曰: "彼君子兮, 不素餐兮." 此言民知其爲君子故養之也, 《詩》曰: "樂只君子, 民之父母." 此言民知其爲君子. 故養之如父母, 而猶樂而稱之也, 君子哉!

若人雖服斯皇之芾佩, 有鸑之珩, 彈琴踞堂, 終其日, 無所爲民, 奚敢不養也? 苟其不然, 則雖享萬鍾之祿, 供五鼎之旨, 衣錦褧衣, 持梁而囓肥, 吾未見其爲養也. "鼠無食苗", 〈魏風〉見刺; "鶉不濡翼", 〈曹詩〉有譏, 彼其之子, 其不有覥於是歟? 余於野人養君子之義, 未嘗不有懷於古之君子, 庸爲是說, 爲今之養於民者戒.

龍畊說

余到合德堤, 聞龍畊甚詳. 老於驗者曰: "信有之, 歲以然." 其狀何如? 曰: "歲不一. 有當中直劃, 作土鼠墳地狀者; 有屈曲斷絶, 作鷄撥泥狀者." 其期何居? 曰: "歲十二月, 冰腹政堅, 夜聞有聲, 朝起視之, 卽耕矣." 其占何諸? 曰: "近堤豊, 遠堤凶, 多且直稔, 罕且屈折歉. 自古有得, 其驗不忒." 曰: "噫! 亦靈怪矣. 余嘗觀乎耕, 畊必有

犁有牛有農夫, 使龍而畊, 顧安所得此耶? 且氷水也, 匪土也, 龍奚
之事而且畊耶?"或曰: "龍神物也. 國於水, 變而化不測, 或爲釖, 或
爲馬, 或爲美女, 又安知不化而爲犁與牛與農夫, 以稼穡於國耶?"
或曰: "妄也. 十二月, 寒益盛, 氷結甚則堮, 土亦然, 龍豈有耕?"

余曰: "二說皆通. 余亦有說, 冬至陽氣生於地, 日以益長, 至十
二月, 則將出地而奮. 氷頑陰也, 悍然絶地天通, 若冪以帷幕然. 於
是, 龍陽屬而守水者也. 其責在龍, 不得不裂而闢之, 而乃其狀, 或
似乎畊, 土人稱之曰‘龍畊’, 以卜歲功. 卜之而驗, 則其或陽氣之萌,
休咎有自呈者然歟?"

田稅說

國法制田畎, 以布帛尺, 二之尺度之, 東西一南北一, 爲把. 把十
爲束, 束十爲負, 負十無稱, 曰十負, 負十其十爲結, 一結爲田萬尺.
又以六等法, 等田高下, 上上萬而結, 上下萬視上上八千五百, 中上
視上上七千, 中下半上上贏五百, 下上視中下減千五百, 下下四分
上上之一, 下下四萬尺爲一結.

余問諸農曰: "上上田, 尺以女縫衣尺, 長二十, 廣亦如, 可取
禾幾?"曰: "中歲, 可一豐束." "豐束一, 收稻幾?"曰: "可一䤱."
"稻一䤱, 得米幾?"曰: "鑿四升." 又問曰: "女田一結, 納稅官幾
米?"曰: "吾小人多懼, 不能自詣縣, 歲給隣保長米二十一䤱, 終其
年無事."

萬二十一, 則千二斛一升, 百二升一合, 十二合一龠, 一步爲二
龠十分, 龠之一, 是民食, 米四百斛之田, 官收二十一斛也. 貢徹助,
夏殷周之稅也, 皆十而一, 或九而一. 今四百而二十一, 孰多少? 況
官之收, 又非盡二十一乎! 況田之取, 不止四百乎! 況侵則除, 歉則
蠲者乎!《孟子》曰: "天下之民, 皆願耕於野者." 顧安在哉? 余疑故
錄之, 竢更商也.

花說

試上高原以望, 夫長安春色, 茂矣美矣, 偉矣麗矣. 有白者, 有
紅者, 有紫者, 有白而紅者, 有紅而白者, 有黃者, 有青者焉. 吾知
之矣. 青者, 吾知其柳; 黃者, 吾知其茱萸花 · 狗刺花; 白者, 吾知
其庭梅花 · 梨花 · 李花 · 來禽花 · 奈花 · 鬼籠花 · 桃之碧桃花;
紅者, 吾知其杜鵑花 · 羊躑躅花 · 山丹花 · 紅桃花, 白而紅 · 紅而
白者, 吾知其杏花 · 櫻桃花 · 桃花 · 蘋婆花; 紫者, 吾知其惟丁香
花也.

長安之花, 無出於此, 出於此, 亦無可觀者. 於其中, 有時不同,
有地不同. 朝花癡, 午花惱, 夕花暢, 雨花疲, 風花倦, 霧花夢, 烟花
怨, 露花矜. 月中之花妖, 石上之花高, 水邊之花閑, 路傍之花俏,
出墻之花冶, 藏林之花澁. 件件般般種種色色, 此花之大觀也. 南山
然, 北山然, 六角峰然, 圓峴然, 北楮洞然, 花開洞然, 桃花洞亦然.
我既作如是想, 我亦作如是觀, 雖終日勞筋屨, 而所觀者, 不過如

是; 雖終日閉戶塞牖, 而所觀者, 亦不失如是. 我何必出而後觀, 使足怨目爲也?

東園公問於西郭先生曰: "人皆往于花, 子獨室處, 何子之薄乎花也?" 西郭先生曰: "不然. 大恩割恩, 大慈割慈, 大憐割憐, 大愛割愛. 位卿相祿千鍾, 人孰不愛? 惟隱士最愛, 慮其有喪失逐奪也, 故初不居焉. 深閨軟枕, 調青昵紅, 人孰不愛? 惟釋氏寂愛, 懼其有睽離思眄也, 故初不交焉. 千紅萬白, 品色行香, 人孰不愛? 惟余寂愛, 恐其有春去風雨也, 故初不有焉. 世人之愛, 淺之愛也; 余之愛花, 愛切也. 滇之南, 其地有春無秋, 冬月, 見五色杜鵑花若錦葵花 · 紅梅花 · 木香花 · 木犀花 · 水仙花, 皆四時榮. 噫! 使吾鄉於此, 吾必以林下爲家矣."

桃花流水館問答

客有語余曰: "子奚之爲爲詞?" 曰: "古之人爲, 是以爲." 曰: "子愼無爲. 今之人不爲也已." 曰: "奚不爲?" 曰: "詞多吟花咏月也, 丈夫不爲, 且其語綺華纖巧也, 故有輕薄之誚爲也. 願子勿爲." 余曰: "詞我不知其如何? 卽潘氏所選, 知古之人之爲詞者矣. 其在唐李白 · 白居易, 在宋周 · 柳 · 賀 · 康存之, 秦 · 黃與陸, 且不問. 有若韓 · 富爲之, 有若歐 · 蘇爲之, 有若晏 · 宋爲之, 有若楊 · 范爲之. 務如介甫而爲之, 正如希文而爲之, 豪如幼安而爲之, 敦如居仁而爲之, 清如君復而爲之. 晦庵大賢也, 亦嘗爲之. 其在乎明, 自伯溫·孟載, 以至于鱗·元美·用修·徵仲·眉公諸鉅公, 莫不爲之. 其爲之不得與是者, 又不知有幾. 蓋不知則已, 知之則孰不爲也? 朱·李·孫·蕭之閨秀而爲之, 皎殊·範晦之衲子而爲之, 張帥· 岳王之虎臣而爲之, 完顏·亮拜住之羯奴, 而亦爲之. 不爲之者, 惟 吾東國近世之不爲者已.

我不知古之爲之者, 皆輕且薄, 而今之不爲者, 果賢乎, 古之人 之爲之者, 然歟. 貧家乏錢, 無以沽酒, 乃反曰: "吾惡旨酒, 故不飲 也." 是誠不飲者耶, 不能飲者耶? 何以異於是? 且充是語以往, 則 若古若《選》若律絶, 果可以爲之乎? 何不燔盡文字, 而直反乎結繩 之初, 以爲太古之朴也耶? 我亦東國之今之人也, 只恨爲之之不早, 與爲之而不能爲. 尚何畏子言, 而不爲詞也?"客絀而去.

有問於主人者曰: "嘗觀古之詞, 詞必多閨閤語, 奚爲爾?"曰: "果多乎矣. 十而七八."曰: "詞則然與."曰: "然.""敢問其由."曰: "子讀《詩》之〈周南〉·〈召南〉矣乎? 〈周南〉之詩十有一, 而婦人之 語居其九, 〈召南〉之詩十四, 而不爲婦人語者才三篇. 子以爲奚其 然耶? '關關雎鳩'者, 閨思也; '喓喓草蟲'者, 閨怨也; '灼灼桃花'者, 豔情也; '采采芣苢'者, 閑適也; '摽梅三七'者, 幽懷也; '白茅包翿' 者, 佳期也. 喬木之慕, '行露'之訟, 孰非婦人之故也? '殷雷'之感, '汝墳'之喜, 孰非婦人之思也? 詩者, 將以道人之情, 而人情之可道 者, 莫婦女切焉, 則此國風之所以多婦人語也, 亦詩餘之所以然也."

問者曰: "然則謂詩餘爲能得國風之旨, 可乎?"曰: "唯唯否否. 善道其情之正者, 爲風之正焉, 道其情之不正, 而其辭淫者, 爲變風 焉. '螓首蛾眉', '玉瑱象揥', 則淫於侈矣; '贈以芍藥', '野有蔓草',

則淫於蕩矣; '荷花游龍', '褰裳涉溱', 則淫於昵矣; '角枕錦衾', '焉
得諼草', 則淫於悽矣. 一變而為變風, 而已失其正焉, 則況變而為
漢魏, 變而為六朝之《選》與艷, 又變而為律絕, 於唐末復變而為詩
餘者乎! 然而其所以道人之情, 則反有賢於律絕選古而遙遙乎有聞
於風之餘意, 則此詩餘之所以然也. 而豈變極則思反, 有可驗於詩
道之循環者耶!"客曰: "然非詩之餘其風之餘乎!"

　　客曰: "子讀詩餘, 亦作詩餘, 子能知詩餘乎? 請問其方."主人
曰: "比之學琴, 方按譜而捫絃, 余何知?"客固問, 主人曰: "余則不
知, 亦嘗聞古之知之者之言. 曰, '命意貴遠, 用字貴便, 造語貴新,
煉字貴響.'又曰, '清空二字, 一生受用不盡'云. 余之聞止是."請益,
曰: "余何知? 若其長短之別今古之變, 余亦可言之矣. 名曰'詩餘',
餘亦詩也. 故短者, 如絕焉如律焉, 不以言有長短叶有平仄而懸隔
焉. 若長者, 其舖舒也則古也, 其排比也則律也. 有起法有煞法, 古
人所稱鳳頭豕腹豹尾, 固善說詞矣.

　　若其大率, 則能言詩之所不能言, 欲言詩之所不欲言, 亦不言詩
之所言者. 此則大異於詩者也. 言其世級之異, 則萌於六朝之季, 形
於唐, 倡於五代, 旺於宋, 劇於元與明. 唐人以詩為詞, 固不必論,
五代莫善於後主, 而猶太變, 宋興歐·晏為宗, 瀏瀏乎, 融融乎, 不
可尚已. 周美成·柳屯田輩, 如時花美女, 似得之而猶有失焉. 則此
坡老之欲一變其治, 而亦或有鐵綽板之譏矣. 秦與黃也, 學焉而不
到, 則傳其法者, 惟稼軒一人. 下此則巧則傷鑿, 艷則傷績, 輕則傷
脆, 俚則傷詼. 雖以青田之華麗, 鳳洲之精悍, 而反遜於賀·康·蔣·
馬遠矣.

要之, 後之學者, 學宋以上, 則將爲詩而律絶矣; 學宋以下, 則必趨於曲矣. 惟宋爲的, 而宋之中, 亦當以歐·晏爲上乘, 而學其短闋, 蘇·辛爲前茅, 而學其長篇矣. 知乎此, 可以讀詩餘, 亦可以作詩餘也夫." 客曰: "唯唯."

士悲秋解

士悲秋, 悲霜耶? 非草木也. 悲將寒耶? 非鴻與蟄蟲也. 若不遇時之跅弛; 離鄕國之旅, 亦何待秋而悲也? 異哉! 當風而歔欷, 不自聊, 見月則懵然, 幾至於涕者, 彼其悲, 何故以也? 問之悲之者, 悲之者, 亦只知悲之, 不知其所以悲之者.

嘻, 我知之矣! 乾爲男, 坤爲女, 女陰之[39]氣也, 男陽之氣也. 陽氣, 生於子, 旺於辰巳, 故巳爲純陽之氣, 而天道盛則衰, 自巳月巳後, 陰生而陽漸衰, 衰而凡四三月, 陽氣死而盡, 古人名其時曰'秋'. 然則秋者, 陰盛無陽之時也. 銅山頹, 洛鍾吼, 磁石所指鐵鍼走, 物亦然. 惟人之稟陽氣者, 如之何其不秋悲也? 語曰: "春女思, 秋士悲." 天地之感也.

或曰: "信有子之說, 士之悲以其陽之衰, 則凡世之不幗而鬐者,

39_ 之┃저본에는 이 글자가 없으나, 문맥을 고려하여 보충함.

皆已悲之矣, 胡獨惟士而悲之也?"曰:"然. 今夫秋之殷也, 其風驚,
其鳥遠征, 其水鳴, 其花黃而貞, 其月揚明, 黯然陽索之兆, 溢於聲
氣, 則觸而遇之者, 孰不悲之? 而嗟夫! 下乎士, 則方力焉而不知
也, 溺於俗者, 且醉死矣. 惟士不然, 其識足以卜哀傷, 其心又善感
於物, 或以酒, 或以[40]釰, 或燈而讀古書, 或聽鳥與蟲, 或采花, 能靜
而察之, 虛而受之. 故天地之機, 感乎中; 天地之變, 感乎外. 悲是
秋者, 舍士其誰也? 雖欲不悲, 得乎? 宋玉曰:"悲哉! 秋之爲氣也."
歐陽脩曰:"此秋聲也."悲之. 若而人者, 其可爲士也乎!

網錦子曰:"余悲夕, 而知秋之莫之悲而悲也. 日之夕也, 崦嵫紅,
庭葉微, 翻鳥窺簷, 蒼然暝色, 自遠村而至, 則倚其境者, 必愀然失
其驪也, 非惜日也, 悲其氣也. 一日之夕, 尙可悲也; 一年之夕, 寧
不悲乎哉? 又嘗觀人之悲衰老者, 四十五十, 毛始華, 氣血漸枯, 則
其悲之也, 必倍於七十八十之已衰老者矣. 豈耆耊者, 以爲無奈何
也, 不復悲之, 而四五十之始衰者, 獨悲之歟! 人之不悲夜, 而悲其
夕; 冬不悲, 而獨悲秋者, 抑亦四十五十之悲衰者歟! 噫! 天地一身
也, 十二會一年也. 余不知天地之會, 已秋耶, 未耶? 抑過之耶? 余
竊爲悲之."

40_ 而 | 저본에는 이 글자가 없으나, 문맥을 고려하여 보충함.

犰辨

水之獸有犰者, 東國人名之曰'强鐵'. 强鐵之所見, 主大旱, 人甚畏之, 至爲之語曰: "强鐵所臻, 秋亦春." 有自言見强鐵者, 問之狀, 或曰: "角而似龍." 或曰: "似人而鬼." 是皆不眞見强鐵者也. 强鐵罕於世, 不見於經史, 宜世人之莫狀也. 按東軒《述異記》, 載康熙二十五年, 有犰鬪三蛟二龍, 犰與一龍二蛟死, 獲于平陽. 犰形馬身魚鱗, 鱗縫出火, 死猶燄起丈餘, 以其從火, 而敢敵于龍者也. 故犰之所游, 雨不沾疇, 理則然矣.

今年夏, 在白門, 天急震電以雨, 坐客有談龍而及强鐵者. 侍郎洪公言, "兒時聞諸靑城僧, 大電後, 過王方山, 石上有物, 鱗而馬, 雷火斷其腰死, 疑其爲强鐵"云. 仍詰余, 余以東軒書證之, 洪公以爲信, 余亦以此益知强鐵之爲犰也.

荒年儉歲, 民善訛言, 每多傳强鐵過者. 余作〈犰辨〉, 欲以斥妄言者. 而若又有聞余之言, 謂見如馬者, 則是余之又實其妄言也.

科策

三代貢士之法, 不行, 而士不以揖讓爲進身之節, 則科場之紛挐閧沓, 固後世之所不免, 而亦未有血濺章甫, 屍橫禮闈, 如今日之驚慘者. 則求諸唐宋而未聞, 準諸近世而尤甚, 不徒士子之所可懲, 而亦當世執事者之所可恥也. 然而, 只歸於一時之偶然, 不有所以變通之, 則竊恐國法日解, 士習日乖, 荊圍一步, 將作死地而後已矣. 堂堂聖朝, 濟濟多士者, 亦若是乎?

噫! 善治水者, 疏其源, 而不壅其流焉; 善治人者, 正其心, 而不遏其趨焉. 今夫儒生之赴場也, 三縛其袴, 挺燈負薦, 人死而不相顧, 身死而不自恤. 抱門而叫, 則悍卒之攻城也; 登場而走, 則健夫之逐兎也. 威儀固無論矣, 性命且不保矣, 則彼亦豈樂爲之哉? 誠以不如是, 則無以得要地矣; 不得要地, 則無以得早呈矣; 不得早呈, 則主司者, 黜而不得參解額也. 是故, 科場之弊, 皆由於主司之早取, 而胥吏徒隷, 皆以書手來焉; 輿儓軍健, 皆以隨從聚焉. 一人呈券, 而十人入場, 則場屋不得不紛挐闐沓, 而甚至於相躪而後已者也. 然而, 其所以捄弊者, 不於求早之心, 而只於爭先之跡, 則科欲者, 人之所均也, 孰肯徐行而後之乎? 此聚沙防川, 潰則必傷, 而一所終場之, 酷於二所初場者, 固其不可禁之明驗也.

今若稍就科制而變通之, 大小科毋論式年增廣, 而皆依增廣大科例, 易書之收券,[41] 則令儒生畢呈前, 勿許作軸塡字; 而試取, 則以解額之數, 分定於收券之多少. 若三百初試而收券三千, 則每十券取一解焉. 又令儒生非納券者, 則不得空出棘圍, 而敢有犯者, 及代述者, 斷以重律, 與受同罪. 行此數者, 則科場之門, 士將相揖而讓先矣, 懸題之板, 人皆摳衣而翔行矣. 其正科弊變士習者, 豈不誠多哉?

難之者, 以爲"易書則經費, 必浩矣, 盡呈而作軸, 則試券之闕失, 必多矣, 取無早晚, 則巧拙難擇而遺珠者, 必多矣." 是則大不然.

41_ 券 | 저본에는 '卷'으로 되어 있으나, 교정함.

文之工拙, 固不在於作之遲速, 則取文之道, 固不當以早呈爲優, 而五色終眯, 冬腦太烘, 則主司之早取者, 亦出於不獲已矣. 惟其早取也, 故新學短才之士, 不能自力. 而於是乎, 勢者役之, 貨者買之, 能書者換之, 舉一世滔滔皆然, 則科文之漸不如古, 俗子之不務於學者, 亦惟早取之爲害也. 況乎題墨未乾, 試券雲積, 筆如驚鳥, 文似空花, 則氣像之急迫短數者, 亦豈聖世之美事耶?

苟使赴科之士, 安心定慮, 以盡其才, 如升庠之爲, 則將見文風豹變, 士子蛾述, 朱門有讀書之聲, 青衿無賣文之俗矣, 豈不韙矣? 而至若失卷之慮, 則儒生出入之際, 皆捧擧案, 試卷之數, 若有差錯之弊, 監試官及差備諸官, 皆令抵罪, 則此不足慮也. 易書之浩費, 則庭試·會試·別試·增廣, 皆已行之矣, 監試數科之易書者, 奚足爲國家之惜? 而縱有所費, 亦豈不優於亡人命害世道者乎? 如不欲變通科制, 則已矣, 而如欲之, 則竊謂無以加此矣.

竺氏

佛何爲而作也? 蓋亦傷世之衰, 而自以爲不得已者也. 古者治世, 報應昭昭, 無德不賞, 無惡不威. 是故, 玄德升聞, 則雖陶河之一鰥, 而南面爲天子; 績用不成, 則雖崇佚之貴, 而一朝殛于羽山. 此阿鼻·兜率, 俱在見住世界, 而公明天子, 卽我世尊聖佛也. 是故, 誅一而百夫懲, 官一而百夫勸, 使斯民, 日趨善避惡, 而猶恐其不逮. 當是時, 雖有萬釋迦說法, 亦何以加於是也.

及其下世, 聖王不作, 賞罰不公, 而孔子賤於季氏, 子淵貧於盜跖, 楚蘭顯寵, 而正則畏死. 則嗟乎, 民見賢者, 未必賞; 不肖者, 未必罰, 而其能無解體放心, 肆爲惡而不憚者乎?

此所以佛氏者出. 哀民之將禽獸而莫禦, 窮思所以誘之之術, 而賞罰者, 人主之柄也, 不可以干, 則於是乎, 刱爲天堂地獄之說, 以爲人有三生, 而爲善於此者, 食報於彼; 爲惡於此者, 受苦於彼. 其理不武, 而若其用意, 則只欲借人主之權, 以勸懲斯民, 而寓之於冥冥無知之中者也. 佛之用意, 良亦苦矣, 彼亦豈樂爲哉? 《經》曰: "天命有德, 五服五章哉; 天討有罪, 五刑五庸哉." 世之人君, 苟能信賞必罰, 爲兆民倡, 則佛氏之說, 必不敢贅矣.

佛之爲佛, 憤乎吾道之衰, 而過於激者也. 佛亦人也, 則豈不知人倫之爲可樂, 先王制禮之爲不可易也. 而顧其世久俗末, 無法無弊, 忠弊而有羿, 孝弊而有商臣, 貞烈弊而有夏姬. 天下萬事, 胥淪於弊, 則彼佛見之, 以爲是弊生於法, 欲捄其弊, 則幷與其不可廢之大法, 而欲廢之. 有若濱於河者, 懲人之有溺, 則不知高隄以防之, 而反欲涸天下之水, 卒不免先溺水以死,[42] 亦哀哉!

是故, 不君無父, 激於篡弑也; 守童身, 激於鶉奔也; 斷葷, 激於禽荒也; 戒酒, 激於糟丘也; 戒惠, 激於戰國也. 激文繡方空, 而爲稻畦; 激玉梧, 而爲瓶鉢; 激馺娑, 而爲伽藍; 激蜃灰, 而藏於茶毘; 激豺聲, 而傳於闍梨, 激有事, 爲寂滅無事; 激有情, 爲淸淨無想,

---

42_ **死** | 저본에 없는 글자이나, 脫字로 판단되어 보충함.

則佛之所事, 皆出於激矣.

其果勇高潔, 固非不多, 而但其激之者, 激於所不敢激之地. 則此終歸於似墨非墨, 似老非老, 卒之爲天下賊者也, 不亦哀哉? 吾師曰: "過不及, 皆非中也." 又曰: "毫釐之差, 繆以千里." 佛之謂也. 而其使佛至於激者, 亦不無罪於此乎!

道者, 要與世共之者也. 行乎天下, 而若小妨於一民, 則不可謂之道也. 今夫擧天下, 祝髮被緇, 燒臂受戒, 則是牟尼之願滿, 滿而天下之責, 亦將從而大矣, 未知能無相妨之患歟.

佛氏戒色, 行佛之道, 是盡斯世鰥且僰也. 陰陽不合, 則萬物不生, 吾不知度了百年之後, 彼佛者, 從何處覓淂闍利, 以爲其法嗣耶. 此相妨者一也. 佛氏戒殺, 行佛之道, 是不可以兵甲語也. 繒雲之世, 蚩尤猶橫, 姚氏之國, 三苗尙阻, 則吾不知萬一有蚩尤三苗者, 按刃而至, 則彼佛者, 將何力而禦之歟. 此相妨者二也. 旣戒殺, 又斷葷, 是非不爲猶趾之仁也. 而顧其不能驅虎豹犀象, 則吾恐人獸之肩相磨於中原, 而道力未成之前, 豺若先食其肉,[43] 則將若之何. 此相妨者三也. 佛好淸靜無爲, 故未聞有叱牛和尙, 養蚕比丘, 則是無農桑工賈之利也. 香積之飯, 稻畦之衣, 其誰將供之, 而摩尼珠·法鐘·法燈之屬, 亦將向誰而求之歟. 此相妨者四也.

以此取供, 則彼必有不經妖誕之對, 而此三歲嬰兒之將不信矣. 佛雖有三尺珊瑚寶舌, 其將何辭以對.

43_ 肉 | 저본에는 '外'로 되어 있으나, 문맥상 '肉'이 아닌가 싶다.

佛之所以哄誑愚民者, 不過輪回一事, 而從古斥之者, 我曰無, 則彼曰有, 俱無的見, 而徒以口舌, 相攻於有無之間故. 彼不肯一言首服, 而愚民, 亦瞠然迷所向者也. 吾請存其有而且無之.

佛氏以去來今三生, 看作一身, 而謂以受福於今生者, 即去生修善之效也; 修善於今生者, 即來生受福之意也. 則吾未知今生之我, 能知前生之我耶? 吾所不知, 則人亦不知, 而前生尚不知, 則後生之不知, 亦將如今生矣. 前生後生, 既不相知, 則是便是它人也. 他人雖尊爲天仙, 何榮於我, 雖賤爲畜生, 亦何辱於我也. 復育化, 而爲蜩; 茱之蟲化, 而爲鳳車, 雉化爲蜃, 使輪回而誠有之, 則亦必如此. 而嘶柳之苦, 舞花之樂, 既不與蜎蜎者相關, 蜃不見鷹而伏, 則後生之榮辱, 顧何關於今生, 而可以爲勸懲之資耶? 是佛之爲說, 似巧而實拙也.

祖先牛馬, 夫婦娣妹之說, 吾不欲索辨, 而吾則不必曰: '無輪回矣.' 曰: '使有之, 而不足以動人也.'

五行

五行生剋之論, 昉自齊儒, 而理甚無據, 殆不成說. 但世無辨而黜之者, 故歷代沿革之際, 其尚色·用數, 率從其言, 而若卜筮堪輿之家, 專以是爲祖, 其强辨曲餙, 類多可笑.

以余觀之, 剋則無之, 强者剋之, 生亦無之, 而必欲言之, 則水火金木, 其皆生於土乎! 夫相生之說, 其說不過曰: '土礦而金生, 金鎔

而水生, 水潤而木生, 木鑽而火生, 土復生於火燼.'則金之必產於
土, 火之初資於木, 猶屬可據, 而今若指竈下之芻灰, 與罐中之勺
汞, 而語人曰: '水土皆生於是', 則是嬰孩且不信矣. 顧何以實其言
也? 天下事, 以五行合者類也, 而未有大於四序, 則論四序, 而五行
卽可知已. 五行之分配於四序也, 木春·火夏·金秋·水冬, 而土
則分旺於四季, 于以成終而倡始, 則是夏之火, 不生於春木, 而生於
春季之土也. 金水木, 亦皆生於夏秋冬之季土也, 其謂水火金木之,
皆生於土, 而無相生之理者, 不亦信乎?

以人之一身而觀之, 汗涕水也, 光豔火也, 眉髮木也, 齒甲金也,
膚肉則土也. 之四者, 皆待膚肉而生, 恃膚肉而行, 則水火金木之於
土, 亦猶是矣. 且仁義禮智之必資於信, 先儒有訓, 則水火金木之以
土爲生者, 固其然乎!

請戲爲一難, 與主相生者, 論之. 五行孰不相生也? 水泡而凝, 金
蝕而花, 木朽且蠹而屑, 土豈獨生於火乎? 蘇鐵·釘蔓·葡萄·烙
根, 芙蓉以外, 皆苗于土, 木何曾生於水乎? 謂火而生於木, 則陰燧
之法, 且置勿論, 而積油之焰, 燃地之烟, 獨非生於水土乎! 謂水而
生於金, 則井泉之湧, 固非金穴, 而肉煎則膏下, 菰敗則汁行, 亦豈
非生於木火乎? 金之生, 固不外乎丘陵, 而亦或有隨雨而降, 因鍊
而成, 則雨者水也, 煉者火也, 苟謂之以相生, 則孰不爲之相生乎?

相剋之論, 則其說益無稽焉. 彼見夫, 水之灌火, 火之鑠金, 金之
刊木, 木之穿土, 土之障水, 而輒曰: "是理之相剋." 則獨不見陰火

淂水而益熾，黃金入火而深精，斧斯反破於林木，堤坊每潰於河水歟？且烈炭而熬之，釜中之勻水，立焦，重釭而撲之，爐中之点火，旋滅，相當而闘，多力者剋之。此相剋之論，尤極不經，而余之所謂强者剋之者，其以是歟！

2

文餘 1 – 鳳城文餘

白衣裳

我國色尚青, 民多衣青衣. 男子非袷與衲, 未嘗無故白衣, 女子以裳為重, 尤忌白, 紅藍以外, 皆繫青裙, 衣不一色, 非持三年服, 則亦未嘗無故白衣裳. 獨嶺南之右, 男女皆衣白, 婦女雖新歸者, 亦白衣白裳. 余初到, 見少婦多頭不帶髻, 着木棉白短裙, 疑其孀, 皆新歸而飾者也. 惟妓及巫女, 衣青衣裙. 其人, 蓋賤青而尚白.

童子戒酒

晉陽人柳汲, 年十四五歲時, 赴村塾, 道過澤畔. 見一守停蓋, 坐澤上竹樹間, 汲從林隙, 立覘之. 守見林澤僻無人, 出一竹筒, 傾小

盞飮之. 忽見汲, 呼而前, 使之言¹姓名與年, 曰: "美童子." 又傾一
小盞曰: "飮此." 汲曰: "童子, 不解飮此." 曰: "汝謂此何? 此竹露
也, 藥也, 已百疾, 汝强飮此." 汲固辭, 守曰: "汝能詩乎?" 曰:
"能." 命韵使賦之, 汲應聲曰: "晉陽童子洛陽賓, 偶爾相逢大澤濱.
如今莫勸杯中物, 上有明君下有親." 守愕錯失其色. 蓋時, 國有大
禁, 敢飮者死. 遂隨汲詣汲家, 懇汲父乞死, 許勿泄然後去, 多賚汲
紙筆.

曹將軍劒

　歧之板峙村, 有曹氏者, 世一劒相傳, 其祖曹將軍之使. 將軍, 南
冥氏之族, 有絶倫勇, 壬辰倭寇之難, 將軍, 忿憤思擧義, 無從者.
適逸馬自至甚駿, 又一健者來, 願以死從. 將軍, 遂乘馬從健者, 揮
劒赴敵, 敵皆風靡走, 不敢近, 歧邑賴以全. 以其單也, 猶不能出境
遠鬪, 故其伐不及紅衣諸帥云.
　惜哉! 將軍沒今二百年所, 泯泯然無知者, 而將軍之劍, 則尙至
今無恙, 土花不爲蝕, 人皆稱寶劒. 豈物之傳, 勝於人故耶? 微將
軍, 又奚足稱道其劒也!

1_ 言│저본에는 이 글자가 없으나, 문맥상 '言'이 누락된 듯싶다.

鄭仁弘像

仁弘, 本陜川人. 陜人傳言, "艸枯伽[2]倻山, 而仁弘生." 其滅後, 有茅屋在其墟, 屋有仁弘像. 村民畏奉之, 若淫祠然者, 百有餘年. 適陜川守, 過而問知之, 曰: "死賊何祠?" 爲命火之. 火其屋, 屋盡, 火像不火, 以風颯然而擧, 如有神. 守怒, 鎭石而火之, 始火. 未幾, 守之婦與子, 皆病死, 守亦終坐法死. 陜人, 至今以火爲咎, 意神其說, 未必信然. 然亦异矣哉! 其像類老狐云.

納田鄕校

金柬者, 邑之古進士也, 距今可五六世云. 柬家甚富, 無子, 只有二女, 已歸. 柬且年老, 恐一朝死, 二女有其財而不祀也, 將驗之. 乃蒙偸衾臥床, 圍以屛, 赴于二女. 二女隨至, 叩心呼爺, 哭於屛外甚哀. 一女哭且語曰: "日, 爺來見息, 息具餠酒烹雌, 而進之, 甚驩也. 食幾盡, 許息以某田若干頃, 奴某婢某某而歸, 言猶未歇於耳, 無幾, 乃有斯耶!" 一女亦哭且語曰: "日, 爺亦來見息, 息亦沽酒備飯烹雌, 而進之, 亦甚驩也. 食幾盡, 亦許息以田幾頃, 奴婢幾口而歸, 息喜爺尙康强如昔, 曾幾而斯耶! 由今而思, 蓋訣也, 亦治命

2_ 伽 | 저본에는 '枷'로 되어 있으나 誤記로 판단되어 바로잡음.

也." 柬不忿, 急發蒙蹴屏, 蹶起坐罵曰: "狗彘息! 吾何曾過而耶? 而何曾酒食我耶, 我何曾許而曹田與僕耶? 狗彘息速走." 二女皆驚愧, 掩面竄去, 不敢復寧. 於是, 柬以爲女息不可以托後事, 我死, 必爭我財, 不祀我, 乃以田產臧獲, 盡入之鄉校, 貲亦不少. 柬死, 校僕爲立祠, 奉其主. 每歲以春秋上丁之詰, 虔誠致祀, 至于今不輟云.

昔高麗時, 國太學不興, 安文成公, 獻奴婢以資之, 此爲學也, 非爲私也. 然太學, 猶建生祠以祠之, 安氏至今食香火, 不絶. 柬之納校田與奴, 固不可同年而論, 情亦哀矣. 顧不勝於施田供佛寺者耶? 然柬之二女固非矣, 柬亦非善人也. 女曰女子子, 女子子亦子也. 子雖不可信, 父豈可以死而誆其子耶? 諺曰: "汝死豈定死, 我哭豈眞哭?" 其語類此, 而亦金氏女之謂歟! 柬之墓, 在上室. 村人有壓葬者, 校之士, 議訟移之, 來質於余. 蓋信有金柬之事矣.

白碑

歧邑, 多李姓貫仁川, 清者爲儒, 下者爲吏. 自言"其遠祖, 當高麗末, 棄官歸歧, 仍葬於歧, 多淸白廉直行." 高麗王, 爲植碑不墓, 而以其德甚盛, 不待贊揚, 且無文, 可以稱其人, 故碑而不之文. 至今稱之曰'白碑'云.

嘗聞唐時有'沒字碑', 類此事, 而余固陋, 未之記. 信其言, 亦異褭哉!

能詩妓

余至歧，聞邑曾有妓稍觧文，其死亦已十年餘．余惜其不及遇，從人問能有傳，有吏誦其詩一曰："拜鶴峯頭月正團，淨襟堂下水潺潺．願如明月長無缺，莫似水流去不還."蓋粗讀《剪燈新話》，偷得蘇臺竹枝體者也，亦能圍棊云．

盧生

到歧後數日，適晴暖．步出林外，沿溪而行，溪甚清．仍隨流而上，未三里，溪上有扉，意其爲士人家．抉扉而入，有草堂，堂中有二人，其衣冠而當戶者，主人也．主人見客至，不屐而出，立于階下，揖客使先上，客揖而讓主人，主人始上．又揖客請先入，客又揖而讓主人，主人入．旣入，主人揖客，俛首傴腰，袖至地而舉．禮畢，主人有問於客，必攄席而後言，辭氣愿款，若曾有契者．須臾，童子進方桮蒸栗·爛柿·柿餅三盂，主人辭以窶且僻，不能沽酒啜．已主人請留宿毋遽歸，客辭出，主人再三言不可，不得客然後，後客而出，至門內，復揖客如初．余亦肅而歸．

噫！世無賓主之禮，久矣．非大父行年及官公卿者，則主人未嘗下塔而迎，其送亦如之．揖則只舉扇齊眉而止，是豈士相見之禮也哉？余觀其人，未必修邊幅，習於容觀者，而乃能行是，則是嶺之人，猶有古俗，而皆然然矣，惜余未之他驗也．向使洛下年少而見之，其不胡盧大笑者，亦幾希矣．主人姓盧云．

唐人乞糧文

童子允新, 爲余無聊, 以一弊卷來視, 卷有'唐人乞糧文'二道. 余錄于此, 以其情之可憫也, 非以其文也.

一

程宗元文曰:

宗元聞, '窮者, 欲達其言, 勞者, 猶歌其事.' 宗元, 大明之人也, 今作此地之羈旅, 而無所依歸, 則窮之甚者也; 不免朝夕之憂, 而皇皇不及, 則勞之甚者也; 將欲歌其事達其言, 冀有承乎閤下之矜恤焉.

昔日, 中原多亂, 大國無主, 北人乘虛, 遼東瓦解, 鐵騎金甲, 蹂躪靑齊嵩洛之間, 而百萬黎元, 盡爲魚肉矣. 宗元, 生年二十, 卽逢喪亂, 流離顚覆, 又感風樹, 爰及俱爾. 率我所怙, 東西犇竄, 左右逃遁, 求生於海島, 寄身於毛帥, 遂爲一旅之將. 曾未二載之久, 主帥被誣而死, 百口無所於歸. 上而慈父及我兄弟, 浮海而入吳地, 一身淪落, 又遭賊鋒之張熾, 單舸宵遁, 越入義州, 行乞村閭, 轉輾嶺南.

鄉關何處, 親戚安歸? 回首中原, 腥塵蔽天而已. 欲奮飛兮, 旣無可及之翼, 瞻望父兮, 亦無可陟之岵.[3] 山河擧目, 長洒伯仁之淚, 故國多懷, 難消仲宣之憂. 起思乎生父之所嗜, 甘旨之供難奉, 懷想乎死母之邱園, 瞻掃之禮莫展. 空懷寸草之誠, 辜負三春之暉, 則一生

3_ 岵 저본에는 '屺'로 되어 있으나, 誤字로 판단되어 바로잡음.

悲恨, 宜如何道也? 棄我陸沈之神州, 得侍君子之光儀, 苟全性命
於朝暮, 以至今日三十餘年矣. 時移事往, 物換星周. 昔日强壯, 今
已衰老, 鄉音盡改, 鬢毛如霜.

昔時游宴之臺池, 舊日栖息之喬木, 時入夢中之游觀, 而華表之
柱, 萬里之城, 永絕再覲之期. 骸骨, 將爲異域之塵土, 而殘生, 又
值歲運之不幸. 昔日安土者, 今尙流離, 自前丐乞者, 何以資食? 瑣
尾行旅, 簞瓢屢空, 一縷微命, 無緣契活. 而又有情事之尤切者, 晚
娶流離之子, 已作箕箒之婦, 而生男生女. 幼稚二三, 赤體遶坐, 啼
飢欲死, 其爲可憐, 又如何哉? 《詩》云: "哿矣富人, 哀此煢獨." 願
閣下, 哀此窮人, 有以矜恤之也.

二

劉振文文曰:

唐人劉振文, 上書于方伯閣下. 古人云: "物不得其平, 則鳴." 不
得其平, 猶且有鳴, 不得其所, 而安得不鳴? 鳴之者雖哀, 聽之者不
哀, 則其鳴也無益. 今夫賤生之鳴, 其情也戚, 其事也慘, 苟非木石
肝腸之人, 誰不知賤生哀惻之事乎? 賤生, 家在山東, 世受國恩, 羽
儀朝廷者, 不一其人. 賤生父親, 則以鄉貢進士, 歲在庚申, 往充國
賓, 未及還鄉. 辛酉二月, 虜襲本鎭, 本鎭失守, 壯者爲俘, 老者爲
尸, 子女玉帛, 盡入於犬羊之手.

賤生, 旣無家長, 惟弱妹少弟, 老母在焉. 卒遘凶鋒, 擧家魚肉,
母親則義不死凶賊之手, 引索自決於閨中. 生於是, 無依保全. 家有
二奴子, 能脫生於虎口, 鞭驢宵遁, 越涉江水, 轉乞諸處. 一入毛營,
則飢民滿路, 罔有生道. 遂與二奴, 出來黃海道, 乞粮郡縣寺刹. 惟

一老爺, 姓張者, 見生於道, 惻然不忍, 率來京城. 二奴子, 織屨貿來, 行乞於市, 以度時日.

去年, 差官之來, 捉而歸去, 生獨落於此, 寸地不能行, 升米不能運, 皇皇無依, 有若落地之黃口. 欲訴中情, 語音不通, 叩胸仰天, 心腸欲裂. 日三號慟, 中夜不寐, 獨坐思之, 則此地何地, 此生何生? 今日在此, 明日安適? 飢寒誰念, 疾病誰救? 寧欲一沈江水, 滅此哀恨, 而尙爾未決者. 旣否有泰, 天道之常, 天若悔禍, 消滅羌虜, 則遼廣之路, 亦必通矣. 且生纔二十, 不見天日, 奔南走東, 艱難辛苦, 有難形言. 路人, 雖皆越視, 有義君子, 無不憐之.

林川使君黃老爺, 推食食我, 解衣衣我, 憐之恤之, 有同己子. 是知朝鮮風俗, 不殊於中華. 祝天祝天, 非伸文字而通之, 則誰知賤生哀惻之事乎? 願閣下, 監此衷曲, 有以救拯之也.

讀其文, 則劉又中華之宦族, 而情志尤慘惻者也. 當中原鼎沸之時, 流離漂泊者, 固多程·劉之類, 而百年之下, 按而讀之, 則使人涕欶欶橫流, 有不自慰者矣. 嗚呼! 亦傷哉!

社黨

一

國以南, 有似巫非巫, 似倡非倡, 似丐非丐者, 羣行宣淫. 手持一扇, 逢場作戲, 沿門唱曲, 以謀人衣食, 方言稱之曰'社黨', 稱其雄

曰'居士.'居士, 只鳴小鼓念佛, 社黨, 不專爲歌舞, 以善嬲纏男子
爲能. 每白晝稠人之中, 齧骨摻手, 百計索錢, 而恬以爲常, 面不少
紅. 蓋含生之類, 最極醜穢, 天彝人道之喪, 莫此輩甚, 而婁猪之所
不爲者, 多矣.

余嘗痛惡之, 見於大梅客舍, 皆突額塊頰黃髮白裙者, 十餘人.
有鶁紅衣者, 稍韶少, 則鼻左已有痂, 杖而僅轉脚. 又有一女童, 可
年十二三, 爲店婆能繰棉. 余問, "彼幼亦黨乎?" 曰: "彼抱扇之女,
從母行." 余曰: "而之曹已已矣, 今不可爲, 彼孌孌者何辜, 獨不可
與民作息婦, 托上戶爲婢耶? 而其以而之曹之爲, 爲人之爲耶? 雖
而則爲, 其忍諸而之子耶? 彼孌孌者, 而之子, 何辜?" 其母抱扇者,
諾而哂之.

噫! 比者, 國有禁, 所至, 使沒入官爲婢, 其黨皆散, 伏不敢作. 今
又遇於道, 法久, 而州郡不之察與! 國有法, 而使民至此者, 守法者
之不得無責也.

二

竝木宋生, 於我共宿, 多說里中事以資笑. 其族人, 有多力如牛者,
且大陰人, 嘗與社黨之少而艷者, 寢一夜. 女終夜不得自在, 比曉疲
苶, 氣如縷垂絶, 飯而後始起, 脚與腰, 不相隨, 猶未能步. 辭去, 索
例錢, 佯不知曰: "何謂例?" 曰: "與社黨睡, 尙不知例耶? 社黨之法,
與社黨睡者, 一夜二百錢, 此例也. 不, 居士且毆奴." 曰: "原來是亦
有價耶? 我以爲無價也, 不努力. 旣有價, 更爲汝致力, 直二百文而
後還汝." 女搖手蹙眉, 去曰: "二百錢, 雖不可得, 不可以更近郎. 郎
之創我, 甚於居士之拳, 不可." 遂去. 里尙今傳笑之云.

余聞之, 不覺拊掌大噱. 蓋快其以淫治淫, 刑以五刑之外故也.

筆製

童子, 有來肄書法者, 視其所操筆, 皆秀腰而穎尖, 若蘭蕚之未坼. 余出橐中筆, 視之, 皆初見, 反詫異之. 嶺之筆, 大抵皆長腰, 意其工皆學唐製而失之也.

陜川孝婦

孝婦朴姓, 咸陽鄉吏之子. 十七, 適陜川吏之子, 爲李氏婦. 姑病二日瘖, 甚危劇, 婦潛刲其股, 雜牛肉, 燒進之, 病卽已. 事聞, 復其戶, 歲時官饋米肉, 以旌之. 二十五, 喪其夫, 至今獨居, 甚清嚴云.

僧獄

鳳城民盧大千, 其家近明寂庵, 與寺之僧漢英親. 僧往來大千家, 通於大千之婦. 大千之婦, 與僧謀殺大千, 僧與大千, 往于市, 多灌

大千酒. 大千醉甚, 僧扶大千, 歸大千家, 俟大千睡熟, 以廚刀, 割
大千喉. 賴芒刃鈍, 氣管不斷, 血流滿室. 大千始寤, 急起咬僧手,
僧遂與婦俱逃. 聞于官, 官追捕於草溪地歸, 杖殺大千[4]妻, 僧則久
繫, 獄不斷, 又逸而走. 亦一變異也.

湖陰先生

　　縣北, 有竝木村. 村有文姓者, 其遠祖, 以武擧, 官止萬戶. 嘗起
一亭, 頗有勝. 邑誌, 載其亭, 而有曰: "湖陰, 嘗過而題詩云爾." 則
其子孫無知, 乃以'湖陰'爲其祖'萬戶'之號, 而至立碑遺墟, 盛稱湖
陰先生道德文章之美, 又言與南冥先生爲道義交, 相上下. 曺氏怒,
欲碎其碑, 賂而得已云. 爲人撰碑碣者, 其可不審諸?

白棗堂

　　鄭玉成, 貫草溪, 歧之平泉村人也. 事母至孝, 及居母憂, 以母嘗
嗜棗, 祭奠, 不輟棗, 每攀庭前棗樹而哭, 棗結子, 甚夥於前, 而子

4_ **大千** | 저본에는 '僧'으로 되어 있으나. 문맥상 '大千'이 아닌가 싶다.

皆白. 由是, 人稱'孝子白棗堂'. 其子姓, 尙今居舊里, 立鄕賢祠, 以祠之. 余嘗見華人雜錄, 有以孝致白棗者, 而忘其姓名矣.

噫! 孝感之神, 有如是夫! 今鄕曲之薦孝者, 類皆有冬笋氷鯉之異, 而攷其實則妄矣. 故世人, 槩不信之, 而孝感之至, 亦有其理, 則又何可一並不之信耶?

錯呼雲得

余以壬子春, 游太學, 每往留庠舍. 有梁雲得者, 時年纔十二, 性甚聰慧, 貌短小, 而猶姣好可愛. 以東齋第三房齋直, 來役於余, 余甚愛之. 余旣愛雲得, 同人皆愛之, 雲得, 亦守余不忍去, 食必我餕, 眠必我趾. 凡余之在泮, 則未嘗雲得之不在傍. 乙卯以後, 余不復游學, 則雲得以丙辰春, 隨朴尙左, 游金剛而歸, 病场于冬. 洛下舊游, 至以書赴余于海上, 余至今猶未忘雲得, 而不可復見矣.

今年冬, 來寓鳳城, 則村童子有廉時甲者, 來游於余, 亦晝夜守不去. 年與貌, 雲得也, 言與事, 雲得也, 其輕佻慧俐, 果敢多謀, 皆雲得也. 其我愛渠, 親趨日來供者, 亦雲得也. 余之愛時甲, 非徒愛時甲, 愛雲得而愛時甲也. 余旣視之以雲得, 則每晨夢未醒之際, 有事急喚之時, 不知不覺而呼之以雲得. 呼之旣屢, 渠亦有時乎膺, 傍人皆怪之. 余亦自愧其錯, 而可以見余之愛雲得深, 而時甲之類雲得酷也.

生菜髻

京師游女之粧, 有天桃髻·鐙子髻等樣, 而嶺外則少嫗, 有生菜髻. 其法不帶髢, 只以原髮, 梳而不辮, 畧加柔紐, 交結于額上, 相詑爲豓粧. 而以余觀之, 則産而新起者也, 浴而未櫛者也. 被郞歐捽, 泣而權斂者也.

女子名心

我東, 賤女子之名, 多是琴梅·丹月之類, 而星州店舍, 聞呼其女者, 呼大心, 故甚希之. 及到鳳城, 聞街衕間相叫喚者, 則有桂心·花心·綠心·彩心·粉心·琴心·玉心·香心·二心·古邑心, 五家之隣而多心. 至此, 則嶺女子之擧以心名, 可推而知矣.

逍遙子詩

逍遙子尹周瞻, 本湖南人. 流寓踰嶺, 貧而爲吏於歧, 以養親. 親死, 亦不復爲吏. 有詩文二卷, 藏其家, 余因其孫悳俊, 得而讀之, 亦渾圓有可者. 其〈與客登歧陽樓〉曰: "遠岫當簷秀, 長川護檻流. 離家何處客, 終日倚西樓." 〈別友〉曰: "江郭靑烟外, 春山白雨中.

臨歧愁送別, 凉動竹林風." 〈杏花〉曰: "庭院風輕日影回, 飛花撩亂
洞門開. 笑他游俠探春子, 誤向山家問酒來." 又其《閨門正言》, 雖
掇拾古訓, 而亦可以正家道,《善政錄》甚詳且博, 爲守宰所可柯則.
蓋早游鄕塾, 有志文學, 而貧寠不能遂者也. 聞其家, 尙有餘訓, 異
於他吏族云. 若是乎學之有力於人也.

老婢紅裙

余於陜川客店, 見有從轎行者, 衣綠而紅裙, 疑其妓而猶野之.
余所留, 道傍也. 時有轎過之, 而婢之先轎行者, 則皆必繫紅裙, 甚
至有白首老婆, 亦復窘曳紅裙. 而又値雨下, 袴襪皆爲之紅, 路人皆
笑之. 嶺之俗, 從婦女新歸之行者, 雖老, 不敢不紅裙, 亦壞觀也.

淨襟堂

歧無名樓館, 只以'淨襟堂'稱, 堂卽客舍外軒也. 因溪而城, 因城
而堂, 可以觀稼, 可以釣魚. 余嘗以月夜登眺, 群山遠拱, 而一峰特
秀者, 曰'拜鶴峰'也. 水逶迤自遠而來, 或渟或瀨, 而過堂下者, 曰
'水晶江'也. 郊平而谿, 樹老而疎, 亦足爲一時暢懷地. 堂上多今古
人詩板.

司馬所

城內東北陸, 有瓦屋四五楹, 無居者, 號曰'司馬所'. 土人言, "古邑人鳩材合功, 置田數頃與是屋, 以待邑人之能上庠者, 故名其所曰司馬." 而無其人久矣, 田則姑屬之鄕校, 屋則居無人, 有時村童子, 聚而讀書云.

山淸烈婦

山淸烈婦姓河者, 居昌戶長之子也. 幼喪父母, 育于其大母, 事大母如母. 十六嫁于山淸之宋, 亦戶長子也. 旣昏未行, 月餘, 夫病且死婦至, 則夫昏昏垂盡, 聞婦至, 蹶然自起, 捉婦臂, 以頭觸婦, 泣曰: "吾於若, 爲至不忍." 如是者三而絶. 婦哭如人, 殊無慟絶色. 未葬, 其大母又以病危報, 家兄弟皆幼. 婦不得已還居昌, 則大母亦卒不救. 婦爲經理殮殯及葬. 比葬, 夫已先葬, 夫家不欲見婦狀, 留不以歸.

及朞而婦又至, 豊而韶者, 不可復識. 至則陳寒暑涼燠之衣各一襲于卓, 大哀哭. 衣皆婦之所手績, 而若生人妻隨序授服者也. 隣人聞婦哭, 皆爲之不能寢食, 家人意其必死, 閑之甚嚴. 祥祭畢, 婦如廁, 久不出, 診之, 已死. 死旁有一椀, 於裙帶得一書, 自陳無以生爲狀, 且囑與夫必同棺而葬, 否且有憾. 其家以爲非禮, 葬婦於夫墓之趾, 婦夢於戶長多怨望語, 戶長仍感病死, 戶長之他子, 又病死. 家人懼爲改葬, 而同其穴. 人有見其塚而詳道之者.

余嘗見燕巖子作烈婦傳, 而亦山淸洪知印之婦也. 山淸遐邑也, 知印小民也, 而其婦女乃能舍生而從夫者, 非一, 則王化之成, 豈徒〈漢廣〉而已也哉? 嗚呼, 盛矣!

郭氏旋閭

玄風郭氏旋閭之盛, 固聞於世. 而余遇郭氏之居高靈者, 問之, 則曰: "棹楔凡十有三, 而郭存齋曁其二子, 其子婦二人, 是爲一門三綱. 其後, 有兄弟四人, 皆以孝旋, 其餘亦皆孝子與烈女也. 且郭氏之門, 出適而以烈女旋者, 亦十餘家"云. 噫! 亦偉矣! 京師紫烟巷, 有李氏八紅門, 人皆壯之, 而郭氏則又多於此矣. 豈其氏族之異於人耶? 亦家訓風聲, 有自古相受者然耶? 亦偉矣.

鄕飮酒禮

國家頒鄕飮酒式于列邑, 列邑多行之. 歧之士, 請因校門之新, 行鄕飮酒以落之. 於是, 太守以鄕大夫, 行主人事, 邑無可賓者. 邑之校中, 亦有朋黨, 曰西中南中, 以齒則南士當賓, 而主人牽於衆, 延西士爲賓, 南之士, 皆恨恨不赴會. 聞其方事也, 自賓以下, 多踉蹡不成禮者. 噫! 徒殺狗也. 吾未見王道之易易也. 僻矣, 小縣之校,又安用西南爲也!

花開占豐

十一月稍暖, 樵者自大平山谷歸言: "山中花開." 余問何花, 曰: "此巖花開." 以爲曾未見者, 索見之, 乃杜鵑花也. 土人謂, "鵑花爲眞花, 故稱此巖花也." 主婆聞之, 喜曰: "冬日花紅, 明歲豐."

佛頭花

邑誌土産載佛頭花, 而問之邑之人, 皆不知爲何花. 余亦不知其花爲何狀. 蓋花之稀有者, 今無於邑者也. 今若按誌而徵土宜, 則殆若古人之責杜若也. 若是乎, 邑誌之不足取也.

僧寺興廢

邑誌載寺名, 甚多, 凡十餘所, 而若墨房·金谷·頭黎三寺, 官僮之弱者, 皆猶及見其盛, 而今也則無. 惟頭黎餘一茅菴, 寺僧業造紙, 而朝暮且散去. 民之祝髮爲僧者, 圖欲便於爲民, 而及爲僧, 徭役又繁, 官府之誅求, 吏隸之侵漁, 日甚一日. 此僧之復散而爲民, 而寺之所由多廢也. 爲民旣難, 而爲僧亦難矣哉!

除夕祭先

元朝祭先以湯餠者, 雖非古禮, 亦我國京外之通俗也. 嶺之小民, 則以歲盡日之午, 祭其先, 而不用湯餠, 具飯羹魚肉酒果以享之, 亦異乎俗. 村童子有以酒果來饋余者, 余笑曰: "俗以餠椀計年, 而余今年不喫餠, 當得一籌, 若汝曹已虛喫了歲月矣."

盤果犒饋

邑之俗, 家有婚禮, 或祥祭或祀神, 則助者, 以一大椑備果品及魚脯及彘肉或牛肉, 凡四五器, 或六七器, 以贈之曰'盤果'. 又設飯羹葅菜魚肉膰炙諸饌品, 貧者猶七八器, 侈者至十五六器. 具匙箸, 羃以黃油, 往饋之曰'犒饋'. 東家饋西家, 東家有事, 西家亦如之, 亦厚風也. 有致三四十盤者.

打空戲

童子斲木如鵝蛋大, 使圓滑不定, 轉置廣場中, 群小兒圍立, 以球杖隨其轉, 逐而擊之, 使轉動不少息, 名曰'打空'. 亦毬之旁門, 而有時激而跳, 則能傷人. 邑童子多瘢額者.

方言

方之有言, 無處不爾, 而嶺之言, 尤多異於畿湖者. 余始至, 多不曉, 及月餘, 漸慣而漸鮮, 有傳訛而然者, 有語急而異者, 略錄于下.

其言, 爺曰'阿陪氏', 孃曰'御每氏', 婆曰'谿媽氏', 女子子曰'假山兒', 傭者曰'淡沙里', 巫之夫花郎曰'揚衆', 女之誨淫者曰'花隱影'. 公役及賦稅曰'九二'. 山曰'梅', 石曰'突其'. 外舍曰'茅亭', 庖曰'庚子'. 鼎之無足者曰'大曷', 小盆之有觜者曰'使器'. 箕曰'靑', 杖曰'綽地', 篙曰'擧致'. 編秸蓋屋者曰'羅來', 杜曰'吐音', 朴席曰'孟席', 綯曰'山羅', 緊晒竿曰'竿地臺', 筒曰'大弄', 壺曰'衰用', 爐曰'火德'. 魚網之似暖扇者曰'簇攇', 襪係曰'可夫', 襑布曰'排', 稻曰'羅落'. 杜鵑花曰'此巖花', 油茱萸曰'杜荔支'. 馬曰'毛乙', 雛鷄曰'貧家利', 大口魚曰'葭醬'. 日前曰'阿乙厓', 睡意曰'低拂陰', 性惡曰'霜氣', 勝氣曰'勒三', 臥曰'頭扶餘', 喚睡曰'可撲汝'. 事之終曰'莫足', 改爲曰'公改', 食之曰'默談', 古曰'例白', 打曰'者突羅', 抱持曰'寶同器'. 大聲曰'鼓喊', 是非曰'是去乙', 責語曰'知底怪', 請物曰'突阿', 讀文曰

'理路', 應曰'于噎囉', 咄嘆曰'於乙乃', 發語辭曰'咸不厓', 謂獨曰 '胡分'.

此蓋聲音甚促, 頗有鴃舌之意, 故多不可鮮者.

市記

余所寓店也, 近市, 每二日七日, 市聲囂囂然聞. 市之北, 卽余寓 之南壁下也. 壁舊無牖, 余爲納陽, 穴而置紙槅, 槅之外不十步, 有 一短堤者, 市之所由出入也. 槅又有穴, 僅容一目. 十二月之二十七 日市, 余無聊甚, 從槅穴窺之, 時雪意猶濃, 雲陰不可辨, 而大略已 過午矣.

有驅牛若犢而來者, 有驅兩牛來者, 有抱鷄來者, 有拖八梢魚來 者, 有縛猪四足擔而來者, 有束靑魚來者, 有編靑魚鞾而來者, 有抱 北魚來者, 有持大口魚來者, 有抱北魚而持大口魚或八梢魚而來者, 有挾菸草來者, 有曳海藿來者, 有擔薪若樵而來者, 有負或戴麪而 來者, 有荷米橐而來者, 有擁乾柿來者, 有挾一卷紙來者, 有手摺紙 一幅來者, 有以竹筐盛蘿葍來者, 有提草不借來者, 有持繩屨來者, 有拖大組來者, 有縮結木棉布揮而來者, 有抱磁器來者, 有荷盆若 甕來者, 有挾茵席來者, 有以木叉串彘肉來者, 有負孩兒而兒右手 持餳若餠嚼而來者, 有繫瓶項携而來者, 有藁束物提而來者, 有負 柳笥來者. 有戴筐若筥而來者, 有以瓢盛豆腐來者, 有椀斟酒若羹 謹而來者. 女子任頂而有負而來者, 男子肩任而童子有戴而來者, 有戴而且左挾者, 有女子以裳貯物袪而來者. 有相逢而腰拜者, 有相語者, 有相怒勃谿者, 有男女挽手相戲者. 有去而復來者, 有來而復去, 去而又復來忙忙者. 有衣廣袖長裾者, 有衣上袍下裳者, 有衣窄袖長裾者, 有衣袖窄而短無裾者, 有羅濟笠而持凶服者, 有僧僧袍而僧笠者, 有戴平凉笠者. 女子皆白裙, 有或青裙者, 有童子而衣帶者, 男子笠則着紫羢帽者十八九, 圍項者十二三, 佩刀, 則童子之弱者亦佩. 女子三十以上者, 皆黑帽, 其白者持服者也. 老者杖, 稚者扶, 人行醉者多, 行且仆, 急者走.

觀未止, 有負一擔柴者, 憩于檣外正牆面, 余亦隱几而臥. 歲暮故市益繁也.

春帖

余平生, 不閑書法, 且無記性, 所誦唐宋聯, 不滿十餘句, 把筆不敢作杯圈大. 每欲修春帖, 必倩他人手. 今年春, 遇立春於逆旅, 村人以爲是可善於書, 自三日前, 抱紙而至者, 踵相齧. 始欣然受而書之, 過十餘幅, 又辭不得, 則以夜繼之. 凡三日三夜, 不敢歇一茶頃, 所涴不知爲幾百幅. 橐中有碧城墨一大錠, 磨不足, 繼以他墨. 隣嫗爲貿紙而市之, 三日售五卷餘. 余旣無多誦, 則各隨其人, 而構語以祝之.

蓋其春聯之法, 不論堂廚廐圂, 有柱有紙, 則帖而後已. 雖瓜牛小屋, 亦復聊不免俗焉. 要之紙則賤, 而筆則貴故也.

冬暖

余以十月晦, 至鳳城, 經冬於旅舍. 旅舍之窓櫳甚踈, 泥壁多罅隙處, 每風至, 燈穗不自定, 兼以衣衾之溫厚, 不及在家, 故大以寒爲懼, 冬盡而不寒. 村幼子, 皆不袴而走戲. 天有時下雪, 雪皆空中花, 到地無雪. 閱三冬, 而不以寒一憂. 土人言, "比洛冬甚暖, 每自洛來者, 至此減衣絮"云.

魅鬼戲

十二月二十九日夕, 邑人設魅鬼戲于鳳城門外, 例也. 童子觀而歸言: "狂夫三人着假面, 一措大·一老婆·一鬼臉. 金鼓迭作, 謳謠並唱以樂之." 正月二日, 有喧而過窓外路者, 窺之, 執紙耗白拂先者一人, 執銅小鈸者三人, 執銅鉦者二人, 執聲鼓者七人, 皆衣紅掛子, 戴氈笠, 笠上插紙花. 到人家噪戲, 其家盤供米出門, 名曰'花盤'. 其亦儺之餘風歟!

乞供

魅鬼戲之流行村落, 求索米錢者, 亦名曰'乞供'. 正月十二日, 有

乞供于大堤下者. 一人黑衣氈笠, 執大靑旗先, 一人紙笠插鷺羽紙
花黃襖執扇, 一人笠插孔雀羽白襖, 五人氈笠黑袂執鼓, 二人童子
氈笠垂紅氁黑袂而舞, 二人童子氈笠執鑼, 三人氈笠執鉦, 一人笠
而白襖, 執大竹箭, 一人狗皮帽短衣執鳥鎗. 執鼓執鑼執鉦, 皆頭垂
一丈白, 行作商羊步, 鼓且搖其頭, 則頭上暈白如車輪, 曰'衆皮'. 皆
遶場而走, 且歌且舞, 鉦鼓鑼, 不敢少間. 須臾, 冠鷺者, 以肩承紅
氁童子而走, 童子踏肩而舞, 名曰'東萊舞'. 其後數日, 又有自遠來
者, 又甚衆. 未入場, 三響信砲, 吹雙角, 建大旗二, 鉦鼓動地. 邑人
皆驚, 太守笞其渠三人, 使不得戲, 沒入其鳥鎗喇叭於兵庫.

六足鼠

　正月十二日, 歧陽門外吏李敬日家失火, 火延墻壁, 衆鼠爲烟所煇,
皆出穴走. 救火者撲捕之, 中有一鼠, 大如梭, 有六足. 知印李正敦,
目見而歸, 詳其形狀. 鼠蟲而猶獸也. 四足曰獸, 今有六足, 亦異矣.

星州衣

　備於人者, 歲末, 將致事而去, 則主人例授新綿衣一襲. 而其衣制
度, 甚廣大長厚, 長幾下膝, 袖長一肱有半, 濶可容十肱, 謂之曰'星州

衣'. 星州之人上衣皆長大故也. 其稱好衣服者, 必曰: '星州衣大邱袴.'

忌狗

土人自九月不食狗, 至四月始食. 非不時不食也. 言食則神不淨, 有妨於家. 故狗甚賤, 大而肥者, 纔三四十錢. 近海尤賤, 業操舟者, 終年不敢食云.

生海蔘

海蔘海之產也. 余未曾見不乾者矣, 見於歧. 其大强猪之新生者, 色黝而微黃, 其質脆甚, 視牛毛稍堅. 膾而肴紅露, 初若爽味, 未盡一楪, 覺腦膈充闋如飽. 雖無味, 似有補人功. 聞置溫室一夜, 便融液爲水. 蓋水母之類也.

菊花酒

城中多沽酒者, 而惟白濁紅露而已. 有言, "妓德節家, 新有酒,美無前”, 余問何名, 曰“菊花酒”. 亟往市之, 乃濁之澄而淡者也, 特泛菊矣. 價旣倍三, 味反不如, 而以其菊花酒也, 飮者蠅集, 其初一大杯, 直三文, 數日, 直四文, 又數日, 至五文, 而酒先盡矣. 若是乎, 人之皆耳食而虛名之能欺人也. 聞有淸明酒甚美, 而余未之嘗也.

祈棉占稼

自星州以下, 每元宵前一夕, 多插麻骨於門外, 枝上綴木棉花. 翌曉, 女郞鋪大帊於地, 群出摘花, 謂之‘摘木棉’. 又十五日曉, 盛具白飯雜菜, 以食傭者. 而飯熟先糅菜, 與畊牛, 牛先食飯卽豊, 若先食菜必凶云.

巫祀

土俗尙鬼, 秋成, 家家皆賽鬼, 小有疾病, 必請命於巫. 其祀也, 陳餠餌酒果魚肉甚盛, 巫衣紅衣藍帶, 左叢鈴右紙纛, 歌歈且舞. 巫之夫諸花郞, 吹竽擊鉦拍腰鼓, 以歌和之, 每一場謂之一席. 或祀于山, 或祀于庭, 或祀于路, 或若祀主人之先, 或祀佛, 或若祀宰官. 每席之將終, 樂繁歌促, 雜以嗔笑, 跳踉回旋, 若儛佅然, 間出詼謔, 備盡醜褻. 巫以鬼命, 歷醻主人及坐者, 飮者必酢以錢. 其祀于庭也, 以大竹竿綴主人衣裳, 搖蕩作窸窣聲, 以索繫主婆及主婦, 跪於卓前, 責不能豐腆之罪, 以紙枷鎖其頸, 納布若錢然後稅之. 蓋於誕怪之中, 尤無着落.

余嘗聞, 巫之所祀者, 曰'皇娥'者, 湘夫人之比也, 曰'軍雄'者, 國殤之類也, 曰'帝釋'者, 佛家之天王也, 曰'萬明'者, 金庾信之父, 而巫之目人先靈者也. 皆若有所據, 而嶺之巫, 則皆異於是, 而不可方也.

巫歌之訛

店主人邀巫賽鬼, 余隔壁而臥, 聽之, 多絶倒語. 其尤可失笑者, 其請鬼曰: "紅旗奉持來者, 青旗奉持來者!" 忽又曰: "大洋海來者." 蓋方言'奉持'之意, 與'海'相類, 故訛而曰'海'. 仍憶兒時, 有行乞浮屠, 言呪能逐邪, 老婢試之, 其逐鬼曰: "向鴨綠江去, 向後綠江去!" 蓋以鴨爲前, 而意其更有後綠也. 余迫問後綠江在何處, 則仍棄精米而迯. 安能使大洋海來者, 盡捕巫僧, 向後綠江逐去耶?

嘗登月波亭, 聽大巫娛鬼, 則其音清越, 亦多奇語, 其曰: "白飛緞兮長衫, 孔雀羽兮爲領." 又曰: "虎口神兮遠來, 伽倻琴兮爲梁. 琴絃兮十二, 從何絃兮翶翔." 腰鼓緩節, 金鈴如碎, 而年韶喉清者, 互唱而迭和, 則頗有讀〈九歌〉之意, 足可以娛生者. 若嶺之巫, 則使人徒鬧聒不能寐.

影等神

歲二月吉日, 家家祠影等神. 前三日, 門鋪赤土, 限人使無入. 及期, 鷄未鳴, 家人皆新衣服齊肅, 陳飯羹 · 餋糕 · 酒果 · 魚肉 · 菰菜 · 于庭, 以竹綴紙, 列之籬, 無數拜, 拜且祝如願. 祠畢, 立一木于祭之所, 供明水於上, 每朝易而新之, 至十五日始盡敬. 家無疾病, 年穀豊, 財貨興, 皆神之賜云. 嶺之邑皆祠之, 土人言: "古者, 事影等甚嚴. 邑主吏爲邑請釐, 吏之婦盛飾, 坐室中以候之, 半夜犂然有感, 神去, 而汗浹于衣." 蓋古豆豆里之流, 淫祠之鬼也.

剪燈新語註

《剪燈新語》者, 瞿宗吉之所刪述元明間小說者, 而若〈聚景園〉·〈秋香亭〉等記, 亦佑之所作也. 〈牧丹燈記〉, 陳愔作, 〈金鳳釵記〉, 柳貫作, 〈綠衣人傳〉, 吾衍作, 〈渭塘奇遇錄〉, 明馬龍作. 其文詞, 皆鄙俚淺弱, 易知而易效, 故我東吏胥必讀之.

垂胡子者, 姓林失其名, 官至軍資監正者, 而爲之註釋甚勤. 知印張宗得, 以新語來願學, 余亦時閱之, 註釋頗詳, 而惟渭塘錄秋景詩, '鐵馬'作戎馬解, 誤矣. 鐵馬出元宮中故事, 元后有愛聽竹葉風聲, 及葉盡, 以玉片及鐵, 鎪作竹葉, 懸綴風簷, 名曰'鐵馬', 又名'竹駿'. 今若訓作'鐵騎', 則"聲喧風力緊"者, 乃塞下光景也, 何有於閨閣秋興耶?

聞新語印板甚多, 至六七本云. 其印其註, 渾覺多事. 只爲都都平丈準備飯椀也.

諺稗

人有以諺稗來爲余消長夜者, 視之, 乃印本, 而曰《蘇大成傳》. 此其京師烟肆中, 拍扇而朗讀者歟? 大無倫理, 只令人嘔噦不已. 然余以爲勝於稗史. 夫作稗史者, 巧覘正史之有疑案處, 便把作話柄. 李師師之游幸, 則《忠義水滸傳》有宋江夜謁娼樓之語; 楡木川之卒崩, 則《女仙外史》有賽兒授劍鬼母之說. 千載之下, 紫玑耳目者, 罪固大矣. 曷若以謊說謊, 自歸姑妄言之科, 而只博人一粲者乎? 然而雕以柞板, 搨之楮素, 則二木亦冤矣.

愛琴供狀

右謹陳. 中心是悼, 言之辱也. 情由【矣段】, 女【矣身亦】, 本以造實坊胎生, 居住良女. 十五歲【分良中】, 出嫁於新支村禹令益處【爲有置】, 之子于歸, 宜其室家. 三歲食貧, 靡室勞矣【是白如可】. 夫也不良, 人而無禮, 不我能畜, 反以我爲讎【分叱不喻】, 譖言罔極, 構我二人, 以爲潛通於隣居人金起文【是如爲白遣】. 逝不相好, 薄送我畿, 反是不思, 亦已焉哉.

女【矣身】, 復我諸父, 終竇且貧, 敦彼獨宿, 不我活兮【是白只以】. 適【音】葛明谷張桂生家【良中】, 傭織價受來次【以】, 東方未晞, 陟彼崔嵬, 厭浥行露, 獨行踽踽【是白加尼】, 彼何人斯, 有力如虎, 遭我乎猯之間兮, 邂逅相遇. 執我仇仇, 顚之倒之, 伊其相謔, 使我不能息兮. 中心如醉, 尙寐無吪. 我躬不閱, 遑恤我後? 汔可少休, 覆出爲惡, 甚至女【矣身】背脫脚痿, 昏倒不知之中【同】, 厥漢裭奪赤衫而去【是如】.

女【矣身】, 匍匐歸家, 累日不能起, 則【矣】父始聞其由【是白遣】, 或恐女子獨居, 復逢强暴之辱, 許嫁於隣居老鰥夫丁貴南處. 昏因之故, 言就爾居, 以我賄遷, 與子偕老. 不意今者, 前日厥漢, 始稱龍儀谷居金命吉, 而手持官牌及女【矣身】所失之衫【是遣】, "謂以女【矣身】携手同行, 信誓朝朝, 豈曰無衣? 美人之貽, 它人入室, 大無信也【是如】. 無數誣陷【是白良置】, 大抵取妻如何? 匪媒不得, 子無良媒, 云如之何. 命吉【段】, 所可道也, 亦孔之醜, 狂童之狂, 匪我思存. 雖速我獄, 室家不足, 雖速我訟, 亦不汝從. 貴南【段】, 妻子好合, 及爾偕老, 黃髮兒齒, 實維我儀, 之死矢靡他. 玆敢具由仰訴【爲白去乎】, 右項緣由【乙】, 細細參商【敎是】後, 無信人之言, 哀此煢獨, 歸哉歸哉, 適我願兮【爲白只爲】.

右供狀云, 是星州良女愛琴之訴, 童子有膽傳者, 而非徒事涉可笑, 其狀辭亦甚絶倒. 豈或者之弄作耶? 畧加刪改, 以資無聊中解頤.[5]

5_ 위 작품에는 이두식 한문 표기가 많이 보인다. 【 】 부호 안에 표기된 것으로,

九夫冢

歧有同塋而十冢者. 相傳, "有婦嫁則輒鰥, 葬而又嫁, 嫁則又鰥,
凡九嫁而九鰥. 於是, 列葬其九夫於一塋, 己死而祔焉, 合爲十冢."
亦奇矣. 自有祔葬以來, 未有此焉. 但未知九原可作, 誰與同歸.

다음과 같이 풀이해둔다.
矣段: 矣身段의 준말로 '나딴은', '나인즉'.
矣身亦: '내가', '제가' 또는 '본인이', '나 자신'.
爲有置: '-하였다', '-하였어도', '-하였기에'.
是白如可: '-이옵다는', ' -이옵시다가'.
分良中: '즈음에'.
分叱不喩: '-뿐 아니라'.
是如爲白遣: '-이라하옵고'.
矣身: '나', '자신', '본인', '저'.
是白只: '-이옵기에', '-이옵기로'.
音: '-이'.
良中: '-에', '-에서', '-에게'.
以: 音을 취할 때는 '-이', 뜻을 취할 때는 '-(으)로'.
時白加尼: '-이옵더니'.
同: '같이', '같은'.
時如: '-이다', '-이라고', '-이라는'.
是白遣: '-이사옵고', '-이옵고'.
矣: '-의', '-에', '-되'.
是遣: '-이고'.
是如: '-이다', '-이라고'.
是白良置: '-이사와도', '-이옵셔도', '-이올지라도'.
段: '-은'.
爲白去乎: '-하옵기에', '-하옵고는', '하사오니'.
乙: '-을(를)', '-늘'.
敎是: '-이신', '-께서', '-께옵서', '-하신'.
爲白只爲: '-하옵도록', '-하옵기 위하여'.

乘轎賊

大邱軍校, 嘗遇一轎於金泉驛, 轎甚華, 從奴皆豪健, 陪後者亦秀雅, 若游閑公子. 然而諦視, 有綠林氣, 遂跟之, 至淸道邑治. 至之日, 適市, 館轎於店, 散而入市, 偸人錦綺錢貨甚衆. 軍校遂蹤而反接之, 椎詰甚酷, 轎婦人急出, 勸解曰: "乞旅毋急我賈, 吾將與子餠." 其姿態絶世, 使見之者, 心醉而手軟. 蓋餠者, 盜言相奸也. 盜自有言以相語, 而使人不能解. 若僧曰'山驢', 女曰'心主', 人曰'烟主', 馬曰'龍', 牛曰'竹', 盜曰'賈', 討捕曰'旅', 無物無言, 而惟討捕者, 皆知之. 余在道, 聞諸討捕者.

漁者毀網

有漁者業一網, 設於丹城・錚灘之曲, 坐灘上盤陀石, 以候魚. 時已昏, 有炬火電閃而至, 漁者知其虎, 無以避, 遂裸身入水中, 泅於匯. 虎蹲於漁者坐, 守不去. 俄而, 水底覺有鬱屈來逼者, 摩驗之, 又蟒也. 未及走, 蟒遽以尾, 纏漁者脚, 大與股等, 緊若箍鐵. 漁者急以手, 握蟒頷, 敲其額于石, 額堅不可破. 卽仆臥石上, 以脚磨石鋒廣處甚急, 蟒遂四五斷. 蟒旣死, 虎亦去, 漁者乃出, 仰天哭曰: "天不欲吾漁耶. 吾寧飢臥死於家." 遂毀其網而去. 噫! 何山無虎, 何水無蟒, 吾未見漁之能毀網者矣.

墨房寺鼓

墨房寺有桐鼓善鳴. 寺旣廢, 太守新縣門樓, 欲迎置之. 鼓甚大, 圓徑尋有尺, 高半之, 議舁致之, 猶難之. 門卒有請獨行者, 行則析其圍, 以革包桐片而歸, 纔一擔. 鼓至而不可以復爲鼓, 太守怒責之, 卒慍曰: "雖不難, 固勞矣, 亦不曾偸弄一片也." 人皆笑之.

石窟盜鑄

晉州討捕軍許南者, 以善訶名. 嘗於晉陽市, 見有三艷婦, 使錢甚廣. 尾察之, 又有五丈夫, 負其所貿, 行至固城之栗峙下, 舍路入亂樹間里許, 有窟閉以石, 抉而入, 復閉. 南乘危木得之, 踵而入窟中, 窟中無晝, 火照而居. 有茅屋頗廣, 有男女老少甚衆. 有鐵爐十餘所, 方鼓冶造通寶. 見南至, 款待之, 爭與酒食. 南臥房中, 假睡, 聞戶外語, 曰: "此人不可出, 將刃耶, 挺耶?" 又有老者語曰: "費六萬錢, 可以箝其口, 豈爲錢五六萬, 害人命?" 遂呼南出曰: "子胡爲來? 我知子矣. 子速去, 當有饋六萬錢者, 受之且愼口, 不愼且有饋劍者." 南懼, 亟歸其家, 夜有錢三萬致於庭. 其後, 南與諸討捕, 復往探之, 茅屋鐵爐皆依然, 而不見人.

必英狀辭

【白等】女【矣身】, 雖非宦族, 亦是良家. 早懷貞節, 養在深閨【是白加尼】, 紅顏薄命, 靑春易老. 三五之艷陽, 已過; 九十之盛儀, 未覩. 秋月春風之虛度, 夏日冬夜之誰與? 空深有家之願, 每切無媒之嘆. 羨樑燕之雙栖, 怨鏡鸞之孤泣【是如可】. 適【音】京居崔郎, 以弱冠之年, 來隔籬之地. 淸新削玉之儀, 溫藉[6]偸香之韵, 一見而心動, 再見而情生. 才子之遇佳人, 愛女之懷情郞, 幽思則一曲琵琶, 浪興則三春蜂蝶. 始同窺墻之宋玉, 終似挑琴之文君. 三生冤業, 一夜佳緣, 曰黃昏以爲期, 解雜佩而相贈. 桃花之春灼灼. 蔓艸之露瀼瀼, 雖無六禮之備儀, 亦可一生之偕老【是白加尼】.

那知北堂之逢怒, 以至東閣之速訟. 謂女閨之隳行, 俾妓籍之竄名. 誰意園上之花, 將作路傍之柳? 自顧羞慚, 實切哀傷. 雖緣春心之難抑, 以致水性之誤流, 不過朝爲雲暮爲雨, 猶非東家食西家宿, 豈可菲質之永淪, 至今芳緣之相阻乎【叱可】? 況【旀】女【矣身】, 跡未慣於歌扇舞衫, 手未諳於豪絲哀竹【是乎則】, 郡樓紅裙之會, 客館翠蓋之行, 非其人矣, 焉用彼哉? 幸伏望開簾而放鸚鵡, 折葦而護鴛鴦. 恕鑽穴逾墻之罪, 遂執手摻裾之願【爲白只爲】.

遐鄕小童之所願學者, 乃狀牒之文. 故膽錄而傳誦者, 多此類, 此則云宜寧良女必英之狀, 而多得力於剪燈者也. 客加刪改, 以際

6_ 藉 | 저본에는 '籍'로 되어 있으나, 誤記로 판단되어 바로잡음.

村童之讀剪燈者.[7]

市偸

邑之西門外, 有市. 市之日, 有貨魚者, 失二千五百錢, 索之不得, 無可詰人. 適邑之校, 過市北小巷, 有人以裾抱重, 俛而趍前行. 問何抱, 曰:"棗." 曰:"分我一棗." 曰:"祭之用." 曰:"祭棗, 獨不可嘗一?" 急往手探之, 錢也. 曰:"是棗乎?" 曰:"無聒, 當半之." 校縛而見諸官, 官以錢還魚者, 罪抱錢者二十棍. 抱錢者, 出而笑曰:"平地固折脚. 出入大市十餘年, 未嘗一蹉, 使人羞欲死. 明日, 是宜寧市也, 及今行, 可赴." 乃大步而去. 刑盜宜重, 而不得重故也.

7_ 이 작품에도 이두식 한문 표기가 많이 보이므로 이를 풀이해둔다.
白等: '사뢰오되', '사뢰옵기는'.
時如可: '-이다가', '-이라가'.
旀: '-며'.
叱可: '-온가', '-올가'.
時乎則: '-이온즉'.

張翼德保

邑之校, 有名張翼德者. 邑之將校, 例有保人, 徵其布. 翼德以大
平人名趙子龍者, 爲其保. 子龍冤之, 訴於官, 官題其狀曰：“張翼
德, 保趙子龍事, 甚稀貴, 勿爲更訴.” 余以爲勿論其人, 論以其名,
則常山公必大以爲屈, 好笑.

愼火

守倉者, 其稱曰‘愼火’. 每捧糶旣量, 愼火必自執篅, 令民擧斛而
注之. 方急注下如瀑, 愼火卽乍闞篅口, 粟皆迸于地, 地之粟, 愼火
之所食也. 民或難之, 則曰：“旣已經斛, 官也, 非汝穀也.” 監者或
呵之, 則曰：“明春將不斛而糶民, 民也, 非食於官也.” 故官民皆不
之禁, 而其實民之盜也. 余謂愼火曰：“愼火之稱, 固好於庫子, 而
若改稱愼盜, 則尤好矣.”

俗吝於財

以余居店舍也, 多見飯於店者. 飯訖, 鮮不爭直者, 甚者. 鬌長而
鮮衣鞍, 騎肥馬, 傍掛雙垂囊, 而其爭也刺刺, 與店婆較計曰：“羹

一文, 葅一文, 魚一文, 飯吾米也, 胡索我五文錢?"又有從輩僕行者, 約奴飯四文, 供我一文飯. 店人請牛之, 不許, 竟飯其牛, 與一文而去. 其俗, 蓋吝於財, 不以體貌輕重於錢故也. 店則厚於它路, 飯一文, 可以行數十里.

俗喜爭訟

有三人, 訟于官, 列跪垤下. 所爭者, 一犢直三百錢者也. 守責曰: "若非鄉士族乎? 且老矣, 一犢何重, 三人乃爲斯耶?" 皆謝曰: "慚媿. 雖然, 訟則必訟." 而歸. 又有居邑北六十里者, 以錢十二文, 來訟于官, 守曰: "汝騎馬而行六十里, 於路必費, 費必多於十二文, 何不知不訟之爲利?" 訟者曰: "雖費十二緡, 何可不訟也?" 其俗, 甚木强, 故爭則必訟.

挖金

有愚民, 夜過板峙下, 見星月在地如鏡. 就挖之, 得一物, 大尺餘且厚. 擧而視之, 遠火洞照, 如隔琉璃視. 以爲金也, 負而遠逃. 官吏亦以爲挖金也, 跟索之甚勤. 以余所聞, 意其爲雲母也.

鵲巢

直余所留室南牖外, 有堤, 堤上有樹, 有鵲巢於巓. 在余室, 爲南鵲. 村父老多來賀者. 余於立春, 書一聯壁上曰: "少日雄圖, 搏鉅鵬於北海. 新年吉語, 驗靈鵲於南巢."

觀瀑之行

邑之北三十里, 有瀑, 曰'黃溪飛瀑'. 早春, 天氣甚暢, 人多勸余一游. 二月二日, 適宋生至, 盛言瀑之美, 起余甚力. 其翌, 余遂行. 從者李正敦・李雨得・尹德俊・李元植・朴驥俊・姜末得・李翌孫, 童子李允新・張宗得・李光宗・姜時大・全致石・劉卜尙・朴突夢, 凡十四人.

資枾餠四十枚, 乾靑魚五十尾, 杖策而行, 逾嶺涉溪. 遇村, 問有酒, 有則沽飮. 行過半, 有店, 從人皆買飯而食. 食少人多, 人食一文, 食猶不周. 至瀑, 巨巖屹立如屛, 高可十餘仞, 瀑從巖上飛下. 人言, "瀑之所由道, 舊有石觜, 如賣油注, 故瀑遠飛而尤奇, 居民苦方伯守宰之來游也, 琢而墮之." 至今, 蓋有椎痕與游者名. 噫! 達官之累名勝, 多矣.

以其巖高而谷深也, 瀑下猶有水, 瀑旣奇, 水亦甚奇. 相與坐瀑旁盤陀上, 送人沽村酒而飮, 殽以魚枾, 相顧甚歡. 然日向夕, 宋生請以家爲歸, 余辭以衆將歸, 或言由頭黎庵歸, 等遠, 可以憩. 旣定路, 使允新·宗得, 先別宋生, 緩步問路而前, 於路多造紙所. 流憩而行, 至紫室嶺, 嶺甚高峻.

日已暮, 童子之不能酒未飯者, 飢乏不自力, 使光宗, 負而行. 纔及頂, 有臥艸間者, 視之, 又宗得也. 蓋酒醒而飢也, 衆人又掖而行, 行不遠, 德俊又倒於地. 旁人挽帶使强, 則閉目不視曰: "殺我也." 莫可起. 時, 前行者已遠, 守德俊而坐者, 惟余與雨得·益孫. 若元植, 則余愛之甚, 故不去也. 夜色已黑, 林谷有風可懼, 而亦無若何. 忽元植曰: "彼樹下窸窣者, 何似來矣." 陽警虎以試之, 德俊始擡頭欲作, 還仆曰: "虎殺我也, 亦末之何."

夜漸深, 約至二更, 有火迎而來. 卽頭黎僧二人, 燃竹炬至, 允新之所慮也. 馱僧而下, 盡嶺有村, 往叩村門, 主人聞而驚, 延入坐, 急取溫蜜水, 灌之, 又進溫酒各一大鍾, 又以馬荣羹·煮飯分四盂, 進之. 食皆已, 問德俊病何, 曰: "已大快." 遂向寺而去. 余笑曰: "平生食亦多味, 未有甘於馬荣羹." 元植曰: "俄主人進酒, 酒亦甚喜, 慮惑止於酒, 而更不飯, 亦甚恐." 衆皆大笑. 至寺而飯, 鷄已鳴, 宿於寺. 明日, 始自平邱村, 歸所寓, 日已過午.

余作〈觀瀑記〉, 故不詳於瀑之奇, 而備記其顚倒狀, 爲後日不忘戒.

龍穴

大平有大陸自裂, 徑可數十間, 深亦如之. 廓然若山水之所蕩者,名之曰"龍出之穴". 數歲前, 忽大風雨震電, 有物出地而奮, 乘雲霧騰空而去, 地仍坼. 有樵者, 適見之, 以爲龍也. 龍亦有起乎平陸者耶? 余於觀瀑之行, 過臨之, 蓋亦異矣.

竹

竹固東南之美, 而大嶺以外產尤賤. 山坡箭筍, 往往成林, 大竹則不耕以自田. 小民之居, 猶擁數百竿, 故其民不以重之. 視其家, 籬簷窓扉, 皆竹也. 十斗之筐, 數尺之簀, 家皆有用, 甚至夜行者, 燃以爲炬, 其火青燄. 噫! 竹之用, 豈然乎哉? 多則貴者亦賤, 物之情也.

追記南征始末

乙卯八月. 臣以上齋生, 應迎鑾製, 上以體怪, 命停擧, 改命充軍. 大司成招諭聖敎, 曰: "慶科不遠, 若停擧, 則將不得赴. 故改以充軍, 其卽往而歸, 應製諸科, 如前並赴." 又命所編邑, 許賜科由, 臣惶恐感泣, 卽馳往忠清道定山縣, 編籍訖, 卽復赴洛, 九月又應製. 上以嚴勘之下, 噍殺又甚, 命移充稍遠邑. 臣益惶感, 自定山踰熊峙, 至慶尙道三嘉縣編籍, 留三日, 卽又還歸. 至明年二月, 赴別試初試, 濫居榜首, 上以策有違近格, 命降付榜末. 國法, 充軍者, 一解則宥, 臣只知法, 不知有呈訴之例.

三月歸南陽, 五月遭先君喪, 號哭苫塊, 苟延喘息. 丁巳春, 忽自三嘉抵書邸人, 問久不還狀, 余始知名尙在縣案. 服闋, 訴于刑部, 刑部委之兵部, 兵部委之禮部, 及訴禮部, 則禮部不許遵例. 旣見格, 繼之者, 皆如之.

至于己未, 嶺邑之督還, 愈頻而愈苦. 刑部則曰: "我只知簿書, 不知榜." 禮部則曰: "雖知冤, 前人旣不許, 我何敢許?" 於是, 京畿觀察及南陽守, 皆勒迫使去, 若囚之躱迸者然. 余遂以十月, 復往三嘉, 官例爲授館, 而余則自留於西城外朴大成之店舍, 借室而眠, 買飯而食, 請暇而官不許.

至明年二月, 國有大慶, 且設科, 三嘉令始許余西上. 村父老童子之日夜來游者, 有三四十人, 聞余且行, 皆設餞以送之. 旣行, 館人及李元植等十餘人, 送于十五里之外, 皆泣. 余遂自八良峙, 過南原全州, 至公山, 聞自上已因赦命宥之, 感泣愈摯.

余以己未十月十八日, 到三嘉, 以庚申二月十八日, 離三嘉, 留三嘉, 凡一百有十有八日. 三嘉去京師八百里, 余逶迤往來, 凡千有七百有八十里. 三嘉, 一名鳳城, 一名三歧, 一名嘉樹縣.

小敍

余之同人, 有多憂而業嗜酒者, 清亦飲, 濁亦飲, 甛亦飲, 酸亦飲,醇亦飲, 淡亦飲, 多亦飲, 少亦飲, 有友亦飲, 無友亦飲, 有肴亦飲, 無肴亦飲. 余問"何飲?"曰:"余之飲非取味, 非取醉, 非取飽, 非取興, 非取名, 欲忘憂飲.""何能療憂?"曰:"余以可憂之身, 處可憂之地, 值可憂之時. 憂者, 心在中, 心在身則憂身, 心在處則憂處, 心在值則憂值, 心所在而憂在焉. 故移其心而之它, 則憂不能隨至, 今夫余之飲也, 提壺試蕩, 則心在壺; 把盃戒溢, 則心在盃; 持肴投喉, 則心在肴; 醻客辨齒, 則心在客, 自伸手之時, 至拭唇之頃, 則惵而無憂焉. 無憂身之憂, 無憂處之憂, 無憂值之憂, 此飲之所以忘憂也, 余之所以多飲也."余是其說, 而悲其情. 嗟呼! 余之有鳳城筆, 其亦同人之酒也歟.

自鳳城歸後, 庚申之五月下浣, 題于花石精舍.

文餘 2 — 雜題

夜七

綯錦子, 燈盡而睡, 睡盡而覺, 呼僮問曰: "夜如何?" 僮曰: "未午." 復睡, 睡而又覺, 又問曰: "夜如何?" 僮曰: "未鷄." 復强睡, 睡不成, 轉輾覺, 又問曰: "夜如何? 室白矣." 僮曰: "月案戶矣." 綯錦子曰: "咄! 冬之夜, 甚乎長." 僮曰: "何長之有? 子則長." 綯錦子怒詰曰: "爾有說乎? 否筀."

僮曰: "遠塗佳朋, 昔歲密友, 邂逅相見, 與子飲酒. 於是, 盎齊一石, 秋露五斗, 瓶罍彝雅, 陳列左右. 又復包鼈・燖犢・炙鷁・羹鯉・香蔬・美菹・金橘・朱柿, 又復笙調大呂, 琴拂流水, 奏房中之樂, 餂君子之喜. 歌曰: '有客孔嘉, 有酒亦多! 飲之食之, 如此良夜何?' 於是, 抽劍起舞, 倚瑟自唱, 三爵不醺, 十楪不讓. 當此之時, 夜其長乎?"

曰: "長安少年, 以睹爲游, 擲紙摸骨, 爭道點籌. 爾乃巨燭成雙, 美酒如流, 列卦倍注, 分耦遞休. 及夫簸者反遭, 債者旋捷. 性本飲食, 見同勳業, 有進無退. 目不睬華, 奮拳怒壁, 叫呶咤嗟. 當此之時, 夜其長乎?"

曰: "二八佳人, 三六情郎, 離多遇新, 意滿思長. 於是, 摻羅裾, 啓洞房, 飯雕胡, 熏都梁. 已而, 解寶帶, 援素肘, 心隨席而轉密, 恩與被而漸厚. 爾乃體嬾似春, 神暢如酒, 芳汗微有, 好夢無久. 恐膠音之先唱, 愛綺疏之尚黝. 願天神之諒此, 閣明月而無右. 當此之時, 夜其長乎?"

曰: "販鬻小民, 家在塗邊, 先鷄後鐘, 作而不眠. 稚女治粉, 季子稱烟, 滌盎釀麯, 熱釭校錢. 又有六工百匹, 各食其技. 程期屢差, 火以繼咎, 屑銅柿木, 冠帶衣履, 砲砲額額, 不敢自已. 當此之時, 夜其長乎?"

曰: "大夫金貂, 學士衣緋, 值此鞅掌, 早朝晏歸. 爾乃勞神殫力, 火飯星衣, 自公歸視, 客屨盈墀, 監奴囁嚅, 寵姬四窺, 頻呵屢欠, 志劵身疲. 已而, 臺隸騈至, 燈炬煜爉, 旣歇街鼓, 垂啓禁鑰, 夜亦如朝, 今亦如昨. 當此之時, 夜其長乎?"

曰: "秀才老儒, 擧期無遠, 悁悁私欲, 耿耿至願. 爾乃冷氈欹案, 深釭短炷, 誦詩吟易, 聯章析句, 如鷄伏蛋, 精神內注. 幸有餘暇, 表箋詞賦. 昔者, 蘇秦[8]錐股, 司馬枕圓, 我亦有志, 何代無賢? 勔孳孶而爲此, 誓兀兀而窮年. 當此之時, 夜其長乎?"

曰: "有古至人, 居家行寡. 塞兌內觀, 坐如脫蝸, 有陰無陽, 不晝不宵. 於是, 希兮微兮! 敦兮曠兮! 窈兮冥兮! 惚兮怳兮! 混兮沌兮! 手執玄象. 當此之時, 夜其長乎?"

絅錦子, 犁然有感, 良久問曰: "汝何爲者, 能不知夜之長乎?" 僮曰: "走天下之賤也, 外不知萬事, 內不知七情, 無所思想, 無所經營, 飯成則喫, 日黑則睡. 尚不辨二味之孰甘, 更何漏籌之歷記也?" 言訖而復眠. 絅錦子嘆曰: "噫! 吾聞, '聖法天, 天法嬰兒, 嬰兒法鶻卵', 以其不知也. 蓋知而不知與不知而不知, 其不知同也. 吾誰從? 其僮乎!"

七切

客有造花石子, 而問焉曰: "子病矣乎否?" 花石子曰: "無. 余祿熟則食, 時至則寐. 武可以杖三里, 眠可以分五類, 無冒無格, 無沴無祟. 余未之病矣." 客曰: "噫! 覿子之神, 艶乎艵乎! 診子之氣, 殘乎燈乎; 嘗子之志, 懲乎怳乎! 若癜之在臉, 若痁之在膺, 若亡陽,

---

8_ 秦 │ 저본에는 '季'로 되어 있으나 誤字로 판단되어 바로잡음.

而不知苦; 若喪心, 而不知瘵. 夫病而知其病者, 可藥而譬; 不知而病者, 不可以瘳. 子之病, 已痼且厚矣. 子何不病之憂耶?"

花石子曰: "余食雖能飽, 而不知酸鹹者, 已三載, 寢雖達明, 而覺不知夢之所在. 析秋毛而猶瞽, 審蟻鬪而尚眭. 憲憲乎, 如仕者之失位; 顚顚乎, 如離妻之有待. 心神不爲之鵰然, 志氣不爲之爽塏. 然而, 旣無症之可對, 亦無失之可悔. 引鏡反察, 榮衛不彩, 面目益黧, 毛日益瘇. 余亦蘇疑而莫宰, 子若有術, 能相余殆?" 客曰: "蒙則解之, 鬱則下之, 熊鳥以導之, 金火以瀉之者, 醫之所以攻有形之疾也. 今子則不然, 殊然而不覺, 厭然而欲化. 昔枚叔說潮楚, 儲却藉; 陳琳馳檄曹, 若兜卸. 僕雖不敏, 請借少暇, 願以囁嚅之訥, 導其竅而灌其罅, 可乎?" 花石子曰: "唯唯. 子試言之."

客曰: "心者, 一身之冢君也. 無繫則逸, 不閑則獷, 至人融之, 聖人窒之. 凡人易動, 不區則失, 百病職由, 瞰虛襲實. 存存之道, 必寓於一. 嘗觀世之人多寓於戲之具【叶音橘】者. 其戲維何? 亦云多術. 曰有'紙牌', 最繁且昵. 齊脩隋於剪楮, 等牷倪於不聿, 象列卦而分彙, 準成數而開秩. 紛售强而食弱, 順衣會而迭出. 蓋古之葉子與馬弔之率也. 雒陽才子, 文雅之匹, 莫不鍾恩, 嗜之如蜜. 爾乃紅氍鋪疊, 銀燭雙挑, 有客有錢, 有酒有肴, 上下更番, 合六爲曹. 倒欹烏匜, 各解靑袍, 揎腕撞拳, 號呼不勞. 排若飛鳥之展翮, 掣若戰士之抽刀, 或龍拏而虎攫, 或鷹揚而鳳翾, 或投餌而必引, 或射覆而相遭, 或比兩而決鬪, 或吞三而占豪. 於是, 畫奇如罫, 得雋如皋. 忘寢與餐, 繼晷以膏, 樂哉斯也! 其樂陶陶. 是故, 衣朱之賢, 靑韶之髫, 下逮驪儓閭里之敖, 愛過而癲, 癖成而饕. 府有禁而不艾, 庭有

誠而莫操. 是豈三十六宮宣和之牌, 十有九路冷暖之棊·雙陸·象
戲·龛錢之儕也哉. 雖其趣之獨未混時俗, 而知佳. 寧從事之有晚,
何不動於心懷?"

　　花石子艴然怒曰: "子何曾論余於是? 其身必潰, 其家必毗. 使吾
家牧猪者, 業之, 吾尙欲挈而莗之, 曾謂讀書者, 而染乎此?"

　　客曰: "酒之於人, 字曰歡伯. 肆古賢聖, 鍾千觚百, 天苟無戒, 疇
不莫逆. 和人心志, 調人血脈, 染人顏色, 浹人骨骼. 仲宣失旅, 伯
夷忘阨. 世之飮者, 慆慆頷頷, 量雖不齊, 愛均無隔. 知子業嗜嶍自
宿昔, 吾將爲子, 麴綠豆之珍, 酘糯米之新, 壓以生絹之密囊, 貯以
甕罌之無塵. 暇日選勝, 豪朋滿茵, 或粲花之林, 或明月之濱, 或爽
風之晡, 或皚雪之晨. 其酒維何? 箕都甘紅之露, 湖邑三山之春, 竹
瀝膏之已痰, 梨薑酒之宜唇. 三亥再煎一年十旬, 杜鵑·松笋·碧
香之倫, 暨乎新淸白濁之醇. 杯以斗分, 壺以行陳. 其肴維何? 擘牛
包豚, 肏雉燔鶉, 醎有蟹胥, 鱠細鮮鱗, 鴨蛋如瓊, 蘭鰒如輪. 其蔌
維何? 菘葅釀魚, 山蕲甘辛, 瀹芹韲瓜, 磨菰輪囷, 和以梅花之酸,
調以鳳仙之津. 於是, 揖荷鍤之客, 速鶩飮之姿, 不醉無歸, 期以濡
首. 斟三雅而迭腠, 咻一座而復起. 夜以繼晝, 五石十斗, 芒艾如太
古之始, 蝹蠖如春夢之久, 朡朦如頑空之佛. 蕩然無思想於醉後, 所
以古人稱之爲'掃愁之帚', 一名曰'太和湯', 願子之力於酒也."

　　花石子曰: "節則天祿, 濫則狂藥, 大則牿滅, 小則顚錯. 且愁者
得之而戚, 懽者遇之而樂, 在乎其人, 不在乎杯酌. 余嘗有戒, 守在
三爵."

客曰: "儒之娛目, 莫美黃卷. 然而經要貫穿, 史資攷卜, 多子衆集, 閱亦難遍. 蕭蕭稗官, 自漢有選, 或仙魔劇戲, 或壯士鏖戰, 或幽明交瀆, 或豪侈游衍, 皆一見便休疏朋之面. 惟崔氏之《春秋》, 卽雙文之佳傳, 其事則燕婉, 其文則騰絢, 董王之所倡和, 歡可之所舞抃, 叶南腔而分齣, 像丑淨於戲院. 讀之者, 莫不如蔗之咀咬, 如酒之暝眩, 如入迷樓之中, 欲歸而不自擅, 如對傾國之佳人, 公然有物之相罥, 手不能釋, 目不能轉. 若將茤裘而老焉, 窮年而不自倦焉. 子何不購吳婦之箋註, 致名花之繡像? 晝則棐几明潔, 夜則短檠熒晃, 兀兀乎窮趣, 惝惝乎存想, 駸駸乎埋首, 潑潑乎鼓掌. 嫋嫋乎如見其步影, 喔喔乎如聞其語響, 殷殷乎神作, 穗穗乎魂蕩. 洵閑中之妙解, 儘人間之佳賞, 因觸而悟, 可滋而養. 誌水滸而未肩, 劇牡丹而莫兩, 雖癡癖而可忘. 子豈得之於旣往乎?"

花石子曰: "艷婦多婬, 才子多輕. 芍藥之花, 靡靡之聲, 且我愛其奇, 人愛其情, 我愛其才, 人愛其名. 子亦溺於是耶? 抑衒而未明耶? 不論愛之眞假, 余實恥之於後生也."

客曰: "居處之於人也, 近湫則傷於鬱, 太亢則傷於明. 所以古之君子, 治其棲, 而貴適其情. 吾將爲子謀屋數楹. 背小坨之巉嵒, 右規池之涵泓, 石不瑳而自砥, 砌澁浪而三成. 奧爲炕而處溫, 爽爲樓而挹淸. 旣合榫而連窊, 乃飛梯而設榮. 雖未宏麗, 亦緻且精. 於是, 當室之白, 臥榻[9] 八尺, 鋪以花氍, 籍以藤席. 棐几前峙, 不鬶不赤,

---

9_ 榻 | 저본에는 '塔'으로 되어 있으나, 誤字로 판단되어 바로잡음.

銅瓶如膽, 玉壺微碧, 孔尾金翠, 游塵是辟. 旄牛之塵, 結珠相隔, 文園四友, 分方共宅, 隃糜之煤, 端溪之石, 粉紙觸滑, 紫穎如麥. 珊瑚笔山之架, 白玉硯池之滴, 丹靑翎毛之軸, 錦帙牙籤之册, 以左以右, 惟取是適. 又復文王之鎬, 雲甐鳳盃, 品非鴈鼎, 制合阮家. 于以供香, 于以試茶, 香蒸瑞雲之毯, 茶淸龍團之芽. 安花揷於座右, 順四序而薦花, 梅蘭牧藥, 芙蓉枇杷, 瑞香秋棠, 金紅二羅. 花以人雅, 人以花豸, 又復花槅半撘, 蘆搭外遮. 山水掛屛, 烏木養花, 障圍花鳥, 壁闘龍蛇. 使人入其室, 只見其淸閑, 不見其綺華. 若石室之貯上眞, 若蓮座之承釋迦, 淸虛日來, 煩惱自遐. 子以爲如何?"

花石子曰: "噫! 餙其居, 不如餙其身, 明其身, 不如明其神. 其室則氷, 其心則塵. 且予吾鄕之人也, 氣移於居, 素陋且貧. 用一驚硯, 處一蒲茵."

客曰: "子亦知夫錢乎? 人若知錢, 愛莫自遏. 古人不云乎? 危可使安, 死可使活, 貴可使賤, 生可使殺. 爭辨非錢不勝, 幽滯非錢不抌; 嫌恨非錢不解, 令聞非錢不發. 其言似盡之, 猶未如今之末矣. 試看今之錢, 焦者得錢則滑, 鬱者得錢則豁; 瘠者得錢則腯, 愚者得錢則點. 敏於金銀珠玉, 要於菽粟裘褐, 神於靈丹之救絶, 爽於甘露之已渴. 蓋未之知耳, 知之, 則許由已攘臂而相奪矣, 亦未之遇耳, 遇之, 則於陵必殫智而斂括矣. 凡今之人, 上自朱黼, 下逮寬褐, 莫不誠心好之, 磨戛肌骨. 子何不逖逖乎〈貨殖之傳〉, 僢僢乎泉布之論? 塗靑蚨而致類, 把牙籌而合券, 積一成百, 由百致萬, 鉤距銅山之冶, 蒐羅旦布之販. 紫標分膈, 靑緡交蔓, 赤仄半兩, 鵞眼三寸. 高過鄂公之積, 數富淄帥之獻. 於是, 手摩而志和, 目擊而神健, 物無可想, 事無可恨, 出無所憂, 居無所怨. 好官美祿, 不足爲願, 清談華譽, 不足爲歡. 心亨而不滯, 氣充而不困, 身恬而不餒, 更何患涔涔而悶悶也?"

花石子曰: "孔之方者, 物之窄也, 輪之圓者, 事之鏡也. 腰横二戈, 神掺其柄, 無則雖寠, 多亦非慶, 往往有人以殘性命. 子以我爲病乎? 卽子之言病矣!"

客曰: "南國佳人, 二八芳年, 尚方內院, 香籍初編. 秀者爲月, 惠者爲蓮, 韶者爲春, 嬌者爲仙, 溫者爲玉, 各極嬋妍. 頰若天桃, 眸若石泉, 唇若點猩, 髫若裁蟬, 鼻若粉捏, 耳若瓊璿, 腰若柳枝, 髻若山巔, 舞若回風, 步若飛燕. 爾乃低寶鬂, 彈香肩, 澹妝束, 薄朱鉛, 蒙錦袿, 馳金鞭, 赴佳約, 登華筵. 象芙蓉之倒蔕, 嫋楚腰之緊纏, 彎霜襪而半翹, 何接武之蹁躚. 憨如羞而目笑, 故啓齒而遲延, 俄而分杯促席. 胭脂動暈, 婉然作意; 嬔然相近, 頮然若怒, 媚然乍困, 引琴自彈, 歌以滌悶, 其音繞空, 頓有風韻. 歌曰: '勸酒兮更勸, 君之醉兮適我願. 花落兮春去, 芳艸兮何嫩. 人生兮須臾, 今不飲兮奈何恨.' 有和而倡者曰: '黃金兮鉅萬, 功名兮十分, 富貴兮能幾時, 世事兮莫問. 與君兮相對, 不如飲兮良醞.' 於是, 情生於密, 寓之於酒, 齧朱唇, 援素肘, 脫瑤鐶, 解紫扣. 科結擁持, 與之左右. 私語呢呢, 以耳就口. 佳人不以爲嫌, 坐客不以爲咎. 暢一時之風情, 盡快活之可取. 紛朝別而夕迓, 最於我而皆厚, 知無累而不忘, 寧有疾而相守."

花石子起而作色曰: "烏! 是何言也? 偎紅倚翠, 淫夫死之, 調花弄月, 君子恥之. 焉有服儒之襟裾, 而媟戲於烟花之妓者耶? 余雖不及乎楊待[10]制, 誰肯爲蕩子也哉?"

客曰: "樂莫如酒, 猶之欲吐焉; 美莫如錢, 猶以爲懼焉, 好莫如好色; 猶知其惡而惡焉. 它人有心, 其可諭矣, 其莫非登月宮撼桂樹, 要姮娥之一顧者耶; 積風力展雲路, 欲擧大鵬之羽者耶? 噫! 蛾眉雖妍, 必遭入宮之妬; 明珠暗投, 多致按劍之怒. 子雖心通乎程朱之性理, 口到乎王鄭之箋註, 手抉乎文蘇之巨源, 足躡乎汪劉之藝圃, 騰王扃乎螭鸞之窮變, 驫驫乎驥騄之齊步, 難乎得於今之世矣. 苟行而無密節之囑, 進而無曲蹊之賂, 沽連城而訶石, 絢雲錦而嗤布. 子何不混俗同趍, 徇時所務? 下有與蚓結, 上有所蠅附, 逮會閱於南宮, 嚴棘城於金塘, 尋窾隙而密啓, 屬脈絡而潛通. 譏無贅於陸郎, 慮腦烘於顔公. 役飛卿之屢叉, 抵姓薛之混充, 投丸蠟而內外, 覘回氈之始終, 恐朱衣之錯點, 絡蹄凾而提聾, 張公飮而李醉, 亦可謀於緘封. 蓋有司旣多不明, 世道亦自無公. 苟有至妙之機, 能自馳斡於中者, 詞不必宏, 文不必工, 寫不必精, 入不必躬. 一朝膓出, 果捷雋功. 人誰知之, 知亦相蒙. 綠袍裪祇而動色, 仙葩鞾韈而揚紅. 人生會其得意, 晉塗亨而方豊, 何妨袊癡之符, 不失瞖濁之蟲. 心廣體胖, 志氣自雄, 此世之能事畢矣. 更何憂思之懂懂?"

花石子哂曰: "有欲爲而不能爲者, 有可爲而不爲者, 不爲與不能爲, 世或委之於數奇. 噫! 人可欺也, 天不可欺也. 使是而可爲者, 余豈老白首病於斯耶?"

客不悅曰: "僕雖有遜於粲花, 亦嘗自附於鏡機, 侍語半日, 未得

10_ **待** ᅵ 저본에는 '侍'로 되어 있으나, 誤記로 판단되어 바로잡음.

解圍. 熬湯泉而求氷, 塞黃葉而止饑. 非徒寸舌之諮諻, 子實鍵閉其玄扉, 請從此辭."

花石子曰: "居! 吾將告子以心曲之辭. 夫病於飢者, 不必待山陽之穄, 則飯蔬而已自肥矣, 病於渴者, 不必須若下之春, 則飮水而亦自怡矣. 余齒已邁於半身, 念已謝於當時. 憂百晦之不易, 樂王道之無陂. 乃其所願, 則十畝桑麻, 數間茅茨, 高堂老萊之母, 傳家王覇之兒, 夫畊婦織, 子穫父菑. 安巢夢於枝鷦, 曳短尾於泥龜, 植有凌霜之菊, 蔬有傾日之葵. 時則生逢堯舜, 下有皐夔, 化不言而默運, 治無象而廣施. 吏不以貪, 官不以私, 馨香所升, 膏澤潛滋. 三十六雨, 涔隤以期; 七十二, 風䬕䬕其吹, 暑不溽, 寒不祁, 水不溢, 山不隳. 其穀穰穰, 其民熙熙, 隴有宿穮, 鄕無流離. 於是, 余亦類庶草之與廡, 幸我稼之實多. 遵南畝而喜饁, 秋余箱而千斯, 苗而皆秀, 豆不爲萁. 有䆋有粱, 有衆有來【叶】, 是盈于室, 是舂是箕, 爲食爲餈, 爲饘爲飴. 爲此春酒, 醇而不醨, 魚在于笱, 執鷄于塒. 酌以大斗, 介壽于眉. 兄弟朋友, 飮酒孔宜, 妻子僮僕, 自得犁犁. 當是時也, 意熏熏也, 氣氳氳也, 志忻忻也, 色誾誾也. 若登老氏之臺, 而接韶華之烟熅也; 若入化人之國, 而飮神泉之醇醽也; 若聞簫韶·咸英之樂, 而覩鸞鳳魚龍之紛紜也. 心平而調血, 神和而舒筋, 指百年之可期, 卷宿痾而如雲. 嗟! 吾樂之只, 且自不知其所云."

客起而拜曰: "有是哉! 子之病也, 發乎其衷, 傷乎其眞. 陟丹邱而煉劑, 資金膏而潤津, 非僕之所可醫也. 子其訪諸康衢之老人也."

圓通經

如是我想. 大寒小寒, 天氣寒時, 我住一處, 疎冷房屋, 解衣獨臥.
是時三更, 風雪大至; 是時突火, 頓無恩情; 是時被衾, 漸皆輕薄.
我時畏寒, 遍體生栗,[11] 不得起坐, 亦不得睡. 長躬忽短, 頸縮入被.
我時思想. 漢陽城中, 齰難措大, 當如是夜, 三日不米, 十日不薪,
馬矢稻穗, 一切世間. 煖人之物, 旣不自來, 狗皮落毛, 蒲席穴穿.
無帳無衾, 無褥無氈, 無屛無燈, 破爐[12]無火, 猶不得不向此室中.
守此至寒, 經此永夜, 乃不得不偏袒右肩. 直一死心, 以頭向地, 都
貼于胸, 耳隱于乳, 脊如彎弓, 手如綁索. 初如乳羔, 復如眠牛, 復
如睡貓, 復如縛鹿, 勢不得生, 亦不得死. 只一溫線, 出入喉間. 近
則惟願太陽速出, 遠則惟願春和遄歸. 是外更無一點它想. 是謂'第
八冰床地獄', 猶不得減活動世上. 如我所處, 較彼所處, 卽是煖室,
煖衾溫突. 我作是想, 便有薰風, 起自腹中, 遍滿室中, 卽我室中,
如熾大爐.

我以是想, 隨處起想. 肚裡空時, 却想饑民, 三旬九食, 視曆擧火;
久離家時, 却想遠客, 萬里他鄉, 十年未歸; 甚渴睡時, 却想熱官,
鐘鳴漏盡, 聽鷄霜晨; 初下第時, 却想窮儒, 白首窮經, 未點一解;
嘆孤寂時, 却想老釋, 寂歷空山, 獨坐念佛; 起嫖思時, 却想黃門,
末之奈何, 獨眠孤舘. 一想二想, 至于萬想, 阿僧祇想, 恒河沙想.

11_ 栗 | 저본에는 '粟'자로 되어 있으나, 誤字로 판단되어 바로잡음.
12_ 爐 | 저본에는 '鑪'자로 되어 있으나, 誤字로 판단되어 바로잡음.

每起是想, 如渴者, 飲醍醐湯水, 如病者, 服大瞖玉藥. 是謂'南無觀音菩薩楊枝瓶中甘露法水'.

蟬告

余家在梅花山下, 仍自號曰'梅庵', 其音, 適與蟬聲相類. 嘗於路中聞蟬聲, 口占曰: "怪底秋蟬能識客, 傍林終日喚梅庵." 蓋自戲也.

歲辛亥七月, 客游長安, 久未返. 時霖雨乍晴, 返炤忽明, 西風動人鬢髮, 余方枕杭而眠, 作還家夢. 菅騰之間, 聞有喚梅庵於外者, 起而視之, 無人矣. 有蟬方抱柯而吟, 向余若相喚者, 余遂有感於中, 作〈蟬告〉以自警.

蟬告主人曰: "梅庵梅庵! 此豈子之梅庵也乎! 亦豈子之所以稱梅庵者乎! 山之椒·海之佩, 蕭騷而寂歷者, 吾知是子之梅庵也. 斧是山·綸是海, 迢遙而自在者, 吾知是子之所以称梅庵也. 家花竹·友魚鳥, 樂而忘世事者, 其非子之曾題於梅庵者乎? 夫何舍梅庵而不居, 稱梅庵而無實? 郭門咫尺, 近市而湫隘, 則地非梅庵也; 埋身舉業, 窺榮而覘利, 則人非梅庵也. 猶且思梅庵而不置, 冒梅庵而爲名, 觀魚聽鳥, 係着乎心事者, 梅庵也. 山光水色, 發之乎吟咏者, 梅庵也. 以至晨鍾暮燈, 感之乎夢寐者, 梅庵也, 則子於梅庵, 何其棄之之遠, 而思之之深耶? 苟子之思, 健驢一日, 短節三朝, 便可置梅庵於梅庵之中矣, 孰禁而不爲是耶? 噫! 梅庵梅庵, 可以歸兮.

使子如子之願, 一朝而居百花之頭, 其往槊可推矣. 位公卿, 佐

明主, 調玉燭而贊太平, 非徒世不子與, 子之才, 且不堪矣. 笙鏞黼
黻, 華國家而鳴一世, 非徒子之不逮, 世將不子與矣. 外此, 則秖殘
紅粟, 未必甘於田舍黃粱矣, 最困靑袍, 未必鮮於漁磯綠蓑矣. 世無
子, 未曾有所失焉; 子無世, 亦未曾有所辱焉, 則子行子志, 子從自
樂, 子不逮, 孰逮哉? 梅庵梅庵, 宜其逮哉.

　　子之梅庵, 吾固貫知之矣. 梅庵之堂, 有親鶴髮, 梅庵之室, 有妻
有兒. 梅庵之後, 有山可以登臨, 梅庵之前; 有水可以溯, 梅庵之下,
有田可以耕. 梅庵有鳥, 其名曰'鶴', 梅庵有花, 其名曰'桃'. 梅庵有
書, 可以讀; 梅庵有酒, 可以斟. 離羣絶俗, 長往而不返, 則吾不知,
是梅花林下, 林處士之梅庵耶; 是梅花山下, 李處士之梅庵耶? 梅
庵梅庵, 胡不逮?"

黃鶴樓事蹟攷證

"李白登黃鶴樓, 見崔顥詩, 不敢作一詩而去."

　　攷證曰: 世稱, "李白見崔詩, 閣筆而去." 傳之者誤. 嘗聞, 此白
少時事也. 白少時, 以文章自許, 每登臨小山水, 必有作, 人未甚奇
之, 則白曰: "此境窄故也. 若遇大山水, 吾必有驚人語." 及南游楚,
登黃鶴樓, 樓高三百尺, 下有湖水, 一望無際, 涵天地, 浴日月, 鸚
鵡 · 靑艸諸洲, 擺列眼底, 如可頫而唾. 白目瞠口欯, 精悅神惚, 苦
吟終日, 咬破石蓮筆管, 撚斷五十六髭, 不能成一字詩. 遂痛飮所携

酒三百杯, 不勝憤懣, 以鐵槌打碎欄檻, 罵曰: "高亦有數, 闊亦有限,[13] 安用尔至高至闊, 使我不能吟一詩爲也?" 因醉倒假寐, 有一騎鶴仙人, 撫而笑曰: "遠矣! 尔今而後, 亦可曰能詩否乎? 勉之哉! 苟以你之氣, 濟之以工, 何闊之有? 吾將以三湘一曲, 許汝作硯池." 白驚而起, 遂入匡廬山, 晝夜讀書, 凡十年, 卒爲天下文章.

　柳錫老往沁府, 與府妓之老者, 甚昵押. 又登摩尼頂, 不能成一詩云. 故於其再往也, 戲贈二則, 一以爲戒, 一以爲勉.

海觀　送柳錫老往游沁都

　國之西有水, 其名'海'. 其深無止, 其大不知爲幾千里. 百川仕之, 二水軌之, 日東之, 而不自己. 摩尼之神, 顙而笑曰: "我屹然立, 彼惡乎流, 我以沙石, 固戌削庚庚, 彼惡乎柔? 我止於止, 彼惡乎悠, 我之爲德崒, 彼惡乎幽? 我竊不取." 西海若曰: "噫! 我不流, 江漢川澤腐矣, 我不柔, 魚鼈無以府, 我不悠, 舟楫之利, 無以溥, 我不幽, 神龍陽喬, 將爲漁侮矣, 我安得不然? 小人之德小, 大人之德大, 非若所可茹."

　海上丈人, 晨出而觀於海, 信杖而植, 目不轉瞳, 日昳猶不返. 漁

13_ **限** 저본에는 '恨'으로 되어 있으나, 誤字로 판단되어 바로잡음.

父過而問之曰: "子惡乎觀? 若是其味?" 丈人曰: "大哉海! 大哉海! 道其盡在是矣." 漁父曰: "敢請." 丈人曰: "潮至而退, 退而又至, 吾以知天地盈虛消長之機. 谿磵渠澤畎澮, 皆以海爲歸, 吾以知, 有德者衆之所逶. 水日夜流, 未嘗瞬息歇, 吾以思自强不息孶孶. 鱔鱧鱄鮋, 皆淂以潛其背, 吾以思, 寬以治. 風濤起, 雷雪交摰, 風止復寂然, 吾以思靜而持. 萬斛之舟, 飆而行, 須臾, 踔數千里, 吾以思濟物而有爲. 水哉水哉! 吾道其在是夫!" 觀海生跪而進曰: "聞之矣. 敢問海之道, 亦可施於文章乎哉? 小子復請."

丈人曰: "然. 海之體, 深而廣, 大而無當, 造海者, 以爲不可曠也, 設涯岸障之, 擲島嶼潢之, 鱗介而帤之, 雲霞而釀之. 遠而望之, 莫可以狀, 近而窨之, 浦澉汊港, 大舶小舫, 秩秩有序, 旣通且暢, 兼以珊瑚琅玕樹於下, 老蜃樓於其上, 壞乎宕乎! 何其壯也!" 說未已, 觀海生起而謝曰: "小子已淂之矣, 先生姑舍是."

鏡問

花石子曰: "吁嗟, 紫珍! 人不自知其面, 必於汝[14]而得之, 則汝面余面, 汝面之有異, 汝豈不知之乎? 余不知汝之面之昔之秋水之輕明者, 于何枯木之不揚也; 昔之蓮暈而霞晶者, 于何苔石之黝蒼也;

14_ 汝 | 저본에는 '女'로 되어 있는데, '汝'와 통용하는 글자임.

昔之珠瑩而鏡焚者, 于何霧日之無光也; 昔之熨錦而晾綾者, 于何老橘之房也; 昔之柔頓而豊盈者, 于何蜀蠶之殭也; 昔之劍嚴而雲晴者, 于何蒲林之荒也; 昔之飲砂而含櫻者, 于何退紅之弊囊也, 昔之圍貝而爲城者, 于何坡岮而垢黃也; 昔之春草之始生者, 于何素絲之繰長也? 以今之面, 質昔之面, 族兄弟容或相背, 何其異也?

噫! 余自七八歲, 已以汝爲面, 于今且四十餘年, 則余之年, 亦五十而未一矣. 神涸而色燥, 肉落而皮皺, 眉厖而眼眊, 脣晦而齒橋者, 亦固期矣. 而以余之庚, 等於他人, 益侈而漸榮者, 間亦多之, 何其惟余之早耶? 且毛髮者, 艸木也, 地之消旺, 候之弦慢, 多係於此. 則汝之以宣髮我际者, 凡幾禩矣? 憶十七年前, 對梳而頻驚, 自是一年二年, 見於額, 次見於髫, 次見於鼻前, 又次見於頤, 始一白二白, 今則巾以上存之, 沿口而鑷者, 每四三日, 必十有餘. 向使微汝與鑷, 已頒而犁矣. 余不知何余之甚毒耶?

嘻! 余平生, 質非不脆, 而不至琉璃之不牢也; 神非不耗, 而不至穀神之逃也; 汝非無勞, 而不至煎爍燈膏也; 嗜或性豪, 而不至肉爛淹糟也; 非無飢渴, 而不至蜩幻蛹繰也; 非無悲哀, 而不至腸攢錠刀也; 非無慕願, 而不至氷火交鑒也; 非無辛苦, 而不至積痞羸勞也; 非無幽鬱, 而不至慍悁〈離騷〉也. 至若子淵之學‧仲將之書 ‧興嗣之文, 尤非余所可追, 則靜究其來, 誠莫之曉, 豈中身亦已暮矣, 固其宜而爾耶? 豈來籌無積, 視人七八十而爾耶? 願聽於汝."

鏡曰: "噫! 子不知其一, 亦不知其二也. 居富貴者, 淳母盍齊, 日灌五倉, 若穀之擁糞, 故色敷如也, 肉膴如也. 學神仙者, 吞吐申經, 習餐丹黃, 若鹿之食野也. 故皮姝如也, 髮濡如也. 今子既不能肉, 又不爲藥, 安得無變於今昔乎? 世之喜其面者, 嚼楊而漱; 加豆而

澡; 掠削而巾; 復導而掃; 栗膜理皺, 六香潤槁, 繐悅在手, 摩挲自
寶. 今子月不梳, 三日不䤹, 磨眵而視, 和垺而嚼; 汗被而涴; 日炙
而黧. 雖以余言之, 塵而不拭; 綠而不磨, 則幾何其不爲古瓦片耶?
此子之所以自致者也. 子不知之耶?

　且夫山前之石, 生而猥獕, 則閱刦而猶猥摧也; 石上之松, 生而
擁腫, 則彌老而猶擁腫也, 旣無可喜, 亦無可悲. 至於松下之花, 生
而媄妸連娟, 則三日而乾【花變色見韓詩】, 又三日而蔫, 又復三日而往
視之, 則色香態質, 殆無全矣. 子之幼也, 妓花盈束, 及旣冠也, 街
人攔驢, 纔踰三十, 猶以非舊之面, 荷奬於射策之班. 則美固不可以
長處; 譽固不可以久與, 早衰而變, 固其理也. 子何竊竊然疑之; 又
何戚戚然悲之也? 子如欲問, 其問諸黔贏."

瓜語

　下齋庭, 下庭圃, 圃大麥可耤二斗. 歲植瓜, 瓜則六十根餘, 三月
種瓜, 四月瓜蔓, 五月瓜始花, 見花, 月將半, 乃瓜而食. 旣食瓜, 一
日摘, 三日摘, 又五日摘, 小者如拇指, 大者羖角, 又大者周握, 大
而老者, 圍而尺. 小者淨洗蘸鹽, 連皮㪍宜火酒; 大者截而甀, 餡芹
蔥蒜, 或鹽淹, 或加醓醬, 或醬水微湯, 以作菹. 寒菹不熟而梅; 周
握者, 以羹以菜, 菜或方或圓, 羹多馬蹄削, 膳羞瓜之宜, 不一, 此
其大略.

　若老而大者, 皮色黃, 頑且敱, 如大樹膜, 其腹離而空, 其味小酸.

子堅, 可以藏, 不可食. 膾而浣之, 搾其酸, 拌黃虀, 爲辟暑菜, 不則
刳, 而取其子, 投諸圈. 此瓜之用, 以大小異也. 然瓜之生易老, 花
脫之三日, 往眠之, 雖小尚可皷, 中日而又往眠之, 已大矣. 又三日
而往眠之, 又大矣. 其或瓜葉之所蔭, 葵莧之所交蔽, 屢眠而不得,
則已嘐然而老矣, 已吗然而大矣.

故圃之人摘瓜, 審以相, 衡以目, 小者留之, 大者收之. 諦而眠之,
如擇栗於積㯿, 權而取之, 如囊竿而剟柹, 不踐其鬚, 不反其蔓. 小
者皷, 大者葅而羹而菜之, 大不可食者, 留一二爲嗣, 歲儲然後, 圃
之道得矣. 吾未知爲瓜者, 將爲皷乎? 將爲葅乎? 將爲羹爲菜乎?
將老而棄而留其子乎? 是則未可知.

蠅拂刻

蠅甚賤惡物也. 爲拂而拂之, 有鬃拂, 有革拂, 有麻拂. 鬃拂, 斑
竹五尺, 鬃用白馬, 銅沓而傁, 流蘇間機, 右麾如旄, 則迎空而墮,
若刑以刀. 革拂, 其質鞣, 其制隋而圭, 繩紉而枘櫽, 以震其背, 糜
滅若萬斤之壓. 麻拂, 用麻或用葛, 會撮而約, 以穗于策, 縷粗而疎,
拂之多不中. 吾於用, 皆未當.

吾得一牛尾, 甚茂且修, 刳去骨珠, 繼以枿木, 布青純際, 簪銅而
慮脫, 好一拂也. 以試之, 蠅飛者, 行者, 群集者, 懸棲者, 抱壁者,
莫不威焉. 一之則如醉, 再之則如病, 三之而始寂. 一之則如醉, 營
營乎呼以翼, 翾翾乎旋以背, 三息而不再之, 則皇皇爾起; 望望爾

去之, 險関而不敢止. 再之則如病, 肚宛宛然如有存; 股脈脈然如有動, 殑殑饒㱱【音沒亂. 垂死貌】, 刻幾半而始甦, 甦則圉圉然兢兢然, 如溺而未晞也; 如凍而將蟄也. 三之則始寂, 而亦無斷脰潰胃者, 人見之, 以爲將翔也. 掠而致之, 然後知其僵也.

此牛尾拂之用, 寬之則寬, 嚴之則嚴, 舒之則舒, 張之則張, 其視諸鬃拂·革拂·麻·葛拂爲善矣. 昔帝葛天作舞, 操用牛尾, 晉之人士, 每清談愛麈尾, 梵氏說其法 必竪拂, 皆牛尾拂類也. 古之尙牛尾與拂者, 其亦以此歟? 遂刻曰: "健之垂, 賤之揮, 儉之爲, 仁之宜."

衆語

李子舍池北, 有縵田一區. 橫可二墨【五尺曰墨】, 由十肘【二尺爲肘】, 量以盈不足法, 不及雙【五畝曰雙】十之一. 其土白而墳, 且鹻無力, 五穀不毛. 其閑有歲, 昨三年, 海水溢襄, 有三日而去, 其性愈失, 雨下作粉餌渙, 暘而風, 白出花, 望之爲雪. 李子使里之夫治而穡麥, 麥不苗, 秋而蒔來, 服又不成.

其翌年春, 有言紅花不擇土者, 乃稷, 而子之百生一二. 李子曰: "豈有是也, 顧不力耳." 趣奚奴, 易之以衆【衆卽秫薥也】, 奚諫曰: "不可. 是性柔, 味且鹵, 不宜種, 種必不遂." 李子曰: "石則已, 水則已, 寧有土讓穀不受者, 汝則憚其畧耶? 吾必田而後已." 於是, 奚壯一人童四女隷三, 半日於治之, 奚搬灰與穢十數斛於畺, 以鍽棒臽土, 每三武一臽, 臽容五升匏. 童以瓶及瓠, 行其灰, 隨而實之. 女隷先事三日, 以圃水漬衆, 候其大倍, 每臼下四五子, 手以閉之, 足以堅之, 所投, 凡一升有贏.

於是, 李子日往于所, 審而待之. 間有雨下急, 水以土走, 磈砳者, 漫然無文也. 旬而餘, 衆始生. 有一臼而四五生者; 有一臼而惟生一者; 有五六臼而不見生者, 通校之, 十臼而不能一二也. 李子懭然而視, 愾然而嘆曰: "偉哉, 地之爲也! 信不可人而抗也. 地則不欲其穀, 我則欲之, 彼畚鍬也, 其於地何? 山田種黍, 水田種稌, 亦順其性而已矣. 噫! 成都峽也, 孔明欲植漢, 而不得; 建康沿也, 朱子欲培宋, 而不得. 彼拔其萃盡其瘁, 尙不得於地. 況奚童女隸, 若而之力耶? 非徒天勝人, 地亦勝人矣. 噫!"

衆之生十有多日, 往視之猶舊. 衆也, 方懸然而黃, 如累霜者. 奚怵之曰: "衆乎, 衆乎! 翁翁乎, 莘莘乎! 鹹之涌乎, 漫我手之動乎?" 李子怤然良久曰: "已之. 余將不復事. 噫! 壤亦有棄乎?" 奚曰: "竊嘗聞諸老農, 曰: '膏地宜豆麥, 确地宜秬, 燥地宜杞, 濕地宜衆, 多石宜麻, 有水宜秔, 地之斥而鳥者, 皆不宜.' 舐其壤味若釀, 毌以耜往. 是土也, 實鹵, 棄之何有?"

李子歔欷曰: "向吾未之知矣, 壤亦有棄者矣. 人之於天, 無日而無所爲, 與日偕作, 日惟不足, 而其有大風雨, 大寒甚雪, 行者停, 居者局, 棄而無成, 此天亦有棄日也. 人主之於世, 任賢使能, 量器以授, 上自宰輔下逮直鐇‧蒙璗‧扶盧‧司火, 一無不需, 而亦有聲斸齟齬, 憚悰詼詒, 只自耕釣乎皋澤, 而不欲爲時之用者, 此世亦有棄民也. 見於棄者, 固薄矣. 猶得以自閑則在, 其自爲棄賢乎不棄. 是壤也, 其亦欲閑乎也哉? 苟可以閑, 棄亦何歎? 噫!"

李子以衆之不田也, 猶恨之, 欲因以閑之, 議闕而容水, 設隔坻以資魚, 不然, 夷之爲町畽, 欲消擔斯相羊. 斯詢之于奚, 奚曰: "不可. 凡爲池, 相泉脈, 審土性, 潤可以無涸, 剛可以無圯然後, 宜於水, 宜魚子, 宜菡萏蘆蕅蒲芷. 凡爲消搖之所, 高可以望, 埰可以暢, 花竹可以相, 筵席可以張, 又密乎堂除, 止作唯意. 今是土也, 間於屋而左宂, 下而無水, 雨則沒髁, 暘則忍爪, 衆且不瀒, 何花竹之可事也? 且主旣已棄之, 何不任其自然, 使羊蹄・鴨舌・馬蓼・牛莧, 曁海之紅者, 族於斯, 掬於斯, 放駒犢而無所愼, 始生而芟之, 旣老而樵之, 猶有所效於主歟?"

李子曰: "然. 向女爲不可, 悔予不女聽, 吾爲女從之. 噫! 吾以爲棄也, 聞女言, 是不棄也. 旣毛矣, 何必穀之膏; 旣茂矣, 何必人之富也? 地生物者也, 其生也, 生之而已. 不以惡草而牿焉; 不以嘉禾而篤焉. 盡其功矣, 人自異焉耳. 鹹水海中, 生鹿角・紫英・綸組・珊瑚樹, 鹽池生驤駝茤, 海之沙, 生海棠・海防風, 何所不生? 向者, 衆之性不宜, 非土之性不宜也. 又豈可以其不宜衆, 而直棄之耶? 噫!"

隣之叟, 有見其爲衆也, 嘻嘻然謂李子曰: "惜矣, 夫之子之勞也! 使子得良田膏腴之壤而致是焉, 水田禾千鍾, 山田衆千甂, 平衍之野, 三豆二蔬, 黍與稷, 各千斝, 沙礫之陸, 歲木綿千筋, 不亦富乎? 不然, 學於業人蓂者, 易而易之三歲, 其成千金有贏. 惜矣, 夫之子之勞而虛也! 何子之勞於虛也? 子其大寒折纊, 則圍盆, 以湯蒸樹而花者耶? 大暑流金, 則投瓶于井, 變湯而氷者耶? 抑亦引綍轉機, 驅檣而上嶺者耶? 飛石架木, 塡潭而築廬者耶? 殫力於無用之地;

費精於無功之事, 一事爾, 百事皆爾. 子於平日, 若制作, 若思慮, 若營爲, 其必多衆之田矣. 惜矣, 夫勞之虛也!"

李子俛而笑, 慘然不答者, 久之, 乃歌曰: "沃土之民兮, 逸而怠而. 瘠土之民, 勞而餒而. 非余之皐兮, 土不可悔而."

既舍衆之旬日, 李子適出, 而經¹⁵⁾其所, 見衆之生者. 有兩葉而寸者, 有四五葉而葉猗儺者, 方困於艸, 無以自生. 衆則孤, 而艸則繁, 衆則弱, 而艸則蕃; 衆則伏, 而艸則軒, 如守以樊; 如蒙以盆; 如圍以旛. 李子猶戀戀也, 手以抾之, 非衆葉者去之; 非衆節者去之; 非衆色者去之; 非衆心者去之, 須臾艸則皆去, 惟有衆也.

女之芸者, 過之問曰: "先生何勤於此?" 曰: "吾亦芸矣." 女笑曰: "爲衆芸乎? 爲艸芸乎?" 曰: "爲衆去艸." 女乃就衆中, 拔衆二三, 而質之曰: "此衆耶? 此發仰也, 此莎之萌也, 此狗尾之未秀者也. 爲衆芸者, 亦若是耶?" 李子仰天歎曰: "嘻! 余之网矣, 夫其心也衆; 其色也衆; 其節也衆; 其葉也衆; 是固衆也. 吾又安知發仰與莎與狗尾也? 嘻! 何其類歟? 稂似禾; 蕭似麥; 薊似藍; 紅蘭似葱; 盜庚似菊; 求韭似竹; 薺苨與芑似人蔘; 奚徒是也? 焦明似鳳; 負釜似鶴; 符拔似麟; 儵騰似騶虞; 六駮似馬; 蛟蜃似龍; 能似靈龜; 奚徒是也? 小人似君子; 奸臣似忠; 貪臣似能; 譖臣似直; 愚臣似賢; 漢不知弘也, 故用之; 唐不知杞也, 故寵之; 宋不知檜也. 故重之. 有眞必有假, 有正必有邪, 不有其明, 何以得其情; 不有其精, 何以

15_ 經 │ 저본에는 '徑'으로 되어 있는데, '經'과 통용하는 글자임.

別其名; 不有其平, 何以異其旄? 噫! 苟不察於是, 不可以爲百人
上; 不可以爲十人長; 不可以爲人之兩. 雖求爲衆之芸者, 亦不可
得矣. 不亦悲哉!"

論西風

伏以上穹之所子萬物者, 無處不仁, 無時不勤, 而於物之中, 尤
眷眷乎民. 故民之所欲, 必皆從之, 民之所欲, 固不一, 而莫大於食.
故食爲八政之首, 穀與五行之列. 然則其所以生穀者, 卽所以重民,
而尤不得不仁且勤者也. 資而養之, 慈母之施餌糖也; 蘇而攝之, 老
翳之挾茸黃也. 凡所以隨方費精, 生之成之者, 果如何哉? 然而至
尊至大, 不可以躬庶務, 則此所以有有司之任, 而仰體上穹至仁之
念, 俯遂生民莫大之欲者, 專在導揚輔佐之爲何如耳.

乃者五月已過, 三農方殷, 秧者將移; 根者將籽; 汚者方耡; 亢者
方耤, 民之所以待惠澤者, 兒饑三夜思母之乳; 婦曠十年望夫之聚.
一日二日, 民情萬苦, 然而油然者, 乍合而旋析; 沛然者, 將始而復
惜, 竟使水田揚塵, 山田敲石, 近井憂汲, 附海苦渴. 以至桃葉生甘,
匏葉垂簷, 而民之所莫大其欲者, 將至於欲從而未之矣. 小民無知,
仰首號咷而胥怨者, 或移咎於雲; 或歸責於雨, 而竊覦今玆之旱,
非雨與雲之所不勤奉職也. 苟究其由, 罪有所在. 噫嘻, 痛矣! 惟彼
西風, 性本肅殺, 職在摯斂, 江河遇之而涸; 草木當之而撋. 雖或備
列於四佐之屬; 奏功於六氣之調, 而其於仁覆長養之世, 則固不可

責任而肆力矣. 然而爾乃憜不知時, 慢不守次.

每當夏至之月, 其日辰巳, 南風宿戒, 東風踵起, 林喧衆鳥, 穴徙群蟻. 於是, 雲則染彤爲墨, 由薄積厚, 饋餾四蒸, 低壓如菷; 雨則振河翕海, 高蓄廣蘊, 經綸旣久, 絪縕且近. 於是, 導溝洫, 理補褳, 圃擁瓜, 場收麥, 盛矣備矣. 今已至矣, 農之相慶, 夜不能寐, 爾乃乘機抵隙, 奮起闖發, 眘然鷙擊, 悍然豨突, 貪賈之趁市也. 恐有或先, 勇士之陷陣也; 雖死猶前, 狂夫之脫繫也; 且沛且攦, 鴻陂之決隄也. 倏爾滔天, 燥薪之遇火也. 欻未及, 烟狂鋒所觸, 雲不能遂其行執, 欻所及, 雨不能徑其情, 莫不披靡走藏, 瑟縮歙遑, 乃至碧空如掃, 紅日如燒, 生民仰之, 氣短無語. 爾乃快其得意, 矜其擅權, 猶復輕掠林木, 大樹爲之變秀色, 低拂畦塍, 嘉禾爲之失生意, 吁, 亦異矣! 抑何心哉?

今若據經議律, 嚴其所犯, 則理多難貰. 夫燠寒殊徵, 舒慘異用, 如西風者, 其序在兌, 其官在秋. 苟問其職, 則惟宜調金律滌玉露, 催吳江之落木, 迓燕塞之羈羽, 而乃敢出非其時, 用非其宜, 則是午月而行酉令也. 經曰: "先時者無赦." 夫雲蒸雨鬱, 殺有其時, 金流石爍, 功有所資. 則暍夫之歎, 天非不知也; 夏畦之病, 天非不慈也, 誠以旣方急於秩祀, 未暇恤於怨咨. 而若西風者, 其性旣寒, 其德實涼, 一鼓而吳牛定喘, 再歊而逴龍回光, 怡栗里臥牖之叟, 快蘭臺披襟之王, 則是固逞私而曲媚於人也. 經曰: "罔違道以干譽." 夫風各有候, 時各有授, 《詩》不云乎? "習習谷風, 以陰以雨." 又不云乎? "凱風自南, 吹彼棘心." 谷風者, 東風也, 功著膏潤; 凱風者, 南風也, 能於長養, 則伊孜三農之節, 政屬二者之權. 而若西風者, 妬賢妨能, 忮克叨憤, 旣厭勝己之才, 專懷攘羭之志, 跡不嫌於越俎, 情無異於紾臂, 則是其意, 實在於奪人也.

經曰: "人之有技, 媢嫉而惡之." 夫惠以養民字下之政, 勤以趨命事上之敬, 則當行而行, 當止而止者, 是爲用上之命矣. 非任而作, 非功而起者, 是爲不用上之命矣. 若西風者, 跡其所爲, 果何如哉? 顓擅之失, 奰愲之情, 雖古跋扈之臣, 方圮之類, 殆無以過之, 則此皆出於逆上拒命之罪也. 經曰: "不用命, 戮于社." 噫! 有一於此, 猶不可原, 況負犯之多, 至於此極耶? 況萬姓之所怨, 三農之所恨, 萃于一身, 形諸萬口, 則亦豈可任而無懲, 恣其所行也哉! 昔形天不恭, 庸斷其首, 欽䳍擅恣, 罔赦厥咎, 貳負逆旨, 則桎之疏屬之野; 支祈流害, 則枷以靑石之鎭. "天討有罪, 五刑五庸哉!" 惟願卑聽而明斷焉.

謹效韓氏訟伯之義, 敢申繳聞.

劾猫

問犬曰: "汝之於猫, 不同而同, 雖非族彙, 蓋似僚儕. 同畜於我, 同爨而食, 同庭而戲, 旣無讐隙, 亦不相涉, 則汝之見猫, 必猖猖然怒, 群起而逐之. 徼倖而遇, 則咋之噬之, 欲殺之而後已. 其意云何? 彼非狐兎野猫, 則旣不可自倚以獵? 而豈主人之所以待之者, 有密疎厚薄之不均也, 故媢嫉而然耶? 抑主人之所以感化之者, 有不及於猫相乳雞哺狗也, 故習於悍戾而然耶? 毋伏爾懷, 其以實對."

對: "凡物之食人食者, 不間人不人, 必有功而後食, 故亦食, 則必有職焉. 今以主之家言之, 奴也芸且蘇; 嫒也舂且汲, 下之馬受騎, 牛效畊, 雞司時, 如臣之族, 生則警戶; 死則羹獻. 以其勞之大小, 而食從以高下焉者, 事之當也.

如彼貓者, 臣愚昧不知, 主之所以食之者, 何如, 彼之所以食於主者, 何功耶? 遊則處堂上, 而毛裘絶溫, 詐稱畏寒, 必就煨炕而眠. 每當食, 上走伏卓下, 仰號呷嚶, 若饞兒之索飯. 故未餕而先分, 恣其飽飫, 而時復侈之以魚肉. 此勤墾之牛, 力載之馬, 所未得於主者, 而伊攷其職, 只在糾鼠, 窖墻之間, 幸而得一鼠子, 則距踊擲弄, 矜眩其能, 若樹奇勛而獻巨馘者然. 而渠之才, 旣不可逐羣獲猱, 則所力雖小, 而猶能勤其所守, 一日而捕一鼠耶? 猶可爲除主家之害, 報受食之恩而爾.

乃量隨身大, 睡與尾長, 自來狡性, 老益慵狂, 則墻壁瓹篙, 鼠穴空洞, 案塵經宿, 鼠跡縱橫, 鼠之脚觌聲聞, 不啻狼藉, 而無意探詰, 一不跟詗. 致使庾中之粟, 七粒而三殼, 桃上之衣, 不蠹而先穴, 論其不職, 已難曲貰, 而此猶末矣. 參焉而一日再哺, 牝焉而一年一乳者, 其理之常也. 至若此貓, 則旣飽而旋乞, 纔吃而復索, 朝晝之頃, 四飯五飯, 腹重而多睡, 食厭而思肉. 乃向者, 廚人浸豆腐于盎, 完之以桦, 揚蓋而盜其半. 懸魚於柱, 高可過肩, 登罢而躍, 斷其一尾. 何其倦於鼠而勇於魚耶? 蠔螺膾鮓, 無味不嗜, 和鱗連骨, 吞不暇嚼, 則尋又凸【音沁. 貓犬吐聲】然嘔穢於床褥之側, 至使人惡而廢餐者, 凡幾次乎?

旣肥矣, 又逸矣, 晝宵嘷哭, 以速其雄, 花者犁者, 長尾而面大者, 群至而醜焉, 聲聒四隣, 呵逐不奈. 纔三其月隱而生子, 春旣字尾, 未秋又爾. 其子漸大, 各習其父, 見人則屛; 見雞則猛, 教誨似之, 非獷則獫. 於是, 鼠旣厭, 伺雞又畏嗔, 則乘夜上屋, 撤其瓴瓬, 探雀之鷇, 蕩巢破卵. 當是時, 宿客疑其有盜, 婦孺懼其爲魅, 近簷易危, 鴛鴦立碎, 須臾雨集, 屋漏爲沛. 是猫非徒不捕鼠也, 是亦一鼠也, 盜人害家, 鼠孰[16]大焉? 三苗之虐, 不足以比其跡; 林甫之奸, 不足以擬其心. 經曰: '暫遇奸宄, 劓盡滅之, 無遺育.' 傳曰: '毀瓦畫墁, 其志將以求食.' 其斯之謂乎?

臣雖賤且劣, 乃其所守者, 盜也. 澆飯和羹, 鎧飯半菽, 日再免饑者, 惟主之恩, 則夜不敢寐, 循寶而警, 惟盜是求矣. 夫藩外之盜, 尙欲驅除, 況室中之盜乎? 未至之寇, 尙可防禦, 況方養之寇乎? 此臣之所以見之則必逐, 當之則必噬, 顧力不足耳. 必欲肆諸戶庭, 而後已者也, 何主之疑其有私於其間耶? 噫! 奸人巧於媒寵, 忠臣傷於自勇, 從古疾惡而反坐者, 滔滔是矣. 臣將見猫則飽死, 而臣則死於鼎鑊也."

於是主人, 流猫于松山.

詰龍

龍之宅海也, 龍之職雨也. 然則, 錞于海而與海相望而居者, 龍之隣也. 搬水而上, 復下而散, 而使槁者蘇燥者濡者, 龍之仁也. 然則, 龍之施雨, 宜先於邇而後於遠; 宜厚於親而薄於疎; 宜數於沿

16_ 孰 │ 저본에는 '熟'으로 되어 있으나, 문맥상 '孰'이 아닌가 한다.

而希於陸. 然則, 比歲以來, 傍海偏亢, 它則滂滂, 而我則煌煌; 它則洋洋, 而我則芒芒; 它則康康, 而我則荒荒, 是何哉?

昔姬文王居於畢, 施其仁, 江沱潛漢, 先其澤而化. 庚桑楚處於畏壘, 畏壘之穀連熟. 庭堅氏曰: "邇可遠." 君子曰: "聖人之道, 家而國而天下也." 故自邇而可以遠, 子曾子曰: "知所先從, 則近道矣." 又曰: "所薄者厚, 所厚者薄, 未之有也." 使龍而腹, 無腸如蛇, 無心如蚓, 蚓蛭卽無可語. 使龍而有心, 有心, 必有性情; 有性情, 必有知覺; 有知覺, 必有所先後·遠近·厚薄者, 是誠何心也哉? 豈行施之際, 不能自主, 有其位而不能司其用. 故委之於雨師·雷公之手, 而莫之何耶? 豈因懶成痼, 嘽咺詼詒, 而昝不知十里之事, 土燋泉涸, 而未之察耶? 豈處幽性陰, 厭與人陽而相逼, 則欲鞠其民而墟其地, 潛使之遷而遠去耶? 豈旁海多勶, 日規鯔鱸蠔蜊之屬, 而獼之, 故以其類也, 惡而讐之, 有若相報仇者耶? 豈吾海無朕龍所, 天久旱, 始亨而求之, 故斳而徼之, 爲彎勹哺餕計耶? 世而皆無雨, 峽農爾, 塅農爾, 則已矣. 今也, 他之土, 皆雨而足, 去龍舍三十里外, 麥偃而禾遷, 穰穰乎有望秋之思, 繄吾土獨不然, 數年以至今年, 年年無雨, 今年, 自正月至是月, 又無雨. 是月也, 五月也, 非無雨也, 有雨亦無雨也, 雲出于山, 潼瀜然有意, 徙而近海, 則去薪之烟也. 南風者, 薰風也, 民之所阜財也. 其吹終日, 其庶幾以雨, 而日次禺中, 石欲生汗, 則有風自海而起, 颸颸然颲颲然, 俄而栗如也, 焱如也, 不爾則不止, 此則雖使之然歟? 非徒不庇我也, 而又害之, 其意何居? 在國之刑, 天不雨, 象龍而禬之, 禬之不驗, 扑而艾之. 龍其念之哉!

莠悟

李子性惡莠, 凡除庭圃畦之間, 有莠, 或手去之, 或器以治之, 期無莠而後已. 因多所悟解, 作莠悟.

莠本一艸, 以其能害穀, 莠爲惡艸. 於是, 艸之能害穀者, 皆爲莠, 不徒莠爲莠, 旣爲莠皆爲惡草, 草豈皆莠而惡也哉? 以其害穀故也. 人亦然, 驩兜, 虞一人; 少正卯, 魯一人; 子蘭, 楚一人, 若恭, 若杞, 若檜, 皆漢與唐與宋一人. 然而, 能害賢, 害正, 害忠, 則或爲兜, 或爲卯, 或爲蘭, 或爲弘恭·盧杞·秦檜焉. 此後世所以多蘭杞之類, 而不徒楚之貴, 唐之幸, 爲蘭爲杞者也. 苟能害人者, 皆古之能害人者也. 人豈可害之也哉? 人之賢, 又豈可害之也哉?

莠之强而大者, 難除而易去; 莠之柔而小者, 易除而難去. 其强而大者, 十步已見其爲莠, 環兩指鉗而引之, 不可得, 卽右手握而牽之, 又不可得, 兩手攦而曳之, 瞋目而顏發紅鮮, 不得, 如又不得, 必恥憤之, 急呼鋤或鍬, 挖而出之, 雖滿搕之根, 不敢留. 其柔脆而微小者, 俯而後, 始有拇爪纔交, 卽漠然而絶. 視其所, 更無有莠, 三日往于視之, 復前莠也. 蓋斷也, 非拔也故也.

漢之卓, 人皆知爲卓, 而力而後始剪, 旣剪更無卓. 宋之安石, 人不知其爲奸, 一斥卽退, 而熙寧之安石, 又生於紹聖, 又復生於政和, 是卓可去, 而安石不可去也. 故曰: '莠之强而大易去, 莠之柔而小難去.' 然莠之强大者, 旣去, 土以根壞, 氣以土竭, 鮮不病穀.

非其種而自植曰莠, 非其類而同居曰莠, 然間有假而混者焉. 於
稌有非稌而稌者; 於梁有非梁而梁者; 於來有非來而來者; 於牟有
非牟而牟者; 於衆有非衆而衆者. 巧農兩葉而能知; 庸者秀而後始
知. 蓋有所同, 亦有所不同, 自其同, 而觀之則同; 自其不同, 而觀
之則不同. 能知其不同者, 觀其所不同也.

人與人亦同. 面目同, 言語同, 行立同, 甚至巧於同者, 氣象同,
意思同, 嗜欲同, 議論同, 文章同, 事業同, 無所不同, 亦有所不同
者, 心不同. 贋[17]不同眞, 駁不同純, 醨不同淳, 其同易見, 其不同不
易見. 是故, 知人則哲, 惟帝其難之, 老子曰: "大奸似忠."

莠艸也, 穀亦艸也. 天之所生, 地之所欲成, 豈有彼此於艸也? 惟
人不然, 曰穀曰穀, 曰莠曰莠, 區而名之, 而愛惡形焉. 亦利害已也,
非天地之情也. 然利於我, 我不得不恩之; 害於利我者, 我不得不
讐之, 亦物之情之固然也. 然而苟不害於我, 我何必苟而滅之也?

天下之土, 畊少而多原; 天下之艸, 穀寡而莠繁, 又豈可盡之耶?
使莠立於閑, 不與穀相妨, 幼可以秣, 壯可以樵, 雖后稷復作, 亦何
必誅於莠也? 介甫老於翰苑; 惠卿止於府使; 章惇久於詞掖; 蔡京
限於供奉, 是子皆可人, 必得其任, 更何莠之害穀於宋也? 然則雖
小人, 亦不必盡斥, 以小人任小人, 則小人非小人也.

莠之中, 有羊負來者, 蓋古無是也. 塞之北多有之, 子綴于羊毳

毛, 落于中原, 中原自此, 有羊負來. 其爲物也, 根深也, 故占土多, 而難於除, 葉繁也, 故喜擁蔽天陽, 使它不得遂, 實莠之魁也. 且其子一秭, 而藏二成, 則能自種. 春土脈政疎, 羊負來, 必先它艸作, 哀然冠道人頭而起, 纔去地二寸, 復脫而藏之土.

明年春, 其牟又苗而生, 是故, 荒蕪不乂之地, 皆羊負來也. 村之翁, 有善治羊負來者, 稚者, 蔗之而不墮其所戴, 强者, 候其實之未堅, 芟其牟而火之. 行之三年, 居無羊負來. 噫! 國之治小人者, 盍是之法?

手治莠之方, 莖脆者難, 根直下深者難, 根盤而廣者難, 臭者難, 有刺者難, 枝葉茂甚, 如木者難, 猶未若蔓者之難. 蔓者, 其本甚微, 其及甚遠, 絲棼虮結, 而左纏右挐, 方延强者, 以爲援, 又附於穀而托之. 故欲去, 則恐傷穀, 欲不去, 且病穀. 是故, 蔓者最爲難. 人之庇强宗納奧援, 結寵甚固者似之. 治莠者, 又不可不知也.

菘佳蔬也, 種不善, 長而爲蔓菁. 力治之, 猶可以芼, 有莠, 雜然蒙蔽之, 使奚朝而盡之, 荣女過之曰: "惜夫! 皆荣也. 此明花子, 此飛乙陰, 此獨孤抹, 可茹. 此大入煞, 荣之餘, 掃亦好, 此唐蔘花, 雖不荣, 紅白可愛. 盍恕而貸之?"

噫! 彼其藜與莧與葵與地膚與紝者耶? 非吾謂無用也, 非吾亦不知也. 奈凌侵我白菜, 壅蔽我白菜, 使吾白菜不得成其美, 何? 奚速去之. 非吾不愛也, 愛不及菘也. 我種菘, 不種莠者也, 我於莠何哉? 噫! 誅之以莠, 猶可原也, 非我之菘, 又何冤也? 芳蘭當門, 猶挖其根, 是在彼, 非在我也. 噫! 於人亦有之矣.

植烟于除之前. 時天久旱, 土燥, 恐暴而失其功, 乃不先事蒡. 種之蒡之間, 枝葉之所施, 艸氣之所資, 天不簑而廕; 地不甕而潤. 三日視之, 烟已根焉. 又三日視之, 烟將枝且葉矣, 而困於蒡, 方厭矣. 於是, 爲烟而去其蒡, 四仍不五寸, 不止.

噫! 烟之根, 蒡之力也, 蒡之去, 烟之役也. 蒡何負於烟哉? 然蒡之於烟, 旣所不容, 則安得無是攻也? 是知非其類者, 不可以同; 非其宜者, 不可以終. 子厚者, 其非蘇子瞻之少日友乎? 烟與烟比, 蒡與蒡倚, 雖相交加無我無爾, 若烟與蒡錯, 蒡與烟薄, 始雖相助, 終必見虐, 蒡有, 則烟不有, 欲有烟, 則早無蒡矣.

祭文神文

維歲次甲辰, 歲除日庚戌, 絅錦主人, 謹用古人除夕祭詩之義, 操文, 敬告于文神之靈曰:

嗟嗟文神, 余之負汝, 亦多矣! 余自未齔, 從事于汝, 則汝之伴余, 蓋二十二年有久矣. 然余旣性懶, 不能自勤, 前後所讀書, 《書》僅爲四百周, 《詩》前後百周, 而雅頌倍之, 在《易》三十周, 孔孟曾思書, 多於《易》二十周. 性最愛〈離騷〉, 間未嘗輟於口, 亦未滿千周. 自其外蓋目涉也, 未有以籌擧也.

又就其目涉者言之, 則朱氏《綱目》·祝家《事文聚》·柳州文若干篇, 稍用力焉. 統而計之, 書不滿車, 比勤者數歲工矣. 固宜其出語則蕪, 抽思則拙, 不得與文人之列. 而亦嘗觀今之世矣, 有稱博覽者, 從而質之, 甕中之語星辰也; 有稱善詞賦古文者, 采而聞之, 穿壁而畫葫者也; 有能於時文, 鳴藝於科屋者, 求而玩之, 皆粉飾草偶人, 以舞於市者也. 然而, 彼皆鬻名鴻都, 媒跡明時. 其生也, 用之乎科場館閣, 而自以爲綽綽也, 其死也, 又復繡棗板, 剞貞珉. 身死, 而文不死也.

低而用之也高, 纖而用之也鉅, 皆自不負其有神, 而獨余未能, 雖其癖經如酒, 淫書如色, 聰明所漏, 繼以鈔錄, 人未嘗謂余多聞, 而鄉里痴兒, 乃反靳侮. 花罍月社, 與夫送別游賞, 敍者爲文, 律者爲詩, 不勉之地, 其數亦夥, 而不唐不明, 非杜非蘇. 雖或有二三知已, 過加獎詡, 謂"有可"語. 而嗟乎! 韓愈不逢, 項斯誰說? 出則鄰筒, 處則奚囊, 安用彼橐譿大牛腰?

若其科場文字, 雖是大方家所不屑, 而秀才學究, 必以是歸重. 又是青衿進身之梯, 則半生費心兔蹄魚筌. 故志於科十六年, 有近千詩, 錯之以二百儷文, 纚之以策五十, 賦·論·銘·經義乘隙迭發, 妄自以爲'忝一科亦無媿.'而咎之者猶曰: "詩宜華而木, 儷宜細而蒼, 策宜適而富, 自賦以下, 檜無譏焉." 是故, 乍游頓庠, 危居魁, 屢不及, 七入荊闈, 竟孤一解, 一對金殿, 又被見黜. 年將二十有六, 而尙依舊一措大也, 誰謂斯人能乎科體? 雖曰能之, 余亦不自信. 默念終始, 余之不負汝者, 有何乎?

噫! 同是春也, 遇蓮與菊者, 必遲遲難發, 莫比乎桃李之早, 則豈春之咎耶? 蓮與菊, 負之矣. 靜言思之, 面騂肚熱, 余不忍多其言. 幸汝文神, 不以余卑鄙, 盍相余凝性, 俾前者一洒, 則余雖不敏, 亦當自新年, 惕惕惟不負是圖. 今日歲暮, 余庸多感, 看掇筆花, 尊酙硯池, '心香'一字, 細碧如絲, 操文告神. 神其歆玆.

除夕文

今夕何夕? 逢此除夕. 夕名以'除', 天將有除乎? 余請以可除之事, 於是夕除之. 噫! 宗國不幸, 朝著之未靖, 莫近日若. 浪起康莊, 祿干譽景, 無將不軌之徒, 踵相謟於市, 上以助堯舜之咈, 下以貽士大夫恥者, 吁, 亦甚矣! 繼自今周行之間, 其或有顒如彌猴,[18] 嬰如林杞, 墨如扠籛, 媚如牛李, 食於國而不以國爲心者, 惟蒼天明劾細勘, 不待人, 自天除之.

田家失穡, 農比歲不登. 或魃而旱亡, 或龍乖而鴻, 或食之旣蜪蟓, 近海風, 山峽雹而霜, 害我嘉苗, 非一其謀. 稼卒痒, 歲不熟, 而天亦不能秋, 凡此數者, 非人可力. 繼自今, 簑輕雨, 鉏滑晴, 在田除旱潛蟲垂胎, 除苦風未穫, 除霜雹龜鴻困箱, 除鼠穿墉不宜穀者, 自天除之.

疾病之來, 卽人無妄, 冒而爲寒暑, 觸中而風, 外凸而釘, 內而癖癥, 在小子, 丹豆龜蒸; 在婦人, 帶産勞經; 在老人, 爲痺與不仁癃疫, 則禽獸亦同焉, 況鄕谷眇醫與藥! 自夏來, 疕于家, 癘于國, 至秋冬未熄. 椿肆金翔, 覷門饛積, 旣有生之所有, 亦有生之所不可有. 繼自今, 天其憐之, 細至癬疥, 莫不除之. 然惟此三者, 在國, 國人願之; 在家, 家人願之. "人之所願, 天必從之", 余無事祝而除之.

余於是, 亦有所私焉. 天之於余, 旣不厚畀, 鹵其質, 拙其性, 其才不滿斗遠矣. 猶未自量, 余欲云云. 早而自力, 承訓于庭, 學語於

18_ 猴 | 저본은 '侯'로 되어 있으나, 誤字로 판단되어 바로잡음.

姆, 文於傅, 肆藝於儕友, 入則餘力而學問, 出則從人遊, 進而觀光於國. 惟先業不墜是圖, 而嗟乎, 才之所限, 蚨莫追飈; 性之所局, 鳩莫縫巢. 談場話席, 雷轉雪飄, 而截截辯夫, 揎袂呶呶, 則旣決黃河, 復蜜以澆, 蘇金虞璧, 一言盈包. 而余則嚅嚅囁囁, 規方莫交, 脣重五斤, 舌粘阿膠, 此余之不能於言也. 大闈小闈, 戰白射紅, 而時儒世兒, 逞技呈工, 則花髓月魄, 如儡如儂, 龍門鷗搭, 朝發夕登. 而余則筆調墨癡, 勞而無功, 終日刮胃, 籍帛橫縱, 此余之不能於文也. 季俗同異, 聖彼鄉原, 而局局詔夫, 淫思渭言, 則如脂如韋, 世渾亦渾, 朱門大喜, 解縶逢尊. 而余則脚硬膝直, 大道蜀轅人之見者, 不芥則雲, 此余之不能於行也.

奚徒是也? 人百余一, 莫非不能. 若以此, 求其所欲, 則是輦而南之, 瓊粵無期, 寧不閔斯? 昔昌黎氏有〈送窮文〉, 子厚有〈乞巧文〉. 藝苑禳祓, 自古有作. 伏惟天神降鑒微誠, 除其所欲除, 俾遂其願, 則自今以迄, 庶幾天之更賜云爾.

冬至祝

冬至者, 亞歲之始也. 祝者, 冀其如願也.

願我國家, 太平萬歲. 願我王殿下, 聖益聖, 千歲千歲, 千千歲. 願我慈殿慈宮, 并享千歲. 願我元子宮, 睿質日茂, 睿學日就, 早膺光册, 得其祿壽.

願我父母, 長時, 無疾無憂, 自得優游. 願我兄弟, 無疾無愁, 無悔無求. 願我農, 始播無亢, 旣苗無雺, 旣花無東風之盲, 旣皀無霜, 旣穎無雹傷, 終始無滅穀蝗, 堰[19]潮無壤,[20] 岸沙無暘, 無鼠無蚄[21]無雀于倉, 閭閻無疫瘧痘痳疶痢鷄牛瘟, 近我無造言人, 親我無失德人, 密我無與爲不善人.

願我婦, 有米則舂, 有布則縫, 事親溫恭, 與妯娌先後雝雝. 願我兒, 身則健而無熘, 志則愻而無回, 書則鈍而無才.

我則願以國之恩, 放去田園, 怡愉親側, 職厥凊溫. 盡夜而睡, 隨日而飡, 終日終年, 莫出其門, 無生不死, 囫囫圇圇. 天矜于民, 民之所欲. 天必從之, 敢布至願, 以籲于天.

19_ **堰** | 저본에는 '偃'으로 되어 있으나, 誤字로 판단되어 바로잡음.
20_ **壤** | 저본에는 '襄'으로 되어 있으나, 誤字로 판단되어 바로잡음.
21_ **蚄** | 저본에는 '螃'으로 되어 있으나, 誤字로 판단되어 바로잡음. '蚄'은 며루로, 들쥐처럼 벼 · 보리 · 조 따위의 뿌리와 싹을 잘라 먹는 해충임.

傳

車崔二義士傳

我朝鮮, 臣事明二百餘年, 比它藩甚誠. 兼以神宗皇帝, 有再造恩於東, 自此, 朝鮮人, 皆有爲朱氏一死心. 及一朝天運告改, 淸起於國北門外, 曾未幾欲臨我而臣之. 當是時, 淸未有德於我, 直力耳. 我之盟于城下, 被提挈以至錦州者, 豈樂爲也哉? 故國家, 則雖爲社稷重, 力不敵則屈. 於是, 有血男子, 只知義不知有强弱勢, 爭願爲明忠臣者, 甚多.

三學士及金淸陰諸公, 以斥和起, 金應河 · 南以興諸將軍, 先後死於綏. 李廓不參賀, 鄭雷卿欲使淸諸將相殺, 不得而死. 林慶業逃入中原, 圖恢復不果, 卒有能倒丸殺滿人者. 譬如天之傾, 人非不知不可支也. 當壓者, 自不覺手之上, 此忠臣義士之不可以成敗論者也. 故本朝之所襃貤, 後人之所欽艷, 皆尙其片心而已. 淸之於此輩人, 雖當時, 則殺之幽之, 百年而定, 則亦未嘗不嗟歎而美之. 伯夷 ·

叔齊固忠於殷, 而亦周之義士故也. 然則, 吾未知車崔二義士之死
於明也, 清之諸帥, 有酹馬渾於地者, 而書諸笑曰"殺明朝鮮義士",
云耶, 否乎?

崔孝一, 義州人也. 環眼身長八尺, 胆力麤, 居常有倜儻志, 以'大
豪'聞於義. 及登武科, 李相國德馨, 見而大奇之, 稍遷至訓鍊院判
官, 尋不樂於時, 棄而逑. 天啓甲子, 副元帥适叛, 犯國家急, 孝一
爲其尹, 決策赴國難, 以騎百效功於北山之役.

丁卯淸兵東出, 義先見陷, 孝一登西城門, 獨以大刀馘十餘人,
清二太子望見之曰: "壯士也." 使叛臣弘立, 以黃旗招之. 孝一詐
降, 反爲淸城守. 於是, 使人密告毛文龍於椵, 約夾攻淸, 事泄, 遂
跳入國內城, 與義人之見鹵者, 夜襲韓潤營, 斬順巖等數十級. 順巖
者【本義州官奴】, 藏活潤以媒於淸者也. 及丙子冬, 南漢旣受圍, 淸游
騎往來無所憚. 林慶業, 時以尹守白馬城, 邀斬堯虎【〈林忠愍傳〉作要
退】於鴨綠江, 亦孝一之計也. 丁丑, 淸人得意而逑, 孝一尤鬱鬱不
自已, 有大志, 未敢以發.

宣川人車禮亮, 平居好讀《春秋》, 孝友著於人. 丁丑後, 亦憤憤
有意計, 潛求知勇士. 聞孝一名, 喜陰與密, 久之, 握臂告孝一曰:
"近漁採人, 多來往中原, 吾以子聞之, 業矣. 今吾子西必得將, 將而
從水路出瀋, 瀋必丐我援, 國家亦必以淸北士行. 於是, 吾與若而人
從其役, 君攻其外, 我應其內, 事蔑不濟矣." 孝一諾. 尹黃一皓, 察
知之, 密遺孝一百金, 禮亮與龍川安克誠, 具一大舶米百斛以資送.
孝一恐旣行人有疑己者, 且易禍於國, 以計受重杖於節度使【時林忠

慇爲節度使】, 乃揚言曰: "丈夫辱之甚, 何面於鄉? 吾將屛深山, 以謝衆." 遂匿其孥於禮亮家, 剋日將行, 知其事者, 諸義士, 皆會車氏宅, 置酒以送之. 孝一於語禮亮曰: "吾知車君與管貴【椵島舊將, 被擄入瀋者】善, 我行, 君亦往瀋中, 訪管貴而謀也." 顧謂克諴曰: "使吾計淂, 吾以舟師攻瀋, 彼其執必將請援於我, 君智而勇, 可仗應募而北, 淂與吾會於瀋, 天下事庶可圖也." 又囑曰: "諸君秘之無洩." 酒三行, 孝一起, 彈劍而歌曰: "壯氣連天菀, 精忠貫日明. 男兒一匊淚, 不獨爲今行." 遂涕數行下, 一座皆慷慨, 爲之泣.

時己卯八月也, 海天初晴, 風甚勁, 舉帆出彌串洋, 浮海而西, 直到山東. 謁吳三桂於軍門, 三桂與語大悅, 署爲將領, 每事必咨. 清諜知之, 作孝一書, 使二㺚抵其甥張厚健, 且誑之曰: "崔爺方以水軍東." 厚健信之, 報曰: "昨年斥和臣金尙憲, 又被逮于瀋, 國中沸動, 願舅氏早成大事, 以活我宗族." 又曰: "同志諸義士, 皆無恙, 車君已入瀋矣." 清旣獲書, 遣命壽及二博氏, 馳入我國, 戕殺黃一皓及安克諴·張厚健·禮亮之弟, 忠亮子孟胤等十一人於所館紅欛門外. 是日, 大風揚沙石, 日無光, 命壽復至灣上, 大殺其同人.

有車元轍者, 禮亮之從父弟, 亦以勇名, 獄官之從命壽行者愚之, 故設辭問曰: "汝莫是元轍乎?" 元轍大呼曰: "我義士車禮亮之從弟車元轍也. 丈夫一死, 豈變姓偸生者?" 遂見殺, 衆皆壯而悲之. 先是, 平安監司鄭太和, 得密通於諸人, 使避之死者, 若白大豪·張超等, 猶數十人. 事旣覺, 禮亮與管貴, 被鞠於瀋. 至以竹簽刺十指, 猶緘不言, 只曰: "速殺我." 臨死, 顧命壽, 罵曰: "不早殺此奴, 至於此, 天乎!" 禮亮死, 實辛巳歲除前三日也. 我人之在瀋者, 莫不泣如哭親戚, 其友金敬白收瘞之, 以其衣招魂, 返故里, 賙其妻孥甚厚.

禮亮等旣死, 孝一計不行, 從吳三桂于寧遠衛. 甲申三月, 明爲流賊所破, 毅宗皇帝殉社稷, 三桂乃以天下獻之淸. 淸世祖皇帝, 旣入順天, 登武英殿, 受百官賀, 令天下盡剃髮, 三桂以下, 方舞蹈地, 免胄脫幘, 薙其毛恐後, 獨孝一不爲賀, 不肯斷髮, 日痛哭毅宗陵, 不飮食十日, 死於林木下. 三桂埋其尸, 哭以文. 後七十年, 本朝贈崔孝一爵戶曹參判, 車禮亮・安克誠贈兵曹參議, 餘皆贈職有差.

外史氏曰: 國家當丁・丙間, 士大夫莫不以淸談相高, 聞其言, 若將梟耿孔箠鄭劉, 而縛一章京以與之, 必腕顫不敢刃, 顧何所用哉? 至若車崔諸義士, 非徒其高義可以與秋色爭, 苟其計淂行於當時, 又安知李寶魏勝之捷, 不在於遼瀋間耶? 嗚呼! 天之所廢, 不可猶也, 功之不邃, 伊誰尤也? 然而, 其卓犖奇偉之蹟, 又未免因人而蕪沒, 反不及淸談者之能顯聞於世, 則此尤吾之所拊卷擊劍飮泣不自已者也. 於是, 掇其實, 作崔義士車義士傳.

文廟二義僕傳

鄭信國・朴潛美, 守文廟僕也. 崇禎丙子冬, 淸兵突出, 都人士, 皆空城走, 生進之守頖宮者, 亦雉兎竄. 信國與潛美, 入文廟庭哭, 出東西廡諸位版及祭器・樂器, 瘞明倫堂後, 以布袋奉五聖・十哲版於背, 得進士羅姓一人, 以爲護, 將從上於南漢, 徒隸之願從者, 亦十人. 出東城門, 淸騎已充斥於道, 不淂行. 信國・潛美, 遂大呼唱, 喝令下馬淸道, 騎皆驚墮馬鞠躬, 立以竢其過. 徐行達于行在, 上聞而嘉之, 令權奉祀版於僧寺. 信國不可曰: "雖在倉卒, 吾夫子之位, 奚爲於異端之室也?" 人皆懿之. 信國等, 行食堂禮如常, 與同志, 作文誓, 矢以守死義.

翌年春, 旣下城, 又奉而逞, 安于大成殿, 日擁篲掃除, 不肯歸其家. 後朝廷以爲忠, 特賜免賤, 加通政階, 信國曰: "職也, 何賞之有?" 終不受命, 以守僕老死.

外史氏曰: 壬辰·丙子之難, 宰相之奉廟社主以行者, 多有罪焉. 然則若信國·潛美者, 雖謂之賢於宰相, 亦不溢矣. 噫! 在章甫, 尙爲難, 況僕乎! 國家旌其故閭曰'義士', 春·秋釋菜, 以文宣王餕, 退而祀於庭, 又聽頓民建祠以終丁享. 嗟乎! 其生也, 雖僕, 其死也, 亦榮於宰相, 遠矣.

辛亥春, 晩松柳公, 長國子, 董頓民, 建祠於頓橋東, 入其祠揖[22]之, 頓民榮之. 信國則子姓甚繁, 今爲守僕及成均吏, 而潛美則無後云.

尙娘傳

傳曰: "忠臣不事二君, 烈女不更二夫." 昔衛共伯之妻姜氏, 早而

22_ 揖丨 저본에는 '楫'으로 되어 있으나, 誤記로 판단되어 바로잡음.

寡, 其母欲嫁之, 姜氏作〈栢舟〉詩, 以自誓. 詩曰: "汎彼栢舟, 在彼河側. 髧彼兩髦, 實維我特, 之死矢靡慝." 孔子返魯刪詩, 取以居〈鄘風〉之首.

青華外史曰: 史稱, 朝鮮尙禮義, 其俗好貞潔, 女子多守一而死. 若嶺南之尙娘朴氏者, 豈其人歟!

尙娘朴氏烈女者, 嶺之尙州人也. 年及字, 適善山崔氏. 崔氏子, 冲且暴, 不相容, 尙娘賢而出. 旣歸, 後母謀兄弟, 將奪其志, 尙娘覺之, 間行復歸崔氏, 崔氏猶不悔, 及其尊章距于門. 尙娘乃蹙蹙, 靡所自容, 計溺波死, 次于洛水上. 崔氏之隣, 有未笄而薪者, 遇焉, 問曰: "崔新婦, 何因於此?" 尙娘爲悉其由, 泣曰: "若之來, 天也. 幸爲我明白也." 解髢脫屨, 以爲驗. 歌〈山有花〉一曲, 嘆曰: "天乎高, 地乎廣. 哀我一身, 莫乎往耶." 嘘唏良久, 又起而噫曰: "夫子不予, 母氏有他, 余心之悲, 無死而何?" 遂反裙加面, 跳水而下. 崔氏之隣之女, 歸告崔氏, 且致其遺. 崔氏大驚, 朴氏母及兄弟, 亦始皆悲憐之, 往洛水上求之. 水上有高麗忠臣碑.

青華外史曰: 〈曲禮〉, "敎子能言, 女兪, 女鞶絲. 七年, 男女不同席. 十年, 不出. 姆敎婉娩聽從." 《司馬氏禮》曰: "女子七年, 敎《孝經》·《論語》·《列女傳》." 是皆欲早敎誨, 以成其爲端莊貞壹之女也. 然而世俗, 女往往不遵禮. 彼尙娘者, 鄙之人, 未嘗有婉娩之敎, 《孝經》·《論語》·《列女傳》之授, 其所成就, 卒如彼卓乎然也. 質之純者, 不待飾而美耶? 詩曰: "有女如玉." 朴氏之女, 有之矣.

烈女李氏傳

烈女李氏, 名某, 士人金某妻也. 年二十有一, 其夫病歿, 卽披髮藉艸室處. 旣棺, 凭而哭曰: "襄而從." 踰月, 覺有身, 卒哭, 哭曰: "身不虛, 不敢棄夫子命. 請朞而從." 娩而擧丈夫子, 已不子, 擇婢使乳之. 不改衣, 不易處, 不變食, 猶披髮衣纚麻, 藉艸而室處. 祥哭曰: "孤嬰業已後, 請畢三年而從." 以其延, 家人不之戒, 祭成事之曉. 其日, 李氏命女侍, 擇髮而櫛之, 浴盥漱, 具新衣裳, 詣廳事, 悉致舅姑姒娌先後內外親, 咸與訣. 體仙仙如也, 思皇皇如也, 不似人所爲. 拜廟, 拜舅姑, 拜內外諸親. 舅姑曰: "母有子, 女有從, 胡乃爾? 毋死." 李氏曰: "新婦不福, 夫子早違, 職當下從. 今若以藐諸孤爲辭, 夫子其謂新婦何? 敢不敬遵約." 召孺子爲摩其囟三, 入房, 姆御婢妾嚴閑之, 李氏呼曰: "婢正余席, 安余枕." 婢正席安枕, 整手加腹, 瞑目而逝. 事聞, 卽旌其閭.

噫! 自古, 烈女何限, 然皆倉卒, 或自刑以刀釵, 或雉經, 或七日餓, 或投水, 或竊飮酖藥. 李氏獨不之然而然, 豈不誠卓乎烈哉? 從義也, 守約[23]信也, 死誠也. 微三者, 何以能此.《易》曰'苦節', 金氏之婦, 其庶幾乎!

23_ 約│저본에는 '納'으로 되어 있으나, 誤字로 판단되어 바로잡음.

守則傳

天地至貞至烈之氣, 或鍾於物, 鍾於人. 在物, 爲日月霜, 爲鳴瀨, 爲陡立之石, 爲松栢與竹之靑, 爲芙蓉梅菊花; 在人, 男忠臣, 女節婦, 其剛柔純駁, 隨所質, 雖不類, 其爲鍾天地貞烈之氣, 一也.

外史氏曰: 雪必白, 未必不如玉, 人只尙玉, 不稱雪, 取其能白而久也. 《易》曰: "利永貞."

外史氏曰: 氣之於人, 剛爲男, 柔爲女, 辦大事, 守大節, 宜男子賢於婦女. 歷觀往牒, 婦人之能[24]老死麋恧者多, 男子之以苦節終身者, 罕於世, 何哉? 豈婦人褊性也, 一結則不自解, 亦理之然耶? 嗚呼! 人之於事, 生難死易, 倉卒之際, 一寸芒, 一杯航, 知有義, 不知有身. 凡有血性者, 皆可以辦一死. 以一日萬變之心, 不思不悔, 毅然若山岳之揷乎地, 而累十年如[25]一, 是有生之年, 皆死之日, 其難豈死之比耶? 是故曰: "生難死易." 生而久, 尤難也.

直王城西, 有月巖巨石立, 可百尺色正白, 爲城外荒僻最. 近巖有一矮屋, 屋有二婦人. 其一居外, 或談命, 或針指以爲生, 頭不梳髽髻, 若戴籃狀. 其一室處, 不窺戶, 人莫敢知其狀. 常畜猛犬十餘,

---

24_ 能 ┃ 저본에는 이 다음에 '之'가 있으나, 衍字인 듯하여 삭제함.
25_ 如 ┃ 저본에는 '知'로 되어 있으나, 誤字로 판단되어 바로잡음.

以衛人, 戶晝猶內扃, 外婦人出, 雖五日, 不爲烟. 比舍嘗失火, 燒
延屋角, 處室者猶不出, 村人先撲之以免. 里有嫗, 竊窺之, 只見有
蒙裲而裹抱壁臥者. 是以, 知扃戶之內, 亦未嘗肆其面也. 其外婦
人, 雖出入人與人同, 而亦不言所自, 見市鰕蛆者, 必買而放蓮池
中, 立須與視, 噫而去. 人有與善者, 强跡之, 只曰: "我與在我室者,
出宮纔幾年." 計其年, 癸未前一歲也. 於是, 有不能知而猶憐之者,
有疑而傳訛者, 雖鄰閈, 終莫能詳其人.

歲辛亥七月, 上因朝會, 命左丞相及京兆諸尹小宗伯近前敎, 若
曰: "春因五部勸昏, 聞西城外有處子, 方三十歲. 予中夜不寐者,
久矣. 近遣老宮人診之, 厥人年方四十有六, 曾以挾的隨姨母, 入掖
庭, 因得承恩, 而人無有知者, 尋又隨而出. 出宮今三十年, 不見人,
不見天日, 自廢於一室內, 便旋猶不外, 村人試之以火, 亦不出. 予
旣得其詳, 欲旌之以獎之, 何如?" 丞相以下, 皆驚異而嗟服之, 遂
封爲從二品守則, 卽日旌其閭. 蓋室處者, 今守則也, 不梳頭者, 其
姨母也. 部之以處子聞者, 隣里之疑而傳訛也. 下敎之後, 人始詳知
其爲貞烈, 而嗟歎之極至, 有欲涕泣者. 守則姓李云.

外史氏曰: 守則處其室三十年, 人無有狀其起居者. 余不敢强爲
說, 竊嘗意會之, 不見人不見天日者, 淚必無日不汪汪流矣. 笑必不
至露齒,[26] 矧櫛沐? 其姨且不爲, 況伊人乎! 是非强爲人耳目者, 則
原乎心見乎事矣. 出宮門以來, 恩何日忘, 痛何日忘? 三十年一[27]世

26_ **露齒** | 저본에는 이 글자가 없으나, 누락된 듯하여 보충함.

矣, 猶貞一如一日, 則人之秉心, 亦大難矣哉! 蘭谷而香, 珠澤而虹, 節之聞于世, 固非伊人之所求而致. 而意者, 月巖之間, 夜必有白氣烈烈亙星月者, 久矣, 惜無望氣者候之也, 嗚呼!

外史氏曰: 墨胎允, 餓死於西山之薇, 而天下之頑懦者警. 守則之有力於世, 將不細, 余於是, 猶有恨焉. 使伊人不婦女而夫也, 不幸當國家有事, 吾不知披腹出腸, 以暴其忠赤歟? 抑觸龍墀以額, 與石俱碎歟? 將不勝悲寃, 痛哭歐血死歟? 使爲故忠臣烈士, 人所不可爲之事, 固將恢恢有餘, 顧何必一被蒙頭, 一戶囚影, 飮泣三十年爲? 豈生節難, 死節易, 故天以至貞至烈之氣, 不鍾於彼, 鍾於此, 以其大難者, 試之也歟? 嗚呼, 噫嘻!

生烈女傳

生烈女申氏, 貫平山, 龍仁人也. 字幼學鄭某, 未幾, 夫得惡瘡, 遍身爛且死. 烈女聞人肉可以讐, 潛以刃刲其股, 燒進之, 瘡卽已, 股亦不甚創. 事聞, 旋其閭曰‘烈女幼學鄭某妻平山申氏之門’. 客有見於南部墨寺洞者.

27_ 一 | 저본에는 이 글자가 없으나, 누락된 듯하여 보충함.

外史氏曰: 女可更而不更, 是爲烈女. 王蠋曰: "烈女不更." 朝鮮貞而不婬, 士族女, 雖醮而嫠, 不復適, 法仍成俗, 凡民之稍知恥者, 亦爾. 是遍國中, 紅顔而衣素者, 皆古烈女. 於是, 擇死於夫者而後, 乃旌之. 故朝鮮之烈女, 皆死, 未有生而煥棹楔者. 吾於申氏, 乃今獨聞之矣. 噫! 操白刃以自肉, 人而能之, 難於一死, 遠矣. 意其性多剛果. 而嘗聞諸人, 鄭之家窶甚, 舅業使酒, 每一發剖盟罍鼎, 隣人盡蹙頞, 而烈女愉顔色婉聲而事之, 不以貧且酒, 少有怨懟語. 嘗曰: "爲人媳, 豈可以家貧薄養老耶?" 食日一肉, 衣歲一紬, 以終舅年, 而皆從手指出云. 余謂烈女之生難於死, 其所以孝於舅, 又難於割肌也.

峽孝婦傳

峽有婦, 夫早死. 家深山無隣, 姑癃廢且盲, 無他養. 婦善事姑, 不敢一日離. 母家居三十里, 自寡亦絶不往. 父嘗以母病聞, 迺設粥一盆, 囑其姑曰: "善自養, 媳夕必至. 母雖詷, 明則必歸. 粥在盆, 爐有火, 幸自溫也." 至母家, 母則不恙. 父曰: "汝尙少. 汝豈盲婆婢耶? 吾有客賈也, 美且富, 俟汝而行, 汝無歸, 其從之客. 否, 且殺." 婦曰: "兒意亦久矣, 何幸? 第久不爲容, 無以見新客, 盍得一靜室, 爲理粧地." 父母喜, 館之別室. 婦迺瞰無人, 從後牖, 穴籬而走, 以爲必躡我, 從山谷間行.

日已暮, 有錦文大虎, 踞當路, 婦前語虎曰: "虎! 吾寡也. 父母欲奪志, 死非吾惜. 但家有姑, 不可不訣, 死亦不可昧. 幸假我數刻, 食我於我之門." 虎起讓路, 尾而行. 既至家, 婦入, 抱姑泣曰: "媳至矣, 從此去矣." 訴其由, 爲之泣良久. 又囑曰: "媳之不終養, 天也. 幸自達于山下也. 虎必遲之, 媳去矣." 拜而出, 虎蹲於庭. 婦曰: "已訣, 吾無恨矣. 汝其任之." 虎掉頭, 若不肯者. 婦曰: "汝豈憐我, 而不欲食者耶?" 虎爲點頭狀, 婦曰: "仁哉, 獸也! 汝無飢乎?" 入取粥飼之. 虎搖尾帖耳, 狗餂之. 婦摩其頭, 戒曰: "虎, 汝果靈物也! 從今只可獵獐兔, 毋近人. 恐窣攖機弩, 負此好意耳." 虎食訖, 仍屢顧而去. 婦復養其姑如前. 居數日, 夢虎來告曰: "不能遵戒, 方在某地檻中, 速來, 可救我."

婦驚而寤, 往訪之, 果然. 村人方欲發其機, 婦悉其狀, 乞宥之, 村人以爲誕, 懇不從. 婦慷慨曰: "吾之生, 虎恩也. 虎死而不得救, 生何爲?" 遂跳而入窣. 虎方睊盰大吼, 怒人之窺己也. 見婦下, 忽頫伏流淚, 若悲不勝, 婦亦撫而泣. 村人奇其不咥也, 遂梯出之. 虎先出, 亦不忍便去, 待婦出, 磨于衣, 且舐其手, 如馴犬之喜主也. 婦又戒而送之, 謝村人而遄. 自是, 虎不下山, 婦之父母, 亦不敢更圖婦也.

外史氏曰: 余嘗聞, "城西有虎, 掠人美寡而去, 裙帶於籬, 血於園, 人皆憐之. 後有見於逆旅者." 豈亦虎之不食而然耶? 噫! 虎豈人人而不食也哉?

捕虎妻傳

井邑山城下, 氓有業炭者, 獨與妻居. 家中唯有一犬, 十里四無鄰. 其妻有身, 且臨月. 氓以炭將適壚,[28] 約其妻曰: "吾不往, 藿與米無以得, 雖夜必歸, 幸遲之." 是日, 天大雨雷, 炭不售, 欲丐貸, 亦無得, 轉往遠落, 未遽歸. 夜其妻解娩, 犬亦乳三雛於突. 家無有, 只稀米少許, 炭則可貸薪, 遂以石支瓦罐於爐, 熾炭煮糜于室.

有大虎至, 據戶作將入狀. 其妻起, 撫犬戒曰: "吾子人, 汝子畜, 母慈雖均, 輕重有在, 汝毋恨吾也." 取狗子一, 投之虎, 告曰: "山獸餒耶? 奉汝一拳肉, 幸早逞, 無及人." 虎張口承而呑, 若鶴之飯, 呑已猶不去, 復取一投之, 又呑之, 猖然有求飽色. 其妻以爲狗子三, 吾費其二, 不可盡, 且彼欲, 不可長, 可計逐之. 潛以敗絮夾爐中石, 又投之, 虎以爲是雛狗也, 不嚼而下之, 過喉始覺熱, 遂熊翻斗獅滾毬, 跳踉咆哮而死. 晨氓空手歸, 其妻産無恙, 大虎僵於庭. 走而言諸官, 官賜其妻米一碩, 醬與甘藿之類, 甚多, 剝其虎以去.

李子曰: 噫! 虎之死, 宜矣. 當虎之闞, 而臨于室也, 蠕蠕於眼前者, 皆肉也, 未見其人也. 故蹈死機, 而不自悟. 向使峽氓守其室, 虎必不敢至於戶, 縱至, 亦不可以捕矣. 且氓妻一女子也, 卒然逢虎於衆人之中, 則且掩目而先走, 顧何敢有意於圖虎也? 然而, 能獨處深夜, 不動色, 而收壯士之功. 是故, 勢之所迫, 弱亦可以勝强,

---

28_ **壚** | 저본에는 '虛'로 되어 있으나, 誤字로 판단되어 바로잡음.

慮之所未及, 强亦不可以自恃. 傳曰:"患生於所忽."其虎之謂, 而兵法曰:"置之死地而後生."其氓妻之謂乎!

俠娼紀聞

京師有一娼, 姿色技藝, 爲一世最. 律其身甚高, 客非貴與富, 不爲禮於其中, 又必擇美容神, 聲名著于世, 閑於風流者, 而後友之. 是故, 暱者不必衆. 其一與押者, 文而或玉堂銀臺, 武則節度使, 外此, 猶閭里富子弟之花衣·怒馬行者也. 當是時, 客之得閉門羹於娼者, 皆訾之爲熱心腸, 不知其有守也.

歲乙亥, 國有大獄, 遠謫者衆, 娼之歡一人, 坐其兄, 從館閣班爲耽羅奴去. 娼聞之, 告于諸押客曰:"速爲我裝. 我與某, 不過爲尋常一夕友. 我之設此會, 十年, 所親密, 亦近百人, 窃計之, 皆肉食衣錦, 以度世, 未嘗有窮乏. 今某, 且餓死於濟, 奴之歡而以餓死, 是奴之恥也. 吾將從之."遂挾厚貲, 浮海從之. 至則供之極華盛. 謂其人曰:"子之不復北, 決矣. 與其困而生, 不若死於樂, 盍圖之?"乃日具火酒, 灌醉之, 醉輒引與寢, 不以畫宵間. 居無幾, 果病而死, 爲棺槨·衣衾甚美, 以瘞之. 又自置送終具, 以書十餘幅, 及貲之餘, 付隣人, 囑曰:"我死, 以此殮, 以此貲, 送我之康津南岸, 以此書, 傳于京師也."仍痛飲酒, 一慟而絶. 濟人憐之, 依其言. 其所寄書, 皆抵漢陽舊友也. 得書者哀之, 而義其事, 醵金往迎歸, 求其土葬之. 人於是乎, 知娼之有高義, 而非趨炎者也.

噫! 若而人者, 眞可謂自好, 而亦裙釵中灌夫也. 是豈世俗粉頭之惟錢貨是逐者比也? 嗟乎! 安淂其殘粉剩香, 爲世之市交者服哉? 噫!

馬湘蘭傳 補遺

皇明嘉靖間, 金陵老妓馬守眞, 字月嬌, 號湘蘭. 少時, 頗有才色, 爲六院最, 及老, 顏色顇頌, 門前冷落. 有一少年, 游金陵學, 慕姬甚, 一見不自持, 賂金三百, 指江水爲誓, 欲諧伉儷. 時姬年正五十, 少年春秋未半. 姬笑曰: "以我私卿, 猶賣珠兒. 寧有半百靑樓人, 執箕帚, 作新婦?" 少年意逾堅, 鄉祭酒, 施夏楚, 始怏怏去.

補遺曰: 方少年之惑於姬也, 人有問之者曰: "子方少, 彼老革囊, 且色已渝, 子何慕之深?" 少年曰: "不然. 自吾之遴姬, 見它妓之倭墮梳如雲者, 嫌其不頒白也; 見豊頰而頳脣者, 恨其不皺且焦黃也; 見膚如凝脂者, 醜其不如枯橘皮也. 人性, 有嗜芻豢者, 有嗜瘡痂者, 貴自適, 非人所知." 及姬辭不肯, 少年憂遑不能食, 往卜肆, 筮之, 遴剝之六爻動. 占者曰: "不吉. 剝者, 五陰一陽, 謹按卦辭曰'碩果不食.' 夫果非不美, 其大至碩, 則在棗已皺, 在柿栗已坼, 在桃杏必內生蟲, 在梨必酸且爛. 食之病, 不可食之饌也." 少年不聽, 竟欲之, 受笞一百而去.

成進士傳

世之有斯民, 久矣. 奸狡日熾, 機詐日沸. 有負殍, 而夜抵人之門, 呼主人急, 仍激怒之, 及至相格鬪. 始大言: "主人殺我侶! 將詣縣告." 主人何由知, 費重賂, 事僅得平, 亦險矣哉! 然至謹之人, 奸亦不敢賣, 詐亦不敢圖. 諺曰: "毋交三貴人, 惟謹一吾身." 成氏之子, 庶幾乎!

成希龍, 尙州人也. 家素饒, 凶年多食客. 婢方傳食出盤, 一婢奔曰: "有襁負而丐者, 烏攫去!" 希龍曰: "饑矣, 予之." 須臾, 一婢又奔曰: "槖其皿, 且去!" 希龍曰: "善." 召之至, 反有武色. 希龍曰: "賣乎?" 曰: "然." 曰: "賣諸我." 曰: "下千五百, 不賣." 希龍命與千五百錢. 丐熟視良久, 向外招其妻入, 曰: "此非人也, 佛也." 解其繃, 有死兒, 乃曰: "我不法於人, 勢必毆捽我, 毆捽我, 我脅之以兒死, 可得重賂. 今計不成, 子有謹身之力故也, 敢辭." 遂委錢與皿而去. 成氏卒無所失.

花漵外史曰: 向使成氏, 不之爾, 獄必成. 獄成, 掌法者, 必以爲'罪疑'也, 累歲不能決. 爲成氏者, 不亦冤乎? 噫! 苟有明察如西門豹, 莅乎法, 丐必不敢爲[29]是矣.

29_ **爲** | 저본에는 없는 글자이나, 누락된 듯하여 보충함.

崔生員傳

客有問於余曰: "人皆言'有鬼', 鬼其有乎?" 曰: "有." 它日又問曰: "人或言'無鬼', 鬼其無乎?" 曰: "無." 客曰: "前日, 吾問鬼有乎? 則子曰有; 今日, 吾復問鬼無乎? 則子曰無, 竊爲子惑焉." 曰: "然. 子有之, 則斯有矣; 子無之, 則斯無矣." "敢問何謂也?"

曰: "鬼之理至玄, 鬼之跡至神, 鬼之事至繁, 非吾所目見, 無以質言乎鬼. 吾嘗見墻之南有屋, 素無鬼, 主人宅之五載, 木葉不驚. 適與其南鄰生, 交惡, 生疾之, 每夜起, 輒飛下三四石. 初以爲偸也. 至三日, 乃延女巫, 陳餠於大樹下, 方語鈴鼓餂. 生覘之, 從墻隙匿笑, 復以石摘其樹, 磯於枝, 其响甚威. 樹之旁立者, 皆窸窣鳴, 石墜於餠, 巧而破甌. 巫舌顫不能語, 棄而走曰: '鬼怒甚, 不可解也.' 南鄰生, 亦恐[30]其久則覺, 遂止. 旣止, 而其家夜益驚, 有面受履靑腫者, 有得庋中之藏於屋脊者, 瓦亂飛, 檐楹盡隳, 數月主婦死, 喪病相仍, 卒以凶家聞. 吾於是, 知鬼之有之則有之, 而巫不足信也.

洞北有一第, 以多鬼, 賤其售. 有知其事而買之者, 剋日將入寓, 召妻子婢僕, 詔之曰: '吾所適, 多鬼也. 然而不往, 則無歸矣. 約入寓之後, 雖見鬼, 勿言鬼, 否則不可偕.' 衆皆唲勉膺. 及入其室, 鬼嘯呼舞跳, 要人祈禳百般, 猶不探. 乃攎汲婦於堛, 輟屋瓦三夜, 聚履於庭, 作浮屠狀, 亦安之. 或有問: '誰所然?' 皆笑不言. 凡十餘日, 家內淨靜, 鼠亦不出, 居二十年無憂. 吾於是, 知鬼之無之則可

以無之矣. 人有鬼, 鬼有; 人無鬼, 鬼無. 吾之言, 不其然乎?"客曰: "然."

有客因說崔生員事者. 崔生員, 只知姓, 說者稱'嶺南人', 國言謂士爲'書房', 尊老書房, 爲'生員'. 崔生員, 蓋書房而老者也. 其爲書房也, 性侮鬼, 見村百姓有事鬼者, 則必往魔之後已. 嘗赴京, 路旁有叢祠, 方賽鬼, 巫笠而披錦, 左植桃, 右扇, 鄕父老, 傴僂薦烹. 生員大怒, 叱其馭前, 以鞭駈巫去, 扯紙釰, 蹴牀卓倒地. 罵曰: "幺鬼, 何敢惑民?"行數里, 怒未已, 所乘馬忽仆地斃. 馭者曰: "苦苦! 不關我, 且此神素靈, 奈何結神怒? 馬受地厭而死."'地厭'者, 鄕人'神罰'之謂也. 生員曰: "此鬼也, 安敢爾?"氣憤憤欲狂, 復入祠, 取茅, 火其祠蓋. 有黑氣如盆大, 出祠, 踰嶺而去. 生員旣老, 志氣漸衰, 亦不復苛於鬼.

一日, 偶從山路行, 暮叩一村家, 求宿. 民曰: "今夜, 有事乎神, 禮不可受客."生員笑曰: "我豈爲祭鬼不能宿者耶?"遂强就館. 然不沮其祀, 亦不能記其爲焚祠鄕也. 俄而臥聞, 神假巫而語, 跪民於庭. 丁寧之曰: "汝以我爲何等神? 汝享豊乎? 設精乎? 汝供我隨陪牀, 不可與墟主軍雄諸雜神比, 供我牀, 不可與隨陪同. 汝設崔生員牀乎? 崔生員, 其尊尤非我之比, 供牀高我供十倍. 不, 崔生員必殺汝."民謹諾. 此蓋巫所謂'安盤告詞', 而隨陪, 神之從者也. 墟主軍雄, 巫之所事者也. 生員笑曰: "鬼乃有與我同姓者乎!"

俄民趨過前, 呼而及之語. 民曰: "吾鄕, 舊有神堂在岡外, 每秋了, 村人釀而一賽, 村無病, 年穀以熟. 歲在某, 有客因慢神, 馬受罰死. 狠而焚之. 祠神遂遷, 而食于村家, 家必歲一祀, 無怒. 且自其遷, 每令另設一床曰:'崔生員供.' 意焚祠客之靈也." 生員反思之, 不覺啞然, 遂大笑曰: "崔生員, 吾也. 吾焚祠客也, 速以崔生員供來. 吾且飽." 民異之, 入而言於巫曰: "外有客, 自言是崔生員也." 巫乃跌倒地, 久始甦, 神則去矣. 雖終夜降神, 而神終不下.

主人曰: 世傳"南將軍怡, 能威鬼妖, 若景秀才之辟山魈"者, 豈人固畏鬼, 而鬼亦有畏之之人耶? 余幼嘗聞, "巫之所目者, 城主墟主者, 人家土地之神, 而煞有貴賤之別, 末明者, 指人祖先之靈也; 軍雄者, 神之武者, 而若鬼雄之類也; 三神者, 人所禀而生者也; 帝釋者, 佛也; 虎口婆婆者, 痘神也. 又有稱船[31]王者, 城隍之訛也; 使者者, 鬼差之號也." 崔生所威之神, 亦必此中之一, 而要之, 皆非正神也. 苟有其人, 固將畏之之不暇. 又何足事之而求福也?

且村民之供崔生員者, 亦已年矣, 而崔生, 則昧然也, 梦寐之間, 亦未嘗一往飽焉. 則安知夫村家之插花羅果, 費十金於一卓者, 皆不歸崔生員之供耶? 崔生已到於隔壁之室, 而巫不之省, 神亦不之覺, 及其言而後走, 則豈其神鬼之中, 尤矇且瞶者耶! 近歲, 國家擯巫於外, 使不得挾左道居城闉, 巫皆萃於鷺江之南, 婆娑坎坎, 有宛丘之風. 而閭里之好鬼者, 繈屬而至, 紅轎綠衣, 踵相囑於路, 則宛丘且變而爲上宮矣. 不意垂柳西湖, 盡爲此輩所汙辱. 噫! 安得如崔生員者, 置之於鷺江之南耶?

31_ 船 │ 저본에 '舡'으로 되어 있으나, 誤記가 분명하므로 바로잡음.

鄭運昌傳

鄭運昌, 寶城人也. 少時善病, 獨以棊自聊, 凡十年, 怳然如有淂. 初游京師, 人無知其能者. 時前金城令鄭樸, 聞于棊. 運昌知樸以棊會南山, 往觀之. 棊失, 運昌矧之, 樸顧曰: "客亦能乎?" 運昌謝曰: "鄉里人, 早知圍則食." 樸見其容貌甚愿, 出最下棊對之, 行十餘着, 樸曰: "非汝敵." 命次强者, 才半局, 樸曰: "非汝敵." 又命副己者, 局就不足計, 樸曰: "非汝輩敵." 奮然引局, 自當之, 三戰而三敗, 左右皆曰: "子誰也? 國棊也." 於是, 運昌之名, 一日而遍京師.

丞相某, 性愛棊, 召運昌, 使與金鍾基・梁益彬・卞膺平之徒, 日鬪棊, 運昌無甚高. 丞相疑其不力, 出南原霜華紙二百番注之, 戒曰: "努力能十捷, 以賚子, 且撻鍾基." 運昌乃下子, 堂堂出以萬全, 圍者如堨, 斷者如鋒, 立者如笋, 合者如縫, 應者如鐘, 峙者如峯, 掩者如罝, 照者如烽, 陷者如鍫, 變者如龍, 聚者如蜂. 鍾基汗流被額, 不能抵. 過三局, 鍾基起如厠, 徇運昌出. 良久, 入復棊, 運昌時時誤, 鍾基丐之也. 運昌爲京師第一手, 二十餘年死. 其後, 有李漢興者.

棊史曰: 論棊家言, "鄭運昌不及崔起尙棊四子, 崔起尙, 又不及德源令四子." 然則德源令, 其盛矣. 又聞, "棊品有天才人工之異." 若運昌者, 豈人工之棊耶? 運昌兼能象戲, 罕敵於當時.

申啞傳

炭齋者, 姓申, 淸道郡之啞劍工也. 無名以號行, 善鑄刀, 刀利而輕, 往往出日本右. 刀工皆精擇金, 炭齋不問金, 惟問價, 價重者得上. 炭齋性甚暴, 有拂己者, 以鉗鎚向之. 道監司嘗命之, 對使斬頭結, 謝之.

炭齋博於物, 守使相其瓊纓, 卽畫涎植芥, 作島夷朶珀狀, 諭以貨之燕, 舉手自南而北而東, 衆猶色不信. 炭齋大怒, 毀纓投火中, 有松氣. 守曰: "固服矣, 纓不全, 將若何." 炭齋走其家, 匊而還之, 皆類也. 生而啞者, 必聾, 炭齋啞而聾, 與物無以接. 獨郡吏有能手語者, 語以形, 能相悉其委曲, 每從而譯之. 吏先炭齋死, 炭齋往笞其匱, 如狗嘷終日, 尋病死. 炭齋之刀, 今罕於世. 炭齋初聚婦, 甚洽, 偶見婦絆變, 大汚之, 自是不嘗婦人矣. 其侄爲淅炊終養.

梅谿子曰: 斷結, 類自守; 識琥珀, 類生知, 啞其有道者乎? 然則, 又非徒工也. 噫! 吏死而慟, 知音之難, 不其然乎? 余嘗淂其刀, 利可吹髮, 薄乎若將碎者. 相劍家曰: "獲矣. 微燥以試鼎肉良."

蔣奉事傳

蔣奉事者, 京師人也. 遍游士大夫家, 遇人, 必問其家及其忌日晬辰, 至其期, 必往. 往必有所饋, 卽食之, 食不盡, 納之袖, 又往而之它, 日六七家, 或十餘家. 是故, 出街路, 必逢蔣奉事, 其袖長淋淋也. 人或賤之, 問其故, 曰: "吾將以驗吾卜." 曰: "子奚之卜?"

奉事曰: "吾以飲食卜之, 靈於龜蓍遠矣. 升其堂, 拜而坐, 須臾, 主人呼女僕, 且進盤. 我引盤而考其製, 舉筯而嘗其味, 細嚼而思之, 卽其家之興替存亡, 可坐而推矣. 吾嘗過某尙書之家, 其祭之餕, 奇而華; 其燕喜之饌, 巧而新, 吾竊憂之, 今驗矣. 又嘗過某太守之家, 其祭之餕, 洗而馨; 其燕喜之饌, 率而厚, 吾竊賀之, 今亦驗矣. 但吾所竊竊然深憂者, 舉一世之饌, 淡者日以甘, 疏者日以黏, 豐者日以纖, 雅者日以淫, 昔之半而歠者, 今漑而味猶餘, 吾實不知誰使然也. 且一飲食而乃如此. 則衣服之漸華也, 宮室之漸夸也, 音樂之漸哇也, 侍御之漸婥也, 可類而推矣. 天地之生財有節, 生民之用財無涯, 雖天雨米, 地湧醴, 民安得不饑也. 此吾之所以憂者也."

問者曰: "世方疑君爲飲食之人, 曾有術於其間矣. 噫! 執此以卜, 其誰敢不伏?"

歌者宋蟋蟀傳

宋蟋蟀, 漢城歌者也. 善歌, 尤善歌蟋蟀曲, 以是名蟋蟀. 蟋蟀, 自少學爲歌, 旣淂其聲, 往急瀑洪舂砇薄之所, 日唱歌. 歲餘, 惟有歌聲, 不聞瀑流聲. 又往于北岳巓, 倚縹緲, 懍惚而歌, 始豐析不可壹. 歲餘, 飄風不能散其聲. 自是, 蟋蟀歌于房, 聲在梁; 歌于軒, 聲在門; 歌于航, 聲在檣; 歌于溪山, 聲在雲間. 桓如鼓鉦, 皦如珠瓔, 嫋如烟輕, 逗如雲橫, 璅如時鶯, 振如龍鳴. 宜於琴, 宜於笙, 宜於簫, 宜於箏, 極其妙而盡之. 乃斂衣整冠, 歌于衆人之席, 聽者, 皆側耳向空, 不知歌者之爲誰也.

時西平君公子標, 富而俠, 性好音樂, 聞蟋蟀而悅之, 日與游. 每蟋蟀歌, 公子必援琴, 自和之. 公子琴, 亦妙一世, 相淂甚驩如也. 公子嘗語蟋蟀曰: "汝能使我失琴不能和耶?" 蟋蟀, 乃曼聲爲〈後庭花〉之弄, 歌〈醉僧曲〉. 其歌曰: "長衫分兮, 美人褌. 念珠剖兮, 驢子紖. 十年工夫, 南無阿彌陀佛. 伊去處兮, 伊之去." 唱纔轉第三章, 忽璫[32]然作僧鈸聲, 公子急抽撥叩琴腹, 以當之. 蟋蟀又變唱樂時調, 歌〈黃鷄曲〉, 至下章曰: "直到壁上, 所畫[33]黃雄鷄. 彎折長嚨喉, 兩翼橐橐鼓. 鵲槐搖嗁時游." 仍作[34]曳尾聲, 叫一大嚛. 公子方拂宮振角, 治餘音, 泠泠未及應, 不覺手撥自墜. 公子問曰: "吾固失矣. 然爾之初爲鈸聲, 又一大嚛者何?" 蟋蟀曰: "僧唱佛旣, 必鈸而成之, 鷄聲之終, 必嚛. 是以然." 公子與衆, 皆大笑. 其滑稽又如此. 公子旣好音樂, 一時歌者, 若李世春・趙襖子・池鳳瑞・朴世瞻之類, 皆日游公子門, 與蟋蟀相友善. 世春喪其母, 蟋蟀與其徒, 往吊之. 入門, 聞孝子哭, 曰: "此界面調也. 法當以平羽調承之." 遂就位哭, 哭如歌. 人聽者傳笑.

32_ 璫 | 저본에는 '當'으로 되어 있으나, 誤字로 판단되어 바로잡음.

33_ 所畫 | 저본에는 '畫所'로 되어 있으나, 순서가 바뀐 듯하여 수정함.

34_ 作 | 저본에는 없는 글자이나, 누락된 듯하여 보충함.

公子家畜樂奴十餘人，姬妾皆能歌舞．操絲竹恣歡樂二十餘年卒．蟋蟀之徒，亦皆淪落老死．獨朴世瞻，與其婦梅月，至今居北山下．往往酒酣，歌歇，爲人說公子舊游，未嘗不欷歔歎息也．

浮穆漢傳

國語稱僧曰‘衆’，稱老僧曰‘首座’，稱沙彌曰‘上佐’，稱火頭陀曰‘浮穆漢’，稱僧之還俗者曰‘重俗漢’．

鎭川山中有寺，寺有一首座，首座有一上佐．首座每呼上佐曰：“爲我釀一斗酒．”酒纔熟，有一浮穆漢，不知從何處來．首座令上佐，担酒缸，與浮穆偕之松陰靜僻處，且語且飮，蓋佛道玄妙旨，而在上佐不省其何語也．酒盡，浮穆輒起而去．酒幾月一釀，而熟必至，至必飮，窃聽之，亦無期會語．如是者歲．一日浮穆，酒盡將作，忽悽然於色曰：“子知某日事乎?”曰：“何不知?”曰：“將何以?”曰：“順受．”曰：“盍避?”曰：“吾入此山，已有所自定者．”浮穆曰：“然則今世之遊，止於今日矣．後某日，吾將爲子來．”首座曰：“唯．”遂相視而別．

及到浮穆所問之日，首座晨起，具香湯沐浴，衣袈裟，跏趺坐，念‘阿彌陀佛’，不絶聲．至暮，有警虎於前山者，首座卽開戶出，衣未及盡於閾，有物攫之走．諸僧椃而逐，及於林下，無所傷，惟衣船上，有虎齒痕．灌以湯，不得甦，遂殮之柳棺，卜茶毗日，卽浮穆之所約也．火未擧，浮穆至，哭一場甚哀．監其火訖，浮穆且歸．上佐乃陰束裝, 踵隨之, 浮穆叱使去, 不得, 透迤入山谷中, 度叢棘劍石如飛.
上佐以死逐之, 蹶則復起而趨, 血其屏, 猶趔趄不懈, 凡一日, 夜浮
穆曰: "來! 汝何苦我從?" 上佐曰: "吾之亡師, 固異人也. 小子不及
知, 已過矣, 舍師將安事? 願爲弟子." 浮穆曰: "噫! 誠固可矣, 奈
壽何?" 上佐質問之, 浮穆曰: "從此往三歲而已, 道未及救壽, 而其
質先亡, 則是徒喫苦無功. 爲爾計, 莫如復逯俗, 食酒肉, 從人性所
好, 以終餘年耳. 否, 吾何惜而不敎爾?"

　上佐遂憮然而失, 拜而歸. 浮穆亦終不言姓名鄕里而去. 上佐旣
還, 而爲重俗漢, 常往來於場市間, 道其事詳, 自言其死期, 人或有
不信, 後果如期而死云.

　梅花外史曰: 俗諺曰: "洞內無名倡, 同接無文章." 我國人素自
輕, 故言'越有仙人蜀有佛', 則信, 言'仙佛在我國某山', 則不信. 彼
安知我之某山, 亦蜀越之蜀越也? 且異人之未出世也, 塵光相混,
若火頭陀之爲, 則亦未知, 當面而幾錯過矣. 田間之女, 未必非白衣
觀音也; 湖上過客, 安知不宮無上也? 余於鎭川僧一事, 旣得其眞
傳, 則若金三淵, 南宮斗之遯, 謂皆可信, 而噫! 安得逯如此人, 知
之耶?

柳光億傳

　天下穰穰, 利來利往, 世之尙利, 久矣. 然以利生者, 必以利死,

故君子不言利, 小人殉利. 京師工賈之所萃也. 凡可售之物, 塵肆星
羅而棊布. 有爲人賃手指者, 有賣其肩與背者, 有淘固者, 有鼓刃而
血牛者, 有華其面嫁者, 天下之賣買, 極于此矣.

外史氏曰: 裸壤, 無絲錦市. 搏生之世, 無鸞甒. 有需之者, 貨之
者生. 大冶之門, 不以鉗鎚衒, 力農之家, 負米者過而無聲, 無諸己
而後求諸人.

柳光億, 嶺之陝川郡人也. 粗解詩, 以善科體名於南, 其家褒, 地
又污. 下鄉之俗, 多以賣擧子業爲生者, 而光億亦利之. 嘗中嶺南
解, 將試于京有司, 有以婦人車要於路. 至則朱門數重, 華堂數十
所, 面白而疎髯者, 數人, 方展紙試腕力, 以聽其進退. 舘光億於內,
日五供珍羞, 主人公, 三四朝, 敬之, 若子之能善養者. 旣經會闈,
主人子, 果以光億文, 登進士. 迺裝送之, 一馬一僕, 遆其家, 有以
二萬錢來會者, 其所貸邑糴, 監司已償之矣. 光億之詞, 無甚高, 但
沾沾以鋉利爲才, 以是亦淂意於試.

光億旣老, 尤有聲於國, 京試官過監司問: “嶺南才, 誰爲最?”
曰: “有柳光億者.” 京試官曰: “今行, 吾必置壯元.” 監司曰: “子之
鑒然乎?” 曰: “能.” 遂相與難, 以光億爲賭. 京試官旣登場, 出詩題
曰: ‘嶺南十月設重九會, 嘆南北之候不同.’ 俄有一券來呈, 其文曰:
“重陽亦在重陰月, 北客强醉南烹酒.” 試官讀之曰: “此光億也.” 以
朱亂點, 等二下, 擢爲魁. 又有一券, 頗合作, 置之二. 又淂一券, 爲
第三, 及坼糊, 無光億名, 陰諜之, 皆光億受人錢貨, 以貨之多少,
而先後之也. 試官雖知之, 而恐監司不信己, 欲得光億招, 以爲契,

移關于陝, 使執光億送, 而未嘗有起獄意.

光億爲郡所收, 將被送, 自恐懼以爲: "我科賊也, 去亦死, 不如不去", 夜與親戚縱酒飲, 仍潛投江死. 試官亦聞而惜之. 人莫不憐其才, 而君子謂: '光億之死不在, 是宜矣.'

梅花外史曰: 天下無不賣物, 有賣身爲人奴, 至毛之微夢之無形, 皆有買賣. 而亦未有賣其心者, 豈物皆可賣, 而心不可賣耶? 若柳光億者, 其亦賣其心者耶? 噫! 誰謂天下至賤之賣, 而讀書者爲之乎? 法曰: "與受同罪."

沈生傳

沈生者, 京華士族也. 弱冠, 容貌甚俊韶, 風情駘蕩. 嘗從雲從街, 觀駕動而逞, 見一健婢, 以紫細袱, 蒙一處子, 負而行, 一婭鬟, 捧紅錦鞋, 從其後. 生自外量其軀, 非幼稚者也, 遂緊隨之, 或尾之, 或以袖掠以過, 目未嘗不在於袱. 行到小廣通橋, 忽有旋風, 起於前, 吹紫袱, 褫其半. 見有處子, 桃臉柳眉, 綠衣而紅裳, 脂粉甚狼藉, 瞥見猶絕代色也. 處子亦於袱中, 依俙見美少年, 衣藍衣, 戴艸笠, 或左或右而行, 方注秋波, 隔袱視之. 袱既褫, 柳眼星眸, 四目相擊, 且驚且羞, 斂袱復蒙之而去. 生如何肯捨, 直隨, 到小公主洞紅箭門內, 處子入一中門而去. 生惘然如有失, 彷徨者久, 得一隣媼, 而細偵之, 蓋戶曹計士之老退者家, 而只有一女, 年十六七, 猶未字矣. 問其所處, 嫗指示之曰:"逌此小衚衕, 有一粉墻, 墻之內一夾室, 卽處女之住也."生旣聞之, 不能忘, 夕詭於家曰:"窻伴某, 要余同夜, 請從今夕往."遂候人定, 往踰墻而入, 則初月淡黃, 見窻外花木頗雅整, 燈火炤牕紙甚亮. 靠壁依檐而坐, 屛息而竢. 室中有二梅香, 女則方低聲, 讀諺稗說, 嚦嚦如雛鶯聲. 至三鼓許, 婭鬟已熟寐, 女始吹燈就寢, 而猶不寐者久, 若轉輾有所思者. 生不敢寐, 亦不敢聲, 直至曉鍾已動, 復爬墻而出.

自是習爲常, 暮而往, 罷漏而返, 如是者二十日, 生猶不怠. 女始則或讀小說, 或針指, 至半夜燈滅, 則或寐, 或煩不寐矣. 過六七日, 則輒稱,'身不佳.'纔初更, 便伏枕, 頻擲手于壁, 長吁短嘆, 聲息聞窻外. 一夕甚於一夕. 第二十夕, 女忽自廳事後出, 繞壁而轉, 至于生所坐處, 生自黑影中, 突然起扶持之, 女少不驚, 低聲語曰:"郎莫是小廣通橋邂逅者耶? 妾固知郎之來已二十夜矣. 毋持我, 一出聲, 不復出矣. 若縱我, 我當開此戶而迎之, 速縱我."生以爲信, 却立而竢之. 女復透迤而入, 旣到其室, 呼婭鬟曰:"汝到媽媽許, 請朱錫大屈戌來. 夜甚黑, 令人生怕."婭鬟向上堂去, 未久以屈戌來. 女遂於所約後戶, 拴上釘吊, 甚分明, 以手安屈戌扃, 故琅琅作下鎖聲. 隨卽吹燈, 寂然若睡熟者, 而實未嘗睡也. 生痛其見欺, 而亦幸其得一見, 又度夜於鎖戶之外, 晨而返.

翌日又往, 又翌日往, 不敢以戶鎖少懈, 或值雨下, 則蒙油而至, 不避沾濕, 如是又十日. 夜將半, 渾舍皆酣睡, 女亦滅燈已久, 忽復蹶然起, 呼婭鬟, 促點燈曰:"汝輩今夕, 往上堂去睡."兩梅香, 旣出戶, 女於壁上, 取牡籥, 解下屈戌, 洞開後戶, 招生曰:"郎入室", 生未暇量, 不覺身已入室. 女復鎖其戶, 語生曰:"願郎小坐."遂向上堂去, 引其父母而至. 其父母, 見生大驚, 女曰: "毋驚, 聽兒語. 兒生年十七, 足未嘗過門矣, 月前, 偶往觀駕動躡, 到小廣通橋, 風吹袱捲, 適與艸笠郎君相面矣. 自其夕, 郎君無夜不至, 屛跰於此戶之下, 今已三十日矣. 雨亦至, 寒亦至, 鎖戶而絶之而亦至. 兒料已久矣, 萬一聲聞外播, 鄰里知之, 則夕而入, 晨而出, 誰知其獨倚於窓壁外乎? 是無其實而被惡名也. 兒必爲犬咋之雉矣. 彼以士夫家郎君, 年方靑, 血氣未定, 只知蜂蝶之貪花, 不顧風露之可憂, 能幾日而病不作耶? 病則必不起, 是非我殺之, 而而我殺之也, 雖人不知, 必有陰報. 且兒身, 不過一中路家處子也, 非有傾城絶世之色, 沈魚羞花之容, 而郎君見鷗爲鷹, 其致誠於我, 若是其勤, 然而不從郎君者, 天必厭之, 福必不及於兒矣. 兒之意, 決矣. 願父母勿以憂. 噫! 兒, 親老而無兄弟, 嫁而淂一贅壻, 生而盡其養, 死而奉其祀, 兒之願, 足矣. 而事忽至此, 此天也, 言之何益?"其父母, 默然無可言. 生亦無可言者.

仍與女同寢, 渴仰之餘, 其喜可知. 自是, 夕始入室, 又無日不暮往晨躡. 女家素富, 於是爲生, 具華衣服甚盛, 而生恐見異於家, 不敢服. 生雖秘之深, 而其家, 疑其宿於外, 久不躡, 命往山寺做業. 生意快快, 而迫於家, 且牽於儕友, 束卷上北漢山城. 留禪房將月, 有來傳女諺札於生者, 發之, 乃遺書告訣者也. 女已死矣. 其書, 略曰:

"春寒尙緊, 山寺做工, 連淂平善? 願言思之, 無日可忘. 妾自君之出, 偶然一病, 漸入骨髓, 藥餌無功, 今則自分必死. 如妾薄命, 生亦何爲? 第有三大恨, 區區於中, 死猶難暝. 妾本無男之女, 父母之所以愛憐者, 將以覓一贅壻, 以爲暮年之倚, 仍作後日之計, 而不意好事多魔, 惡緣相絆. 女蘿猥托於喬松, 而朱陳之計, 以此虧望. 則此妾之所以悒悒不樂, 終至於病且死, 而高堂鶴髮, 永無依賴之地矣, 此一恨也. 女子之嫁也, 雖丫鬟桶的, 非倚門倡伎, 則有夫壻, 便有舅姑. 世未有舅姑所不知之媳婦, 而如妾者, 被人欺匿, 伊來數月, 未曾見郎君家一老鬟, 則生爲不正之跡, 死爲無逕之魂矣, 此二恨也. 婦人之所以事君子者, 不過主饋而供之, 治衣服以奉之, 而自相逢以來, 日月不爲之久, 所手製衣服, 亦不爲不多, 而未嘗使郎, 喫一盂於家, 披一衣於前, 則是所以侍郎君者, 惟枕席而已, 此三恨也. 若其它, 相逢未幾, 而遽爾大別; 臥病垂死, 而不得面訣, 則猶是兒女之悲, 何足爲君子道也? 興念至此, 腸已斷而骨欲銷矣. 雖弱艸委風, 殘花成泥, 悠悠此恨, 何日可已. 嗚呼! 窗間之會, 從此斷矣. 惟願郎君, 無以賤妾關懷, 益勉工業, 早致青雲, 千萬珍重, 珍重千萬!"

生見書, 不禁聲泪俱失, 雖哭之慟, 亦無奈矣. 後生投筆, 從武擧, 官至金吾郎, 亦早殀而死.

梅花外史曰: 余十二歲, 游於村塾, 日與同學兒, 喜聽談, 故一日, 先生語沈生事, 甚詳. 曰: "此吾之少年時窗伴也. 其山寺哭書時, 吾及見之, 故聞其事, 至今不忘也."又曰: "吾非汝曹, 欲效此風流浪子耳. 人之於事, 苟以必得爲志, 則閨中之女, 尙可以致, 況文章乎? 況科目乎?"

余輩, 其時聽之, 爲新說也, 後讀情史, 多如此類. 於是追記, 爲情史補遺.

申兵使傳

禮樂屬乎明, 鬼神屬乎幽, 幽之不敢干明, 久矣. 故襘祓魈魑之類, 時或嘯舞恍惚, 而宜於夜, 不宜於晝. 然而齊諧志怪之書, "鬼之肩, 與人磨於市." 書固妄矣. 猶有之, 故有是妄. 豈地天通之絶舊矣, 將漫漶混淆, 莫之閑耶! 或曰: "中國吾未之質, 若我東國未聞之. 意中國人多妄言者." 外史氏曰: "是子未聞也. 豈以東國而無之? 以余聞若高麗平章·若諸沫·若權清河·若斗玉者, 其非鬼耶? 近世有申兵使事."

申兵使, 不知爲何間人. 南陽府西舍許, 有李生者, 兄弟居. 一夕, 季方臨紙寫, 伯從內呼使飯, 李入, 少選出, 有書一行留於紙, 無人, 疑之莫能定. 其翌, 有絲笠瓊纓衣直領至者, 揖而入, 貌甚偉. 問誰, 曰: "我申兵使也. 與君鄰而居." 主人訝, 始指坨南一荒丘, 曰: "此也. 子孫已絶, 海民不我恤, 久困於牛馬, 以子力淂從此免, 何感之如? 敢以懇." 生諾, 送之, 畏而從其言. 後數日, 又至謝僕僕. 自此, 每閑無人, 則必在坐. 又請通書札曰: "若投札於某樹下, 我當見之." 生試之, 旋有獲於案上或檐外者, 即答書, 而其束式艸法札語, 甚精好, 無以異於人.

居數月, 又言於生曰: "恩大無以報. 窃觀子之先塋, 非吉壤, 爲子求佳兆, 昨始得之於葛山地. 如不外我, 子其移而窆." 生兄弟信其言, 與之期而往, 已先在. 自點穴開壙以至封, 皆親督役不懈. 不知其事者, 皆以爲青烏家也. 生既遷其親, 兄弟嘗閑居, 論其事, 季曰: "緬禮重事也. 吾輩安信其言, 安知非魑魅魍魎假飾而弄人也?"

言未已, 戶開而又至矣, 曰: "子之疑, 亦無怪矣. 其失在我, 請從此辭." 又有艸笠而青袍者, 色甚勃, 不爲禮, 顧季而責曰: "子不知恩, 反以魍魎目長者乎?" 其父呵止之, 猶不聽, 向外喝曰: "奴! 尔速去外廊, 押一使喚來見." 氈笠被褚者, 諾而出, 捽生奴, 伏於前. 少年曰: "主有罪, 且笞奴." 三笞而去. 笞不甚痛, 而奴卒以死. 季亦發悸死. 自是遂絕不至.

外史氏曰: 燈燭炧而盡者無烟, 驟吹滅者, 烟氣結而久不散. 觀於燈燭, 可以知死生理. 若申兵使者, 豈強死者耶? 利氏之學曰: '一切鬼神之有跡, 皆魔之假弄而騙人者也.' 信是說, 少年之怒, 亦豈怒其見狀耶? 余之南陽而聞之, 其書札, 尚有藏之者云.

張福先傳

三韓古無俠人. 其往往稱俠者, 皆朋游花房, 以身許釰, 若古青陵契者. 或不顧家貲, 飲酒業馬弔者也, 是豈眞俠人也哉? 近世, 達文以俠, 鳴於漢. 達文之爲俠也, 年五十不冠, 衣縕縷衣, 與豪富民被綾紗者, 相兄弟. 嘗游於友, 其友亡白金一封, 疑達文, 問 "有否?" 達文曰: "誠有之." 謝其不告, 即假諸它人而償之. 無何, 友人得所亡白金於家, 大慚懊, 還達文所償, 且重謝之. 達文笑曰: "無傷也. 汝得汝銀, 我還我銀, 何謝有?" 自是, 達文之名, 聞于世.

絅錦子曰: 具達文, 閭巷之長者也, 非俠也. 所貴乎俠者, 能輕財重施, 尙義氣周困急, 而不望報, 斯其爲俠人乎.

張福先者, 平壤觀察營之主銀庫庫子也. 今尙書蔡公濟恭之按營也, 覆其庫, 所乾沒銀, 凡二千兩. 家素貧, 無以爲徵, 法當斬, 下獄囚. 明日且斬, 聞'平人皆惜其死, 爭以酒食饋'. 尙書夜使人覘之獄, 福先方引飮談笑自若. 忽索紙筆, 語人曰: "我固死不惜, 恐我死後, 或疑我盜官藏以自肥, 不亦恥丈夫. 我且留下一錄, 以作契." 遂列書曰: "某之喪, 貧不能斂, 我贈銀幾兩. 某之葬, 我贈銀幾兩. 我之嫁某娘·冠某甲, 費幾兩銀. 某之糴, 某吏之徵逋, 皆我銀幾兩." 題畢而會之, 二千有贏.

明日朝, 旗牌旣張, 跪福先於庭, 且斬之, 平人相奔告曰: "今日, 張吏福先死." 老幼婦女, 帀圍而觀之, 至有泣者. 女伎百餘人, 皆擁髻襭錦裙, 羅跪庭下, 相和而倡[35]曰: "乞饒它乞饒它, 萬乞饒它張福先. 美洞爺爺蔡尙書, 彼張福先乞饒全. 張福先如得饒, 此回知登上台筵. 上台筵雖未然, 剪板棄子錦唐蓁, 得小郎君在膝前. 乞饒它乞饒它, 乞饒福先俾終年." 歌未竟, 將校之在列者, 擲大柳簏於地, 揚于衆曰: "今日, 卽張福先且死日也. 如有願贖者, 釀白金於此." 關西素饒銀, 俗且夸, 眇無以銀飾者. 於是, 或刀·或簪, 婦女之或指環·或釵·或雜佩之屬, 紛紛然下如雪, 頃刻而以簏量者四五, 吏秤之, 爲銀已千餘兩. 尙書從民欲, 且奇其人, 命原之, 出五

35_ 倡 | 저본에는 '唱'으로 되어 있는데, '倡'과 통용하는 글자임.

百銀助之. 翌日而官簿告充, 福先旣放三日, 而遠邑之載銀至者, 又二三人, 皆聞而樂之, 且慚其晩至也.

絅錦子曰: 若福先者, 眞俠人乎! 其爲鼠於官, 市恩於私者, 在法固當刑. 而若使福先, 家而有積金, 則亦豈盜官藏干國律乎? 東人性愿拙, 且儉於財, 鮮有以周急名者. 而福先以外邑一小吏, 綽然有古大俠餘風, 豈關以西, 在我東, 風氣土俗, 稍自異焉, 有輕財重義, 尙氣節好名之習而然歟? 近歲, 客有過平壤者, 訪福先, '方往安州未返'云.

李泓傳

古之人朴, 後人尙機. 機生巧, 巧生詐, 詐生騙, 騙生而世道, 亦難矣哉. 國之西門, 有大市, 市之售贗貨者, 藪焉. 贗之類, 證白銅爲銀, 質羊角爲玟瑰, 文獾皮以爲貂. 父子兄弟, 互相作交易狀, 爭高下, 賭呪呶呶, 鄕之氓, 眈之以爲且眞也. 從其直買之, 售者得其計, 則利必什佰. 又有剽囊者, 錯出乎其間, 揣人囊橐中物, 以利刀割而取之. 覺而逐, 則逶迤走賣醬巷, 巷之狹且多折者也, 幾及之, 有負笆子者, 叫買笆子而出, 路塞不得前. 是故, 入市者, 固錢如陣, 審貨如嫁, 猶見墮於騙也. 三韓之民, 古稱淳素, 近世有白勉善之類, 多以騙人名, 豈俗日趨下, 淳素者變而爲欺詐耶? 上古顓蒙之世, 亦自有奸譎者間之耶?

李泓, 漢陽人也. 好風神, 有言辯才, 初得者, 不知爲騙人人也. 性輕財, 好侈華衣食, 以自度, 而其家固自貧也. 泓嘗游巨室, 談水利, 以錢累萬, 從事於淸川江, 日擊牛釃酒, 勾遠近名妓, 所招無不至. 惟安州妓一人, 技色爲關西最, 節度使昵之, 雖別星過者, 莫得窺其面, 泓無以致. 泓與其徒賭, 約游安十日必狎而歸. 遂馱而乘, 肩錦掛子, 馬無牽, 只從笠者一人, 鳴鞭入安州城, 物色者, 皆以爲松大賈也. 抵妓家館焉, 妓之父, 軍校之老而開店者也. 泓約曰: "吾所挾, 重貨也. 所館勿許人更入. 吾行待人也, 遲速未可卜. 歸日當淸帳, 自來食不健, 朝夕必精, 勿憂直多也, 烟債任主人." 妓父視其人, 賈也, 視其所馱, 不浮而重, 蓋銀也. 曰: "此好客也." 遂掃室而受之. 泓入室環顧, 瞵瞯者久, 呼其從, "買壯紙來, 人雖一日居, 安能臥此間?" 塗旣成, 安所馱於枕, 鋪羊褥紫錦被. 行囊中, 出帳簿一大卷, 及珠籌小硯, 閉戶, 與其徒, 日會計不足. 妓父從門隙聽之, 錦緞香藥之數也. 妓父與其婦老妓謀曰: "客巨商也. 見兒必悅, 悅必多所獲, 豈止爲節度使德也?" 遂潛呼妓出衙, 至則拜於戶曰: "尊客久留陋地, 少主人敢現." 泓忙謝曰: "無. 女主人, 何必乃爾?" 復置籌, 若目無見者, 妓父以爲'是巨商, 眼傲且爲重貨然也', 夕遂從容謝之曰: "兒陋耶? 客人太冷淡, 兒至今含羞也." 泓屢謝無意, 若黽勉而後從者. 妓設酒肴, 歌舞盡歡, 幸而得伴寢焉. 自此, 乘間抵隙, 與客會者, 三四日. 泓始嚬眉, 作憂慮狀, 呼主人, 問曰: "西路, 近無火漢乎?" 曰: "無." "自義州, 幾日可到此?" 曰: "幾日." "然則過矣. 馬病耶?" 主人曰: "客何憂?" 曰: "貨之自燕來者, 某日渡江, 某日與吾約於此, 尚不來, 是以憂." 從人"汝可往城西門, 覘候." 夕又以不來告. 自是, 憂日煩, 至三日, 囑主人曰: "吾之所以不得更進, 以重貨故也. 今則主人, 一家人也. 吾鬱欲病, 不能坐此等, 吾貨煩主人善看守, 吾且前進, 探以歸." 遂鎖其室, 飄然去. 從間路歸淸川, 果十日也. 妓家疑其久不歸, 發其囊, 皆鵝卵水磨也.

有下邑吏職納軍布者, 從千餘緡入京, 靡所館, 泓引與歸, 誘之曰: "吾有蹊蹺, 可以免脚錢花費." 吏悅, 遂以錢委之泓. 且朝暮得尺文, 居十餘日, 泓忽盛言南山之美, 以一壺酒, 從吏登至彭南洞少人處, 獨傾壺盡, 仍縱聲悲哭, 吏曰: "一壺酒, 此不勝耶?" 泓曰: "長安信美, 吾將舍此, 安得不悲?" 袖出一條絃, 絓松枝, 欲雉經. 吏大驚惶, 手挽叩其由, 泓曰: "由汝! 我豈欺人一文錢者? 奈誤信人, 汝之錢, 已拐盡矣. 欲贖則貧, 欲仍置, 汝必督我, 我不如死. 休相挽." 套其頸, 且下跳. 吏惶甚, 跪而請曰: "毋苦死. 從今當更不言錢矣." 泓曰: "不然. 汝雖欲寬吾死, 今如此言, 此言也, 非夯也, 吾何以辭汝督? 不如死." 吏自思之, '死與生無錢均, 死則且有言.' 忙出筆墨於囊, 作已捧錢手標而獻之, 懇無死. 泓曰: "爾苟如此, 吾何用死?" 拂衣而歸. 自其夕, 驅吏去, 不入門. 按法風聞之, 拿致泓, 棍其臂一百, 泓幾死, 亦不死.

泓雖業射, 以某歲登武科, 非其射也. 旣放榜, 其侈夸爲一榜最. 鼓人皆衣靑苧帖裡, 垂沈香絲三尺, 手巾·錢布之外, 人賜畫牧丹屏一及葡萄犀粧刀一, 人以爲泓出遊遠鄉, 多掃他人墳, 而斥祭田, 以資用云.

泓家在西門外, 嘗衣花紬【繫】, 左手循曼胡纓輪·琥珀扇墜, 緩步從南門入, 見門外, 有鋪勸善, 擊磬求施者. 泓呼曰: "僧! 汝立於此幾日?"曰:"三日.""得幾錢?"曰:"僅二百餘文."曰:"噫! 老死矣. 終日叫阿彌陀佛, 三日始得二百文者耶! 吾家富, 多兒子女, 業欲於佛氏, 作一樁好事, 僧之遇福也. 吾何施?"若沈吟者久曰:"有鍮器, 有用乎?"僧曰:"以鑄佛像, 功德莫大."曰:"踵我."遂前行入南門, 指燈戶曰:"小憩此行."酒人溫酒, 將美肴來. 連倒十餘卮, 撫錦子囊, 笑曰:"今日出, 偶忘酒債來. 僧姑借汝鉢囊中物, 至且償."僧計酒價訖, 復行, 顧而呼曰:"僧來乎?"僧曰:"謹隨."曰:"鍮舊器, 衆或有阻擋者, 須善輸去."僧曰:"許之在檀越, 持去在僧, 敢不善?"泓曰:"然."復入酒家, 以僧錢飲, 凡三四入, 僧之錢且盡. 復行, 語僧曰:"僧! 凡事須有眼次."僧曰:"小僧如是行半世, 所餘者, 惟眼次."泓曰:"然."復數步, 回頭語僧曰:"僧! 鍮甚大, 汝何以力?"僧曰:"大益佳. 苟有得, 萬斤何難?"泓又曰:"然."時已度大廣通橋矣. 泓將轉向東街, 擧扇指人定鐘, 呼曰:"僧! 鍮在彼, 善持去."僧聞之, 自不覺回身急轉, 望見南山立, 良久, 遂疾走去. 泓緩緩向鐵塵橋去矣.

泓之一生, 皆類此, 而此尤其最著者也. 泓旣以善騙人名, 亦以是受國刑謫遠地云.

外史氏曰: 大騙騙天下, 其次騙君相, 又其次騙民. 若泓之騙末耳, 何足道哉? 然騙天下者, 君天下, 其次榮其身, 又其次潤屋. 而若泓者, 卒以騙坐, 非騙人也, 自騙也, 亦悲夫!

所騎馬傳

馬牡而驥, 善於步, 日可二百里, 高過御之肩. 見其友, 必蹄築地, 振鬣高嘶, 嘶聲甚清而壯, 然性則馴. 相傳, 爲耽毛羅産, 産五歲, 至吾家, 畜吾家十二歲, 以馬年計, 凡三十三禾. 辛亥五月, 從余赴京師, 偶病不能食, 召獸醫診之曰: "宿熱入腎臟, 危矣." 下之箴, 投以藥, 少可, 送歸鄕, 病復作. 七月, 余在京, 發鄕書, 馬已死矣. 嗟呼! 余幾乎涕, 因作詞以哀之. 余之哀, 非惜馬也, 惜其駿也, 憐其久於家也. 其詞曰:

"自余之有知, 喪一驢二馬. 喪驢若喪婢, 所惜惟妖冶. 喪馬若喪奴, 如多所失者. 汝來自濟州, 不皇而不赭. 一丈烏雲色, 汗則如墨灑. 汝性甚桀驚, 走不待鞭打. 每當怒索豆, 聲裂震屋瓦. 槪桶以視之, 輒自嘿如啞. 若論毛與足, 世固多疾踥. 若論其靈識, 如汝者蓋寡. 秋原暮獵李, 春城早朝賈. 從以白羽勁, 導之紅燈炬. 汝若淂其地, 豪邁復俊雅. 惟應嘶北風, 去如盤水瀉. 儒家弊弊鞍, 屛奴短轡把. 歲或三四出, 否則牧在野. 於汝心樂乎? 此莫非命也. 自汝强病南, 心焉念不捨. 忽聞汝已斃, 初猶訝其假. 世無郭景純, 已矣從此舍. 不有人畜異, 余淚可盈罍. 況是不忍聞, 村人夜窃剮. 借車與賃驢, 從今足苟且. 願汝早入輪, 爲人多受嘏. 它日過空廏, 觸目余懷惹. 忍使隣家牛, 獨眠高柳下. 生芻有一束, 依羨祭馬社. 詩成如敝帷, 隨意强呼寫."

主人曰: 余兒時所畜鷄, 爲狸所攘, 作〈酹鷄文〉, 及冠喪所騎衛, 作〈盧君傳〉, 今於馬之死, 不忍無一言, 亦不忍徒事文華如前之爲. 於是, 文以記之, 詩以哀之, 合之爲〈所騎馬傳〉.

南靈傳

南靈字烟. 其先有淡巴菰者, 當崇禎間, 以蠲醫術聞. 嘗游九邊, 治戍卒寒疾甚神, 以功封南平伯, 子孫邃氏焉, 靈其枝葉也. 爲人短小精悍, 黃黑色, 性甚剛烈. 習兵書, 善於火攻. 天君御國之三十二年夏六月, 大霖雨, 踰月不止. 於是, 靈臺賊秋心, 起兵作亂, 連陷鬲縣·齊州等地, 方塘失守, 圍天君數重, 困於垓心. 徵諸將入援, 黃卷從銀海, 欲徑趨九曲河, 賊熾相火焚之. 卷戁於眉山, 不淂入. 或薦靈可將, 天君乃使火正黎持節, 拜靈爲神火將軍平南侯, 使火速赴難. 靈聞命, 仗節臨軍, 設烽燧於金臺, 從箕簹谷穴道而行, 過石城, 涉華池, 踰咽喉關, 遇賊於鬲縣, 燒走之進, 戰於靈臺下, 與賊大鏖, 火烈風猛, 煙氛四塞. 秋心赴火自焚死, 餘黨悉降.

天君大悅, 使使冊靈爲西楚霸王, 加九錫. 其冊曰:

"向者, 朕否德, 自貽心腹之憂. 賊秋心與其徒長白髮·夢不成等, 侵蝕郡縣, 勢甚熾盛, 終至劍臨防意之城, 矢及神明之舍. 股肱之郡, 莫能相救; 肺腑之臣, 無以自力. 興念國事, 惟危惟微, 尚賴卿奮起艸莽, 升聞馨香, 威行橫艸, 若火烈之具擧, 功成破竹, 解鐵桶之深圍, 整頓於呼吸之間, 收平於灰燼之餘, 終使煙塵不警, 風艸俱偃. 朕惟, 火炎昆岡, 玉石易混, 而兵不血刃, 惟賊是驅, 使民不知有兵火之憂, 則此卿之仁也. 火攻素稱下策, 而乃能推孫武之五計, 灰曹操之萬艘, 則此卿之智也. 一鼓而壯士燻怒, 三驅而狂寇煙散, 斬關奪路, 奮不顧身, 則此卿之勇也. 卿有此三德, 宜居第一. 茲命爲西楚霸王, 賚以銀花鐵盒一, 以爲卿第宅, 黃油紙匣一, 以爲卿衣服; 綠紬囊一, 以爲卿衰冕; 銀壽福箱一, 以爲卿甲冑; 花紋斑竹一, 以爲卿節旄; 白板方櫃一, 以爲卿榮邑; 靑銅爐一, 以爲卿封疆; 鐵刺刀一, 以爲卿尙方劍; 三孔風穴一, 以爲卿圭瓚. 卿其欽哉. 於戲! 不戢, 必自焚, 尙其念哉."

靈雖受封西楚, 而時秋心之徒憂心, 猶隱伏於氣海, 故不許靈之國, 靈仕于朝, 兼進香使‧榷茶使‧酒泉太守, 權重一世. 天君嘗指而語曰: "不可一日無此君."

花史氏曰: 昔韓慕廬爽, 與南煙及麴生, 爲忘形友, 人問: "二者如不可兼, 當去何者?" 韓公沈吟良久曰: "皆不可去, 若不獲已, 其去麴生乎! 至於煙, 有死不可去." 余於南君, 亦然. 於是, 爲立傳以紀. 或曰: "其先呂宋人."

却老先生傳

昔王僧虔, 目銅鑷曰'却老先生'. 余亦有一先生, 處於囊, 因號之曰'却老'. 或問於余曰: "先生果能却老也乎?" 曰: "能." 曰: "人之老也, 骨老而枯, 血老而消, 肉老而焦, 精老而澆, 其中旣老矣. 發於外者, 面老而不韶, 目老而不瞭, 耳老而不昭, 視其行, 山肩而圭腰, 聽其言, 舌塞而齒復齩, 其神寂寥, 其色萃蕉. 於是乎, 髮隨而變, 由玄而皂, 由皂而黲, 由黲而紫, 由紫而黃, 由黃而素, 由素而白, 由白而爲雪白, 由雪白而爲梨花之白, 白玉之白. 於其白也, 始白乎頭, 次乎額, 次乎鬢, 次乎鼻谷, 次乎須, 次乎髯, 次乎眉, 下此

則腋與臍下, 無不白矣. 是有內外焉, 有先後焉. 比之於物, 馬䐰隤,
而後玄者黃; 鳥將降, 而羽翠不章, 木返液而後, 其葉紫紅; 草心枯,
而後其支蕭颯而失芳. 然則髮之於老也, 外也後也. 是故, 古之事却
老者, 或丹砂·雄黃, 以換其藏; 或黃精·昌陽, 以塡其傷, 莫不致
力於內, 而未聞有'摘去其毛之白, 而許之以却老者'矣. 是何異於秋
盡冬屆, 冰雪闌干, 姑引火炙手, 而曰: '我能却寒'也. 城隳師潰, 大
盜臨國, 姑曳甲退避, 而曰: '我能却賊'也. 是果能眞却也哉? 先生
之却老也, 何以賢於是也?"

余曰: "噫嘻, 悲哉! 余豈不能知先生之不能却老者耶? 使先生果
眞能却老者, 則皇帝政, 已以五百童男女, 具樓船迎之矣. 元封主,
已致爲天道將軍文成侯矣. 先生豈肯爲吾輩遊乎? 子只知老之不
可却, 與先生之不能却; 而不知老之不可却, 與先生之所能却者,
則請爲子詳之. 童子之諺曰: '匪死之嘻, 伊老之悲.' 人之惡老以其
漸於死也, 而今惡之, 反甚於死焉, 則世之所以惡老, 而欲却者, 余
固知之矣. 或榮塗多蹇, 藍袍久絆, 而銳於進取, 又恐顏駟之不遇,
則不得不使先生却之矣. 或尊闈享壽, 斑衣色愉, 而義難稱'老', 竊
慕萊子之兒嬉, 則不得不引先生却之矣. 或晚妻嬌姬, 慕芳醜朽而
志在媚悅, 欲學陸展之假飾, 則不得不倩先生却之矣. 或可憎也, 或
可喜也, 或可哀也, 而至於余之所以用先生者, 亦有異於是者.

余年今五旬, 已無意於求仕矣. 屋中只有一妻, 已偕老三十餘年,
則余於三者, 脫其二矣. 上有慈母, 年開八秩, 尙以稚子畜余, 則余
固不敢肆然垂白於慈母之前, 而亦非徒此爲也. 古者, 尙齒而尊之,
故先王有燕毛之制, 而《書》曰: '尙惟詢玆黃髮.'《禮》曰: '斑白者,
不負戴.' 當是時也, 毛黑者, 尊頒白者, 頒白而犁者, 尊白者, 白者,

尊黃髮者, 齒各有列, 禮各有別. 故天下之尊榮者, 莫尙於毛之黃白, 而齒以之列三尊, 壽以之加於五福矣. 齒邁而暮者, 惟恐其髮之不華, 尙何却之而欲違之也哉!

今也不然, 不見其人, 惟見其額而種種然, 見其耳角而星星然, 見其脣與頤而皤皤然, 則嫚而疏者, 視之若鷺鵠之偶集, 惟欲其氣色而翔之, 愿而昵者, 視之若瞀兀之生而廢者, 只自無奈, 而矜惻之. 夫人之於世也, 學不脩, 道不由, 文不猶, 言不侔, 爲人所鄙薄, 則此自作之郵也, 誰恨誰尤. 其或布而未羅, 屬而未車, 茨而未華, 以儉而見輕於奢, 以素而見嗤於夸, 則非我也. 富貴在天, 我於富貴何, 彼亦於我何哉? 又或不幸, 而有病於外, 脣或免而缺, 目或眚而凸, 鼻或塌而穴, 齒或摺而豁, 手或騈指而縮節, 足或不良而躄躄,[36] 有一於是, 可以爲人之所哀矜而姍笑者. 則必竊竊然悲之, 求良醫以讐之, 而或縫之, 或刮之, 或蠟而塡之, 或象而植之, 不欲人之見之也. 故出必方麴而障之. 今也, 余幸而無三官之咎, 五竅之災, 而特以鬖鬖者白, 見外於人, 受憐於衆, 則是不可不却而後已矣. 噫! 頭有冠, 額有巾, 又何必却之廣耶? 只却之於鬂, 却之於頷, 而世之所惡之之老, 則已却之盡矣. 先生之所却老者, 不已多乎?"

或曰: "悲夫! 世之所以待老, 與子之所以待世者, 吁亦悲矣. 子將調栗於粉, 以舒其橘皮之皺; 削柳而堅, 以塞其狗竇; 雕花剪綠, 以易其偉素之袖, 而與夫總角之秀, 鳩車之幼, 嫖【姍】嫖猇獢[37]於蔥

36_ 躄ㅣ저본에는 '蹕'으로 되어 있으나, 誤記로 판단되어 바로잡음.
37_ 獢ㅣ저본에는 '檜'로 되어 있으나, 誤記로 판단되어 바로잡음.

竹之會而後已, 不亦謬哉. 且家以譬之, 貲積內竭, 耕販外闕, 窺其廚, 無三日之活, 而方揚綾繡, 羅龍鳳, 奏桐竹效王石之樂者, 其家立以[38]喪. 國以譬之, 天災乖剌, 民俗嘂軋, 察於朝埊, 汲汲乎末矣, 而方慶符瑞, 贊德化, 夸禮樂, 象唐虞之盛者, 其國不能長. 何以異於是也. 吾竊爲子危之也." 於是, 敍其相難, 爲〈却老先生傳〉.

38_ 以 │ 저본에는 '而'로 되어 있으나, 誤記로 판단되어 바로잡음.

俚諺

一難 ˙

或問曰: "子之俚諺, 何爲而作也? 子何不爲國風爲樂府爲詞曲,
而必爲是俚諺也歟?" 余對曰: "是非我也, 有主而使之者. 吾安得
爲國風 · 樂府 · 詞曲, 而不爲我俚諺也哉? 觀乎國風之爲國風, 樂
府之爲樂府, 詞曲之不爲國風 · 樂府, 而爲詞曲也, 則我之爲俚諺

◉ 《俚諺》은 국립중앙도서관 소장《俚諺》(A본이라 칭함)을 저본으로 삼았다. 이에 다음
몇 가지를 일러둔다. 문맥상 誤 · 脫 · 衍字임이 분명하다고 판단되는 경우, 다른 본을
참고하여 바로잡았으며, 대비가 되는 글자는 주석을 달아 밝혀둔다. 단, 허사의 변동
에 대해서는 의미가 달라지는 경우에만 표시하였다. 대조한 이본과 그 약칭은 다음과
같다.
국립중앙도서관 소장《俚諺》→ 저본
국립중앙도서관 소장《藝林雜佩》소재《俚諺》→ B
성균관대학교 존경각 소장《雜詩》소재《俚諺》→ 성
한국학중앙연구원 장서각 소장《俚諺集》→ 한

也, 亦可知矣." 曰: "然則, 彼國風與樂府與詞曲, 與子之所謂俚諺者, 皆非作之者之所作歟?"

曰: "作之者, 安敢作也? 所以爲作之者之所作者, 作之矣. 是誰也? 天地萬物, 是已也. 天地萬物, 有天地萬物之性, 有天地萬物之象, 有天地萬物之色, 有天地萬物之聲.[39] 總而察之, 天地萬物, 一天地萬物也; 分而言之, 天地萬物, 各天地萬物也. 風林落花, 雨樣紛堆, 而辨而視之, 則紅之紅, 白之白也; 匀天廣樂, 雷般轟動, 而審[40]而聽之, 則絲也絲, 竹也竹. 各色其色, 各音其音.

一部全詩, 出稿於自然之中, 而已具於畫八卦造書契之前矣. 此[41]國風 · 樂府 · 詞曲者之所不敢自任, 不敢相襲也. 天地萬物之於作之者, 不過托夢而現相赴箕而通情也. 故其假於人, 而將爲[42]詩也, 溜溜然從耳孔眼孔中入去, 徘徊乎丹田之上, 續續然從口頭手頭上出來, 而其不干於人也. 若釋迦牟尼之偶然從孔雀口中入腹, 須臾向孔雀尻門復出也. 吾未知釋迦牟尼[43]之釋迦牟尼耶? 是孔雀之釋迦牟尼耶? 是故, 作之者, 天地萬物之一象胥也, 亦天地萬物之[44]一龍眠也.

今夫譯士之譯人之語也, 譯納哈出, 則爲北[45]蕃之語; 譯利瑪竇,

39_ **聲** | 形(한).
40_ **而審** | 저본에는 이 글자가 없으나, 다른 이본(B · 성 · 한)에 의거하여 보충함.
41_ **此** | 이 다음에 '固'(B · 성)가 들어 있기도 함.
42_ **爲** | 이 다음에 '之'(B · 성)가 들어 있기도 함.
43_ **釋迦牟尼** | 是迦牟尼(B · 성 · 한).
44_ **一象胥也, 亦天地萬物之** | 저본에는 이 구절이 없는데, 다른 이본(B · 성 · 한)에 의거하여 보충함.

則爲西洋之語. 不敢以其聲之不慣, 而有所變改焉. 今夫畫工之畫人像也, 畫孟嘗君,[46] 則爲眇[47]小之像; 畫巨無霸, 則爲長狄之像. 不敢以其像之不[48]類, 而有所推移焉, 何以異於是?[49]

蓋嘗論之, 萬物者, 萬物也, 固不可以一之, 而一天之天, 亦無一日相同之天焉; 一地之地, 亦無一處相似之地焉. 如千萬人, 各自有千萬件姓名; 三百日, 另自有三百條事焉, 惟其[50]如是也. 故歷代而夏殷周也漢也晉也宋齊梁陳隋也唐也宋也元也, 一代不如一代, 各自有一代之詩焉; 列國而周召也邶鄘衛鄭也齊也魏也唐也秦也陳也, 一國不如一國, 另自有一國之詩焉. 三十年而世變矣, 百里而風不同矣. 奈之何生於大淸乾隆之年, 居於朝鮮漢陽之城, 而乃敢伸長短頸, 瞋大細目, 妄欲談國風·樂府·詞曲之作者乎?

吾旣目見, 而其如是, 如是也, 則吾固不可以有所作矣. 惟[51]彼長壽之天地萬物者, 不以乾隆年間, 而或一日不存焉; 惟[52]彼多情之天地萬物者, 不以漢陽城下而或一處不隨焉; 亦吾之耳之目之口之手也, 不以吾之庸淺而或一物不備於古人焉, 則幸哉幸哉! 此吾之亦不可以不有所作者也. 亦吾之所以只作[53]俚諺, 而不敢作〈桃夭〉·

·

45_ 北 | 저본에는 '此'로 되어 있으나, 다른 이본(B·성·한)에 의거하여 바로잡음.
46_ 君 | 저본에는 이 글자가 없으나, 다른 이본(B·성·한)에 의거하여 보충함.
47_ 眇 | 저본에는 '妙'로 되어 있으나, 《史記》〈孟嘗君列傳〉에 의거하여 '眇'로 바로잡음.
48_ 不 | 저본에는 이 글자가 없으나, 다른 이본(B·성·한)에는 '不'이 있고, 또 의미의 흐름상 '不'이 있어야 하므로 보충함.
49_ 是 | 是也(B).
50_ 其 | 저본에는 '是'로 되어 있으나, 성대본에 의거하여 '其'를 취함.
51_ 惟 | 저본에는 '猶'로 되어 있으나, 다른 이본(B·성·한)에 의거하여 '惟'를 취함.
52_ 惟 | 저본에는 '猶'로 되어 있으나, 다른 이본(B·성·한)에 의거하여 '惟'를 취함.

〈葛覃〉也, 不敢作〈朱鷺〉·〈思悲翁〉也, 幷與〈燭影搖紅〉·〈蝶戀花〉, 而亦不敢作者也. 是豈我也哉? 是豈我也哉? 所可慽者, 天地萬物之所於我乎徘徊者, 大不及古人之所以徘徊天地萬物者, 則此則我之罪也. 而亦俚諺諸調之所以不敢曰'國風'曰'樂府'曰'詞曲,' 而旣曰'俚', 又曰'諺', 以謝乎天地萬物者也. 蝴蝶飛[54]而過乎鶴翎, 見其寒且瘦, 問之曰:'子何不爲梅花之白牧丹之紅桃李之半紅半白, 而必爲是黃歟?'鶴翎曰:'是豈我也? 時則然矣, 於時何哉?'子亦豈我之蝴蝶也哉?"

二難

或曰:"子言天地萬物, 入乎子出乎子, 爲乎子之俚諺, 則豈子之天地萬物, 獨一個兩個而止耶? 何子之俚諺, 只及於粉脂裙釵之事耶? 古人非禮勿聽, 非禮勿視, 非禮勿言, 亦若是乎?"余蹴然而起, 改容[55]跪而謝曰:"先生敎之, 旨矣. 弟子失矣, 請亟焚之. 然[56]弟子窃有請於先生者, 幸先生卒敎之, 敢問《詩傳》者, 何也?"曰:"經也." "誰作之?"曰:"時之詩人也." "誰取之?"曰:"孔子也." "誰註

53_ **所以只作** | 저본에는 이 부분이 없으나, 다른 이본(B·성·한)에 의거하여 보충함.
54_ **飛** | 저본에는 '飛'가 없으나, 다른 이본(B·성·한)에 의거하여 보충함.
55_ **容** | 저본에는 '容'이 없으나, B본에 의거하여 보충함.
56_ **然** | 저본에는 이 글자가 없으나, 다른 이본(B·성·한)에 의거하여 보충함.

之”曰: “集註朱子也, 箋註漢儒也.”“其大旨, 何?”曰: “思無邪
也.”曰: “其功用, 何?”曰: “敎民成善也.”“曰〈周〉·〈召南〉, 何.”
曰: “國風也.”“所道者, 何?”久之曰: “多女子之事也.”“凡幾篇?”
曰: “〈周〉十有一篇,〈召〉十四篇也.”“其不道女子之事者, 各幾篇?”
曰: “維〈兎罝〉·〈甘棠〉等合五篇已也[57].”

曰: “然歟? 異哉! 天地萬物之只在於粉脂裙釵者, 其自古在昔而
然歟[58]? 何古之詩人之不憚乎非禮勿視非禮勿聽非禮勿言而然歟?
客乎! 子欲聞其說乎? 是有說焉. 夫[59]天地萬物之觀, 莫大於觀於[60]
人; 人之觀, 莫妙乎觀於情; 情之觀, 莫眞乎觀乎[61]男女之情. 有是
世, 有是身[62]; 有是身, 有是事; 有是事, 便有是情. 是故, 觀乎此,
而其心之邪正可知, 其人之賢否可知, 其事之得失可知, 其俗之奢
儉可知, 其土之厚薄可知, 其家之興衰可知,[63] 其國之治亂可知, 其
世[64]之汚隆可知矣.

蓋人之於情也, 或非所喜而假喜焉, 或非所怒而假怒焉, 或非
所[65]哀而假哀焉. 非樂非愛[66]非惡非欲, 而或有假而樂而哀[67]而惡欲

57_ **也** 而(한).
58_ **歟** 矣(성).
59_ **夫** 저본에는 '夫'가 없으나, 다른 이본(B·성·한)에 의거하여 보충함.
60_ **於** 저본에는 '於'가 없으나, 다른 이본(B·한)에 의거하여 보충함.
61_ **乎** 於(B·성·한).
62_ **身** 耳(B). 心(성).
63_ **知** 이 다음에 '之'(한)가 들어 있기도 함.
64_ **世** 俗(한).
65_ **所** 저본에는 이 글자가 없으나, 다른 이본(B·한)에 의거하여 보충함.
66_ **愛** 哀(B).

者焉. 孰眞孰假, 皆不得有以觀乎其情之眞. 而獨於男女也, 則卽人生固然之事也, 亦天道自然之理也. 故綠苔紅燭, 問聘交拜者, 亦眞情也; 香閨繡窟, 狠鬪忿詈者, 亦眞情也; 緗簾玉欄, 淚望夢思者, 亦眞情也; 靑樓柳市, 笑金歌玉者, 亦眞情也; 鴛枕翡衾, 偎[68]紅倚翠者, 亦眞情也; 霜砧雨燈, 飮恨埋怨者, 亦眞情也; 花底月下, 贈佩偸香者, 亦眞情也.[69] 唯此一種眞情, 無處不眞. 使其端莊貞一, 幸而得其正焉, 是亦眞個情也; 使其放僻怠傲, 不幸而失其正焉, 此亦眞個情也. 惟其眞也, 故其得正者, 足可以法焉; 惟其眞也, 故其失其正者, 亦可以戒[70]焉; 惟其眞, 可以法, 眞可以戒也. 故其心其人, 其事其俗, 其土其家, 其國其世之情, 亦從此可觀, 而天地萬物之觀, 於是乎, 莫眞於觀男女之情矣.

此〈周〉·〈召南〉二十五篇, 所以有二十篇也; 亦〈衛風〉三十九篇, 所以有三[71]十七篇也;〈鄭風〉二十一篇, 所以有十六篇之多者也. 亦時之詩人之所以不憚非禮而聽之視之言之也, 亦我大成[72]至聖孔夫子之所以取者也, 亦毛·鄭·紫陽諸醇儒之所以箋註之集註之者也, 亦子之所謂思無邪者, 敎民成善者也. 子安知夫非禮而聽, 將以非禮勿聽也; 非禮而視者, 將以非禮勿視也; 非禮而言者, 將以非

67_ 哀 | 愛(성·한).

68_ 偎 | 縷(B).

69_ **花底月下, 贈佩偸香者, 亦眞情也** | 저본에는 이 구절이 없으나, 성대본에 의거하여 보충함. 한중연본에는 '佩'가 '藥'으로 되어 있음.

70_ **戒** | 法(한).

71_ **三** | 二(한).

72_ **成** | 聖(성).

禮勿言也哉? 而況乎所以視聽言者, 未必盡是非禮也哉! 是故, 吾
則曰: '詩之正風淫風, 非詩也, 乃《春秋》也.' 世之所稱淫史, 若《金
瓶梅》·《肉蒲團》之流,[73] 亦皆非淫史也. 原其作者之心, 則雖謂之
正風淫風, 亦無所不可矣. 子以爲如何哉? 且有說焉.

女子者, 偏性也. 其歡喜也, 其憂愁也, 其怨望也, 其譙浪也, 固
皆任情流出, 有若舌端藏針眉間弄斧, 則人之合乎詩境者, 莫女子
妙矣. 婦人, 尤物也. 其態止[74]也, 其言語也, 其服飾也, 其居處也,
亦皆到盡底頭, 有若睡中聽鶯醉後賞桃, 則人之具[75]乎詩料者, 莫
婦人繁矣. 噫! 雖其妙且繁矣, 而使其當之者, 若[76]翶翔鳳池, 出笙
入鏞, 則何可暇及於此也; 若栖遲碧山, 酬猿和鶴, 則何足及於此
也; 若潛心理窟, 吟弄乎風月, 則何屑及於此也; 若逃身麴墨, 酣歌
乎花柳, 則亦何能及於此也? 今也, 此且不然, 彼且不然. 問其時
也, 則烟花[77]太平, 熙熙穰穰之好世界也; 問其地也, 則錦繡長安,
紛紛擾擾之大都會也; 問其人也, 則筆墨多年, 涔涔悶悶之閒生涯
也. 晝而出遊乎街坊, 則所逢者, 非男則女也; 夜而歸對乎書床,[78]
則所展者, 唯圖書[79]數卷也. 其心焉癢癢焉, 如千百蟲之遍走乎肝

73_ **流** 類(B · 성 · 한).
74_ **止** 旨(성).
75_ **具** 合(한).
76_ **若** 如(B).
77_ **花** 火(성).
78_ **書床** 저본에는 '床書'로 되어 있으나, 한중연본에 의거하여 '書床'을 취함.
79_ **圖書** 저본에는 '國風'으로 되어 있으나, 다른 이본(B · 성 · 한)에 의거하여 '圖書'를
취함.

葉也. 吾亦不得不傾倒腸胃, 出此蝨而後已矣.

　然而旣作之, 則天地萬物之間,[80] 舍其妙且繁而情眞者, 吾復何處焉下手也哉? 子其聞之乎, 否乎? 意者, 國風之詩人者, 於其作國風之時也, 其才與識, 固萬萬倍賢乎吾也, 而其所以作之之意, 則蓋亦與吾不甚相遠也云爾."

三難

　或以俚諺中所用服食器皿, 凡干有名之物無名之物,[81] 多不用本來之名稱, 以妄以己意傅合鄕名, 用之文字也, 以爲僭焉, 以爲詭焉, 以爲鄕闇焉. 余曰: "是然矣. 然則, 我之犯是科也, 久矣. 我之於我之室也, 我不曰'岳陽樓'·'醉翁亭', 而我以我室之名, 名我室焉. 我十五而冠, 始有名有字, 我不以古人之名名我, 我不以古人之字字我, 而我名名我,[82] 我字字我,[83] 則犯是科, 其亦久矣. 奚徒我也? 子亦然矣. 子何不以黃帝之姬[84]晉之王謝唐之崔盧爲子之姓, 而子何有子之姓耶?"

80_ 間 | 저본에는 '間'이 없으나, 다른 이본(B·성·한)에 의거하여 보충함.
81_ 物 | 저본에는 '物'이 없으나, 다른 이본 (B·성)에 의거하여 보충함.
82_ 名我 | 我名(B·성·한).
83_ 字我 | 我字(B·성·한).
84_ 姬 | 저본에는 '熙周'라고 되어 있으나, 다른 이본(B)에 의거하여 수정함. 성대본에는 '性'으로 되어 있음.

或笑之曰: "我言物名, 而子反勒之以人耶?" 曰: "請以物之名言. 物之名甚多, 請以目前之物之名而言之. 彼草[85]織而藉者, 古之人中國之人, 則曰'席', 我與子, 則曰'兜單席,'[86] 彼架木而安油者, 古之人中國之人, 則曰'灯檠', 我與子, 則曰'光明', 彼束毛而尖者, 彼則曰'筆', 我則曰'賦詩'; 彼搗楮而白者, 彼則曰'紙', 我則曰'照意'. 彼以彼之所名者名之, 我以我之所名者名之.

吾未知彼之所名者,[87] 果其名耶? 我之所名者,[88] 果[89]其名耶? 彼之曰'席'曰'灯檠'者, 旣非盤古氏卽位初年欽差賜名者, 則亦非其名也. 我之曰'賦詩'曰'照意'者, 又非楮與毛嫡親爺孃之所唾手命名者, 則亦非其名也. 其爲其非[90]名也, 則均矣. 彼當以彼之所名者名之, 我當以我之所名者名之. 我何必棄我之所名者, 而從彼之所名者乎? 彼則何不棄其之所名者, 而從我之所名者乎?

古有一太守, 使吏貿祭需於市. 吏按簿, 買[91]之盡, 只有法油者, 不知爲何物也. 試問於賣油郞, 賣油郞曰, '俺只有眞油灯油二油而已, 本無名法油'者矣. 吏不得貿而歸, 竟不知法油之爲燈油也. 則此太守之過, 而非吏與賣油郞之過也. 又有一京口人, 招其所親鄕客曰,[92] '方今京肆, 靑泡甚美, 來則吾當飫之.' 鄕客, 以爲是奇饌也,

---

85_ 草┃莫(성).
86_ 席┃저본에는 '席'이 없으나, 성대본에 의거하여 보충함.
87_ 者┃저본에는 '者'가 없으나, 다른 이본(B·성·한)에 의거하여 보충함.
88_ 者┃저본에는 '者'가 없으나, 다른 이본(B·성·한)에 의거하여 보충함.
89_ 果┃亶(성).
90_ 非┃저본에는 이 글자가 없으나, 문맥을 고려하여 수정함.
91_ 買┃貿(성).

翌日, 之其家, 主人, 多設綠豆腐以待之. 綠豆腐者, 世所謂默也. 鄉客恚歸, 謂其妻曰, '今日某哥, 欺余矣. 青泡者, 我雖不知爲何饌, 而彼旣許我, 故我至則只饋默, 不設青泡矣, 久猶慍之, 終不知青泡之爲默也, 則此京口人之責, 非鄉客之責也. 東國之詩人, 其不買法油, 而喫青泡者, 凡幾人哉?

溪畔有鳥, 碧羽甚鮮, 其名曰'鐵雀', 而乃曰'修竹村家翡翠啼'. 則越裳之貢, 奚爲於朝鮮村家也? 峽裏有鳥, 夜必哀鳴, 其名曰'接同', 而乃曰'此地鵑聲不忍聞'. 則巴蜀之魄, 奚爲於朝鮮國地也? 類不可盡誅[93]矣. 是故, 國人之於服食器皿凡干之物也, 以其所呼之名而名之, 則三歲小兒, 猶了然有餘, 而及其操筆臨紙, 欲作[94]數字件記, 則已左右視而問旁人, 不知其[95]物之當[96]某名矣. 豈有是哉?

噫! 吾知其意矣. 彼以爲'鄉名者, 鄉之名也. 吾只可以口呼之, 不可以筆書之云爾.' 則吾未知新羅之建國號也, 何不曰'京', 而曰[97]'徐那伐'焉; 稱王[98]號也, 何不曰'齒文', 而曰'尼師今'焉; 稱其姓也, 何不曰'瓠', 而曰'朴'焉乎? 豈金富軾失之而未知[99]書歟? 且漢之鐃歌, 稗之《金瓶梅》也, 何不平順其詞典雅其語, 使後世異國之人皆得而

92_ 曰 | 저본에는 '曰'이 없으나, 다른 이본(B·성·한)에 의거하여 보충함.

93_ 誅 | 識(성).

94_ 作 | 저본에는 '作'이 없으나, 다른 이본(B·성·한)에 의거하여 보충함.

95_ 其 | 저본에는 '某'로 되어 있으나, 성대본에 의거하여 수정함.

96_ 當 | 書(성).

97_ 曰 | 저본에는 '曰'이 없으나, 다른 이본(성·한)에 의거하여 보충함.

98_ 王 | 이 다음에 '之'(한)가 들어 있기도 함.

99_ 知 | 저본에는 '之'로 되어 있으나, 다른 이본(B·성·한)에 의거하여 '知'를 취함.

易曉也歟? 豈枚馬好詭鳳州[100]多鄉闇而然歟?

噫! 使其所以名物者, 皆如席也灯檠也筆也紙也, 之必當其物, 則吾亦當舍己而從人, 不必强傅鄉名若務勝者然, 而至若指碧羽而爲翠聽哀鳴而爲鵑, 則吾雖手鈍舌訥, 至作諺文之詩, 必不肯買法油而喫靑泡矣. 吾如之何其不爲鄉名耶? 所可歎者, 蒼[101]帝·朱皇, 旣不曾爲我而別造書焉, 檀仙·箕王, 亦未嘗以書而早敎語焉, 則刺刺鄉音, 或有文字之所未名者, 而如其可以名者, 則吾何畏而不爲[102]是哉? 此吾之所以必以鄉名者也. 吾豈鄉闇也哉? 吾豈詭也哉? 吾豈僭也哉? 子旣謂我以[103]僭焉, 則吾請不避僭, 而大談之.[104] 常看[105]《康熙字典》,[106] 載'玏'字, 曰'朝鮮宗室之名'也, 又有'畓'字, 曰'高麗人水田之稱'也. 尤長洲樂府, 多稱我國俗語, 則子安[107]知後日中原不有博採者, 錄吾所稱之物名, 而註之曰'朝鮮絅錦子之所云'乎哉. 笑矣乎!"

100_ 州ㅣ저본에는 '洲'로 되어 있으나, 한중연본에 의거하여 바로잡음.
101_ 蒼ㅣ倉(성).
102_ 爲ㅣ저본에는 '以'로 되어 있으나, B본에 의거하여 '爲'로 수정함.
103_ 以ㅣ저본에는 '而'로 되어 있으나, 다른 이본(B·성·한)에 의거하여 바로잡음.
104_ 之ㅣ矣(B).
105_ 看ㅣ者(B·한).
106_ 典ㅣ傳(B).
107_ 安ㅣ汝(B).

雅調

雅者, 常也, 正也. 調者, 曲也. 夫婦人之愛其親敬其夫, 儉於其[108]家勤於其[109]事者, 皆天性之常也, 亦人道之[110]正也. 故此篇, 全言愛敬勤儉之事, 以雅調名之. 凡十七首.

郎執木雕鴈, 妾捧合乾雉. 雉鳴鴈高飛, 兩情猶未已.
福手紅絲盃, 勸郎合歡酒. 一盃生三子, 三盃九十壽.
郎騎白馬來, 妾乘紅轎去. 阿孃送門戒, 見舅拜勿遽.
兒[111]家廣通橋, 夫家壽進[112]坊. 每當登轎[113]時, 猶自淚沾裳.
一結靑絲髮, 相期到葱根. 無羞猶自[114]羞, 三月不共言.
早習宮體書, 異凝微有角. 舅姑見書喜, 諺文女提學.
四更起梳頭, 五更候公姥. 誓將歸家後, 不食眠日[115]午.
養蠶[116]大如掌, 下階摘柔桑. 非無東海紬, 要驗趣味長.
爲郎縫衲衣, 花氣惱儂倦. 回針插[117]襟前, 坐讀淑香傳.

108_ 其 | 저본에는 '其'가 없으나, 다른 이본(B·성·한)에 의거하여 보충함.
109_ 其 | 저본에는 '其'가 없으나, 다른 이본(B·성·한)에 의거하여 보충함.
110_ 之 | 저본에는 '之'가 없으나, 다른 이본(B·성)에 의거하여 보충함.
111_ 兒 | 妾(성).
112_ 進 | 저본에는 '眞'으로 되어 있으나, '進'으로 바로잡음.
113_ 轎 | 橋(성).
114_ 自 | 저본에는 '有'로 되어 있으나, 다른 이본(B·성)에 의거하여 수정함.
115_ 日 | 一(성).
116_ 養蠶 | 春蠶(한).
117_ 插 | 저본에는 '鋪'으로 되어 있으나, 다른 이본(B·성·한)에 의거하여 바로잡음.

阿姑賜禮物, 一雙玉童子. 未敢顯言佩, 結在流蘇裏.

小婢窓隙[118]來, 細喚阿哥氏. 思家如不禁, 明日送轎子.

草綠相思緞, 雙針作耳囊. 親結三層蝶, 倩手捧阿郞.

人皆戲秋韆, 儂獨不與偕. 宣言臂力脆, 恐墮玉龍釵.

包以日文袱, 貯之皮[119]竹箱. 夜[120]剪阿郞衣, 手香衣亦香.

屢洗如玉手, 微減似花粧. 舅家忌日在, 薄言解紅裳.

眞紅花布褥, 鴉靑土紬衾. 何必雲文緞, 四龜鎭[121]黃金.

人皆輕錦繡, 儂重步兵衣. 旱田農夫鋤, 貧家織女機.

艶調

艶者, 美也. 此篇所言, 多驕奢浮薄夸飾之事, 而上雖不及於雅, 下亦不至於宕, 故名之以艶. 凡十八首.

莫種鬱陵桃, 不及儂新粧. 莫折渭城柳, 不及儂眉長.[122]

歡言自酒家, 儂言自倡家. 如何汗衫上, 臙脂染作花.

118_ **隙** | 回(성).
119_ **皮** | 彼(한).
120_ **夜** | 手(B).
121_ **鎭** | 眞(성).
122_ **長** | 揚(한).

白襪苽子樣, 休踏碧粧洞. 時體針線婢, 能不見嘲弄.

頭上何所有? 蝶飛竹[123]節釵. 足下何所有? 花開[124]錦草鞋.

下裙紅杭羅, 上裙藍方紗. 琮琤行有聲, 銀桃鬪[125]香茄.

常日天桃髻, 粧成腕爲酥. 今戴簇頭里, 脂粉却早塗.

且約東鄰嫗, 明朝涉鷺[126]梁. 今年生子未, 親問帝釋房.

未耐鳳仙花, 先試鳳仙葉. 每恐爪甲靑, 猶作紅爪甲.

纖纖白苧布, 定是鎭安品. 裁成角歧[127]衫, 光彩似綾錦.

莫觸頂門簪, 轉墮簇頭里. 恐有人來看, 呼儂老處子.

儂有盈箱衣, 個個紫繢粧. 最愛[128]兒時着, 蓮峰粉紅裳.

三月松錦緞, 五月廣月紗. 湖南賣梳女, 錯認[129]宰相家.

細吮紅口兒,[130] 扭來但空皮. 返[131]吹春風入, 圓似在房時.

惉[132]嫌中白桂, 烈怕梨薑膏. 在腥惟花鰒, 於果六月桃.

細[133]掃[134]銀魚鬢, 千回石鏡裡. 還嫌齒太白, 忙漱澹[135]墨水.

123_ 竹 ㅣ 雙(B).
124_ 開 ㅣ 저본에는 '冠'으로 되어 있으나, 다른 이본(B·성·한)에 의거하여 수정함.
125_ 鬪 ㅣ 偸(한).
126_ 鷺 ㅣ 저본에는 '露'로 되어 있으나, '鷺'로 바로잡음.
127_ 歧 ㅣ 저본에는 '跂'로 되어 있으나, 다른 이본(B·성·한)에 의거하여 수정함.
128_ 愛 ㅣ 是(성).
129_ 認 ㅣ 疑(B·성·한).
130_ 兒 ㅣ 花(한).
131_ 返 ㅣ 更(한).
132_ 惉 ㅣ 저본에는 憇로 되어 있으나, 다른 이본(B·성·한)에 의거하여 바로잡음.
133_ 細 ㅣ 網(성).
134_ 掃 ㅣ 梳(B).
135_ 澹 ㅣ 談(B·성).

暫被阿郎[136]罵, 三日不肯飧.[137] 儂佩靑玕[138]刀, 誰不[139]愼儂言.

桃花猶是賤, 梨花太如霜. 停勻脂與粉, 儂作杏花粧.

郎愛燕雙飛,[140] 儂愛燕兒多. 一齊生得妙, 那個是哥哥?

宕調

宕者, 佚而不可禁之謂也. 此篇所道, 皆娼妓之事. 人理到此亦宕乎, 不可禁制, 故名之以宕. 而亦《詩》之有鄭·衛[141]也. 凡十五首.

歡莫當儂鬘, 衣沾冬柏油. 歡莫近[142]儂脣, 紅脂軟欲流.

歡[143]吸煙草[144]來, 手持東萊竹. 未坐先奪藏, 儂愛銀壽福.

奪儂銀指環, 解贈玉扇錘.[145] 金剛山畫扇, 留欲更誰遺?

西亭江上月, 東閣雪中梅. 何人煩製曲, 敎儂口長開.

136_ **郎** | 娘(B).

137_ **飧** | 飱(B·성).

138_ **玕** | 鋼(성).

139_ **不** | 復(B·成). 家(성).

140_ **燕雙飛** | 雙燕美(B·성).

141_ **衛** | 風(B·성·한).

142_ **近** | 當(성·한).

143_ **歡** | 저본에는 '懽'으로 되어 있으나, 다른 이본(B·성·한)에 의거하여 '歡'을 취함.

144_ **草** | 저본에는 '竹'으로 되어 있으나, 다른 이본(B·성)에 의거하여 '草'를 취함.

145_ **錘** | 저본에는 '墜'로 되어 있으나, '錘'의 誤字인 듯함.

歡來莫纏儂, 儂方自憂貧. 有一[146]三千[147]珠, 纏直十五緡.

拍碎端午扇, 低唱界面調. 一時知我者, 齊稱玅妙玅.

卽今秋月老, 年前可佩歸. 文君何業[148]生,[149] 儂不信[150]渠詩.

人言[151]儂輩媒, 儂輩奈自貞. 逐日稱[152]坐中, 明燭到五更.

不知郎[153]名字, 何由誦[154]職唧. 狹袖皆[155]捕校, 紅衣定別監.

聽我靈山曲, 譏儂半巫堂. 座中諸令監, 豈皆[156]是花郎.

六鎭好月矣, 頭頭點朱砂. 貢緞鴉靑[157]色, 新着加里麻.

章有後庭花, 篇有金剛山. 儂豈桂隊女? 不曾解魂還.

小俠寶[158]重金, 大俠靑綉皮. 近年[159]花房牌, 通淸更有誰.

儂作社堂[160]歌, 施主盡居士. 唱到聲轉處, 那無我愛美.

盤堆[161]蕩平菜, 席醉方文酒. 幾處貧士妻, 鐺飯不入口.

146_ 一 | 二(한).
147_ 千 | 저본에는 '天'으로 되어 있으나, 다른 이본(B·성)에 의거하여 바로잡음.
148_ 業 | 樣(B·성·한).
149_ 生 | 坐(한).
150_ 信 | 愼(B).
151_ 言 | 疑(B·성·한).
152_ 稱 | 調(한).
153_ 郎 | 歡(B·성·한).
154_ 誦 | 識(한).
155_ 皆 | 惟(B·성·한).
156_ 皆 | 可(한).
157_ 靑 | 저본에는 '翎'으로 되어 있으나, 다른 이본(B·성)에 의거하여 수정함.
158_ 寶 | 保(B).
159_ 年 | 日(B·성·한).
160_ 堂 | 棠(한).
161_ 堆 | 惟(한).

悱調

《詩》云, "小雅, 怨而不悱." 悱者, 怨而甚者之謂也. 大凡世之人情, 一失於雅, 則至於艷, 艷則其勢, 必流於宕. 世既[162]有宕者, 則亦必有怨者, 苟怨之則必已甚焉. 此悱之所以有作, 而悱者所以悱其宕也, 則此亦亂極思治, 反求於雅之意也. 凡十六首.

寧爲寒[163]家婢, 莫作吏胥娘. 纔歸巡邏頭, 旋去罷[164]漏後.

寧爲吏胥婦, 莫作軍士妻. 一年三百日, 百日是空閨.

寧爲軍士妻, 莫作譯官婦. 篋裏綾羅衣, 那抵別離久.

寧爲譯官婦, 莫作商賈妻. 半載湖南歸, 今朝又關西.

寧爲商賈妻, 莫作蕩子婦. 夜每何處去, 朝歸[165]又使酒.

謂君似羅海,[166] 女子是托身. 縱不可憐我, 如何虐我頻.

三升新襪子, 縫[167]成轉嫌寬. 箱中有紙本, 何不照憑看.

間我梳頭時, 偸我[168]玉簪兒. 留固[169]無用我, 不識贈者誰.

亂持羹與飯, 照我面前[170]擲. 自是郎變味, 儂手豈異昔.

162_ **既** | 저본에는 '豈'로 되어 있으나, 다른 이본(B·성·한)에 의거하여 수정함.
163_ **寒** | 저본에는 '豪'로 되어 있으나, 다른 이본(B·성·한)에 의거하여 수정함.
164_ **罷** | 破(B·한).
165_ **朝歸** | 今朝(B·성·한).
166_ **海** | 解(규).
167_ **縫** | 纔(한).
168_ **我** | 得(B·성·한).
169_ **固** | 姑(성).
170_ **前** | 門(B·성·한).

巡邏今散未? 郞歸月落時. 先睡必生怒, 不寐亦有疑.

使盡[171]闌干脚, 無端蹴踘儂. 紅頰生靑後, 何辭答尊公?

早恨無子久, 無子返喜事. 子若渠父肖, 殘年又此淚.

丁寧靈判事, 說是[172]坐三灾. 送錢圖畫[173]署,[174] 另購大鷹來.

一日三千逢, 三千必盡[175]嚇. 足趾雞子圓, 猶應此亦罵.

嫁時舊[176]紅裙, 留欲作壽衣. 爲郞投牋[177]債, 今朝淚賣歸.

夜汲槐下井, 輒[178]自念悲苦. 一身雖可樂, 堂上有公姥.

171_ 盡 ┃ 欄(한).
172_ 是 ┃ 書(성).
173_ 圖畫 ┃ 저본에는 '畫圖'로 되어 있으나, 다른 이본(B · 성)에 의거하여 수정함.
174_ 署 ┃ 面(한).
175_ 盡 ┃ 生(한).
176_ 舊 ┃ 倩(B), 蒨(성 · 한).
177_ 投牋 ┃ 鬪箋(B · 성 · 한).
178_ 輒 ┃ 저본에는 '猶'로 되어 있으나, 다른 이본(B · 성 · 한)에 의거하여 '輒'를 취함.

戱曲 — 東床記

金申賜婚記題辭[●]

　忙固不可耐, 閑亦不可耐. 今若畀一人於室, 使目無見, 耳無聞, 口無道, 手足無所役, 躁者不哺, 靭者三日. 是故, "寧守¹⁷⁹三年瘧, 難爲一日閑." 閑固余之所病, 人皆然乎哉, 否?

　歲辛亥六月, 炎而霖, 人不堪其苦. 欲治學業, 則無窓伴, 難自強,

●《東床記》는 한남서림본을 저본으로 삼고, 여러 이본들을 대조하였다. 허사의 변동들은 일일이 표시하지 않았고, 다만 의미가 달라지는 경우에만 주석을 달아 차이점을 밝혀 두었다. 대조한 이본과 그 약칭은 다음과 같다.
翰南書林本(白斗鏞 纂《東廂記》) → 저본
국립중앙도서관본(《而也其》 소재《東廂記》) → 국
가람본(《가람본靑邱野談》 소재《東床記》) → 가
한국학중앙연구원본(《東廂奇書》 소재《金申夫婦賜婚記》) → 한
179_ 守│耐(국·한).

戱曲 — 東床記　●　291

欲事古文及詩, 則非徒才不逮, 興亦漫矣. 欲看書, 則睡輒至, 欲睡, 則便有數十蠅, 舐睫吮鼻, 不可得夢. 欲起而走, 雨且泥, 尼不得出. 其勢不可奈何, 亦不能自保其不狂且病也. 小奚歸自市門, 說所聞, 甚新. 曰:"奇哉盛矣! 吾可以已吾閑." 起弄筆作劇一篇, 覺手稍開, 眼稍揩. 凡塡詞一日, 讎校一日, 謄錄一日, 所消爲三日閑. 是三日, 無雨無暑無蠅, 在余所得, 亦多矣.

幸有看官, 勿問事之或訛, 勿問文之爲何體裁, 亦勿須問作者之爲誰某, 而只消閑爲用, 則亦可爲半晌之助云爾. 梅花宕癡儂題.

正目

窮措大南洞竊歎, 老處女北闕徹聞.
諸尙書西城主婚, 好夫婦東床[180]感恩

第一折

(金生上[181]) 大明天地無家客, 太白山中有髮僧. 賤生姓金, 名禧集,

180_ 床 | 저본에는 '廂'으로 되어 있으나, 가람본의 '床'을 취함.
181_ 金生上 | 金生(국).

家世慶州金氏白邊. 冠冕不遠, 簪纓相傳, 洞內上下, 皆以秀才呼稱. 但因家計倒裂, 也似貧窮, 三旬九食, 十年一冠, 正是樂貧的生涯. 城底小屋, 蟹殼般也窄窄. 俗談, "艱難醜龍泉", 果然俺艱難所致, 早年失學, 中年無業, 非文非武, 無才無德, 居然今年二十有八歲. 因此世上所謂丈家, 難於上靑天. 人生三十, 明日再明, 尙未免道令之稱, 南大門成造的姜林道令! 長安曰者鄭道令呵! 雖是俺自己事, 思量來, 可憐也, 可憐也! 可笑哉, 可笑哉!

【賞花時】(金唱) 世上人間天下中, 窮也窮寒, 誰最窮? 一間屋阿房宮, 住着里門小洞, 單隻漢, 條條紅.

今月, 是那個月? 眼兒裏, 空花擾擾, 綠莎堤, 新葉尖尖. 蔥[182]芭子, 鳴也錚錚, 從地理鳥, 三丈浮.[183] 三年陳的馬皮兒, 烏乎籠, 秪乎籠. 老道令心事, 最是難耐.

【幺[184]】紫燕雙棲西復東, 粉蝶翩飛雌與雄. 忽見桃花紅, 思量種種, 搔頭怨春風.

(歎科) 揮! (歎聲若嘯而無音) 三神帝釋指點, 俺出來這時, 口也似人, 眼也似人, 鼻也似人, 凡諸一應俺身上, 懸來的物件, 件件也似人, 何嘗有半伴, 不及人處. 只這婚姻一事, 不及人, 直到了九十三分, 六十半截, 所謂妻子息滋味, 未曾見了. 萬古天下, 寧有這般的身世麼? 俺是個兩班的緒餘, 若干聞古聖賢言語, 男子生而願爲之有

182_ 蔥 저본에는 '亂'으로 되어 있으나, 다른 이본(국·가·한)에 의거하여 바로잡음.

183_ **從地理鳥, 三丈浮** 다른 이본(국·가·한)에는 이 부분이 빠져 있음.

184_ 幺 저본과 다른 이본에 모두 '後'로 되어 있으나, '幺'로 바로잡음. 이하 '後' 표기를 모두 '幺'로 수정함.

室, 一妻一妾, 人皆有之. 大抵, 長安八萬家, 無論他班戶民戶, 似俺三十未娶的, 幾個幾個? 且況近來, 早婚成風, 世家大族除却了, 雖閭閻百姓, 稍喫了飯塊, 十五入丈家, 十六得正妻, 無人不然, 俺嘗看來.

【點絳脣】多少童蒙, 花轎繡鞍, 相迎送, 阿只氏, 十五乘龍, 道令主, 十四縹鸞鳳.

【混江龍】況是妻家尊奉, 新郎好事政丞同. 被却紫紗章服, 騎的白雪花驄. 斗里黃囊垂繡帶, 僧頭靑扇擺香風, 鴛鴦幷宿綠波深, 桃花早結紅心動. 似俺的, 論其年歲, 合做公公.

這般說話, 都是他人家事, 腸子兒痛,[185] 了說也無益. 如俺, 且講俺自家入丈家方略哩. 千思萬想, 怎般的妖術, 可得一個阿只氏來?

俺嘗聞來, 古有一個老道令. 俺的般窮困, 供養一個彌勒, 那彌勒[186]慈悲他老道令, 現夢, 授了二字眞言, 能附了個物,[187] 離了個物, 那道令, 因此致富, 因此得[188]入丈家了隣居的兩班,[189] 百姓, 嫁女迎婚, 那道令, 見這閣氏,[190] 又用了眞言奪取, 做個小妾. 如俺, 得了那眞言時, 萬事除了, 急先向那閣氏身上, 粘了俺, 也豈不好麼? 奈此間, 沒一個靈驗的彌勒?

個前, 何[191]中媒, 亦多曾[192]做的. 一個常漢, 年紀極多, 要中媒的

185_ 痛│저본에는 '講'으로 되어 있으나, 다른 이본(가·한)에 의거하여 바로잡음.
186_ 彌勒, 那彌勒│彌勒(가·한).
187_ 個物│個(가).
188_ 因此致富, 因此得│가람본에는 이 부분이 없음.
189_ 兩班│長者(가·한).
190_ 閣氏│閣氏甚美(가·한).

通婚, 往[193]說道:"新郎更無可論, 家世賽了張良, 年紀恰滿十八, 正是好個新郎." 那丈人做的, 聽得大悅, 完定[194]婚姻, 旣[195]數日,[196] 那中媒, 復來,[197] 說道:"仔[198]細探來, 這新郎年紀[199], 不是十八, 是二十四, 爾不嫌晩麼?" 新婦家,[200] 信他, 做鍾閣支棟, 及了奠鴈,[201] 是個恰滿八十的老常漢. 那丈人, 如何不憤. 大罵喝中媒道:"你, 這磔殺的兒子! 亂杖木毒的女息漢! 呀. 如何花言, 騙了俺麼." 那中媒, 呵呵大笑, 道:"俺何曾一毫,[202] 差了, 半點兒, 錯道麼, 毫髮些,[203] 騙爾的. 張良, 是個五世相韓, 向所道家世, 賽了張良, 道是父祖來, 常漢.[204] 十也八, 二十也四, 是個八十. 你眼聽[205]麼, 鼻[206]聽麼?[207] 耳孔裡, 釘了繫馬杙麼?" 那丈人, 雖是切痛, 是個還退不得的興成,

---

191_ **何** 저본에는 '此'로 되어있으나, 가람본에 의거하여 바로잡음. 한중연본에는 '世'로 되어 있음.

192_ **曾** 善(가·한).

193_ **往** 那中媒往一處(가). 那中媒往(한).

194_ **完定** 完定無疑(가·한).

195_ **婚姻, 旣** 가람본과 한중연본에는 없음.

196_ **數日** 이 다음에 '後'(가·한)가 들어 있기도 함.

197_ **復來** 更(한).

198_ **仔** 한중연본에는 없음(한).

199_ **新郎年紀** 新郎兒(한).

200_ **新婦家** 新婦(국).

201_ **奠鴈** 成禮(한).

202_ **毫** 言(가·한).

203_ **差了, 半點兒, 錯道麼, 毫髮些** 한중연본에는 이 부분이 없음.

204_ **向所道家世, 賽了張良, 道是父祖來, 常漢** 한중연본에는 이 부분이 없음.

205_ **聽** 저본에는 '見'으로 되어 있으나, 가람본에 의거하여 바로잡음.

206_ **鼻** 저본에는 '你耳'로 되어 있으나, 가람본에 의거하여 바로잡음.

207_ **你眼聽麼, 鼻聽麼** 爾聽(한). 저본에는 이 뒤에 '時節'이 있으나, 가람본에 의거하여 삭제함.

亦復奈何?

俺, 如有這般中媒, 爲俺效忠時, 俺坐地, 雖不及弘文校理, 焚香翰林,[208] 吏曹佐郎, 家世, 豈不賽過了五世[209]常漢? 俺年紀, 雖非阿只新郎, 若較他九九[210]八十, 少一[211]的老常[212]漢, 還是個新生的道令主? 俺豈不是[213]好新郎[214]材木[215]麼? (歎科) 揮句. 這常漢, 想是個富者了. 如俺, 一盞兒, 沒出處, 有甚中媒, 看甚上德, 爲了俺, 宣力麼? 終是這夜叉兒, 稅米磨鍊[216]; 這獨甲飛, 羅祿磨鍊[217]; 甕器匠士, 數計. 此將奈何? 呀!

【金菊香】半成還甲白頭翁, 君子好逑獨未逢. 何等妻宮這樣凶. 心火焦胸, 長歎[218]息, 又生風.

【紛蝶兒】環顧家中, 泠蒲團, 誰與伴夢? 短牛[219]衣, 誰與裁縫? 沒向方相思病, 症情危重. 若瞳他[220]月下仙翁址, 斷他紅線,[221] 打他青瞳.[222]

208_ **焚香翰林** | 한중연본에는 없음(한).
209_ **家世, 豈不賽過了五世** | 百勝了(한).
210_ **九九** | 한중연본에는 없음.
211_ **少一** | 한중연본에는 없음.
212_ **老常** | 한중연본에는 없음.
213_ **不是** | 不是眞個(한).
214_ **新郎** | 新(한).
215_ **材木** | 材(한).
216_ **終是這夜叉兒, 稅米磨鍊** | 국립도서관본 · 가람본에는 없음.
217_ **這獨甲飛, 羅祿磨鍊** | 한중연본에는 없음.
218_ **歎** | 太(한).
219_ **牛** | 中(가 · 한).
220_ **他** | 着(한).
221_ **線** | 絲(한).

俺也, 不是北漢山老長首座, 俺也, 不是壯義洞知事令監翁. 這是甚樣八字麼? 耐過了, 亦已多年, 未知, 從此去了, 又耐了幾年苦行, 方見了西洋世界麼? (歎科) 揮句. 不知那裏住的大功德阿只氏! 你, 旣要做了俺配匹者, 緣何事, 消息也亦頓絶了? 此不可做的情景麼. 喔, 上看了, 下看了, 四面八方, 周看了, 那裏, 有病身八朔的生女, 與俺做了個窮漢子的妻麼?

呀! 柴門外, 有人來索者. 是誰? (出門瞧[223]科) 呀! 原來洞內任掌, 到了. 你甚麼事, 叫俺麼?

任掌: 金道令. 火速, 將自己姓名·本貫·年歲, 錄與小的麼!

金: 甚曲折?

任: 官家甘結內, 老道令, 有若無的物件, 置于他, 沒用處, 一一[224]成册後, 都割了, 付與如俺, 喫素酒的洞內任掌,[225] 做個生贍按酒者.

金: 休了面弄! 這眞實[226]收成册,[227] 甚緣故?

任: 漢城府甘結內, 五部內各洞老道令, 成册, 報狀後, 自官家, 助婚, 不多日內, 完了婚姻者. 好也的, 好也的! 老道令[228]丈家去了時節, 不可不償了俺, 好酒一杯哩. (作受名帖收去科)

222_ **瞳** | 저본에는 '腫'으로 되어 있으나, 가람본에 의거하여 바로잡음.
223_ **瞧** | 저본에는 '醮'로 되어 있으나, 가람본에 의거하여 바로잡음.
224_ **一一** | 待了(가·한).
225_ **付與如俺, 喫素酒的洞內任掌** | 的(한).
226_ **面弄! 這眞實** | 無常語(구).
227_ **收成册** | 是個(가·한).
228_ **老道令** | 道令(가·한).

金: 噓句. 近來, 夢兆頗好, 今日食前, 不知那裏住²²⁹的鵲,²³⁰ 向俺也, 啼了可可, 果然今日, 聽得好消息.

【端正好】聽分付, 還如夢. 今朝也, 吹了何風, 便同四柱單子送, 已是春心動.

朝家, 要做, 豈有做不得的理? 今番, 俺也, 丁寧得入丈家, 不知怎樣阿只氏,²³¹ 除得俺的衿也, 來了. 且待朝家處分哩. (下).

第二折

(吏上) 堯之乾坤, 舜之日月, 國有風雲慶, 家無桂玉愁, 小人每, 中部・南部・東部・西部・北部五部書員的便是. 月前, 漢城府指揮內, 敬奉聖旨助婚次, 五部內, 老新郎老²³²處女, 各別搜所聞 坊坊谷谷, 无一人遺漏, 成册來報堯之乾坤,²³³ 舜之日月.²³⁴ 國有風雲慶, 家無桂玉愁. 小人每, 中部・南者. 小人每, 卽時, 頒布各洞,²³⁵ 各該洞中任²³⁶任掌, 眼同搜聞後, 尊位兩班, 報狀當部.

229_ **住** ｜ 來(가・한).
230_ **鵲** ｜ 好鵲(국・가).
231_ **阿只氏** ｜ 新阿只氏(한).
232_ **老** ｜ 가람본에는 없음.
233_ **乾坤** ｜ 日月(한).
234_ **日月** ｜ 乾坤(한).
235_ **各洞** ｜ 가람본에는 없음.

當部修正成[237]册子, 粘連[238]報狀于漢城府判尹大監, 都合計數, 某部某坊某契[239]第幾統第幾戶, 老道令 姓某名某, 年甲[240]幾何, 本貫[241]某鄉, 老[242]處女某氏, 父某年幾何, 本貫[243]某鄉[244], 已上幾百幾十人, 入啓後, 朝家處分內, 搜覓可合處, 催促過婚, 自戶曹, 新郎每名, 布幾匹, 錢幾兩, 處女每員, 布幾匹, 錢幾[245]兩, 婚姻扶助者. 這是我聖朝, 無前晟德事. 近來我國盛德事, 不知其數, 略룹大綱說來.

向來慘凶, 都城中許多乞兒的兒子們, 萬一非字恤之典, 新倉賑恤, 則怎得一個女息,[246] 生活麼? 此亦盛德事. 向來北道, 連年慘凶時節, 萬一非朝家極力賑恤, 北道百姓, 活出也無路, 此亦盛德事. 上上年, 平安道漢子, 空一道上來時, 一邊手牽了犬項, 一邊手挈妻子, 鼠含了那鼠尾, 慕華館, 陸續[247]兒流來, 萬一非鐘閣殿座時給糧[248]下送一款, 那個女息, 得了生還故土麼? 此亦盛德事.

上年六月分以後, 刑漢兩司·外方八道, 罪人的 竄配徒流[249]秩,

236_ **任** 가람본에는 없음.
237_ **成** 다른 이본(국·가·한)에는 없음.
238_ **連** 한중연본에는 없음.
239_ **某契** 某洞(가).
240_ **甲** 한중연본에는 없음.
241_ **本貫** 本籍(국·가), 本(한).
242_ **老** 幾(국).
243_ **本貫** 籍(한).
244_ **某鄉** 何鄉(국).
245_ **錢幾** 가람본에는 없음.
246_ **女息** 女(국·한).
247_ **陸續** 路絡繹(가), 路陸續(한).
248_ **糧** 糧食(가·한).
249_ **徒流** 한중연본에는 없음.

笞杖收贖秩, 一齊兒白放了, 此亦盛德事. 丙丁戊己庚辛于今十六[250]年, 田稅還上[251]貢布,[252] 蕩減不知爲幾百萬兩, 此亦盛德事. 此事也彼事也, 盛德事, 不一而[253]足, 至於今番, 老道令老處女, 助婚一款, 尤是盛德事中盛德事.

你是[254]較量來. 人間萬事[255]離別中, 獨宿空房, 最[256]可悲. 方春和[257]時, 草木群生, 花[258]也滿發, 蝴蝶兒翩翩, 金鶯兒栗栗,[259] 這時節, 興甚[260]恒甚,[261] 心事置着無處, 悲痛兒沒了指向. 上太息, 下太息, 低一聲太息, 長[262]一聲太息, 直令人消了肝腸. 便是感傷和氣的大椿事, 今賴朝家德分, 老道令, 丈家去了, 老處女, 媤家去了. 長安大道上, 新郎行次, 犬樣亂走, 這豈非盛德事中, 第一[263]個盛德事麼?

【錦上花】(吏唱[264]) 爾莫道夫婦因緣, 天上來.[265] 指天[266]外又天,

250_ 十六ㅣ十七(가).
251_ 還上ㅣ국립도서관본에는 없음.
252_ 還上貢布ㅣ가람본에는 없음.
253_ 而ㅣ저본에는 없으나, 다른 이본(가·한)에 의거하여 '而'를 보충함.
254_ 是ㅣ試(가·한).
255_ 萬事ㅣ한중연본에는 없음.
256_ 最ㅣ尤(가·한).
257_ 和ㅣ花(국).
258_ 花ㅣ이 다음에 '開'(가·한)가 들어 있기도 함.
259_ 栗栗ㅣ票票(가).
260_ 甚ㅣ夏(국). (가·한).
261_ 甚ㅣ횽(국). 夏(가·한).
262_ 長ㅣ국립도서관본에는 없음.
263_ 第一ㅣ盛悳(국).
264_ 吏唱ㅣ국립도서관본에는 없음.
265_ 來ㅣ点(가·한).
266_ 天ㅣ가람본에는 없음.

人君是已. 恁牽合隨人, 婚姻流水. 今日分, 女嫁男婚, 朝家呵, 視民如子.

若非朝家處分, 渠們直到了彭祖同甲, 唐白絲樣白了, 實難見丈家味.

小: 上德也則上德, 凡世上婚姻, 下的下品過了, 尚不下百餘金剝吞了, 這個們, 婚姻只將他戶曹, 所賚布匹錢兩, 怎得經紀了麼? 想來多不成模樣.

大: 似這不解事的[267]言語, 聽也亦厭.

【幺】一張禮狀函, 三幅木單被, 閣氏紅裳,[268] 借了隣里, 鴈夫藍袍, 賈于廛市, 草草行過, 權停禮以.

雖是赤條條兩身, 白白地四拜, 名以婚姻, 這便是好了事, 伊間滋味, 何渠不若三千兩婚姻麼? 這說話除却了! 好了不好了, 是渠每們好了, 不關俺奉行的好了. 俺每們, 職分內事, 這個成册裡, 道令‧處女已盡婚姻麼?[269] 你將那成册來, 與俺考準者. 頭骨上, 打了一個黑點兒的, 是已婚姻, 未受點的, 是遺在[270]的, 到今未受點的, 幾個麼?

小: (作, 瞧[271]册科) 某坊某契, 老道令某, 於某月某日, 某處丈家去了, 某坊某契, 老處女某氏, 於某月某日, 某處媤家去了, 幾乎已盡

267_ **不解事的** ǀ 不解(국).

268_ **紅裳** ǀ 木紅裳(가).

269_ **婚姻麼** ǀ 이 다음에 未盡婚姻麼(가‧한)가 들어 있기도 함.

270_ **在** ǀ 漏(가).

271_ **瞧** ǀ 點(가).

收煞了. 呀! 有一個了.

　　大: 你看, 他爲誰, 尙今未婚了?

　　小: 南大門外里門洞[272]居, 金禧集年二十八, 這個那裡去了, 尙今未遷去[273]麼? 憂患也, 憂患也!

　　大:　這是萬科初試, 落榜擧子, 庚戌年大豊年, 乞兒的八字.

　　【鴛鴦煞】方今高突伊盡得新娘子, 佳山兒倂化阿只氏, 譬這神仙, 天上也去時, 屋兒亦昇, 鷄兒亦去, 狨兒亦至,[274] 混家兒沒數羽化, 老鼠兒獨自墜地, 可憐八字. 你雖名禧集, 原來未集喜.

　　俺想得了, 這個月前有好個婚處, 在廣州地, 判尹大監, 報[275]通了京畿監營, 好事也幾乎[276]凝了? 那知冬至曉[277]豆粥酸了,[278]　出了[279]東大門鷄卵兒有骨, 間言風入. 廣州兩班忽出了腹臍, 監營使道亦無奈何. 這分明是這那道令哩.

　　小: 俺平生切痛的, 是那婚姻間言的. 一個間言的, 向那婚姻家去了, 中路淹沒了大水, 到了死境, 歎息道噓噓不祥. 某[280]婚姻, 今也則成了, 這是甚心腸麼?

　　大: 閒談且置了, 更細細考準[281]者.

272_ **里門洞** | 里門祠洞(가).
273_ **遷去** | 저본에는 '遷'으로 되어 있으나, 한중연본에 의거하여 '去'를 보충함.
274_ **狨兒亦至** | 국립중앙도서관본에는 없음.
275_ **報** | 轉(한).
276_ **幾乎** | 九分(가·한).
277_ **曉** | 日(한).
278_ **酸了** | 국립도서관본·한중연본에는 없음.
279_ **出了** | 生了(가).
280_ **某** | 某家的(한).

小: (作, 飜冊科) 呀, 又一個有了.

大: 是誰?

小: 新門外居[282]平洞[283]居, 處女[284]申氏年二十四, 父幼學德彬, 是個未受點秩.

大: 是也是也. 這是小居[285]平尉[286]洞最小巷, 小小飯饌假家, 一角中門三間草屋, 居住的. 可憐也, 艱難!

【幺】冬月明, 雪裏人嫌冷, 秋花妍, 春去誰稱美? 一叢香愁, 令人脹死, 不問可知. 蠶老了猶能室, 花老了尙能子, 處女老了奈何爾?

世上極難底事有三, 無形勢的虎班, 初入仕, 無器具的先輩, 監試初試,[287] 艱難的處女婚姻. 這三件事中, 貧處女婚姻尤難. 曾前一個老處女, 僥倖得了婚姻處, 四柱單子來了, 擇日單子去了, 婚姻日子看看迫了, 那處女不耐歡喜, 猶是體面所在, 十分忍住, 不得向人說道, 奈忍住無路, 走了厠間, 呼了犬兒, 暗暗詫道犬阿, "俺也再明日去了媤家." 犬如何採得? 只打一番何品飮, 那處女悶悶, 又道犬阿, "俺若謊說你, 俺也是你的女息了."

人情到這時, 豈非至樂所在麼? 此個處女, 那個, 再明日得去媤

281_ **考準** | 攷準(가), 攷准(한).
282_ **居** | 鈴(한).
283_ **平洞** | 平尉洞(가).
284_ **處女** | 한중연본에는 없음.
285_ **居** | 鈴(한).
286_ **尉** | 가람본에는 없음.
287_ **初試** | 한중연본 · 가람본에는 없음.

家了. 這等新郎, 這等處女, 當部亦無奈何. 直等到自家運通, 婚處
自生, 方得婚了, 俺們且休看. (幷下)

第三折

(吏上) 十日灘頭坐, 一日過十灘. 小人每戶曹書吏, 宣惠廳書吏便
是. 朝家分付內, 老道令金禧集, 老處女申氏, 終無可合處, 尙今自
在云, 老新郎老處女許多人中, 惟此二人, 如此者, 事不偶然. 非爲
朝家於渠二人偏施厚恩, 此亦渠每們八字所關, 申處女金新郎依處
分, 仍作夫婦, 從速擧行.

其婚凡百, 惠廳·戶曹拔例備給, 一依惠堂·戶判[288]親子女成婚
例, 着實主婚事. 本曹堂上無沈橋趙判書大監, 主了男婚, 惠廳堂上
大寺洞李判書大監, 主了女婚, 使成新郎新婦的親阿爸一般, 婚書·
答婚書紙, 兩位大監已將四六儷文製置了, 新郎四柱單子往來擇吉
了, 那婚姻的日子, 是個本月十二日.[289] 今已只隔, 兩宅婚需星火措
備, 俾無未及者.

【耍孩兒】幾番紅淚注[290]春眼, 總角衣亦應濕盡, 天般盛德海

288_ **惠堂·戶判** | 惠廳堂上戶曹判書(가·국·한).
289_ **本月十二日** | 本年本月十三日(국), 本年六月十二日(가), 本六月十三日(한).
290_ **注** | 저본에는 '住'로 되어 있으나, 한중연본에 의거하여 바로잡음.

般恩, 這婚姻已定佳辰, 前日呵, 無衣無食貧窮秩, 後日呵, 新郎新婦好事人. 原父母休搔鬢.

惠廳白木度支靑銅, 這婚需勿論錢入幾兩布入幾匹, 只從他極品好件措備方是. 個是莫非一朝家盛德, 兩位大監奉行申飭底事本意, 俺每們怎敢一毫兒歇后?

爲先把那外具點檢者. 新郎所騎馬, 梨花似的白雪馬, 靑靑月乃, 銀葉絲唐鞍粧, 別抄 金某去番新納馬, 新郎馬第一擢行. 有紋靑紗燈籠各二雙, 訓練都監; 白木大遮日各一浮, 一借御營廳, 一借禁衛營; 八張付白紋地衣各一浮, 靑邊飾行步席, 長興庫; 牧丹屏風, 濟用監; 牀巾, 濟用監; 鍮大燭臺二, 工曹; 高足床, 繕工監; 香高支, 司僕寺; 香坐兒, 尙衣院; 生鴈, 京畿監營; 芙蓉香, 內局; 淸遠香 · 木紅燭 · 心紅燭 · 紅羅照 · 萬花方席 · 奠鴈席 · 交拜席, 各衙門及本曹本廳借送行下; 龍頭刻的函支機 · 玉童子, 貰物廛; 鴈夫所着朱絲笠 · 貝纓 · 水靴子, 軍門借用, 只是新婦所乘金頂轎子, 非是借用底物, 孝經橋朴生員所有的, 出貰次.

【五煞】拜[291]鴈時, 易蹉跌; 跨馬時, 易墜陷; 紅燭下, 更詳愼. 生前孔雀屏間夜, 分外芙蓉帳裏春. 細細看, 終難認, 是仙, 是鬼? 是夢, 是眞?

呀嗟! 句 侍陪一款, 幾乎忘了. 本曹 · 本廳 · 漢城府五部書吏 · 書員 · 使令 · 通大房, 一齊進去次. 且把新郎服着的點檢者. 草笠已是不少了, 細細涼臺漆笠兒, 銀色苧布靑道袍, 白苧布中赤莫, 白

291_ 拜 | 奠(가).

苧布小氅衣, 生綿紬汗衫, 漢布緞草綠腰帶, 豆綠大緞斗里囊子, 朱黃唐絲蝶樣流蘇結, 白苧複褌子, 細布裡衣單褌子, 細作白木新襪子, 白苧布筒行纏, 草綠唐絲細條帶, 單縷網巾, 赤玳瑁貫子, 紫芝唐八[292]絲緊兒, 靑黍皮六分, 鹿皮縵色唐鞋, 一齊準備, 有甚納[293]鼠皮脫褌衣的念慮麼? 複紗角兒烏紗帽, 裌角[294]紫芝色紗冠帶, 一品秩犀角帶, 黑鹿皮好靴子, 冠帶內供, 紫芝複氅衣, 三臺僧頭靑扇, 極盡了極盡了.

【四煞】家貧服自貧, 人新衣亦新. 原來這個風神俊, 着道袍, 形容端妙如先輩; 被冠帶, 服色輝煌似重臣. 一口兒難盡說, 宜丈人丈母, 口張似咸匏, 倒着墮巾.

新郎衣服且置了, 把這新婦一襲打點者. 白苧布角支赤衫, 瓊光紬雙針腰帶, 白苧布四幅襦子, 細細北布鮒魚褌子, 眞紅縐紗複裙子, 藍方細紬單裙子, 靑苧布常着裙子, 上衣三勺, 草綠色·松花色·寶羅色, 甲紗熟綃廣月紗等物, 紫芝色三懷粧, 五合無竹伊, 三合無竹伊, 細白木襪子, 綠[295]質紅眼錦唐鞋, 娘子髻次, 六鎭月子,[296] 簇頭里, 銀竹節.

俗談, "生前好事一番, 死後好事一番," 生來初好事. 於余未·去豆微·紅長衫·金線繡鳳膝眼裙子·眞珠扇子, 這皆手母貰物.

292_ **八** | 다른 이본(국·가·한)에는 없음.

293_ **納** | 偏入(가·한).

294_ **裌角** | 다른 이본(국·가·한)에는 없음.

295_ **綠** | 저본에는 '線'으로 되어 있으나 가람본·한중연본에 의거하여 바로잡음.

296_ **子** | 矣(국·가), 衣(한).

【三煞】鳥無羽翼不得文, 婦無服飾不掩身, 終須錦繡與花粉. 可知白屋三間室, 初有紅羅九幅裙. 村嫗來休問, 一則非常八字. 一則無限天恩.

新郎奠鴈時, 新婦新行時, 下任²⁹⁷合用的幾雙麼? 羅照差備一雙, 香童子差備一雙, 芙蓉香差備一雙, 紅燭差備一雙, 納采時用的, 奠鴈時仍用了. 新婦禮時, 香下任一雙, 藍裳紫芝赤古里. 鏡臺下任‧食飽²⁹⁸下任, 爲一對, 俱兒孩下任, 三繪粧豆綠赤古里紅裳. 函下任一雙, 玉色繪粧赤古里藍裳; 幣帛下任一雙‧體下任一雙, 俱草綠繪粧赤古里藍裳; 兒孩下任一雙, 七寶簇頭里, 草綠唐衣紅裳, 道士絡唐只. 乳母‧手母‧房直等, 所著長衣, 所騎鞍馬等物, 預爲待令.

且把這新房所入, 點檢者. 綵畫花鳥寢屛, 花紋席登每, 方紗紬草綠兩衾, 繡花紬眞紅領子, 土綿紬紫芝襦衣, 多紅後的花鋪褥, 圓面雙鶴, 新郎枕; 方面九鳳, 新婦枕. 男女溺江, 男女梳貼,²⁹⁹ 廣細布五尺手巾次, 飛陋筒‧養齒木, 黑漆洒金婚書函, 金剪紙毛緞袱, 粉紅錦紬袱內外袱, 溢紋裸紫芝裸, 黃漆籠槐床, 倭朱紅三層鏡臺, 倭畫龍器, 鏡臺所入, 鄂斯羅金匣鏡, 鍮大鈍鍮飯床, 新房所入, 亦自不小.

【二煞】枕來初疑我腦門, 被來猶疑我布褌, 飯來又疑我西山椀. 牧丹屛風, 豈非今日初相見? 金匣鏡, 果是平生所未聞. 君

297_ **下任** | 이하 '下任'을 다른 본에서는 下林(국), 漢任(가), 媛任 또는 次知(한)으로 표기함.

298_ **飽** | 鈍(가‧국‧한).

299_ **男女溺江, 男女梳貼** | 男溺缸女溺缸, 男梳貼女梳貼.(국‧가‧한)

須認這應是瑤池世界, 又惑³⁰⁰者畫裏神仙.

凡事幾皆停當了, 這宴集一款, 亦不可草草. 奉常寺熟手幾名, 星火招來, 使個辦備者. 蒸餅·引節味·權母·白雪糕·松餅·卵麵·酸麵·油蜜果·紅糤子·中白桂·茶食·兩色蓼花·各色剛丁·魚饅頭·魚朵·狗醬·軟鷄濡³⁰¹·魚膾·肉膾·陽地頭熟肉·煎³⁰²肉花·花藥訥飮伊·猪肉·白肉·雜湯·蕩平菜·花菜·楂果·林檎·柳杏·紫桃·生梨·黃栗³⁰³·大棗·眞茈·西茈, 這一般, 都責熟手進排. 呀! 繡八蓮不可不插. 這便是使道盤床, 蝦蟆兒大卓一般.

【又³⁰⁴】平生飮食, 只知粥與飯, 未嘗一匙腹先滿. 半升黃栗新郎袖, 三酌紅絲手母樽. 頓飯³⁰⁵休遮變, 這大卓, 此生難再焉.

今則木石俱備, 所欠者, 惟上樑文, 所欠者, 惟日子未及,³⁰⁶ 安排婚需待了者. 常談道處女老, 福餘滓, 果然. 這處女, 若是早婚去了, 怎得了這般好事麼? 這是天生八字, 合有晚來的福, 又是朝家盛德, 古今無比, 匹夫匹婦, 皆得這般異數了, 壯的, 壯的!

【收尾】前宵春雨中, 百花齊是綻, 流向人間, 川澤皆充滿, 量君恩大小, 東海猶有這畔.

300_ **惑** │ 或(한).

301_ **濡** │ 臑(가·한).

302_ **煎** │ 저본에는 '剪'으로 되어 있으나 가람본·한중연본에 의거하여 바로잡음.

303_ **黃栗** │ 生栗(국·가·한).

304_ **又** │ 一煞(가·한), 二煞(국).

305_ **飯** │ 喫(가·한).

306_ **及** │ 저본에는 '備'로 되어 있으나 가람본에 의거하여 바로잡음.

第四折

(三生牽小奚上) "三年大旱逢甘雨, 千里他鄉見故人, 花燭[307]洞房無月[308]夜, 少年金榜掛名[309]辰", 這首詩, 是個古人四喜詩. 這四件事, 儘是人生[310]會心處, 就其中, 洞房花燭夜, 尤有滋味. 至於老道令花燭, 便是人間天下極樂的世界. 近聞, 金道令, 因朝家處分, 得入了丈家. 俺們, 俱是相親的, 這婚姻與他婚自別, 且有四百年流來古風, 不可不一次往看, 且賀且打者. (作到門科) 金道令! 呀嗟句, 金書房! 在家麼?

金: (出來科.[311] 見科)

大: 你的事, 沒有那般奇特事.

金: 莫非天恩, 感祝無地哩.

大: 盛德事, 盛德事. 桃之夭夭, 灼灼其華, 之子于歸, 宜其室家, 眞個今日盛德事.

二: 總角卝兮, 突而弁兮, 你的樣子, 今日也魚變成龍.

三: 俺們今日見了太守, 兼得了還上, 你解得四百年流來的古風麼.

金: (笑[312]科)

307_ **花燭** | 無月(가 · 한).
308_ **無月** | 花燭(가 · 한).
309_ **掛名** | 壯元(국).
310_ **生** | 間(가), 心(한).
311_ **科** | 相(가 · 한).
312_ **笑** | 大笑(국).

大: 俺們三人中, 俺也是堂上,[313] 俺當發問目, 取招, 你[314]一一從實直招者.

執杖的, 爲誰麼, 依法!

二[315]: (大唱喏科. 奪帶作套鉤[316]鋪金前科) 那邊足,[317] 是你的所憎足[318]麼? 速將憎的足,[319] 來納者!

金: (作, 不得已納足科)

二: (肩帶背立科)

三: 小奚呀! 你將洗踏砧子, 來納者!

奚: (捧棚棰[320]科)

三[321]: (打科) 是個長霾的足鐵也, 落盡了.

金: 哎呀, 哎呀! 犯了甚罪, 打這重杖?

大: (笑科) 你的罪, 你眞個不知麼? 衆人皆立, 你獨偃臥, 足向天上, 此非罪麼?[322] 你丈家去前一日, 你先送了甚物件麼?

金: 婚書紙, 綵緞, 只此送了.

大: 又是甚物件送麼?

313_ **堂上** 今日堂上(한).

314_ **你** 한중연본에는 없음(한).

315_ **二** 저본에는 '一'로 되어 있으나, 다른 이본(국·가·한)에 의거하여 수정함.

316_ **鉤** 다른 이본(국·가·한)에는 없음.

317_ **足** 手(국·가·한).

318_ **足** 手(국·가·한).

319_ **足** 手(국·가·한).

320_ **棚棰** 砧子(한).

321_ **小奚呀! 你將洗踏砧子, 來納者! 奚 (捧棚棰科) 三** 가람본에는 없음.

322_ **衆人皆立 … 此非罪麼** 다른 이본(국·가·한)에는 없음.

金: 函送了.

大: 那函是市上買來的, 自己家中造作的? 如何樣, 輸送了?

金: 自戶曹, 備³²³送的, 鴈夫的, 負去了.

大: 旣是戶曹備送³²⁴的, 想是別別調,³²⁵ 造的. 老道令, 函乙想是重了, 負去的, 應也憁了. 你去丈家時, 路上, 沒一個觀光的麼? 有甚麼說話的麼?

金: 老的少的, 沙羅海, 如便內觀光的, 頗多, 說話的, 未聞也.

大: 奸惡也, 奸惡也!³²⁶ 重打者!

三: (打科)

金: 哎呀, 哎呀! 直招了, 直招了. 大³²⁷道上, 奚³²⁸兒們, 從後趕來, 齊聲³²⁹叫罵道, 新書房! 將他新阿只氏, 昨日所與的貧³³⁰的, 餅價還償了! 又一夥們, 擧手³³¹指, 揶揄道, 羞也呢, 羞也呢! 這新郎, 鬚髯幾乎生, 年紀恰滿了十五歲, 妙了妙了. 這外眞實沒有聞的.

大: (笑科) 你騎馬, 到了妻家時, 馬的頭先入麼, 你的頭先入麼?

金: 馬的頭, 先入了.

衆: (大笑科)

323_ **備** l 저본에는 '輸'로 되어 있으나, 다른 이본(국·가·한)에 의거하여 바로잡음.

324_ **送** l 來(한·가).

325_ **調** l 한중연본에는 없음.

326_ **奸惡也** l 가람본·한중연본에는 없음.

327_ **大** l 한중연본에는 없음.

328_ **奚** l 孩(가).

329_ **齊聲** l 한중연본에는 없음.

330_ **昨日所與的貧** l 喫的負(한), 昨日喫的負(가).

331_ **手** l 一(가).

大: 你直從下馬時, 到了合宮時, 一通仔細³³²招將來!

金: 死了死了乞了! 德分德分乞了!

大: 你全身, 都是朝家德分, 你又生心, 乞了人德分麼? 重打者!

三: (打科)

金: 哎呀, 哎呀! 俺騎了馬, 到了妻家, 奠鴈,³³³ 少³³⁴退, 再拜.

【少梁州】(金唱) 遮日屏風奠雁廳, 拜鞠躬興, 俺的再拜致精誠, 低頭另³³⁵拜了我朝廷.

轉入于同牢宴, 手母將他新婦再拜了.

【么】固知今日³³⁶可詳證. 不耐多情, 乍轉睛, 魂難定. 俺將何等福力, 伏侍了這般娘?

那手母便勸俺行了答拜, 俺雖然是個京新郎, 那裏瞞得過? 畢竟又行了新婦再拜, 俺始答了再拜. 分兩邊跪坐, 手母解了紅絲, 勸飲了三盃合歡酒.

【鵲踏枝】一飲了退齡, 再飲了公卿, 這三次來盃這另是三個添丁. 若教你言无誕妄, 并盃吞, 長醉不醒.

到了新房, 行了相會³³⁷禮, 新婦仍作當日新婦禮, 回了, 俺好喫了夕飯, 好睡了. 乞乞乞,³³⁸ 解解解.³³⁹

332_ 細ㅣ저본에는 '佃'으로 되어 있으나, 다른 이본(국·가·한)에 의거하여 바로잡음.
333_ 奠鴈ㅣ이 다음에 '了'(국)가 있기도 함.
334_ 少ㅣ小(한·가).
335_ 另ㅣ저본에는 '拐'로 되어 있으나, 다른 이본(국·가·한)에 의거하여 바로잡음.
336_ 日ㅣ夜(국·가·한).
337_ 會ㅣ厚(한).
338_ 乞乞乞ㅣ乞解了(한).

大: 你合宮節次, 生心這濶畧麼? 速速細細, 招將來.

金: 俺夕飯後, 入于新房, 紅燭兒輝煌, 錦衾兒燦爛, 香烟兒蓊蔚, 無何, 新婦亦到了.

【調笑令】是花枝依風行? 是雲捲靑天明月昇? 是天上仙娥對粧鏡? 是觀音菩薩顯神靈? 我[340]擡頭細看, 面分不生, 原來俄間拜我娘.

解他紅裙, 褪他綠衣, 抽他銀釵, 剝他[341]裏衣,[342] 好好睡了. 大笑不言科.

大: 老道令行事, 不問可知. 且你婚姻是箇別判付, 朝廷[343]賜送的婚姻, 與他凡常拐處女的賊漢, 煞有分揀, 姑爲安徐. 聞你今則財多米多,[344] 他前日沒猫粥的生涯, 天地相隔, 你速準備酒肴來者.

三: (解帶放下科)[345]

金: (起坐科) 大辱大辱! 小奚呀, 你去酒家, 買了幾盂燒酒, 好個按酒來者.

奚: (進酒肴科)

大: (飲酒[346]科)

339_ **解解解** | 乞解了(한).
340_ **我** | 가람본에는 없음.
341_ **他** | 저본에는 '地'로 되어 있으나, 다른 이본(국・가・한)에 의거하여 바로잡음.
342_ **衣** | 저본에는 '衣'가 없으나, 한중연본에 의거하여 '衣'를 보충함.
343_ **廷** | 家(가・한).
344_ **財多米多** | 多米多錢(가・한).
345_ **三 (解帶放下科)** | 三 擲砧子科, 二 解帶放下科(가・한).
346_ **飮酒** | 飮(한).

二: (飮科)

三: (飮科)[347]

衆[348]: (醉科. 起舞科)

金: (唱科)

【天下樂】今日小臣酒一觴, 誠心祝我王, 我王恩, 終身不可忘. 茫茫[349]碧海深, 高高[350]紅日長, 願東國聖人萬壽无疆! 魚乙氏古[351]句 鳥乙氏古.[352]

【太平令】元子宮小官家聖上一般,[353] 天降福无疆, 享壽福康寧. 歌四重, 星輝海潤; 祝千歲, 日升月恒. 從此去萬年[354]太平, 熙熙如烟花好景.

低乙氏古羅句, 鳥乙鳥乙氏古羅[355]句! 的許自句, 低乙氏古句! 丁低乙氏古句, 於我聖恩伊呀句! 伊乃八字鳥乙氏古句, 鳥乙鳥乙氏古羅句![356] (衆繞場走下)

347_ **三 (飮科)** ┃ 三 飮科, 金醉科(한).

348_ **衆** ┃ 金(국).

349_ **茫茫** ┃ 地茫茫(한).

350_ **高高** ┃ 天高高(한).

351_ **魚乙氏古** ┃ 魚乙氏古羅(가), 魚乙氏古囉(한).

352_ **鳥乙氏古** ┃ 低乙氏古羅(가), 鳥乙氏古囉(한).

353_ **聖上一般** ┃ 一般二(가·한). 저본에는 '一般聖上'으로 되어 있으나 문맥의 의미를 고려하여 '聖上一般'으로 수정함.

354_ **年** ┃ 世(가·한).

355_ **鳥乙鳥乙氏古羅** ┃ 鳥乙氏古羅(가), 鳥乙氏古囉(한).

356_ **的許自句, 低乙氏古句! 丁低乙氏古句, 於我聖恩伊呀句! 伊乃八字鳥乙氏古句, 鳥乙鳥乙氏古羅口!** ┃ 다른 이본(국·가·한)에는 없음.

詩曰:

一, 泥金簇蝶繡雙鴛, 白馬金³⁵⁷鞍輝³⁵⁸里門. 御賜紅羅三百尺,
紅羅縷縷摠君恩.

二, 春風吹不到貧家, 寂寞鶯啼半老查. 一夜東君³⁵⁹宣雨露, 兩
枝紅碧³⁶⁰晚桃花.

357_ **金** | 銀(가·한).
358_ **輝** | 耀(국·가·한).
359_ **君** | 風(가·한).
360_ **紅碧** | 저본에는 '碧樹'로 되어있으나 가람본·한중연본에 의거하여 수정함.

附錄 — 金鑢 題後

題墨吐香草本卷後

余與緗錦子李君其相, 爲同研友. 其相爲人, 耿介而多氣義, 有古節俠風. 其文纖細, 而情思泉湧; 其詩輕淸, 而格調峭刻. 其相之言曰: "吾今世人也. 吾自爲吾詩吾文, 何關乎先秦兩漢, 何繫乎魏晉三唐." 其相尤工于塡詞, 余不以爲奇也. 其相嘗騎牛, 訪余于廬陵. 袖出一書, 題曰《墨吐香》. 自言, "其用心之苦." 余置之篋中, 今其相, 歿已五年. 偶閱篋得之, 悲其平生勤攻之意. 兹謄寫爲一卷云.

題文無子文鈔卷後

世言, "李其相, 不能古文." 此其相自道也. 其相之意, 以爲學古而僞者, 不若學乎今之猶可爲有用也. 耳食者, 從而和之, 以爲"其相不能古文". 哀哉! 其相所著述, 多在余篋, 今以《文無子文鈔》一卷敷寫, 以示世人. 要以問'世之自以爲善古文者, 較此, 孰眞孰假?'且余於〈南征十編〉, 尤有所三復而感歎者. 嗚呼! 此可與知者道, 不可與不知者言也.

歲戊寅, 重陽日, 潭叟書于艮城縣齋.

題梅花外史卷後

余愛李其相詩文, 其奇情異思, 如蠶絲之吐, 如泉竅之湧. 今見此卷, 卽其雜著外書也. 譬若聽善謳者之歌, 其始也, 渢渢乎正始之音, 而變之爲商聲瀏亮, 羽聲凄苦, 此孟嘗所以下淚於雍門之琴者也. 讀者, 病其時, 或有俚語, 然亦才之過耳. 誦芬嘗言, '其相筆端有舌.' 余以爲善評云.

歲己卯仲春, 己卯卽望, 潭叟書于黃城之論山海廠.

題花石子文鈔卷後

余平生喜作古文詩騷, 其所用工, 亦累年耳. 然語或澁而難圓, 字或强而難壓, 每以此患之, 又讀漢唐以來諸名公詩文, 亦然, 心以

爲作文本自如此. 及見吾友李其相之爲文詞也, 每操筆立書, 疾如
風電, 手無停腕, 心無凝思. 毋論長篇・大文・短律・小闋, 無不可
圓之語, 無不可壓之字. 讀之者, 或嫌其時用方言俚語, 以爲文字之
一疵, 然大抵了無生澁牽强之態, 眞可謂一時之奇才也. 適得其文
一卷, 又加斠寫云爾.

己卯季春己未穀雨, 潭老書于集淸臺花下.

題重興遊記卷後

歲在癸丑, 余在孟園之霏紅涵翠亭, 與李鈺其相・徐有鎭太嶽及
舍仲犀園玉衡, 乘月夜會, 飮酒賦詩, 遂成遊山之約, 以北漢爲定.
及期, 太嶽有故不至, 閔師膊元模, 以約外來赴, 放觀三日而歸, 誠
勝事也. 余及其相, 皆有日錄, 合作一部, 名曰〈重興遊記〉, 藏于余
家. 未幾, 余北竄, 書帙盡亡於緹騎之變, 獨其相本草, 在其胤子友
泰所. 故仍加斠寫, 存其舊名, 別爲一卷云爾.

己卯四月己巳浴佛日, 潭叟書于三淸之五岳圖齋.

題桃花流水館小稿卷後

世或訾李其相之文, 曰: "非古文也, 是小品也." 余竊笑之曰:

"是奚足以語文章哉? 論人之文者, 論其古今, 可也; 論其大小, 可也. 若云小品而非古文,[361] 則此耳食者之言耳.《越絶》·《秘辛》, 何嘗非小品, 而又何嘗非古文耶? 且看文如看花, 以荍苃芍藥之富艷, 而棄石竹繡毯, 以秋菊冬梅之枯淡, 而惡緋桃紅杏, 是可謂知花者乎?" 余讀其稿, 拈出小題略干首, 別爲一号, 名曰《桃花流水館小稿》云.

己卯仲夏, 小晦己丑, 潭翁書

題緗錦小賦卷後

壬子春, 余中進士第. 是歲秋, 與李梅史其相, 住西泮村之金應一外舍, 做功[362]令駢儷體. 每晨夕之暇, 漫作短賦, 或效江鮑, 或倣歐蘇, 各數十首. 合爲一卷, 莊之余篋. 丁巳, 余坐飛語獄, 謫寧城. 辛酉, 被逮, 旋配鎮海. 丙寅, 始解歸, 平生著述, 盡爲闕失, 無復略存. 昨年, 其相之胤友泰, 以其相遺文求校於余. 得見其時所著雜賦若干頁, 尚載草稿中, 其相可謂有子矣. 且念存沒, 不覺淚闇, 玆加抄出斁寫云.

己卯仲夏, 端陽翌日丙寅, 潭翁書.

361_ **文** | 저본에는 이 글자가 없으나, 누락된 듯하여 보충함.
362_ **功** | 저본에는 '工'으로 되어 있으나, '功'으로 바로잡음.

題石湖別稿卷後

余鈔李其相文, 各以彙分, 凡十數種. 猶有遺漏, 又就其草本, 收拾若干首, 命曰《石湖別稿》, 蓋其相嘗自號曰'石湖主人'故云爾. 此卷文頗不類, 然如〈野人養君子說〉·〈田說〉·〈斗論〉等篇, 皆有用文字, 其亦可襮也已. 外他, 又有巨秩數函, 姑未下手, 當俟靜時鈔寫云.

夏十八日, 戊申立秋, 潭翁書于北山儌屋.

題梅史添言卷後

余校李其相遺稿, 有所謂添言一弓, 曰〈科策〉, 曰〈竺氏〉, 曰〈五行〉, 凡三篇七八呇. 蓋效古人著書之體, 而未及成者, 今其三篇雖少, 其有補於世敎甚大, 文亦行文稍雅潔, 迺是其相本色. 故別加鈔寫, 命曰《梅史添言》, 收入叢書云爾.

己卯季夏下弦癸丑, 潭老書于萬蟬窩中.

題鳳城文餘卷後

正廟乙卯秋, 李梅史其相, 被嚴譴, 編管湖西之定山縣. 九月, 又移編嶺南之三嘉縣. 翌年春, 赴別試居魁, 命付榜末. 五月其相, 丁父憂, 己未冬, 復往三嘉, 庚申春始解歸. 今其遺衍, 有所謂《鳳城筆》者, 卽其居謫時, 所錄土俗古蹟若干則也. 文頗雅潔可愛, 故兹以鈔寫, 命曰《鳳城文餘》. 古人以填詞爲詩餘, 蓋以似詩而非詩, 其實詩之餘也. 余亦以此書爲雖非文之正體, 其實文之餘也云爾.

己卯季夏, 末伏翌日辛亥, 潭士書.

題絧錦賦草卷後

余自兒時, 續文章, 出游諸公間, 殊無屈首下人之意. 然於功令畏金性之, 於詞賦畏李其相. 每臨圍對局, 伸紙吮筆, 輒踽踽不安, 不得肆凌駕之氣, 此曷故焉? 蓋自髫齓肩隨, 而學焉而友之, 故其勢不得不如. 此太史公所謂積威約之勢, 於文章亦然. 今其相已死, 性之已老, 而余亦衰且病焉, 則終爲人下而止者耶? 嗚呼! 可呵也哉! 適得《絧錦賦草》, 釐爲一卷, 而題其卷末云爾.

庚辰戊戌中元, 潭翁書.

3

白雲筆

白雲筆　上

小敍

筆曷爲名'白雲'？白雲舍之所筆也. 白雲曷爲筆之？蓋不得已筆
也. 曷爲不得已筆之？白雲素僻, 夏日方遲, 僻故無人, 遲故無事,
旣无事又無人, 吾曷爲消此方遲之暑於素僻之地也？吾欲行, 匪徒
無可之, 火傘烘背, 畏不敢出. 吾欲睡, 簾風遠射, 艸氣近薰, 大可
喎, 小亦可痁, 畏不敢臥. 吾欲讀書, 讀數行, 便舌涸喉痛, 不可强.
吾欲看書, 不過看數葉, 便以卷掩面而睡, 不可睡, 不可.[1] 吾欲圍棋

---

[1]_ **不可** |이 두 글자는 衍文으로 보는 것이 좋을 듯하다.

爭博雙陸牙牌, 家旣不居其具, 亦非性所樂也, 不可.

吾將曷爲聊此日於此地耶? 不得不以手代舌, 與墨卿毛生, 酬酢於忘言之境. 而吾又將何所談耶? 吾欲談天, 人必以爲學天文, 學天文者有殊, 不可. 吾欲談地, 人必以爲知地理, 知地理者, 爲人役, 不可. 吾欲談人, 談人者, 人亦談其人, 不可. 吾欲談鬼, 人必以吾爲妄言, 不可. 吾欲談性理, 吾平生未之聞. 吾欲談文章, 文章非吾人所可評騭. 吾欲談釋老及方術, 非吾學, 亦非吾所願談. 若朝廷利害·州縣長短·官職·財利·女色·酒食, 范益謙有七不言, 吾嘗書諸座右, 不可談.

然則吾又將曷談而筆之耶? 其勢不得不談, 而不談則已, 談則不得不談鳥談魚談獸談蟲談花談穀談果談荣談木談艸而已矣, 此白雲筆之所不得已也, 亦不得已談此也. 若是乎人之不能不談, 亦不可以談也. 吁, 磨兜鞬!

歲癸亥五月上浣, 白雲舍主人, 筆于白雲舍之前軒.

筆之甲 談鳥

金生重卿言: "來時過海西一店, 店門外懸一大鳥, 頭似猫而大, 脚似狗而長, 距嘴似鷹, 翎毛似鶴, 頸與脚, 長各一丈, 左右翅, 亦各丈而餘. 店人言, '有鳥來攫三歲狗者, 以鳥鎗獲之, 懸之門十日, 無能識者.' 或言, '胡人馴之, 日餇一犬, 能日搏一虎'云, 而未可知也. 其狀則足可以搏虎矣."

噫! 此豈《本草》所謂'虎鷹'者非耶? 此鳥有搏虎之才之力也, 而顧無養而用之者, 則乃反試之於店人之狗, 而卒以爲路旁之懸, 不亦悲哉? 曾不若脫籠小鳥, 搏鶉於荒艸之間, 而能飽嬉无憂也.

舍侄曾遊鷄龍山之甲寺, 歸言: "夜宿僧寮, 聞有鳥千百群啼, 達曉始而²已. 其鳴若曰'歸蜀道', 故山僧仍以歸蜀道名其鳥. 朝見樹枝間, 有紅點斑斑, 若蚊血者, 曰此'歸蜀道之所啼也'. 其音甚分明, 且甚凄楚, 使人不能寐."

余曰: "此鵑也, 此眞杜宇也. 鵑之稱'杜宇'者, 蓋以其去國而死, 恨結爲禽. 而余嘗疑鵑旣蜀地之產, 則旣已歸矣, 不必曰'胡不歸, 不如歸'矣. 而乃反居蜀而思歸, 則是鵑非杜宇之化也, 意是客於蜀而思歸者也. 今此鳥之直曰'歸蜀道', 則是方爲思蜀而欲歸之意也. 其爲杜宇也, 亦明矣. 豈鷄龍之下, 錦水流焉, 故來啼於此耶?"

余欲作禽言, 以演其義而未果.

水之中皆魚, 山之中皆鳥也. 固多奇形詭狀者而人未之見耳. 時或群飛而至, 則創見者以爲怪. 十餘年前, 有鳥大如鳩, 頳腹而翼黃, 聲甚悍急, 群集處處, 以其自南而來, 故民間稱'倭鵲'. 數年前, 又有鳥自西而至, 性似痴而馴, 見物之紅色者, 必群啄食之, 人多捕食之而稱'大國鳥'. 此皆深山之禽, 偶然飛來, 而以其異於常見, 故

疑其爲異國產也.

余於辛亥春, 往楊州楸下, 夜聞林間有鳥聲, 如呼鷹而聲甚窮愁, 問之土人, 曰: "此峽鳥也, 鷹師之失鷹者, 化爲此鳥. 鳴必以夜, 數年以來, 自峽而移, 今至于此." 翌年冬, 余宿集春門外, 聞禁苑中有鳥, 乃楊州所夜聞者. "出自幽谷, 遷于喬木"者, 固禽鳥之性, 而亦可見其時來而時去矣. 康節翁之聞鵑發嘆者, 亦似太多事矣.

鴿之家養, 自唐明皇宋高宗已然矣, 而漢城好事者, 多以爲業, 山節藻梲, 網以銅線, 一龕之直, 多至數千錢. 其名色有曰全白, 曰僧, 曰紫虛頭·黑虛頭, 曰點毛·絲點毛等八目之品, 而其中點毛最貴, 一雙能過百文. 點毛者, 小身純白而當頂只有一黑花點者也. 鴿之爲禽, 旣不警時, 又不登俎, 只取其善相戲狎, 態極嬌褻, 則此鴿之爲名, 本取善合, 而頑童蕩子之養之者, 猶可恥也. 間有老閑宰相豪華少年, 朱綠其欄, 畜之庭除. 每入人家, 見彩鴿列坐屋脊, 則便覺主人落下十丈, 此後生所可戒者也.

嘗聞朴沂泉航海朝天, 携所養鴿以行, 及舟破, 鴿獨飛歸舊宅. 波斯商舶之放鴿傳信云者, 亦信矣.

樵奴, 偶得雉卵之未化者於艸間, 使鷄伏之. 未幾而得三雛, 樊而養之, 鷄則子視之甚恩, 呴呴然哺之, 而雛則不顧也, 與之粒, 亦不食也, 方啄草根及蟲蟻而自食之, 巧伺罅隙, 每望山而走. 毛色斑斕, 與鷄雛小異, 而脚又稍高, 有趫捷佻輕之色, 纔脫殼, 已不可追其步. 居十餘日, 二雛, 逸而走, 一雛, 狠悶不食死, 天之性也.

聞其初坼時, 卽以唾津塗其翅, 則能馴如家鷄云. 而嘗見鷄之將
䳘雛者, 每行近池渠, 雛忽跳入水中, 則母鷄必驚叫奔跳, 而雛則方
游泳自得, 若忘岸上之有鷄矣. 若是乎異類之終不可同也. 雄雛之
大者, 曰'朱樓', 嗜味甚腴, 勝於雉, 故價亦倍於母雄矣.

養鷹家有相鷹法, 能卜海西·關北·湖南之産, 又能識[3]所養之
樹及所交而蟄之禽. 尺二寸爲大, 七寸爲小, 小而多慾, 馴於人而悍
於禽, 翅捷而距猛者爲上品. 上品, 能日獲十餘雉而不疲, 價與大牸
牛相埒. 秋黃曰'寶羅', 籠鷹曰'手陳', 山籠曰'山陳'. 其皮條·金鏃·
鹿角牌·銅鈴·白羽·孔雀毛, 亦皆有等品及稱號, 亦有針灸服藥
治病之方及續羽斷嘴之法.

蓋嘗隨獵而觀其搏, 當架而察其貌, 則誠禽中之英物也. 精悍
之氣, 溢於金眸, 殺戮之意, 露盡距嘴, 想象千古, 則在人惟唐太
宗似之.

嘗聞廣陵人, 有養一鷹累歲者, 獵于山, 鷹已得雉, 而其人卒遇
虎, 幾咥, 鷹忽舍雉而赴虎, 掠虎腦而連蹴之, 鈴不停響. 虎苦之,
亦無奈鷹何, 不敢趁人, 仰視鷹而已. 良久, 鷹挐虎額, 啄虎眼而抉
之, 虎遂死於人, 鷹亦以此廢而死, 蓋盡精也. 若此者, 眞義鷹而非
義鶻之比也.

3_ 識 | 저본에는 이 부분의 글자가 지워져 있는데, 문맥상 '識'이 아닌가 싶다.

我國之俗, 尠畜鵝鴨, 故鷄爲畜牧之大. 祭祀之用, 親廚之供, 賓
客之羞, 疾病之需, 皆甚緊着, 而鄉曲貧家之尤不可不畜者也. 畜之
者, 不必求靑繡皮・黃鷄・赤胸・白烏・唐鷄等稀貴種子, 雄只取
健而早唱者, 雌只取黃而庳脚者, 牢其籠栅, 俾無野猫騷鼠之患. 若
有鷄疫, 則細切牛肉, 與未染者飼之則不病, 若不早治, 則必盡其群
而後已.

多畜雌鷄, 則食蛋最好, 蓋品則儉而味則侈, 不犯殺而亦肉食,
又能補益於人故也. 笋鷄則不可恣食, 非徒有失於字養之利, 同是
殺也, 而亦有所不忍於其間者矣. 嘗見侈靡之家, 必求不及鶉大者
而臛之, 費三四命於一椀之用, 亦不仁矣.

近有金堤種者, 亦名竹鷄, 毛稀而肉肥, 大倍於凡鷄, 可以備庖
俎之用, 而聞其味不及於小者云.

以余臨水而家也, 或有勸養鶴者, 有勸畜鵝鴨者. 余曰: "皆已有
之矣." 問, "安在?" 曰: "鶴盤雲而去, 未及還, 鵝鴨, 皆出游滄海, 未
久當至. 奚止此也? 余家後小山, 養華蟲數十, 野外畜靑莊・紅鶴・
鸛鳥各若干, 近水, 畜白鷺・白鷗・翠鳥・花鴨皆無數, 春夏黃鶯,
秋鴻雁, 冬鸕鷥及天鵝以爲畜, 羽畜之盛, 莫富於余." 客哂之.

余曰: "子不以爲[4]然乎? 嘗見人家之養白鶴・花鴨者, 皆欲耳聞
其聲, 目見其彩, 以賁飾我池園而已也, 則今也, 吾耳有之矣, 目有

4_ 爲 | 저본에는 이 글자가 없으나, 앞뒤 문맥을 고려하여 보충함.

之矣, 是豈非吾之畜乎? 吾方以雲山爲樊籠, 江海爲池沼, 與吾畜, 自得於其間, 顧何必鐵線緝其翅, 銅網冪其庇, 費粒而飼之, 責僮而伺之, 而在渠有鬱鬱不得之意, 在我爲擾擾難堪之累耶? 余以爲道君艮岳之畜, 亦太拙法也." 客曰: "然. 子之言信然矣."

海上春晩, 有鳥群飛而至, 飛且鳴, 鳴曰'桃夭', 海人仍稱'桃夭鳥', 至有桃夭水之候. 嘴尖而稍長, 身輕而脚暫高, 小者曰'米桃夭', 乍大於雀, 大者曰'馬桃夭', 稍下於鶉. 其掌有鹹氣, 故踏田水而啄之, 則禾苗不能立.

余按桃夭鳥, 《字會》作鷛, 《漢淸文鑑》作水札子, 而鷛則《說文》陳藏器註云, "如鶉色蒼喙長, 在泥塗. 村民云, 田雞所化."《爾雅》郭註云, "似燕紺色."李巡疏云, "一名'翠羽', 可以飾."鷃則《類篇》云, "似百舌喙長, 善食魚."《廣雅》云, "鷺鵁, 一名'水札', 一名'油鴨.'"今觀桃夭, 則其羽不足以聚冠, 其喙不可以稱長, 鷛與鷃, 莫定其適, 若是乎雅學之難也.

田家四五月之交, 有鳥, 似鷄而半之, 花冠甚岌. 常[5]在水田中, 結稻葉爲窠而苞之, 田人謂之'得陰北', 又稱'豆雞', 豆雞者, 田雞之訛也. 每登田塍而啼, 其聲甚濁, 始緩終促. 余嘗作詩曰: "初爲遠樹晨鴉哭, 忽作銀瓶瀉水聲." 蓋狀其音也.

5_ 常 │ 저본에는 '嘗'으로 되어 있으나, 뜻이 분명한 '常'으로 교정함.

雞之類, 有秧雞者, 白頬短尾, 夏至後夜鳴, 秋後卽止. 有鶕雞者, 如鷄長脚紅冠, 雄色褐, 雌稍小色斑, 秋月卽無聲, 此亦其之類耶.

我國所稱'終達'者, 卽中國所稱'哨天雀'也. 狀似鶉而小, 頭有毛角. 自冬至後, 每天欲亮則鳴, 鳴則飛而上, 日漸高飛, 至夏至後則無聲而不飛, 雖微禽也, 而亦知候者也. 余每愛其鳴不失時, 而其鳴後於雞而先於雀, 適余睡起之時. 嘗以爲人於終達鳴時卽起睡, 則不早不晩, 可以爲一定之候矣.

嘗聞一士人, 刷童奴於遐鄕, 而奴不勤樵, 跟覘之, 坐於陽陂, 如有所觀, 問何所觀, 曰: "陽氣日漸升, 故鳥飛日漸高, 此亦窮理之一處." 問能詩, 呼韻使賦之, 卽吟曰: "躍來魚率性, 飛去鳥能天." 士人遂縱, 令入學, 所觀者蓋此鳥也.

世之生物, 皆喘息以喉, 故搤其氣管, 則未有不死者. 而鵝則能倒息, 故嘗見買鵝去者, 以索絢繫雌鵝之頸, 曳而走, 則其雄昂頭展翅, 腋腋然急鳴而隨之, 令人堪笑.

每天陰昏黑之夜, 有鳥過空而鳴, 其聲似車轄轉軋之音, 甚不可聽. 意是鬼車鳥, 而其身圓如箕, 十頭無一頸, 皆兩翼鳴而流血者, 非徒不可仰辨, 其言亦恐難信. 但醫書, 戒小兒衣夜露, 則似有其理. 名曰'蒼鸆', 亦名'九頭', 蓋妖鳥也.

雕之中, 有尾白, 中箭羽者, 曰'團雕', 鄉音稱'獨鷲', 其性尤悍急, 其搏物也, 如擲石于空. 故謀之者, 環植鐵, 定桿于地, 餌鷄犬於中, 雕必串胸而死.

鄉人有新衣帶而過溝塍者. 時田冰薄, 有鳧群食於涔, 有團雕下擊鳧, 不中, 遂陷於淖, 尾惟現其白. 鄉人欲拱之, 從塍上掬其腰, 雕掙扎急, 爲雕所牽, 亦陷於淖, 衣盡泥, 以爲泥等, 遂盡力抱雕, 自解帶綑之. 雕足攫人, 以嘴囓帶, 帶三四斷, 雕乃飛去. 鄉人旣失帶, 膝以下皆泥, 當胸裙盡裂透肌, 大困而歸, 人皆傳笑之.

鷲之類, 惟團雕甚力, 故能攫虎雛及兔猫猳子之屬, 見鷹搏雉而食, 則必幷鷹而攫之, 遇鳧雁於空, 以翮擊之, 則利如劍, 無不斷.

《禽經》曰: "鷹以膺之, 鶻以揭之, 隼以尹之, 雕以周之, 鷲以就之, 鷇以搏之" 鷹之類, 蓋多矣. 其稱'烏籠兌'者, 鴛兒也, 鶹也, '雀鷹'者, 垜兒也, 鸇也, '捋眞'者, 鴉鶻也, 鶻也, '桀波力伊'者, 白超也, 鵯也, 鄉人或稱'馬矢攫'. 皆鷲也, 而鶹鸇只能搏鵪鶉與麻雀, 鶻鵯能攫鷄而不及鷹矣.

禽之微, 莫小於雀, 而麻雀之外, 亦多尤小而稍異者. 有或小而微靑者微黃者微赤者微黑者, 其名不可卜, 而鄉人稱'鲍雀'·'稷粥雀'·'烟洞雀'·'棉花雀'以識之. 其最小者, 曰'水喳子', 卽巧婦雀也. 故諺謂强效其不及者, 曰"巧婦追鶴步."

余於庭畔鑿小池, 養鯽魚. 時有翠雀飛來, 坐紅蓼上覘魚, 魚出, 必啄而食之. 時或潛入水, 啣而出. 其狀尾短嘴長, 渾身翠碧, 惟胸腹兩腋微紅, 甚可愛也. 此鴗也, 一名'魚虎', 一名'魚師', 一名'天狗', 一名'翠碧鳥', 鄉名'鐵雀'. 但《爾雅》郭註之言"喙紅頷下白"者, 微有異矣.

朴燕巖言: "中國人多馴鳥雀, 上自孔雀鸚鵡, 下逮微禽, 皆養以爲翫, 故鳥市之盛, 可亘數里. 有弄蠟觜鳥者, 鳥觜如含蠟丸, 善射藏物, 藏之使不能知, 而縱令索之, 則雖屈曲洞深之處, 必直入而含出之, 累試則氣喘喘汗透於羽."
蓋禽之靈慧者, 而嘗見安義官池邊有鳥群集者, 蓋蠟觜也. 蠟觜者, 乃桑扈也.

畿甸及湖西之鴉, 皆大觜純黑, 而嶺南湖南, 皆白脰鴉. 余嘗見於嶺南, 其群不知爲幾千百, 飛則如垂天之雲, 止則一山皆爲之黑. 土人夜捕於竹林中, 食之亦美云.

世以鳥巢占吉凶. 鵲則南爲祥北有妨, 每隔籬之家, 時或以鵲巢相鬨. 燕巢則楹內進人口, 楹外奴散走. 又以鸛巢爲吉地, 皆不足驗.
有鳥名開高抹者, 差大於雀, 而狀如鶻鳩, 性甚悍急. 每巢於人庭樹, 必坐上頭枝以守之, 有鳶鵲或近至, 則必啄其腦, 逐之遠而後歸, 開高抹所棲之地, 鷄不憂焉.

鷗鷺固世所稱閒雅之禽, 而余家前有陂, 陂有牌, 有鍼脣細魚每乘潮而入, 則有一鷗當牌而守, 專其利. 魚久不上, 則伸長頸謹細步以窺之, 幸而遇之, 則逐而啄之, 翼如舞, 趍如蹶, 其態如狂. 又四顧而視, 以喙擊其同類之至者而逐之.

蓋與魚而觀之, 則與鷄鴨鷗鴉, 固無異焉. 噫! 貌取而閒且潔矣, 名求而高且雅矣, 然而見利則忽顛而醉焉. 天下之最險者欲也, 莫難者利也. 士君子猶或失其守而墮之, 況鳥乎!

筆之乙　談魚

庚申秋, 馬山人爲輸余家庄穀, 挐舟往沔陽, 行泊甕浦邊. 夜潮纔落, 忽聞有聲如衆牛息. 舟人皆恐起審之, 聲之所起, 有隱然而高, 橫亘如小麓者, 或以爲舶, 或以爲垤, 天明視之, 乃魚也. 脇以下, 陷於泥, 其出泥而高者, 可一仞半, 自頭至尾, 約十餘丈, 無鱗而黑, 須如戟, 目如盂, 浦丁舟子皆以爲此長繡皮也. 多油肉亦美, 登其背而斧劚之, 皮深半尺如肥豬之膜, 內則白而腴, 如鷄肉焉, 烹之果美, 其皮皆油也. 人至者如屠牛之肆. 三日始見其骨, 初則視不轉黑, 任人陷脊而若無痛痒者, 骨旣露乃奮尾一振, 能自遷十餘步, 有當其前者, 爲氣所辟易, 幾墜其口, 魚亦未幾而死而盡. 沔陽守聞之, 以爲鯨也, 拘其民, 索眼珠甚急, 而卒不得. 長繡皮者, 漁者之所名, 而蓋亦鯨之類也, 聞近歲又嘗乘潮入雙阜港.

嗟乎! 滄海甚寬, 負山之鼇, 吞舟之鰌, 皆得恢恢然自得於其間,

則何不於斯焉遊泳, 而乃反自辱於容刀之水, 不能施其大用, 而卒
爲人鼎俎羞耶? 悲哉!

　海之中, 無物不有, 有如人者, 有如狗者, 有如猪者, 有飛而似禽
者, 有緣而似蟲者, 凡陸之所有, 海亦有之, 而未嘗聞有如馬者矣.
　余兒時, 有交河李生言: "交河水邊有偶出候潮者, 見潮頭有一馬
急跑而來, 纔及岸而蹶, 其長面高頭四蹄八蹴, 皆馬也, 而但不毛不
鬣, 亦不鱗矣. 宰而食之, 肉肥如猪, 以爲猪而潛賣之, 啖之者, 亦
皆以爲猪也. 食未盡, 其翌日早潮, 乘波蔽港而至者, 皆馬也, 有白
者, 有鐵者, 有驃者, 有驄者, 有皇者, 朝日照之, 爛然若雲錦而不
知其爲幾千百疋, 亦皆踏浪而跑, 觸岸而蹶, 蓋離水則死而不能陸
行者也. 村人始知猪之爲馬也, 不食而取其油, 一疋可三四盆, 家皆
藏數石餘, 其未盡取者爲夕潮所漂去, 其後亦不更至." 李生旣獲而
油之, 言其狀甚詳.
　水中亦有馬矣, 豈伍子胥之所驅於浙潮者耶? 抑暴利長之所獲
於渥注者耶? 其狀貌雖馬也, 而旣不可用於地, 則是亦非馬而馬,
馬而非馬者也.

　世以魚之似人者, 爲鮫人, 鮫人者, 魶魚也, 魶魚者, 人魚也, 亦
名鰻魚. 其稱"泣珠織綃", 則語近齊諧, 而海之有鮫, 鮫之似人則信
矣. 余家西湖時, 隣有南翁言:
　"嘗舟下巨野匯, 見有立於水上者, 背船十許步而立, 髮甚澤而不
辮, 肌甚潔而不被, 自腰以下, 不出水, 拱手彈肩而立, 可十二三歲

美兒女也. 南翁素不信怪, 以爲是漂屍之激浪而竪者. 舟人大驚懼戒勿言, 撒米念呪而拜. 舟漸近, 卽縮入水中, 舟過其所, 又十許步, 則又拱手披髮而立, 於所西向者, 東向而又背人矣."南翁於是亦信其爲生物, 而疑其鮫人也. 言於余頗詳.

　鮫人之稱, 自左思之賦, 郭璞之贊, 始見於書, 而《正字通》言眉耳口鼻手爪頭, 皆具. 皮肉白如玉, 無鱗, 有細毛五色, 髮如馬尾長五六尺, 體亦長五六尺. 其言形狀與南翁之見相類, 可知我國海中亦有鮫人矣.

　又嘗聞, 人有客海西者, 見空室中閉美女及數嬰兒, 皆白而保. 意其人也, 逼而交之, 擧止情態皆人也, 但不言如羞澀狀. 及夕, 主人至自野, 欲烹而饋之, 驚問之曰:"魚也."請於主人, 携至海而送之, 臨去三回顧, 若感恩而戀私者然.

　然則鮫人亦可網致之歟? 記鮫人者, 或言交之則交之者立死, 或言鰥夫養以爲妻, 若海西之鮫, 則不害爲楚息嬀耶. 使其能織綃而泣珠, 則固當爲情郎, 不惜數行, 而何其無所贈耶? 聞雙阜海上, 亦嘗有抱孩而入網者, 漁人懼而出之.

　龍, 神物也, 不常見於世, 世之言見龍者, 或見其墮, 或見其鬪云, 而此皆不可以常見者也. 甲辰七月, 余在花石, 忽白晝而雨驟下, 雷動電閃, 望見仙甘島外, 有黑雲, 自海而起, 奔馳搶攘甚急. 頃之離海而上, 上豊下殺, 徐徐而動, 約其大如懸五圍之束於十步之間者, 人皆曰'龍升', 而余猶未之信. 又頃之, 雲去海稍高, 則有物白而細, 長可數百尺, 屈曲搖蕩而隨之, 如有人抽挈牽挑之甚躁者, 知之者曰: "此龍之已昇而艸離之現也" 艸離者, 俗言'尾末'之稱也, 信龍矣.

蓋見雲而不見其尾, 則未有不疑其非龍者矣. 見其尾, 則亦未有疑其或非龍者矣. 然則龍之所以爲龍於人者, 以其尾也. 不見其首, 只見其尾, 則此亦龍之所以爲神者也. 於是余作〈龍賦〉以志之, 而世之言見龍墮龍鬪者, 則余不之盡信也.

國語稱魚名者, 多作'陽''庚'韻讀, 蓋以'魚'字初聲是陽庚字終聲故也. 有一鄕弁, 謁時宰, 語及白魚, 讀作排冰切, 宰之子有幼而慧者, 譏其失訛, 問: "白魚之白, 如何寫?" 曰: "如鯉【音剩】魚之鯉." "鯉魚之鯉何?" 曰: "如鮒【浮雄切】魚之鮒." 又問: "鮒魚?" 曰: "如秀【音崇】魚之秀." 宰兩奇之.

世之名魚者, 多此類. 如鱸魚之農, 葦魚之雄, 鯊魚之霜, 皆訛而變焉. 惟魴魚 · 鮅魚 · 靑魚之屬, 以其本音之有陽庚聲不變矣.

魚以尾數, 而十尾曰'一級', 或曰'一束'. 百尾曰'一同', 或千尾而曰'同'. 亦有二十尾而曰'級'者, 千尾而曰'同'者, 則靑魚則十尾曰'一可時', 蘇魚則四十尾曰'一曲持', 四十而曲持者, 二十而始爲級, 魚之所以校數者, 亦不一矣.

有峽而遊海者, 不知魚之大小美惡, 而妄言能多食鱠. 海之人欲訑之, 問: "子曾食鱠, 魚能幾同來?" 曰: "一食一同有半." "然則食蘇魚能幾尾?" 曰: "五尾始飽." 曰: "壯哉! 然子雖有鱠量, 若權精,

則似不能盡尾矣." 曰:"然, 方吾之壯也, 食權精繪頭一截, 便更無
意思." 權精者, 鰕之紫而極細者, 其大僅十蝨. 聽者皆大笑.

世之妄作自夸語者, 尠不食權精一截膾. 每見海人, 遇峽客, 則
必問子能食權精繪幾截耶, 至今傳笑不已.

食品只可取味, 不可取名, 而世人多耳食, 故亦有取名, 而不取
味者. 余在洛時, 隣有一老學士, 對客啜靑魚羹, 詑其味曰:"此眞
海州靑也, 豈它鮮比哉?" 有言:"海西舶尙未至, 則猶以其味珍而
不信也." 及婢奉茶至, 問:"何魚?" 曰:"北道靑魚之馬來者也." 學
士遽推羹下桉曰:"余固疑其暫濁也, 不可食." 客皆哂之. 以余所
味, 杏洲葦魚膾, 不如松花時蘇魚之方肥者矣, 春初秀魚羹, 不如霜
後米駒之黃脂蔽椀者矣.

海邊有形如北魚者, 其名曰'楡'. 族旣蕃, 性亦貪痴, 故善釣者能
日數百. 土人賤之, 不以味論, 而有洛中人, 論海上珍錯, 推楡魚爲
第一, 亦在味之之如何矣, 豈其食魚必河之鯉?

魚之惡有名虎赤者, 國語謂虎爲'犯', 讀赤曰'治', 故海人, 叫做
'犯治'. 有骨刺能螫人甚毒, 死者亦能螫, 有李生者, 兄弟入海, 兄
螫於生, 弟螫於死, 其毒均之. 每潮至, 狂叫欲絶, 如是數月始得已.

余嘗從采海女, 購致之, 頭大於身, 吻廣於腰, 背上有骨刺, 差差
如亂針, 自腮以上, 皆外骨, 而眼凸額隆, 雖小而有山岳巖石之象.
意鰐之種類, 而以其小故, 只能螫人也. 遇之者, 必灸而棄之, 食之
亦美云.

靑魚者, 不知是何魚, 而以其色靑, 故曰'靑魚'. 嘗聞, 四五十年前, 靑魚極賤, 十尾至一錢, 每海州商舶至, 則三江盡腥, 洛下窮儒, 始得開素, 故稱之曰'儒魚.' 未幾靑魚漸貴, 漸以屢年, 則一尾至五六錢, 而豪貴之家, 亦見三割而登盤矣. 自五六年來, 又以歲漸賤, 至于今年, 則二十尾直二錢半, 近浦之市, 或有一錢而得二十魚者, 亦極賤矣. 魚之貴賤, 亦自有時而然歟?

聞, 其方貴之時, 遼東人多捕之, 而稱之曰'新魚', 豈魚亦有所往來者然歟? 漁人言: "今年則靑魚無處不產, 甚至溪港之間, 亦皆遡潮而上, 故其賤尤至"云.

黃石魚, 卽海之珍味也, 然而以其肉之甚頓也, 易於腐餒. 一日而已變味, 二日而太無味, 三日而不可食. 余嘗得朝捕而午至者, 羹之, 甚厚且侈, 而知味者, 言已失其半. 嘗聞英廟幸溫泉, 始嘗此羹, 欲進于慈殿, 而不可致, 遂熟而貯缸, 遞騎而進之, 此固聖孝中一事, 而亦可見魚之難得其味矣.

此蓋福溫之黃花魚, 而一名'黃靈魚', 以其頭有石如石首, 故海人, 稱'黃石魚', 字書作鱐魚, 醢之, 亦甚美.

魚在水中, 其族有萬, 而有川魚, 有江魚, 有海魚. 海之中, 亦自有南魚北魚之異, 同是魚也, 而有同類而不同狀者, 有異類而同其狀者, 故魚之名, 最難詳辨. 且同一魚也, 而有南漁之稱, 或異於北漁者, 且其所稱者, 皆鄉音俗語之不可訓詁者也. 今若以《本草》及字學等書校之, 則亦有似而非眞者, 訛而誤稱者, 秀魚之曰'鯔', 鮒魚之曰'鯽', 亦皆未可信也.

但魟魚之云, 色黃無鱗, 狀如蝙蝠, 口在頷下, 眼後有竅, 尾長一尺, 三刺甚毒者, 疑今之所謂可五里也. 鮫魚之云, 腹有兩洞, 容三四子, 朝出暮入, 皮有珠文, 堅可飾刀, 錯治材角, 尾末有毒者, 似今之所謂霜魚也. 當魱之云, 似鯿而大鱗, 肥美多鯁者, 似今之所謂準治也. 烏鰂之云, 如囊無鱗, 兩須八足, 喙在腹下, 懷板含墨者, 似今之所謂烏蒸魚也, 如此相合之類, 不爲多矣.

以言乎魚之狀, 則烏賊魚·章擧魚·好獨魚, 皆八梢魚之類也, 書帶·可五里, 皆鮴魚之類也, 葛致·公脂·皆長魚之類也, 焉支之於秀魚, 江達之於葦魚, 浮徐之於民魚, 皆類也. 惟漁夫之老於水者, 能辨之, 則魚固難於辨別, 而此亦就余所見之海族而論之矣. 滄海之深蠡蠡而衆者, 又何能辨之也? 水之中, 蓋存而勿論, 可也.

附於土曰'土花', 附於石曰'石花', 石花《本草》作牡蠣, 鄉音稱'屈'.《酉陽雜俎》言, "鹹水結成",《南粤志》言, "形如馬蹄, 其味微鹹而甚淡, 和醋而吸, 最宜醒酒, 冬寒尤覺淸爽." 大抵石花之用, 膾爲上, 菹次之, 醢次之, 粥次之, 煎次之, 羹爲下, 又以蔽豆腐及藿羹, 則亦覺味奢.

江淹〈石蚨賦〉及楊愼'紫薑贊', 以薑與蚨爲蚌蛤之類. 而《南粤志》言, 石蚨, 形如龜脚, 得春雨則生華, 華似草華.《廣雅》云, '紫蚨紫薑, 卽今'仙人掌', 余嘗見石華之附於石者, 其殼擁腫齟齬, 狀以龜脚, 亦頗近似. 且其生也, 必以春秋之中, 而其方生也, 含紫吐紅, 遠而望之, 粲然如花. 旣曰'蚌類', 又曰'石蚨', 又曰'紫薑', 則疑其爲石花也.

嘗以石花饋泠齋, 而質其爲蠶蚨, 則泠齋不以爲然. 余亦不服其不然, 而但郭璞〈江賦〉旣曰'玄蠣, 磈磳而碨砎,' 又曰'石蚨, 應節而揚萉', 則以景純之博, 似不當疊用一物, 而註曰蠣長七尺, 則亦豈有色玄而長七尺之石花耶? 余意則玄蠣非石花, 而石蚨是牡蠣也. 記之以俟博識者.

珠之產, 龍在頷, 蛇在口, 魚在眼, 蛟在皮, 鼈在足, 皆不及蚌珠云. 亦有得於石花之肉者, 其不經火者, 婦女以大麥粉, 糝而養之, 則一年凸, 二年攜, 三四年而腰鼓, 過此則析而爲二, 不多年所, 粟者豆, 單者雙. 蓋無物不胎, 而珠亦是生類也.

嘗聞安山人, 有入海得大蠔者, 剖之, 有珠大如鷄卵, 谽谺若口鼻狀, 奇之以爲甂. 夜白光滿室, 照物如燈燭, 其妻大驚, 以爲妖, 急投之烈火, 須臾而光熄. 隣人聞之, 撥灰求之, 乃珠炭也.

嗟乎, 珠而能光夜, 則是固寶也. 可以誇照乘之飾, 可以責連城之價, 而遇非其人, 則取而火之, 有若牡蠣之房焉, 是豈天之所以生寶之意耶? 彼愚婦者何知也? 余竊爲河伯而惜之.

鶴曰'豆婁味', 龜曰'南星', 今若指俳徊於野外, 蹣跚於泥中者而語人曰, "是鶴也, 龜也", 則愚者不信也, 此固莊子所以和光同塵避

───────
6_ 今 | 저본에는 '令'으로 표기되어 있는데, '今'의 誤記가 아닌가 한다.

世而全身者也. 余家近海, 海無黿鼉而多龜, 貧人或取而燒食之, 肉甚美如雞. 春夏之交, 龜皆上山菢卵, 故往往入人家, 見大者徑幾爲七八寸, 小者亦四五寸. 余嘗得小如唐錢者一枚, 貯水砂筒中養之, 自秋至春, 尙無恙. 古之云, '搘床'者, 信矣.

嘗聞李節度文爀之鎭東萊也, 有龜膝於淺而獲之, 隆可人身, 脩廣三之. 用三十人扛之, 留半日, 放于海邊, 未及水十餘步, 一躍而就, 其去如矢. 有人適目覩之, 歸言於余.

龜以尺二寸爲天子大寶, 而夏貢之所錫, 衛君之所夢, 皆不得過矣. 今是龜也, 豈特十二寸而已哉! 人用莫如龜, 而自龜策之法, 不傳於世, 世不以龜爲寶. 此所以遇絶大之寶, 而猶輂而棄之者也. 在龜固不遇時也, 而優游海浦爲一老南星, 則亦可以免刳灼之患矣, 是亦龜之幸也夫!

余嘗聞, 蜃樓者, 朱欄翠甍, 霞鬱花棨, 歷歷可下, 甚瓌觀也. 及居海上, 海人謂之島嬉, 每春夏之交, 漁童釣叟多見之者. 詳問其狀, 則海上之山, 低者忽高, 如半天之雲, 而其色黝黑纁碧, 其狀無定, 其爲山爲屋爲車蓋爲牛馬者, 皆隨人意象而成, 蓋氣也, 疑似而已.

《本草》言, '蜃, 蛟屬, 似蛇而大, 有角如龍紅鬣, 腰以下, 鱗盡逆, 能吁氣, 成樓臺城郭之狀, 將雨卽見, 名蜃樓, 亦曰海市.'

是果蜃之氣也, 則何必依山而始成耶? 使蜃樓而止此, 則又奚足曰蜃樓, 而爲海上之瓌觀耶? 豈其所見者, 別是島嬉, 而非古人所稱'蜃樓'·'海市'者耶? 抑古之人, 喜加夸飾言之之過耶? 以蜃樓而觀之, 則阿房靈光等賦, 又未可盡信矣.

《漢淸文鑑》, 卽中國語常所呼喚者也. 今以我國語相校看, 則鱘鰉魚者, 勿奄也. 厚魚者, 道味也. 重脣魚者, 訥治也. 鯿花魚者, 方魚也. 鮎魚者, 買魚其也. 昂刺魚者, 者可沙里也. 鯽魚者. 付魚也. 黑魚者, 可勿治也. 穿沙魚者, 沒厓無治也. 鯧魚者, 罔魚也. 黃魚者, 黃治也. 洋魚者, 可五里也. 比目魚者, 可玆味也. 鞋底魚者, 舌魚也. 鯸鮒魚者, 文魚也. 鮹條魚者, 白魚也. 以此而又較諸字書及《本草》, 則庶有所得矣.

筆之丙　談獸

趙參判觀鎭言, 嘗遊雪岳, 有僧雪丈者, 獨棲鳳頂菴累年. 問曾有異見未. 雪言: "嘗夜坐誦經, 忽有泰山崩塌聲, 自遠而至, 從窓隙覘之, 有物屹立於寺庭, 磨庭前老檜樹, 樹可十圍, 而猶拜舞若柳枝. 時月明, 可詳其狀, 而下障於欄, 上碍於簷, 只見四大柱植於庭. 俄而去, 歷深壑如度澗, 其走疾於風電, 遠而後始望其全體焉, 乃馬也. 朝起, 見有鬃毛四五條掛於樹, 升而取之, 離地可十餘丈. 鬃毛大如箸, 長可三四丈, 蓋鬃之高及此而磨而毛落也. 藏之於寺後塔穴中, 將以證知者." 往探視之, 馬鬃毛也, 而可以爲荷包帶也.
　山獸之似馬者, 其名曰'駁', 能食虎豹, 而亦未有若是之高大者.

深山之中, 意其有別種而然歟?

　　嘗與獵者言. 獵者言, 山之中, 人所畏, 虎也. 虎所畏, 惟豻也. 豻
似犬而小, 行必以群, 群大者數百, 相呼曰'嚝', 是能斃虎而噉之,
故虎聞'嚝'則走. 獵者相期會, 亦呼曰'嚝', 以怖之.

　　余聞茸鹿之說, 爲嘆息, 幾乎涕零. 曰: 四月麥將熟, 鹿舊角解,
新角芽, 其名曰'茸'. 茸, 茄子狀者, 價一對二三千錢, 狀馬鞍者尤
貴. 又以其嫩且香, 山中百獸, 遇之則皆齕而甘之. 鹿於是, 恐茸之
不能保其身, 入垂蘿幽篁之中, 藏其身, 以竢夫茸之爲角. 每日出,
則出而齕露艸, 前後立, 以晒其毛, 訖卽復入篁. 日欲入, 又出而齕
艸, 而亦不敢出篁外十步. 於是有獵者, 跡其齕, 疑其有鹿, 則晨夕
而往覘之, 或三日而見, 或四五日而見. 鹿亦察人之至, 旣知有覘
者, 乃舍篁而走. 始出篁, 不敢跡而行, 行數百里, 疲而蹄趏, 則亦
不得不跡. 行而遇水, 則亦不敢亂而渡, 以水行數里, 始敢陸而走.
行數日, 不得休, 又不得齕, 則大困疲無奈, 遂廢而臥. 獵者旣知其
走, 負火鎗及飯鍋而追躡之, 不遇則不止, 遇則以火鎗進射之. 鹿見
獵者至, 猶不能起, 但叫痛苦而已.
　　噫! 鹿之茸, 亦悲矣. 生於其身, 而殺其身, 其豈非鹿之累耶. 孔
雀齧其尾, 麝叩其臍而死, 奚徒茸之鹿耶. 深藏而遠遯者, 猶復或不
免, 而況乎戴茸而游城市者乎?

關西人有豢一馬一牛於廐者, 馬直五千錢, 牛十之六. 主人甚寵馬, 其料飽刷之政, 必先牛而厚之, 牛每目睥盰視馬. 嘗幷繫於庭, 牛忽奮斷其緤, 急向馬觸之. 馬驚走入廐, 主人揜關而斷之, 牛躍踰屋入, 主人又開門, 出馬於外, 牛亦出環, 追逐數百步, 竟以角陷馬脇斃之. 主人憤之, 召屠立殺牛. 牧牛者言: "牛性惡於馬, 馬則惜其主, 牛則憎其主." 以貌視之, 則牛頗似謹愿者, 而其性不及乎馬, 則豈人之所以待之者不及馬, 故怨憾以然耶. 抑娼嫉其右, 不能下勝己者, 本性之然耶. 觀其目, 蓋亦非仁善者也.

牛之力盡田畝, 而畢竟殺身者, 誠爲冤憫. 先儒已有言, 而先朝乙卯歲, 亦嘗以此爲傷和之一道, 使中外申明屠禁, 俾無犯者, 實盛德事也. 但我國之俗, 不勤於畜養, 鵝鴨與羊則無, 猪則只畜之者畜之, 狗則家家畜之, 而亦有不宜用處, 故祭祀燕飲養老供病之用, 皆專以牛爲肉. 又其需用者甚廣, 自角革蹄毛脂骨之緊, 以至有形之物, 皆有所索. 其勢不得不屠, 故官旣屠之, 民亦犯之. 犯之者多, 旣不可盡法, 則官又罰金而貰之, 犯之者益廣, 而牛之死, 徒肥官而已.

且一牛之飯, 所費不細, 而民之猶盡力而飼之者, 以其將服其力也. 老且病者, 旣不能引犂, 又不能負重, 則民豈無用而費不細之料耶? 苟不得宰而換可力者, 則陽坡之下, 將見有餓死之牛, 此亦行不得者也.

今若使多畜猪羊鷄鴨, 以減其用之之路, 許老且病者, 以開其用之之門, 有違此而犯者, 不金而罪之, 則先朝申法之德意, 庶可以被之於禽獸矣.

　環京師五十里而遠者, 皆曰販樵. 其至也, 牛九馬或一. 每冰沍,
差差血印花跡, 爲鐵其蹄以行. 海之壖, 皆牛畊塩. 方赫陽下燒, 牛
引重杷陟高堆, 反爲土所引而後, 畊者大呵叱驅以棒, 急不暇喘, 故
畿甸沿海之牛, 多骨立而瘠, 項胝而背穴. 然以其慣於勞也, 日能行
百餘里, 載高畊遠而不疲.

　湖以西, 其民多貨牛. 自其犢也, 烹麥和豆, 日饋三槽, 日刷滌之,
使光澤, 不敢騎, 不敢載物, 不敢畊, 恐其或不肥也. 肥旣至, 外不
辨骨, 高可及屋. 於是謹其靮絆, 出繫於細艸之坡, 牛無所事, 時以
角挖土而揚之, 蓋待京商之至也.

　余於湖右, 嘗見牧之者欲畊麥而患無牛. 使試服之, 齟齬如不勝
鐵, 未盡十餘步, 喘喘不可觀, 爲卽脫之. 其暮, 不肯食, 垂頭閉目
而立. 牧人憂之曰: "減失肉二百錢." 余笑曰: "此貴骨也. 將安用
彼. 嗟乎, 安得致此牛於畿甸, 使知有負薪畊塩之勞乎?" 牧人曰:
"其肉甘而脆, 其皮厚, 其骨粗, 其角秀, 其脂多, 其毛細, 皆可用,
安得無用."

　我國人謂馬曰'秣', 中國馬兒之稱, 鄉人又變而曰'毛乙', 此滿洲
語也. 建州有'毛隣衛', 卽馬之稱也. 言馬者, 謂粉青沙青諸青馬曰
'驄', 謂貉皮馬曰'騅', 謂紅馬曰'絶多', 謂栗色馬曰'九郎', 謂紅沙馬
曰'夫婁', 謂黑馬曰'駕羅', 謂黃馬曰'公骨', 謂黑鬣黃馬曰'古羅', 謂
棗騮曰'烏騮', 謂豹花馬曰'桃花赭音弗', 謂線臉馬曰'線間赭', 謂玉

頂馬曰'小台星', 此皆滿洲語云.

犰, 《集韻》'北方獸名, 似犬食人.'《漢淸文鑑》謂'虎之有五色'者. 則犰似是猛獸, 而東軒《述異記》言, '康熙二十五年, 平陽有犰, 鬪三蛟二龍於空中, 殺一龍二蛟, 犰亦斃. 長一二丈, 類馬有鱗鬣, 死後鱗中焰起猶丈餘.' 以此觀之, 則似是蛟龍之屬, 而今之所謂'强鐵'者近之矣.

有人嘗見抱川王方山雷震, 一馬斷其腰, 而馬有鱗, 鱗間有火氣. 有僧見之, 謂之强鐵, 此其亦犰也耶?

有馬驢交而生者, 有牛馬交而生者.《古今注》及《本草》, 以馬父而驢母曰'騠駃', 又曰'駏驢'. 驢父而馬母曰'鸁', 又曰'駝騢'. 牛父而驢母曰'騳騾', 或曰驢父而牛母曰'駝騢', 不可以卜矣. 今之所稱者曰'盧賽'者, 馬交驢生也. 曰'特'者, 牛交馬生也.

嘗見有人騎小馬, 大不及小驢, 而力能追牛馬. 且其形, 則馬也, 而非驢騾與特也. 或言豕交馬所生, 不可信而豈果下種耶?

異獸之中, 如獬豸·白澤·挑拔·辟邪·狻猊·靑犴·貘·角端之類, 世信有之, 載籍且詳其形色, 而以其異於獐鹿狐兔, 故人雖遇之, 亦不識爲何獸, 蓋緣雅學之未博也.

向歲燕京朝賀, 會者凡七八國, 有以鐵繩縛一怪獸致於庭, 問有能識者, 皆瞠然無以對. 時柳泠齋, 隨賀使赴燕, 獨言: "此似是堪達漢, 產黑龍江地, 其狀似此." 問何由知, 曰: "載《大淸一統志》."
燕人皆嘆其博識而有記性. 此可以無愧於劉元城之辨駁矣. 《漢淸
文鑑》, 亦言"鹿類似駝, 一名四不相."

余於走類之中, 所深惡而痛憎者, 狐也. 獸之食人者, 非無虎豹
熊貙之虐, 亦未有食死人者, 而狐則必求死人而噉之. 往往邱壟之
間, 有骹骸之暴露者, 皆狐之爲也. 譬如熊虎, 是禦人之賊, 而狐則
乃摸金發邱之盜也. 老狐之魅人也, 必變而爲淫豔少婦, 又必變而
爲曾所親狎而慕悅者以迷之, 則是狐於其間煞有所挾, 如外道所云,
幻身它心通之術而然矣. 旣盜矣, 又淫矣, 又妖矣, 則走類之中, 所
可剿殄而無遺者, 莫浮於狐矣.

余家海上, 曾無惡獸之可以害人者, 而惟狐則間有藏蹤於古郭危
巖之間, 醉而夜歸者, 時或遇之而迷, 柳棺之窆, 亦多失其藏者. 余
嘗深惡而痛憎之, 每欲盡除而不得者也. 昨年春, 樵奴偶得其一雛
於山, 繫而歸. 余曰亟撲之, 得一狐, 殺一狐, 得千狐, 殺千狐, 得之
則殺之者, 其惟狐乎. 鄕人稱狐曰'女藪', 故天安地有'女藪兀'者, 其
實曰'狐洞'云.

家畜之最近於人者, 莫如貓, 食魚寢毯, 恩亦至矣. 其所以報之者,
惟詰盜一事, 而間或有慵於捕鼠, 勇於伺鷄, 則此貓之尤無狀者也.
嘗聞肅廟朝, 養一金貓於宮中, 及龍馭上升, 貓不食, 叫嘷累日,
伏而死殯殿之庭, 仍瘞于明陵洞口. 時人作〈金貓歌〉, 以擬宋之桃
花犬.

雖緣聖德之無物不及, 而貓亦非尋常比也. 吁亦異矣.

四足曰‘獸’, 而余於嶺之歧邑, 見有六足鼠, 於昭義門外, 見有豕生子, 而八足兩首二尾, 蓋豕則二而未分者也. 又聞有三足狗, 能治風癇, 而或有見之者云.

獸之狡者有狖, 俗稱‘黃獷’, 皮曰‘臊鼠皮’, 又作騷鼠, 鄉音訛作‘足齊飛’, 微物也而性甚狡詐.

身塗靑泥, 拱立浦邊, 則鵲以爲橛也, 有來坐者, 攫而食之. 挖地作窨, 臥而試之, 往咋蛇尾, 蛇怒而逐之, 卽走而仰臥於窨, 蛇盤其上以守之, 乃從下咋蛇頸以斃之. 穿罅隙入鷄栅中, 旣咋鷄, 卽驚之使飛, 附鷄翼下以出, 鷄若不可出, 則盡殺栅中之鷄, 以肆其狠毒. 覺而逐之, 則去而復來, 一夜至五六次不止. 身多跳蟲, 則乃含一枝, 從尾浸水, 徐徐以漸至于項觜, 則蟲皆避水赴枝, 卽舍枝而走, 獸中之最狡詐者也.

致産之道, 在乎專一, 畜牧不過其一事也. 而淸風有歲養鷄二百翅者, 以衣食. 湖之沿, 有家常畜百餘狗者, 以贄名於鄕. 禮山有駒長者, 其初以牧駒起, 有畜牛蹄角六千於雙阜者. 始也, 不滿百, 令牧者歲無入, 二歲納一犢. 特及牁牛皆有息, 歲無幾, 至千牛. 至千, 固富人之有也.

熊虎皆在山之獸, 而有時闌而下郊野. 英廟賓天之日, 有豹入舊闕, 獲於樹上. 甲辰秋, 有熊大至, 甚至批人於廣陵水中, 歐殺田婦於惠化門外, 長安市肆, 爲之賣熊蹯, 流至湖西, 經月而始息, 亦異矣. 華城園所, 松柏既成林, 虎豹多聚, 每四出而爲憂, 及庚申因山之後, 環而近居者, 不復以虎爲警, 民皆傳說而異之. 於戲, 前王不忘.

天下之獸, 莫大於象, 亦莫小於鼠. 而鼠能爲害於象, 故象畏鼠甚, 見穴則不敢進牙, 聞鼠則嚘. 噫, 以至小而能害至大, 故君子不以大忽小, 小人不以小畏大.

筆之丁　談蟲

蟲之有翅而能飛者, 皆無翅而不能飛者之所化也.　蟬之本復育也, 蛾之本蛹也, 蝶之本諸木與諸菜蟲也, 蜻蛉之本蟌也, 俗稱'水蠹兒', 蜂之本螟蛉也, 蠅之本蚱也, 蚊之本妤妤也, 卽紅絲蟲也.

其有翅而能飛者, 究其本則未有非蜎蜎者也. 當其無翅而不能飛也, 其狀, 或大或小, 或長或短, 而或有角, 或有毛, 或靑或白, 或紅或班, 或在樹間, 或在艸間, 或在水中, 或在土中, 蠕蠕然蠢蠢然, 遇之者, 一過庭除, 則莫不唾而穢之. 其背有粟, 及其時至而化, 形移而變, 無翅者有翅, 不飛者能飛. 則既塗以粉, 復黛而砂, 既被以

錦, 復翠而花, 粲若珠璣, 焖若羅紗, 翩翩舉舉, 實都且華. 於是見
之者, 莫不愛之, 得之者, 恐或傷之, 點畫棟, 掠華裾, 曾不以惡焉.

吾不知人之所以薄彼而愛此者. 愛其無聲而聲, 不飛而飛, 有以
能變化其氣質歟! 抑愛其青紅粉碧, 煽爛焜耀, 有以能華飾其外貌
也歟! 是未可知也.

嘗偶折高粱之秸, 剖其一節, 中空而簌, 上下不及節. 大如藕孔,
有蟲居之, 長可二黍, 蠢然而動, 猶有生意. 余喟然嘆曰: "樂哉, 蟲
也! 生於此間, 長於此間, 起居於此間, 衣食於此間, 且老於此間也.
則是以上節為天, 下節為地, 白而膚者為食, 青而外者為宮室, 無日
月風雨寒暑之變, 無山河城郭道路險夷之難, 無耕作織紝烹割之辦,
無禮樂文物之煥.

彼不知有人物龍虎鵬鯤之偉, 故自足其身而不知為眇焉. 不知有
宮室樓臺之侈, 故自足其居而不以為窄焉. 不知有文章錦繡奇毛彩
羽之美, 故自足其褓而不以為恥焉. 不知有酒肉珍羞之旨, 故自足
其齛而不以為餕焉. 耳無聞, 目無見, 既飽其白. 有時乎鬱鬱而閒,
則三轉其肚, 至于上節而止焉, 蓋亦一逍遙遊也. 豈不恢恢然有餘
地哉? 樂哉, 蟲也!" 此古之至人之所學焉而未至者也.

余家既鄉曲, 房室又甚樸陋, 每當夏月, 晝苦蠅, 夜苦蚊, 室中苦
蚤蝨. 余每苦之, 如不可堪, 已而思之, 是不足苦也. 近峽之居, 虎
豹日來侵閙, 四道之衝, 盜賊趁夜覘覷, 艸宿有蛇虺蝦虷, 水耘有蟆
蛭, 林樵有楊辣花毛之蟲. 奚徒是也? 貧家有責債之人, 富家有丐

貸之人, 貴家有趨附之人. 喜則如蚤蝨之唒人血. 怒則如蚊蝱之嘈人膚, 以余觀之, 使人不可以頃刻耐其苦矣.

今余旣無此三輩人矣, 又無虎豹盜賊矣, 又無艸宿水耘林樵之遇矣. 席弊堗陋, 而亦無蟑螂與臭蟲之惡矣, 豈可以蚊蠅蚤蝨之往往侵軼, 爲其苦而改其樂耶? 於是思想, 盹然熟睡, 不知四蟲之爲苦矣.

近海多蚊, 每嘈人皮肉, 則瘢若桃花, 痒不可支. 及秋則其尖轉毒, 多成瘡痏, 至九月, 散作花喙而後, 蚊亦無如人何. 方其至也, 燒艾葉熏室, 則必散去. 其云, "熱紫檀香, 則蚊化爲水"者, 試之不驗.

又有極微細如塵者, 鄕名稱'蝎茶塊', 遇人則必穿膜而唒血, 初則不之覺焉, 及其久, 則腫如栗子大, 必經旬而始可. 小於蚊而其毒倍之. 嘗聞閩中有'沒子', 稱'金剛鑽', 愈抓愈痒云, 似是此蟲也.

余家初到海上, 地多蛇虺. 自四月以後, 或一日而三四見, 令童奴遇則必斃之, 遠劇艸莽, 居之十餘年, 蛇亦屏而遠去. 其種有四. 一曰'屈行', 卽蟒也, 大者如椽, 有猪金灰白三色, 間或入人家, 搜雀鼠, 吞雞蛋. 一曰'能屈', 似黑蟒, 而有赤黑色, 時或噉蟾蜍, 則人捕之, 以釀酒爲蟾蛇酒, 治癩疽及瘀血. 一曰'水尺', 喜在水中逐蛙. 遍身皆紅綠花, 怒則昂頭, 若乙字而趨. 亦名'律墨'. 一曰'殺無赦', 黑質而白章, 故又名'鵲蛇'. 其性甚悍, 行而遇人則止, 觸之則能作聲. 是有大毒, 喜咬人, 人遇之則必殺, 故曰'殺無赦'.

鄕之人, 每以蛇爲吾鄕之病, 而余則曰不然. 今若按蛇譜而考之,則天下固多不可與隣之蛇. 如巴之吞象, 滇之石卵, 潮之狗印之類, 皆蛇也, 而其人猶居之, 則若吾鄉之蛇, 不過是紅絲子子者也, 是何足病也? 爲蛇所咬者, 多搗蒼耳葉, 飲汁而貼之則良云.

鄉居有三聒聲, 最不可聞, 絞車聲‧嬰兒聲‧蛙聲. 但不絞棉花, 則無以紡布着縣矣. 不育嬰兒, 則無以傳家繼姓矣. 田無水, 蛙不鳴, 則將不免旱荒矣. 然則是三聲者, 皆是不可無者矣.

搗雀腦, 取髓以脂車軸, 則絞車可以無聲, 哺妳以慈之, 詼虎以威之, 則嬰兒可以無聲. 惟蛙則莫之奈何, 蝄氏鞠灰之法, 非徒未之前試, 殺亦無辜. 或言取鯰魚頭, 張之四隅, 則可禁其鳴, 而亦近多事矣. 惟當任其自起自止, 而設以身處雲從街列肆中, 及長安老學究村塾中, 則此不足爲聒矣. 始知古人之云兩部鼓吹者, 亦是無可奈何, 强作大談也.

兒時, 聞蛛殺盈斗, 宜福宜壽, 見蜘蛛, 則必毀其網而殺之. 及長思之, 是大不然. 爲是言者, 蓋深惡蜘蛛之網打諸多, 欲人之共除其惡. 而今若以蜘蛛而視人, 則人之不爲蜘蛛者, 幾人耶?

昔太皞氏, 師蜘蛛而結網罟, 其法愈往而愈密. 曰罞, 曰罠, 麋之罟也. 曰罛, 曰罝, 曰罠, 曰罦, 曰罿, 兔之罟也. 曰罬, 曰羉, 曰罻, 曰罿, 雉之罟也. 曰罠, 曰罭, 曰罛, 曰罟, 曰罘, 曰罾, 曰罜, 曰麗, 曰罟, 曰罩, 曰罺, 曰罠, 曰罞, 曰罩, 曰罺, 曰罾, 曰罬, 曰罿, 曰罩, 曰罜, 曰罠, 皆魚之罟也. 麻葛之繩, 蠶棉之絲, 十費其五, 而數尺之溪, 籬環而帳圍, 小山之远, 烟迷而霧擁, 無鳥不羅, 無魚不網, 無獸不罾. 恣害生類, 以肉其食, 則罝罛, 果善網耶? 人之網者, 果善網耶?

奚徒是也? 結之以忌剋之心, 張之於疑似之地, 而巧言爲其總, 苛法爲其捭, 竟使雉死于兎羅, 鴻離于魚網者有之. 則此又蜘蛛之所不爲, 而惟人或爲之矣. 又何誅於蜘蛛之求飽, 而反自陷於傷生之科耶? 然則與其殺五斗蜘蛛, 毋寧於自己心上, 不作網害之念者, 是大陰德也. 余自此不復殺一蜘蛛也.

蟾蜍不能育子. 故其育子也, 往而求赤黑蛇, 以身啗之, 則赤黑蛇必吞之而死. 死數日, 其腹敗而塌, 則腹中皆蟾蜍子也. 蟾蜍以是能相傳於世.

余嘗怪蟾蜍之殺身而求子者已愚矣. 而蛇之必吞而死者, 又益愚矣. 或爲子孫計而死, 或爲口腹而死, 爲其身死者, 不亦悲乎!

五六月之交, 風薰雨淫, 濕氣蒸鬱, 蚊蠅蚤蝨之外, 亦多蟲焉. 有白如粉塵, 微茫不可辨者, 蠕蠕於案上, 諦視之, 蟲也. 有切切於窗間者, 如遠村砧聲, 審聽之, 蟲也. 夜臥, 有物大不及黍米, 而緣臂而上, 摩驗之, 蟲也. 房櫳咫尺之間, 一何蟲之多也?

噫! 天地之間, 含生而能動作者, 皆蟲也. 有羽蟲・毛蟲・鱗蟲・介蟲, 又有曰'倮蟲'者, 則麟鳳之瑞, 鯤鵬之鉅, 龜龍之神, 自天視之, 皆是蟲也. 三百倮蟲, 人爲之長, 則人之爲蟲, 尤近於倮.

彼連營千里, 猛將三十六, 精兵八十萬, 鼓行金止, 征南伐北者, 以達觀觀之, 則一蟻也. 彼被繡黼, 佩蒼玉, 得志於明時, 翶翔乎鳳池鸞臺之上者, 以達觀觀之, 則一蜎也. 棲於小山叢桂之林, 傲兀萬乘, 薄青紫而不肯顧, 自潔其一身者, 以達觀觀之, 則一螢也. 文章動一世, 詩詞被於樂府, 聲譽傳於夷狄, 而黼黻瓊琚以鳴當代之盛者, 以達觀觀之, 則一蟬也. 高臺好畤, 積金堆玉, 而經營富厚, 思以傳子孫無窮之業者, 以達觀觀之, 則一蜂也. 朱門屠客, 背冷趨熱, 利之所在, 百計圖鑽, 而舐甘吮美, 惟恐或後者, 以達觀觀之, 則一蠅也. 方伯守宰, 吹角張牙, 椎髓浚血, 瘠其民而飽其腹者, 以達觀觀之, 則一蚊也. 佻佻公子, 負才沽勢, 花衣怒馬, 矜己輕人者, 以達觀觀之, 則一蜻也. 智謀之士, 自以謂經天而緯地, 設機施策, 瞞人害物者, 以達觀觀之, 則一蛛也.

方將翩翩捷捷, 擾擾攘攘, 不自知天地之間, 蟲爲何物, 我爲何蟲, 則位高才厚德備勢大者, 猶如是矣, 況吾輩, 喁喁而息, 蠢蠢而動者, 不過爲一蜉蝣也, 一蟻蠓也. 何敢以軀殼之稍大, 知覺之稍慧, 笑此數蟲之微眇也哉?

昔目犍連, 盡其神力, 歷河沙界之一佛國, 報身甚大, 飯鉢邊圍, 可當大路. 目連振錫而游其上, 彼有弟子而白佛言, "安所有蟲而人其貌?" 佛謂弟子, "彼眇者, 是婆娑世界釋迦如來高足弟子, 未可以其小而易之." 吾安知彼緣案而據窗者, 非有一婆娑世界, 有一釋迦如來之有一高足弟子者耶? 吾又何可以其小而易之也? 吾與彼, 皆蟲也.

有鎭川人, 遊海西, 飯於店, 見有四五人, 負一高竿·一雞窠·一簞而至, 只買酒飯, 簞中出燒鮮十餘段, 食之, 甚肥而白. 問客"亦

欲嘗此?"曰:"何?"曰:"鮮也."請而食之,甘且脂.食而又請,食
二段.遂與同行,過一同.同者,海西人陂堰之稱也,蘆葦叢密,水
黑而漩.其人曰:"是宜有之."植竿於水中,張紐若戲竿.一人左手
套鐵把掌,右手持小鐵槁,乘窠懸索而上,坐竿頂,口吹竹哨.有頃,
水波沸涌,有物大如柱,緣竿而上,張口向之.即以左手餌之,吻閉
而錢立,即以鎚鎚其額,斃之,大黑蛇也.曳而下,剝其皮,藏之,燒
其肉,乃店舍所請之鮮也.其人曰:"此螭也.皮有需,肉亦宜於人."

鎭川客歸而病,心惡嘔噦,至數月.鎭人有道其事詳者.余嘗聞
羅州人嗜黑蛇膽,以爲珍味.又嘗見湖右之民,烹水尺蛇食之,謂善
於百病云.

有盤臺先生者,秉燭夜行,遇有歌謠而來者.盤臺先生揖而問曰:
"來者,誰氏?"曰:"慕機先生,余也."曰:"夫子奚爲夜行而不火,
反歌謠爲?"曰:"夫子不讀《禮》耶?《禮》曰,'上堂,聲必揚',此禮
也.何夫子之徒,耿耿然泯默而顧僕之異也?"盤臺先生曰:"子獨
知禮矣?《禮》不云乎?'夜行必以燭.'"慕機先生曰:"請與子論道可
乎?《論語》曰,'在邦必聞,在家必聞'.僕竊以爲道在於聲."盤臺先
生龘然笑曰:"《詩》云,'無聲無臭',夫子曰:"聲色之於以化民末
也.",由此觀之,道果在聲也哉?《大學》曰,'大學之道,在明明德',
又曰,'皆自明也',《中庸》曰,'自誠明,謂之性,自明誠,謂之敎',由
此觀之,道果安所在歟?"

慕機先生奮然作色曰:"子思子曰,'《詩》曰,衣錦尙褧,惡其文之
著也.'文猶惡其著,況於光乎?曾子曰,'十目所視其嚴乎!',嚴者畏

也. 子得無畏乎?〈盤庚〉曰, '予若觀火', 又曰, '若火之燎于原', 此皆惡而戒之之辭. 余則不爲是的的者也.〈舜典〉曰, '玄德升聞', 言玄而惟有聞也, 然則道其在子乎? 其在余乎?" 盤臺先生曰: "嘻! 余嘗聞之.《書》曰, '弗惟德馨香, 祀升聞于天, 誕惟民怨. 庶羣自酒, 腥聞在上', '刿曰其尚顯聞于天',《書》曰, '惟公德明光于上下'.《詩》曰, '樂只君子! 邦家之光'. 言道德光輝弸諸中, 則彪諸外有不可自掩者矣. 豈若子之大拍頭胡叫漢耶?"

於是, 怒不相息, 共與就花間羅浮氏而質之. 羅浮氏曰: "我日出而作, 日入而息, 未嘗夜行, 故不知有必燭之禮. 未嘗有求於人而入人之家. 故不知有揚聲之禮. 小禮且不知, 大道安能知也? 我不知也."

有發可生者, 過而聞之, 退而告人曰: "世之無耳目也, 久矣. 魚目或混於明珠, 故有光者, 未必自照. 蛙聲能雜於簫韶, 故無聲者, 未必不聞. 盤臺氏, 其難乎免矣. 若慕機氏, 其將血食於世矣."

種植家之所切齒, 有曰'蟹拇'者, 能夾而斷稚莖, 若蟹足之鉗, 故稱以'蟹拇'. 鄉音謂蟹爲'曁', 謂拇爲'嚴', 名之曰'曁嚴蟲.'蟲之害植者, 多矣. 有食葉者, 有食實者, 有食之既者. 而必於蟹拇焉深疾之者, 以其嘉蔬香卉, 纔得托根, 而蟲必夾斷之故也. 故謂人之多忌剋者, 亦曰'蟹拇蟲'.

壬戌冬, 余一子四女, 皆患紅疹. 二姐出花, 纔三日, 忽蛔蟲大起, 症甚危劇. 鄉無藥鋪, 送人三十里, 買殺蛔之料, 而急不可需. 遂挖地捕蚯蚓五六十條, 和青粱米, 濃煎連服之, 有效. 曁家聞之, 曰:

"蚯蚓能治蛔, 能補元, 又能治熱, 當劑也, 得矣." 余笑曰: "余不知
性味, 只知以蠻夷攻蠻夷也."

　　獸伏於山, 鳥翔於空, 魚浮於水, 近人則無不驚駭散走. 而蟲則
不然. 蚊卜其夜, 蠅卜其晝, 而穿帷闖簾, 吮人之血. 舐人之汗. 蚤
虱則淵藪於床褥之間, 剽略人皮膚不已. 蝨則猶以爲遠也. 據人褲
褌之縫, 依人毛髮之叢, 仰人若畎畝之地. 時復穴人, 爲窟而居之.
此猶外也, 三蟲入人臟腑之中, 隱然以人爲其衣食宮室焉.
　　鷹隼之疾, 而不能避趾間之蚊, 虎豹之嚴, 而不能制頷下之蝨,
賁育之壯, 而不能奈腹中之蟯. 雖其所以害之者, 有巨細緩亟之異,
而究其心, 則皆食人者也. 是羌鹵起於房室也, 熊虎伏於衽席也, 蛇
蝎穴於心腹也.
　　靜言思之, 不覺背粟而股栗也. 始知天下之患, 不在乎大者, 在
乎小者, 豈可以其小而忽易之也哉? 余嘗見蚊鑿而成癱, 蝨毀而頭
髡, 蛔沖而立死者矣.

　　榮花方闌, 有羣蛺蜨來嬉. 有粉白而點紅者, 有翅黑而紅眼者,
有黃者, 有淡靑者, 有五色俱備者. 有善認蜨者, 指而語余曰: "此
春木蟲也, 此野繭也, 此榮靑蟲也." 道其蠕蠕蠢動狀甚詳, 唾于前
曰: "子無艷也. 其本極醜, 不可近也." 余曰: "嘻! 末之矣. 子蟲則
蟲之, 蝶則蝶之, 可矣? 顧何必蟲其蝶也? 是則衛靑之大將軍而奴
之也, 周處之忠義而悖之也, 郭元振之文章而盜之也. 子欲罪蛙之
尾 而疑鳩之眼, 難乎容於子之前矣.

乙卯夏, 麥將熟, 忽有黑蟲. 長可二寸, 喙尖而赤, 鉗麥稈落其穗,
無田不蔽, 無麥不緣. 每日午則舍田而趨陰, 近麥之家, 庭壁皆黑.
甚至食草與禾, 跡其過, 如馬虩. 然麥旣盡刈, 忽復數日而盡, 來無
所從, 去無所歸. 田民以爲從天以降, 復歸于天. 其言固誕而亦是怪
事, 余時往海門莊舍, 目見之矣.

蟲之食木者, 或食葉, 食實, 食心, 而未有甚於松木蟲之食焉. 其
始生也, 如蠶之初眠者, 只黑色而已. 及長而肥, 則大如食指, 背黃
而有赤文, 毛可眉長, 渾身有粉, 能螫人而毒. 旣食葉旣, 又食其笋.
笋葉皆盡, 則雖過圍之木, 立而斃焉. 所起之地, 赭而後已. 其有未
盡食者, 則蟲老而繭, 繭化而蝶, 又復飛行, 遺種於樹枝之間. 故未
寒而又生. 原蟲寒則蟄於根下, 春初而復甦, 必三年而始訖.
　蟲之食木, 未有酷於松蟲, 捕之則可禁, 而蟲旣多, 亦不可勝誅
矣. 橡木及栗木, 亦皆有蟲如松蟲, 而橡栗, 則猶未至枯死.

朴西溪咏〈蠹魚〉詩曰: "蠹魚身向卷中生, 食字多年眼乍明. 畢竟
物微誰見許? 祇應長負毁經名." 蓋自況也, 而末節亦近詩讖. 按蠹
魚名'蟫', 一名'蛃'.《爾雅翼》言, "始則黃色, 旣老則身有粉, 視之
如銀. 故名曰'白魚'." 古人云 "蠹魚千歲, 則爲脈望, 食之而仙."
　皆以蠹魚爲毁書者, 而余嘗曝書, 見蠹魚凌亂於靑套黃殼之間,
而未嘗有咬破處. 別有黑而赤喙者小蟲, 其喙甚硬, 鉗斷絲縛, 穴鑿
紙葉, 毁書甚多. 始知毁經者, 非徒蟫也, 黑蟲之罪, 尤爲大矣.

世傳有一蚤一蝨, 爲人所投陷於尿缸, 得栗殼一片, 攀附而登, 中流而去. 蚤顧謂蝨曰: "風景正好, 盍聯句以記游耶?" 適主人開缸放尿, 蝨卽吟曰: "飛流直下三千尺, 疑是銀河落九天." 旣尿訖, 復整蓋, 蓋錚然有聲. 蚤足成之曰: "姑蘇城外寒山寺, 夜半鐘聲到客船." 遂相與稱誦不已, 自以爲淸興佳句也.

此蓋好事者之戲言也. 然於其間煞有諷詠之意焉. 世之遇佳山水, 必泛舟而游, 旣泛舟, 必賦詩句以記之者, 多是蚤蝨之尿中淸興. 且所賦之句, 尠有不蹈襲古人, 而爲蚤蝨之歸者矣. 然則爲此說者, 罵盡千古游人 而如蘇東坡之泛舟赤壁者, 庶可免矣夫.

筆之戊　談花

菊之種甚多. 劉蒙譜三十五種, 石湖譜亦三十五種, 史正志譜又二十八種, 或有疊出者, 而蓋近百種矣. 余甚固於品花, 而曾在洛下, 通計家植與見於人者, 則如醉楊妃 · 禁苑黃 · 三色鶴翎 · 通州黃 · 燕京白 · 待雪白 · 笑雪白 · 烏紅之類, 亦過十餘種.

然而名高品稀者, 則其培養之道, 十難於凡菊, 烈日急雨, 皆費人心力, 而繁衍茂盛, 猶不若抛棄籬間者. 則山家所種, 當以江城黃早開者, 多植閑地, 春食其苗, 以爲菜, 夏食其葉, 以芼魚, 秋食其花, 以之泛觴而拌饌, 其用不特看花而嗅香矣. 余自近年, 求其種, 頗廣植之, 而牛性嗜菊, 故纔一不愼, 輒齕之殆盡. 此養菊者之不可不戒也.

余於鄕居之後, 有三恨於花. 其一, 舍北有陂, 長可數百步, 辛丑夏, 種蓮子一升于陂, 過三年, 無出水者, 以爲土鹵而然矣. 有癡奴耘於陂邊, 見艸間有圓葉大如楪, 大奇之, 卽拔而來示之, 改植, 而終不榮. 其一, 庭畔有劣桃五六株, 偶得梅枝, 盡伐而接之, 蟻慕其膠而穴之, 皆不續, 旣失梅, 又失桃. 其一, 得千葉紅桃核數百枚, 擲於前岡之下, 其翌年, 莖皆作箸子大. 及秋, 有儉樵者盡刈之, 根弱而不復萌. 使余陂而有芙蓉, 庭而有梅花五六株, 前山而有數百樹紅桃, 則將不知孤山武陵孰[7]爲多少, 而山家之花事足矣. 余至今猶恨之也.

花之最多而易得者, 在木惟桃杏與梨. 京華則在在多有, 不必言, 雖以此海鄕之陋, 亦復間間有之. 然而桃花太濃, 梨花太淡, 皆不如杏花之得中.

嘗與客, 品三花曰: "梨花, 非不閑潔, 而如文君新寡, 淚洗玉面, 素衣縞裙, 不帶花鈿. 雖有溫存氣味, 終覺冷落. 桃花, 非不繁麗, 而如太眞承寵, 肌膚豊膩, 錦衣不緄, 燕支半醉, 濃豔之極, 煞有賤下底意. 杏花, 則如無名十五六歲女子, 不癯不肥, 不佻不癡, 一分羞, 一分鉛, 一分春思, 七分是本來玉雪面皮, 覺無欠處." 客亦以爲然. 故嘗戲作俗樂府曰, "桃花嫌太紅, 梨花白如霜. 亭勻脂與粉, 儂作杏花粧."

7_ 孰 | 저본에는 '熟'으로 표기되어 있으나, 문맥상 '孰'의 誤記로 여겨져 교정함.

舍後, 舊有一株, 老大不能盡意, 近得三四株, 繞屋分栽, 每花開,
宛然有田家春意.

綉菊者, 俗所稱'唐菊', 而一名曰'西蕃菊', 有千葉者, 有單葉者,
有紅·白·紫·粉紅諸色, 亦有香可愛. 僧多種之佛殿下.
余嘗得其種於友人家, 歸種鄉舍. 每秋初花發, 亦足以文飾貧家
墻庭. 而以其賤也, 不勤養護, 亦數年而盡, 今也則無矣. 綉菊有多
色, 而黃則無之, 亦異矣.

花之色, 自有其正, 而亦間有正色之外之色. 如杜鵑·羊躑躅,
本淡紅色, 而亦有白者, 薔薇, 本黃色, 而亦有紅且白者, 野薔薇本
白色, 而亦有紫者, 牧丹本紅白粉紅三色, 而亦有黃者. 此政古人所
謂 "白惟天品潔, 紅或化工奢."者也. 而亦或有致人巧於其間者, 如
菊本無烏色, 而以蟫蟲末, 夜糝白菊, 則朝起如漆. 蓮, 本無碧色,
而浸蓮子於靛瓮中, 種之, 則花作淡靑色, 此則亦人工之變幻天質
者也. 桃花之一株而三接者, 亦甚奇.

海上多塩戶, 故每冬盡春初, 薪貴如桂, 樵靑之日課一擔者, 皆
杜鵑花根也. 以是, 山中之花事, 歲益蕭瑟, 間有存者, 則其枝榦,
已被髡盡, 花皆着地而發, 余甚悶之.
家後小麓, 嚴明花禁, 使不得侵其根莖, 行之數年, 頗多茂盛. 每
三月春暮, 夕陽在山, 則滿山皆杜鵑紅也. 若此過十餘年, 則舊日洪

輔德, 似不得專其美矣. 蓋土性宜於杜鵑, 故苟不牿傷, 則不待培養而可蕃殖矣.

花之狀不一, 而大體則亦不過三四本. 如牧丹・芍藥・薔薇・月季・蓮花等毬形者, 是一本也. 桃・杏・梨・菊・梅花等圈子形者, 又一本也. 杜鵑・躑躅・朱槿・萱艸・蜀葵等喇叭形者, 又一本也. 大較千紅萬紫, 皆不出這般二三樣子. 而百合之倒捲若鉤形・石榴之肉蔕而吐瓣・合歡之散垂若流蘇者, 亦是別件化工. 嘗見人家有花甚細, 而形若金鳳花, 色淺紅, 可愛. 謂是秋海棠, 此又異形者也.
　　然而此皆就余所見所種而論之. 則安知未見未種者, 又何何許怪奇狀也?

我國無花市. 故不曾有賣花者, 而有弼雲臺下樓閣洞及桃花洞淸風溪等處, 或有吏胥之老而閑且貧者, 多從事於花. 旣寓其樂, 仍作生涯, 故若梅花之托奇查者・菊花之三色共一盆者・石榴之高而繁結者・盆竹盆松盆桃之類, 往往出而貨之, 價亦不甚高. 如冬栢・梔子・映山紅・百日紅・棕櫚・倭躑躅・柚子之屬, 南方之民, 擔負船運, 灌輸乎權貴之門, 非市而可得者也.
　　有一武人, 新結時宰, 竭其力, 無以媒寵. 適宰問梅, 卽自言家有梅, 可卽致, 遂出而訪之遍城中, 無可貨者. 至夕, 聞西城僻巷, 有姓李者, 老而畜梅, 往叩之, 盛言有苦癖於梅, 請玩之. 旣開閣, 有二盆, 皆稀品也. 請其一, 老者熟視良久曰: "善持去. 子豈觀梅花者也乎?" 使二奴, 輦運於街曰: "不可使我知其之, 知則有戀, 宰相之所欲淸閑者, 亦不得保其花卉矣, 亦有踰墻之偸花者矣."

余於今年四月初, 赴洛, 見處處石榴花爛開, 且向衰意. 謂中春
而閏, 故節已晩矣. 歸家視之, 則庭前二石榴, 方吐紅芽, 至六月初,
始結花. 雖緣出窖差晩, 種又不得其所, 灌亦不以其時, 而較洛花,
恰退二月矣.

大抵余家之距洛, 不過百有二十里, 而每見蔬菜果實之屬, 每遲
一朔而後成, 非徒人工之勤慢, 亦係地氣之休旺矣. 物猶然矣, 況於
人乎.

牧丹, 花之貴者, 而海鄕頗多產焉, 家皆養四五本. 余於昨年晩
春, 得五六根於隣人, 列植於白雲舍前, 又種芍藥三本於其旁, 又植
槿花一株於其西梧桐樹下矣. 土性甚惡, 旱則如石, 而霖則如粥, 且
晩移槿, 則至秋始花. 芍藥則萌, 而至今年不花, 牧丹則盡死矣. 惟
一枝槿, 存生意, 葉而亦不能花, 蓋牧丹宜肥土之黑且疏者矣.

余在白門照厓時, 宅舊南尙書之淡容亭也. 尙書老閑, 多蒔花木,
能四時不絶, 而宅屢易主, 其珍品稀種, 則已皆散佚無餘矣. 而所餘
存者, 猶有丁香花・山茱萸花・玉梅花・白躑躅花. 若梨花・杏花・
桃花・櫻花・李花・來禽花・迎春化・杜鵑花者, 已老矣, 且蕢蘖
而花矣. 岩阿之間, 亦多卉花之奇者. 兼以黃楊・丹楓・雪綠・霜
紅, 每春晩, 花香撲人, 落紅滿地, 令人不覺在城市中矣. 丁巳歲,

余家, 又斥而鬻⁸之, 則買舍者, 以爲林木太茂, 盡斫而赭之云.

舍後, 有叢竹, 高不踰尺, 圓不及箸, 直蘆葦而已. 然種之旣久, 甚菶蒨茂密, 常有如簀之美. 嘗見嶺南人家, 多脩竹之繞宅者. 大者成林藪, 小者猶數百竿, 皆高過屋脊, 望之如戱碧玉而植琅玕, 使人甚嘆慕之不已.

然而反而思之, 則苟使舍後之竹, 大而可籬籍糊扇, 其次, 可穴笛斷節, 小之, 猶可插不律續烟杯, 則將見斧斤之日至矣. 豈能菶蒨茂密, 猶得清案牘而宜琴書也哉? 然則竹之茂盛, 以其無用, 而無用者, 固賢於有用者矣.

余性懶, 平生不勤花政, 而年旣向老, 性甚愛花, 漸覺有'一日不可無君'之意. 每欲於庭畔, 多種無窮花及蜀葵花, 盆養四季月季二三根, 則庶可備一年花料, 而亦未之得矣. 每與人戱曰: "余後生, 得生大理地方則足矣." 人問其由, 曰: "大理, 卽佛家妙香國也. 其地多奇花異卉, 如五色杜鵑·數畝夜合者, 而四時不絕花, 苗女皆太眞夷光, 而其俗, 婚則不歸婿家, 得苦郎與處, 竢有身, 始去. 又有藤酒甚美, 鷄㙡菜甚香. 若得爲苗女苦郎, 日飮哑魯麻酒, 肴鷄㙡菜, 而觀上關四時花, 則豈非大福力耶?" 人莫不嘔噱.

近得石成金〈花曆〉, 欲按月行花令, 而鄕谷旣陋, 無以遂願, 只自

8_ 鬻 | 저본에는 '粥'으로 표기되어 있으나, 뜻이 분명한 '鬻'으로 교정함.

恨惜.

中國市品所載者, 有茶梅花‧蠟梅花‧迎春花‧探春花‧麗春花‧風蘭花‧澤蘭花‧朱蘭花‧箬蘭花‧伊蘭花‧珍珠蘭花‧秋牧丹花‧纏枝牧丹花‧魚兒牧丹花‧西府海棠花‧貼梗海棠花‧垂絲海棠花‧木瓜海棠花‧秋海棠花‧山蓮花‧西蕃蓮花‧鐵線蓮花‧朝日蓮花‧金絲桃花‧夾竹桃花‧玉蕊花‧山礬花‧辛夷花‧雪毬花‧楝花‧紫薇花‧紫荊花‧梔子花‧杜鵑花‧黃杜鵑花‧枇杷花‧木槿花‧扶桑花‧合歡花‧木芙蓉花‧桂花‧山茶花‧瑞香花‧結香花‧金雀花‧酴醾花‧薔薇花‧刺蘼花‧月季花‧四季花‧木香花‧百日紅花‧棣棠花‧茉莉花‧雪瓣花‧含笑花‧指甲花‧芍藥花‧金盞花‧剪春羅花‧剪秋羅花‧剪金羅花‧剪紅羅花‧菊花‧七月菊花‧繡線菊花‧翠菊花‧丈菊花‧雙鸞菊花‧滴滴金花‧石竹花‧罌粟花‧雞冠花‧虞美人花‧蜀葵花‧天葵花‧山丹花‧錦葵花‧金錢花‧玉簪花‧旋節花‧水仙花‧寶相花‧瓊花‧丁香花‧萱花‧水葒花‧百合花‧馬蓼花‧雞蘇花‧玉蘭花.

此皆似非珍稀難得之花, 而猶近百品. 則其婦女之所戴‧貴游之所供者, 豈特此而已也哉.

辛丑仲夏, 余嘗作《花國三史》. 上編曰, 花典‧花謨‧花命‧花誥. 中編曰, 花史綱目‧附錄. 下編曰, 花王本紀‧梅妃竹夫人列傳‧尚昭華列傳‧三容華列傳‧宗室列傳‧蓮濼公世家‧梅公世家[9]·芎陂公世家·桃林公世家·杏城公世家·梨園公世家·蕉縣公世家·芝縣公蘭亭公世家·杞國公世家·葵邱公棠縣公桂嶺公世家· 柳將軍列傳·辛夷微子叔列傳·冥莢宣嬰列傳·決明牽牛書帶金錢列傳·菊潭公列傳·竹溪先生列傳·楮先生錄外蕃列傳, 蓋依倣〈毛穎〉·〈陸吉〉諸傳及鳳洲《卮言》所載〈花王本紀〉·趙東谿〈花王本紀〉等體而作矣. 有序文, 有凡例, 有緣起.

而其時, 適有以近世人所作〈花史〉來視者. 其史用《通鑑》例, 而以梅牧丹蓮菊分爲四代, 莽·懿代出於花官, 齊·梁迭起於香城. 故余窃非之, 退而凡三日成是書, 卷首題一聯曰, "涵碧螢燈三日夜, 牧丹麟史百年春." 蓋實錄也. 然而語涉俳諧, 文近科場, 固年少時, 綺語一業也.

嘗見《桐巢遺稿》, 亦有〈花春秋〉, 而語近余之曾所見者矣. 又聞屠赤水應畯有〈花史月表〉, 而余以未得見爲恨.

9_ **梅公世家** | 저본에 '梅么公世家'와 비슷하게 기록되어 있다. 그런데 뜻이 통하지 않아, '梅' 다음의 글자가 불필요하게 들어간 것이 아닌가 하여 제외함.

白雲筆　下

筆之己　談穀

《爾雅翼》曰：“稻性宜水．一名‘稌’．有黏有不黏，黏爲‘稉’，不黏爲‘秔’．又有一種曰‘秈’，比秔小而尤不黏．其種甚早．今人號秈爲早稻，秔爲晚稻．”同一稻也，而稻之有秈秔稉秔之別者，久矣．久故，其種益廣而繁於其分，而異之中，又有異者．土宜異，形色異，節候異，而名亦異焉．每聞老農之言，其所稱道者，百有餘種，有不可詳者．

余嘗游湖西，與佃人言，略記其所道者．曰‘流頭早稻’，其芒紅，性燥堅，最早熟．曰‘栗早稻’，無芒，米小紅．曰‘玉筯光’，節間微黑，米甚白，一名‘氷銷早稻’．曰‘芝麻早稻’，殼白．曰‘老人早稻’，芒甚長而白，一名‘大闕稻’．曰‘麥早稻’，亦芒甚長，一名‘鉢里兒’，差晚曰‘倭早稻’．曰‘閣氏早稻’，節與殼俱白．此皆早稻也．曰‘嘉俳粘’，色斑，一名‘鶉粘’．曰‘精金粘’，色白如白稻．曰‘閣氏粘’，米甚白，似早稻．曰‘猪粘’，芒色黑，一名‘鴉粘’．曰‘倭粘’，腰長而似鶉粘．曰‘鶯粘’，色正黃．曰‘蟒粘’，色斑．曰‘錦粘’，芒色紅，一名‘象毛粘’．曰‘水靑粘’，色斑．此皆黏稻也．曰‘早精金稻’，曰‘晚精金稻’，曰‘白菉豆稻’，曰‘玉菉豆稻’，皆稻之白者．而玉菉豆，則芒與目黑．曰‘五大棗稻’，曰‘大棗稻’，曰‘中達大棗稻’，曰‘巨兀大棗稻’，曰‘紅桃稻’，皆稻之紅者．而五大棗無芒早熟，大棗有芒而莖長，巨兀芒甚長而赤，紅桃一名‘好嘗稻’，差早熟．曰‘背堆稻’，殼甚薄，微有罣．曰‘芝麻稻’，似早稻，故差早．曰‘羌早稻’，色黃如金，晚熟．曰‘密達稻’，色黃赤，米性甚良. 此皆以米好稱. 曰'杜冲稻', 色赤. 曰'天上稻', 色白芒長, 其穗甚靭. 此皆晩稻也, 屢霜而後刈. 曰'玉山稻', 曰'巨兀山稻', 曰 '早山稻', 皆旱種者也.

　然而此皆其鄕之所業植也. 聞於峽人, 則有峽種, 聞於畿人, 則 有畿種, 聞於嶺人, 則有嶺種. 或一稻而所字之者異, 固不可盡詳 矣. 余之居所種者, 又有砂鉢稻‧七升稻‧倭多多稻等種. 蓋統而 論之, 則性有粘不粘, 熟有早晩, 色有白黑黃赤, 地有水陸之異而 已矣.

　字書禾部, 紫莖曰'穬', 白曰'稴', 赤曰'稷', 紅曰'穦', 烏曰'稜', 靑曰 '穜', 白曰'稐', 黑曰'秔'. 則禾之多別種, 而隨色異名者, 自古然矣.

　稻之次則惟粱, 最多種類. 亦有黏有不黏, 有早有晩, 有赤‧黃‧ 靑‧白四色之異.《詩》之云, "惟穈惟芑"者, 卽赤粱白粱也,《本草》亦 言性味功用之異. 而其稱名者, 皆農人之所談, 故如刺雀曼‧磬子 槌‧貓兒踏之類, 不可盡詳, 亦不可以載錄.

　蓋形‧色‧早‧晩‧性‧味之別, 穀皆有之. 一種之別, 幾至數 十, 不徒稻粱之爲然. 而雖以老於農者, 亦不能盡知云.

　秫者, 官簿所稱'唐米'‧'皮唐'也.《爾雅》云, "衆秫",《疏》曰, "衆一名'秫', 謂黏粟也. 北人用之釀酒. 其莖稈似禾而麤大"者, 是 也. 百穀之中, 惟秫最麤大, 早種而茂者, 高可二丈, 圍或一搤. 故其收, 亦多於它穀.

嘗聞吾鄉有金翁熟諳農理, 與隣居韓翁論諸穀, 曰: "一粒而收一斗者, 惟秫爲然." 韓翁不以信, 金翁與之賭一壺酒. 春以一篙盛肥土, 種秫四五粒. 及苗遂除之, 留一肥健者, 且糞之. 及秋取而量之, 果一斗也. 金翁曰: "若曝則不及斗矣." 又嘗聞關西人之言, 則"箕城之甘紅露, 皆秫釀也, 以秫釀之固勝於粳"云. 《爾雅疏》之云, '用以釀酒'者, 固信矣. 淵明之所種者, 其以此歟?

田家之所種者, 水田種稻與黏稻, 陸田則曰秋麥·春麥·大麥·大豆·赤小豆·綠豆·油麻·胡麻·黍·稷·粱·秫·蕎, 凡十三種. 不種兩麥, 則無以爲農粮, 不種大麥, 則無以造麴取麵, 不種大豆, 則無以造醬喂獸, 不種小豆, 則餅飯不備, 不種綠豆, 則無以取粉, 不種油麻, 則燈無所燃, 不種胡麻, 則不助珍味, 不種黍·稷與粱, 則粮道不敷, 不種秫, 則無以縛帚補籬, 不種蕎, 則無以供餺飥備茶醬. 此皆農家之不可闕一者也. 此外, 又有豌豆鈴麥之屬, 亦皆可種.

大豆曰'菽', 菽者衆豆之總名. 而後世, 仍以菽名大豆. 我國之稱太者, 太無所據, 蓋官簿之稱也. 大豆, 有黃而最大者, 有黃者, 有微青者, 有微赤者, 有黑者, 有斑者, 有以墨指捻之者, 有黑而甚細者. 黑細曰'鼠目太', 可藥用. 黃大曰'鰥夫太', 以其獨植故名, 味最厚, 雜米而飯, 甘如蒸栗. 又有早菽曰'靑太', 六月食.

自圻以南, 專以水田爲農. 其以稻種而三耘之者曰'付種', 其以秧移而再耘之者曰'移種'. 圻南則付種者勝於移秧, 自湖以下則反不如移秧者之多實而善熟, 蓋土性與風習然矣. 然而屢畊而屢耘, 則未有不多收者矣.

嘗聞湖沿有力農而多蓄者, 與其姻隔水而居. 其姻來借稻, 出五十碩以貸之, 旣量以斛, 復秤之於舟, 刻其痕而與之. 及秋, 其姻還稻. 量以斛則同其槪, 秤以舟則不及其刻者遠. 遂不受而却之, 使復秋而償之. 其姻爲付種而四耘之, 又往秤之, 猶不及, 又却之. 其再翌年, 其姻爲六耘之, 往而秤之, 始及於痕. 力農者曰: "子始知爲農耶! 夫稻耘之則實, 實則重, 重則多取米. 故再耘之稻, 十不能取四, 三耘者四之, 五耘六耘者, 以其量之斛, 收鑿米五升六升. 我非責償之苛也, 蓋欲使子知爲農之道也."

又嘗聞有以嶺南奴治農者. 甚勤於耕, 自秋至夏, 凡十二耕而糞之, 高三寸, 早秧而移之. 及秋, 種一斛之地, 而收三百斛. 下田十五年之農也.

故勤耕者多稻, 勤耘者多米, 屢耕屢耘者, 其爲農之本乎.

旱種而旱耘者, 名之曰'乾播'. 孟子之云, "旱則苗槁[10]矣, 雨則苗勃然興起"者, 惟乾播稻最近之矣. 野居之民, 專以乾播爲務. 故每四五月之間, 雨澤愆期, 旱風日吹, 則耕水田者, 皆有涸魚之憂, 而

10_ 槁 | 저본에는 '苦'로 되어 있으나, 전후 문맥으로 보아 誤記로 여겨져 교정함.

乾播者, 則反以爲得其時也. 於是, 平膝而箕坐於田, 以鋤槌破塊土
而歌曰: "風乎風乎! 山漢子之粥風耶, 野漢子之糕兒風耶!" 其或
春夏之際, 多雨則乾播者必泣. 蓋旱則土沃而莠小, 雨則多莠, 而不
可勝除也.

近有一種稻, 宜於旱種, 名曰'麥稻'. 旣刈麥, 移秧而種之, 則數
升之收, 至過一碩. 米亦脂白, 異於山稻. 按農書, 亦有乾秧乾移之
法, 則稻亦固可以旱秧. 而若使此稻盡布於世, 則水田不必高於旱
田, 而春夏之旱, 不必爲憂於田家矣. 聞其種漸廣於圻甸云.

麥者, 農人三庚之粮也. 農人之言曰: 麥者, 易飽而善消, 能利人
而無病. 今夫六七月之際, 薰風以被之, 赫日以炙之. 溝塍之間, 艸
氣蒸人, 自朝而耘, 傴僂至午, 則使人胸膈煩悶, 腸胃虛脹. 然而饁
婦至, 頓喫饢麥飯一大鉢. 飯已, 吸麥醪一椀, 卽堆然藉艸而眠. 須
臾起坐, 放屁數通, 而腹中安帖矣. 向使非麥而秔, 則午饁之隴, 將
多霍死之人矣.

其言信有理. 醫書亦言, 麥有利下益人之功. 而秋麥爲尤然矣.
秋種曰'秋麥', 春種曰'春麥', 而有冒氷而早耕者曰'凍麥', 其品亞於
秋麥. 麥者, 必張芒四磔, 而亦有無芒者曰'僧麥'. 麥之難春, 以其
皮稃之厚, 而亦有皮薄而離者曰'米麥', 卽靑顆麥. 麥必四稜, 而亦
有六稜者曰'六稜麥'. 亦有蔓生而多穗者曰'蔓麥', 生北方. 麥之種,
亦多矣.

金生重卿, 至自關西, 見種于田者, 問曰: "食耶?" 曰: "旣種之,

誰禦而不之食?"重卿喟然曰:"畿之土, 信德矣! 豈有如彼其慢而食於彼也!"問其農, 曰:"田者, 廣二尺而畝, 畝深而壟高. 卽種粱于畝, 直列而不錯. 及苗, 以牛畊其壟而壅之. 凡三除艸, 三壅本, 壟反爲畝, 畝高於壟. 於是, 兒之游於田者, 微俛而出粱間, 莖不掣肘, 穗不露頂. 如是故, 西之人, 能不乏於飯粱."

噫! 此后稷氏之遺法也. 根深故, 能耐風而耐旱. 種疎故, 能實穎而實褧. 近世中國之田者, 皆此法也. 是故, 其耕耘之方, 旣便於錯種而密播者, 又於其中, 有趍過歲易之意, 故每歲種之, 而能歲歲多收, 豈不得哉? 圻人則一歲種粱, 不敢再種, 爲其土性之燥而瘠也.

重卿與圻人論穀性, 圻人則曰:"麥飯勝", 重卿曰:"不如粱飯之美", 遂各執而不能訂. 余笑曰:"奶茶者, 燕京之所珍, 而南人脾而不能嘗, 魚膾者, 江南之所嗜, 而北人唾而不忍嗅. 道不同, 不相爲謀, 圻人飯麥, 西人飯粱. 各從所好, 何短何長!"

鄕人旣呼秫爲垂垂, 又有名玉垂垂者. 稈葉似秫, 旁生似薏苡. 實大如珠, 有淡紅‧深紫‧水靑諸色. 蒸而食之, 味甚甘, 亦可麩而爲餠. 然而《本草》無稱焉, 不知其爲何種也.

我國人稱油麻爲'荏'. 故有眞荏‧水荏‧黑荏子之別. 而黑荏子者, 卽胡麻也, 一名'巨勝子', 一名'方莖', 卽服食家之所珍重也. 九蒸九暴, 熬擣餌之, 可以辟穀不飢. 㼲碾作粥, 亦能潤腎.

嘗種之于圃, 則所收亦勝於白麻. 此巨勝之名所以取'勝'於八穀之中者也. 世俗, 和蜜作泥, 印成花樣, 謂之'黑荏子茶食', 亦味勝於松花·黃栗之屬矣.

筆之庚　談果[11]

　吾鄕海鄕也. 其植多柿, 成林之家, 用以衣食, 奴橘戶竹, 未必獨
富. 而於其中, 有多品焉, 品高而繁結者, 能以小敵大. 有曰'水柿',
杯大而方, 四溝凹頂, 爽而多漿. 曰'早紅柿', 亦稱'溫陽', 尖而差小,
熟不待霜. 次曰'盤柿', 狀似水柿, 方而無溝, 爛如蜜水. 墨柿·霜
柿, 其味亦旨, 霜柿圓頂, 霜則益美, 墨柿稍平, 黔而無子. 曰'高鍾
柿', 形似蓮房, 以淹以脩, 味甛如餳. 長準甚高, 溝陌頗詳, 其皮旣
厚, 餠而後嘗. 月河之柿, 恰似高鍾, 形旣差小, 味亦不强. 生萊似
準, 凸而無溝, 噉不待塩, 甘液迸流. 方悅最小, 尖似棉毬, 一名'續
攣', 牛椑之儔. 惟小圓柿與隅小圓, 旣小旣圓, 不盈一拳. 種子葫
蘆, 結以百千, 小而多子, 所由名焉. 其品旣多, 雖業於柿者, 亦不
能盡詳.
　而大抵柿之性, 宜於沿海受風之地, 故圻甸則南陽·安山·江華
爲最盛, 湖中則海美·結城等地甚多產. 湖南與嶺南則亦多山峽之
成林者. 但湖嶺之柿, 皮厚而性澁, 雖能耐久, 而宜於沈乾. 圻甸之
柿, 皮薄而多漿, 甘爽居多, 爛柿則當以圻產爲上矣.

果品之產, 亦自有地, 如西梨而南橘, 海柿而峽栗者. 或緣土宜, 或從俗業. 而若淮陽之栢, 密陽之栗, 靑山·報恩之棗, 黃州·鳳山 之梨, 新溪·谷山之爛梨, 延安之蓮實, 濟州之柑橘, 皆名於國者 也, 柿則湖嶺與坼, 處處有之, 桃·杏·櫻·李·林禽·石榴·蘋 婆·葡萄之屬, 京師之人多種植以爲業. 此其大略也.

余嘗游浿之北, 有專小壑而居者, 能衣細食銅器, 問其業曰:“有 櫻桃林禽六月桃如干樹.”“是奚足以衣食人?”曰:“京師之市, 早出 者價倍, 余之果蠻先於人三四日熟, 余是以故能專[12]果實之利, 亦可 以使人不乏.”而苟得其地, 則不待千樹而後, 可矣.

余兒時, 舍後有銀杏樹甚老大, 歲收子銀杏五六斛. 而相傳在前 多食而病者, 故長者, 禁不可食怖之以死. 以是謂銀杏有大毒, 雖遇 於它, 亦不敢食. 及長, 雖知其非殺人果, 而以其戒之久也, 猶疑不 敢恣食.

家伯氏嘗當暑食桃, 卒病關格症甚急, 半夜延醫服藥, 幸而無事. 余自是遇桃, 則懼不敢食二十餘年. 及歲庚戌, 余往李凡翁宅, 饋以 桃, 辭不食. 翁笑曰:“子畏耶? 子不讀《本草》耶? 桃則無毒而益人, 不如杏之有害人毒. 子其啖之. 若杏則不可食.”翁素明於岐黃術. 旣聞翁語, 又遇杏則懼不敢食, 如是者, 今又十餘年.

余嘗靜而思之, 銀杏之不食, 以其戒之早也, 桃之不食, 以其創

之切也, 杏之不食, 以其信之篤也. 天下事, 苟能早戒而篤信, 又有懲創之切, 則雖可欲之甚者, 皆可割而斷之耶? 既而又思之, 知酒之能殺人, 而不能戒焉, 知色之能殺人, 而不能戒焉, 知危言危行之能殺人, 而不能戒焉. 則受訓於長者者, 非不早矣, 懲刱於耳目者, 非不切矣, 徵信於古聖賢之言者, 非不篤矣. 而只戒於彼, 不戒於此, 則亦安用不食銀杏與桃爲也? 推而廣之, 懼不可食者, 非徒三果而已矣.

有贈余一根樹者, 曰'果'也. 似木瓜而形與味小不類. 其名曰'榠子'云. 余按醫書, "榠樝性溫味酸, 解酒毒, 去惡心, 殺蟲魚, 木瓜之別種也." 又按歐陽氏《歸田錄》, 柿初生, 堅實如石, 凡百十柿, 以一榠樝, 置其中, 則紅熟如泥, 人謂之烘柿. 蘇頌《圖經》云, 酷類木瓜, 而蔕間無重, 蔕如乳者.《通志》, 一名'蠻樝', 一名'木李', 一名'木梨'云.

宗廟之事, 所以供籩者, 不過棗・栗・榛・榧・菱實之屬, 則豈以有國之富, 而不獲於珍果而然耶? 誠以祭祀之用, 貴乎誠而不貴乎珍故也. 若私室之祭, 則少有異焉. 凡生時所啖之果, 皆可以薦, 故朱櫻碧檎之鮮, 胡桃海松之腴, 石榴葡萄之珍, 靑梨紅柿之爽, 柑橘之稀, 杏李之凡, 以至玉延覆盆之微, 甛西二瓜之賤, 莫不需用. 甚至一卓之供, 或踰六器, 一楪之費, 或過千錢.

在祭之者如何, 而余意則不然. 祭祀既異乎燕享, 則器必有所定之數, 果必有所需之品. 取必以時, 以寓櫻桃薦新之誠用, 必以全,以遵玄酒貴本之義, 則庶可不悖於情禮矣.

嘗觀侈靡之家, 栗必蒸而爲泥, 棗必蜜熬令紫黑, 海松則黏蜜作博山狀, 或以松針攢而束之, 白柿則浸蜜水雜海松, 石榴柚子瓤作冷茶, 又以生薑·藕根·梨片·杜棣等屬, 蜜煎作煎果. 蓋尠有用其本質者, 是豈所以祭祀之義耶?

又嘗聞有豪奢之家, 每祭祀必以厚價貿龍眼·荔枝·乾葡萄·楊梅子之屬, 而若本國土產之果, 薄之而不用. 苟欲如此, 則何不炊浙東之長腰, 羹松江之四腮, 而只求美於果品耶? 此非爲祭祀者也, 爲它人耳目之矜夸也. 焉有孝子祭其先而爲它人耳目者也?

蘋果者, 俗所稱'沙果'也, 味品爲夏果之最. 故一樹或可直三四千錢. 而每見京師估人買不待熟, 或見靑而論直, 或驗花而計價. 先數月買果, 而亦無甚相左者.

嘗見周櫟園《閩小紀》, 買荔支龍眼者, 每於春時, 計園入貲, 越曰'斷', 閩曰'稞', 有稞花者, 有稞孕者, 有稞靑者, 慣估者, 能知後日風雨肥瘠, 而訂其價. 始知買蘋果者, 亦閩之稞法也.

覆盆子, 卽蓬虆也, 而華人呼作艸荔支. 每纔過端午, 紅熟可愛. 用冷水淨洗後, 散紅粟浸蜜茶服之, 色味俱佳. 醫書, 稱其功用, 亦甚多.

余性不能吞核, 雖櫻桃小核, 亦不能和核吞下. 故嘗取櫻桃糅碎之, 用布帕絞, 取汁飮之. 其色淡紅, 甚可愛. 又嘗取靑葡萄, 依其法取汁, 其色亦淺綠. 可愛, 而較櫻桃, 尤覺淸爽.

梨之珍品, 有靑戌來黃戌來合戌來等稱, 而以鳳山所產爲極高. 嘗有一宰其族弟爲鳳山守, 饋以梨, 適其姪來謁. 宰曰: "鳳山送我梨, 梨甚美." 命女侍取鳳山梨一枚來, 親削其皮, 而噉之曰: "鳳山梨美了麽?" 其姪不答. 又問曰: "鳳山梨果美了麽?" 其姪曰: "美了自美了. 小子不曾食鳳山梨, 何由知鳳山梨美了不美了?"
人以此謂美而不關我者, 爲'鳳山梨'云.

中國有落花生者, 花落于地, 則有物如絲流入土中, 結而爲果. 候其熟而採之, 亦佳果也. 柳泠齋曾見之於瀋陽, 其結子之理, 比諸無花果, 亦固奇巧. 何古人之無及於文字者耶?
有平果者, 亦似蘋果而甚美云.

我國之人, 祭用之品, 若櫻桃・流杏・丹杏・紫桃・林禽・沙果・李梨・爛梨・葡萄・石榴・蔞薁・生栗・黃栗・胡桃・實栢・榛・銀杏・榧子・山樝・紅柿・柿餠・木瓜・大棗・橘・柚・柑・杜棣・覆盆・山藥・藕根・西瓜・話瓜, 無不用之. 而獨於桃, 忌而不用, 似以其木之能殺鬼. 故以此爲嫌, 而此則不然.
荔之所祓, 符之所辟, 梟與蠱之所殺者, 皆陰邪雜鬼之謂也. 苟或有妨於神道, 則荔豈可用之於弔, 符豈可施之於門耶? 且赤豆粥楚人之所以逐疫鬼而用之, 藥飯新羅之所以報神烏而用之, 則此固出於事死如生之義矣. 生時之所食而祭祀之皆供, 則何獨於桃而不用, 有若神道之忌此者耶? 此與以磔狗辟邪, 而不用羹獻之禮者, 同一謬矣.

《詩》曰: "六月食鬱及薁." 朱註曰: "鬱, 棣屬, 薁, 蘡薁也." 孔氏曰: "鬱樹高五六尺, 實大如李, 正赤食之恬."《本草》云: "一名'雀李', 一名'車下李', 與棣相類." 薁, 《本草》註曰: "葡萄卽蘡薁, 生隴西五原山谷."《詩經草木攷》曰: "薁, 《本草圖經》云, 郁李木高五六尺, 枝條花葉, 皆如李, 子小如櫻桃, 色赤味甘酸. 核隨子熟, 六月, 採根幷實." 今按《本草》, "郁李處處有之, 枝條花葉, 皆若李, 惟子小若櫻桃, 赤色而味甘酸微澁. 一名'車下李'." 丹溪醫書, "蘡薁, 卽山蒲萄, 實細而味酸, 亦堪作酒."

以此論之, 則鬱者, 今杜李, 俗所稱'山櫻桃'者是也, 薁者, 今稠李子, 俗所稱'麥【華音美魚反】盧'者是也. 而其謂薁爲車下梨及蒲萄者, 皆誤矣. 若是乎讀詩者之難識乎艸木之名. 而古人之所珍惜而載詩者, 曾樵童牧豎之所甘, 則其尙儉之風, 亦可見於此二果矣.

中國則祭享燕飮, 專以果品爲主, 而聞其所用, 多是乾葡萄 · 楊梅子 · 西瓜子 · 海松子 · 胡桃肉 · 橘餠等屬. 而我國則果實之外, 又有油密果 · 中白桂 · 饊子 · 蓼花乾煎果諸品, 水煎果諸品, 茶食 · 賓沙果等屬. 油密果, 卽高麗餠也, 煎果, 卽蜜餞果泥也, 中白桂, 卽扁條也.

國家陵寢之祀, 亦皆用油密果, 而今則風俗漸侈, 鄉谷貧民喪葬之際, 亦必待此而後始祭, 則所造旣不能如法, 與古之所謂木造果床, 無以異焉. 是豈若生栗一器・大棗一器・串柿一器之反爲精潔而得眞也哉?

李寶城檍言, 在寶城時, 隣邑倅, 饋柚子三百顆, 適有邑子上謁, 出而恣其食, 能食五十顆. 甚壯之, 以語妓之侍枕者, 妓曰: "是奚足食? 如奴亦能食三百顆." 不信也, 每出十顆, 以試之, 凡如是者十, 所食已百柚, 而猶叺嗒有一足色. 妓言, 柚子若蓮皮, 食雖五百而不厭云.

甲寅秋, 太學殿僕洪五番, 年七十餘, 出昭義門, 見舖中有紅柿甚爛, 盡筐而買之, 錢一百, 柿凡百有六. 分其六, 與其徒英奎, 奎童也, 而時霜朝甚冷, 食三柿, 有寒色, 呵益之, 盡其六, 胸膈結如氷, 爲飮熟塩湯後可. 五番則食其柿盡, 至崇禮門外, 其屬不知也, 又爲買十二柿以進之, 五番又盡食之. 是日食柿, 凡一百一十二顆.

余兒時, 嘗見趙都正世選, 淸晨食爛柿三十七, 時年七十餘, 而又十月之望後也, 旁觀爲之有寒意, 而卒無恙. 豈果亦有戶如飮酒者然耶?

余年十五, 始往省楊州楸下, 楊素稱栗鄉. 其行也, 若將食三斗不飽. 及入洞門, 有掠驢頭而墮者, 問之栗也, 有觸驢蹄而轉者, 察之栗也. 及抵歸樂洞朴氏宅, 有健奴三人, 方輪栗于庭, 積之, 高可人肩, 使人頓然無食栗意. 終其歸, 不過食煨栗十餘枚.

辛丑秋, 余家始僑于鄉. 其九月, 余爲覓柿, 往白谷舅氏宅. 其家多水柹, 甚美. 及到, 乘喉渴, 連吸爛水柹杯大者二顆, 便爽然, 無更進意. 日半晌, 強於人, 黽勉又食一而歸. 余固無癖於果, 食而亦可, 見多則易厭也.

果之若棗‧栗‧梨‧柹, 各有多品, 品各異名. 而至於海松子, 則只稱'實栢'‧'皮栢', 更無它名. 然而陶穀《淸異錄》, 稱"新羅松子, 有玉角香‧重堂棗‧御家長龍牙子等品", 則豈古有而今無耶, 抑同一栢子, 而所以製造者, 有異然耶?

洛城諸宰, 嘗以暮春會北洞, 作桃花筵, 各具供帳, 將以殽核相尙. 南城一宰家所設, 甚豐且華, 衆皆推爲第一. 最晚, 有東城一宰家, 始傳饌, 而只一小婭鬟, 頂一砆紅小盒來, 及啓封, 只藥飯一小盂‧蒸紅棗十枚一小楪而已. 宰食其七, 復封其三甚謹, 授婢使還之. 南宰之家人疑怪之, 從其婢問之, 十棗之費, 爲二萬餘錢. 蓋蒸而去核, 與肉末江蔘和蜜, 復塡其腹, 以海松子釘其兩頭也. 於是, 南宰家大慚, 不敢自居以饌品.

噫, 亦過矣. 果則果矣, 藥則藥矣, 何必乃爾? 是故紅椒‧饅頭‧靑瓜‧松餅‧生蟹‧沈荣, 究其原, 則皆傳於東城. 而甚至一甒之糕, 合篩十有二, 囊而蒸成饋餾, 則香氣達屋螫喉, 而不可食. 嘗聞李羅州寅燮戒其家曰: "與其食奢, 寧奢於服, 食奢者先亡, 服奢者後覆." 味哉言乎.

果木有間年而結者, 亦有南北分年而結者. 間年者, 卽閩中荔枝之所謂歇枝者也, 南北遞結者, 卽古之所謂交讓木者也.

黃山谷畫菜, 題云: "不可使士大夫不知此味, 不可使天下之民有此色." 余, 艸野之民也. 雖不可使有此色, 其知此味, 則不待不可[13]而亦能之矣.

余家, 有小圃, 直堂前. 一童奴, 勤力其中, 則足可以供飯疏之用. 其所種者, 蔥·蒜·韭·蔓菁菜·葍菘菜·芥菜·葵·藿·萵苣[14]·菠薐·胡瓜之屬. 若倭瓜與匏, 則列之於墙下. 近圃有井, 井下種靑芹, 庭邊種茄子, 有隙, 種蠻椒. 可以葅, 可以羹, 可以茹, 可以生食, 可以芼魚肉, 可以虀汁, 可以藥用. 余於洪舜兪之〈老圃賦〉朱夫子之〈十三韻〉, 不必多羨也.

余家在龍山時, 舍後有隙地, 廣可三四尺, 長倍之. 糞而種茄, 茄甚繁, 自茹可食. 以至霜落日, 收茄百餘枚, 葅茹之餘, 以之醒酒, 以之分隣里, 猶不乏. 茄之色, 有紫茄·白茄·靑茄·黃茄·淡紅

13_ **不可** | 저본에는 '不可不'로 되어 있는데, 끝의 '不'은 衍字가 아닌가 한다.
14_ 苣 | 저본에는 '昔'로 되어 있는데, 誤記로 여겨져 교정함.

茄. 茄之性, 有山茄·水茄. 山茄, 則可作羹茹葅炙, 而不可生食. 水茄, 則和石花醢, 生食甚佳.

菠薐, 俗名蒔根翠, 鄉人多種以爲菜, 熟之, 則其色鮮靑可愛, 性亦軟滑宜口.

劉禹錫《嘉話錄》云: "菠薐, 種自西國, 有僧將其子來, 云是頗陵國之種, 語訛爲波稜耳." 李時珍曰: "按《唐會要》云, 太宗時, 尼波維國, 獻波稜菜, 類紅藍." 劉彥沖咏菜詩曰: "金鏃因形製, 臨畦發永歡. 時危思擷佩, 楚客莫紉蘭." 古人固以爲珍種嘉蔬, 而但易老, 不能耐久. 且醫書稱, 其"多服, 令脚弱", 不可以久食矣.

菜者, 不徒圃種者也, 凡山野之間自生而榮者, 亦皆菜也. 故每春晚雨足, 百草方苗, 則嫩綠肥靑, 尟有不可食者. 少婦提籃, 群出拾翠, 而其所採掇者, 於野, 則有曰苦突白, 曰助芳, 曰魚應巨貴, 曰沙台兀, 曰芝菜光, 曰花多的, 曰吉徑, 曰率意長, 曰獨古抹, 曰鵝兒頸, 曰鷄翅甲, 曰屹兒席, 曰茄子菜·黃豆菜·東海菜·松菜·平涼菜·粳飯菜. 於山, 則有曰歃朱, 曰高沙里·魚沙里, 曰馬兒勒, 曰雪棉子, 曰高菲, 曰鉏訖兒, 曰園翠里, 曰鷄肋, 曰山蒿, 曰鷄兒戢, 曰竹菜·蛤菜·榛菜·藿菜·羅兀菜.

其曰'助芳'者, 小薊也, 曰'魚應巨貴'者, 大薊也, 曰'吉徑'者, 車前也, 曰'鵝頸'者, 苜蓿也, 曰'獨古抹'者, 蒼耳也, 曰'率意長'者, 羊蹄也, 曰'歃朱'者, 蒼白朮也, 曰'高沙里'·'魚沙里'者, 蕨若薇也, '鷄肋'者, 薺苨也, 曰'鷄翅甲'者, 蘩蔞也. 此皆菜女之所傳稱而字之者也. 雖使按王磐之譜, 考郭璞之註, 有不可盡詳者. 而大抵野菜多苦而益人, 山菜多香而損人. 每凶荒之歲, 民之菜食者, 必求之野, 而不取於山, 蓋有以矣.

余性嗜山菜, 遇則必飽而後已. 嘗以寒食節, 過樓院店, 買飯, 見店婆方以大盆浸山菜, 甚肥且香, 余旣先飯而吃一器, 仍以乾靑魚換一器, 又以北魚菜換一器, 連呑三器. 店婆問持齋未, 余曰: "非齋也, 嗜也." 店婆曰: "客皆如客, 盡採水落山, 猶將不足." 又爲饋一大器. 山菜固佳, 但多食, 則令人疲薾.

菜之大者, 莫如蔓菁, 古人所謂萊菔也 · 葑菲也 · 蕦菘也 · 蕪菁也 · 豐葑也 · 蘿葍也 · 蘆菔也, 皆此也. 可無時而種, 可不久而食, 可生食, 可食馬, 可棄而無惜, 此諸葛武侯之所以取用也, 亦菜之所以姓諸葛也, 亦我國人之所以稱'武侯菜'者也. 宜冬葅, 宜寒葅, 宜生菜, 宜熟菜, 宜羹, 宜醬, 宜鷄臛, 宜蝦鮓, 宜餠, 投諸廚庖, 無適不可, 殆畦圃之中, 百蔬之長. 古人稱葑也 · 蕦也 · 蕪菁也 · 蔓菁也 · 葑菘也 · 葑也 · 芥, 七者, 一物也.

而以今觀之, 則蔓菁者, 俗稱'淳武侯', 而與菘菜相近也. 蘿葍者, 俗稱'大武侯', 而卽所以供葅菜之用者也. 又有稱'根芥'者, 根似蔓菁, 而甚堅硬, 味辛, 宜寒葅, 蓋三種也. 種蘿葍者, 累耕, 使土軟熟, 頻鉏以壅本, 則其根甚大, 味且爽甘. 若我國之連山種, 其大如斗, 健者, 僅能負五根, 振威有槐花亭, 亦以'蘿葍'稱, 粗能過尺, 爽能勝梨, 蓋土性之宜也.

菘者, 俗所稱'白菜'也, 與蔓菁相似, 而莖有韌脆之別, 根有豊細之異, 蔓則食根, 菘則食莖. 而鄉居之圃, 土性多燥, 異於訓練院庫濕膏沃之壤, 則種菘三年, 化爲蔓菁, 亦物性之近, 而土品之異也.

山蔬之佳, 有名曰'翠'者, 其氣甚香, 其味甚腴, 燖而爲菜, 乾而爲羹, 皆絶品也. 生於深山者, 尤佳, 俗稱龍門山, 甚宜翠, 故龍門所照之地, 其翠皆佳. 又有熊翠者, 亦香美, 而葉甚大, 只可包飯而食.

柳泠齋, 嘗以翠爲杜衡, 今按《爾雅》註云: "杜衡似葵而香", 唐《本草》註云: "葉似葵, 形如馬蹄", 蓋亦與今之所謂翠者, 相近矣, 而未可詳矣. 舍後小山, 亦多翠, 甚佳, 而但不可久蓄矣.

菜之甚賤且廣而古無今有者, 有二焉. 艸椒, 一名'蠻椒', 俗稱'苦椒'. 倭瓜, 一名'南瓜', 俗稱'好朴'. 二者, 蓋近世之自外國傳者也. 古《本草》及諸書, 無稱焉.

今若依《本草》訓釋, 則艸椒, 性大熱, 味辛, 有小毒. 倭瓜, 性平, 味甘, 無毒, 而其治療之所主, 未可知矣. 或言多食蠻椒, 則動風且妨目. 以余所聞, 鐵原有八十老婦人, 性嗜蠻椒, 餠飯之外, 皆色紅而後始嘗, 計一年所食, 可百餘斗, 而年過八十, 猶夜辨針耳, 其果妨目也哉?

倭瓜則八九十年前, 人猶罕種, 而不業食, 惟寺僧蒔以爲味. 其後有一相國, 甚嗜之, 案無倭瓜菜, 則不能飯, 家爲油煎而和醋, 則不食也, 直以蝦酢拌炒之而後食. 倭瓜, 因盛於世云. 近歲有新法,和豬肉作菜, 甚佳, 而《倭漢三才圖會》稱"和豬肉烹, 甚美", 余不知是暗合而倭人先得之耶, 抑得之於尙順而傳之耶?

余於二者, 亦嗜之者也, 而椒比於瓜, 則熊掌之魚也. 憶在京師時, 每入酒肆, 連倒數觥, 手摘庪上紅椒, 裂而去子, 蘸醬而嚼之, 則當墟者, 必瑟縮而畏之. 及居海上, 細末作虀汁食鱠, 亦勝於黃芥汁矣.

古人以疏食菜羹爲貧者之食, 又曰: "咬得菜根, 百事可做", 言其喫苦耐難也. 而嘗見世之一種菜食者, 炙辛甘菜笋, 羹龍門山翠蕶, 臛松茸菜木頭苗大如犢角者, 菹山芥嫩莖而食, 則其味與費, 豈如乾魚肉之比也哉! 若此者, 不可曰'咬得菜根', 亦不可曰'菜羹'矣.

鄉居者, 折葵爲羹而不戕, 采芹爲鹽菹, 斷蔥爲寒菹, 烹人莧爲菜, 以蒼耳葉裹麥飯下之, 則方可爲咬菜根也. 然而苟無其志, 徒食菜根, 則是亦一菜蟲也, 亦何益於做事也? 然而得之旣易, 食之亦味, 猶勝於區區庖廚之間, 爲一葷血中蒼蠅者矣.

余舍前小圃, 歲種瓜六七十本, 旱蒔頻壅, 糞而灌之, 課奚奴禁黃豸, 藩折柳, 閑小兒, 則足可以備三夏之用. 每旣登瓜, 酸醎生熟, 皆瓜也. 余嘗食而有瓜羹·瓜菹·瓜菜·瓜醬, 人有笑其太貧者, 余曰: "瓜者, 二八也, 昔李令公食三韭二十七種, 余今食八八六十四種, 不亦富哉!"

在木曰'果', 在地曰'蓏'. 蓏者, 瓜也. 故蔓生而結實者, 統謂之瓜. 胡瓜者, 一名'黃瓜', 卽今常[15]食之瓜也. 絲瓜者, 俗稱'垂絲瓜'者也. 西瓜者, 俗稱'水瓟'者也. 南瓜者, 一名'倭瓜', 俗稱'好瓟'者也. 冬瓜者, 一名'地芝', 卽今冬瓜也. 甛瓜者, 俗稱'眞瓜', 而兒輩之所酷嗜者也. 一甛瓜之中, 而亦有鬁甛瓜・蝦蟆甛瓜・水靑甛瓜・牛角甛瓜, 諸品之異, 則或緣形色, 或別性味, 其類不一矣.

余兒時, 嘗見村巷游手, 群集瓜肆, 旣嗅蒂, 定其甘否, 卽割而較驗之, 甘者勝, 勝則責輸者, 以一肆之價, 謂之'打甛瓜', 此與錢氏子弟雪上瓜戰相近, 而亦齊趙所謂鼻選之法也. 聞今也無[16]之, 一微事也, 而猶可以見風俗之漸漓矣.

吾鄉之北, 有松林村, 村有一田, 土宜甛瓜, 種之, 則大僅如鵝卵, 靑若漬靛, 甘香之至, 反有鹹味, 喉螫不可以多食. 及余至南陽, 田人不勝於吏之誅求, 不種瓜, 已四三年矣. 近又有沙果種者, 皮白膚靑, 大不一扎, 甘爽有蘋果氣故名, 相傳爲關西種云.

葷之屬, 不一. 〈玉藻〉註曰: "葷, 薑及辛菜也." 〈士相見禮〉註曰: "葷, 辛物." 《玉篇》以爲辟凶邪. 故漢〈儀禮志〉, 以朱索連葷菜施門戶. 徐鉉《說文》註, 葷, 臭菜也. 通謂芸薹・春韭・葱・蒜・阿魏之屬. 《楞嚴經》通潤註, 以葱・蒜・韭・薤・興渠釋五葷. 《爾雅翼》云: "西方以大蒜・小蒜・興渠・慈蒜・茖蔥爲五葷, 道家以韭・

15_ 常 │ 저본에는 '嘗'으로 되어 있으나, 문맥상 '常'의 誤記로 여겨져 교정함.
16_ 無 │ 저본에는 '無無'로 되어 있는데, 衍字로 여겨져 한 글자를 생략함.

388 ◉ 完譯李鈺全集・4

蒜·芸薹·胡荽·薤爲五葷."

今按興渠者, 卽芸薹也, 芸薹者, 卽俗稱'平枝'也, 似是辟蠹之芸, 而通潤註言, "根如蘿菖, 生土而臭, 此方所無, 亦似非芸香之芸矣." 小蒜者, 蒜之生山谷者, 而俗稱'簇枝'者也. 茖蔥者, 亦山蔥之細莖大葉者也. 慈蒜, 不知的爲何物, 而旣稱'蒜', 則疑是野蒜, 而今俗所稱'達來'者也. 胡荽者, 卽北方香荽, 而俗所稱'苦栽'者也. 醫書言, "胡荽損精神, 芸薹損陽氣, 蒜傷肝損目", 則固宜道家之所忌, 而至若韭之歸心充肝除熱補虛, 實有溫而益人之功. 薤則調中歸骨, 性溫且補, 故仙方及服食家, 皆須之, 不葷五藏, 故道家常餌之云爾, 則韭·薤之於道家爲其所禁者, 殊不可知. 至若佛氏之稱"熟食發淫生啗增恚"者, 太無意味, 旣非助精之花, 又異發狂之藥, 則豈有咬此荣根, 而遽然發淫增恚之理也哉? 至若蒜, 則雖非道佛, 亦可痛戒, 每夏月鄉舍, 多遇喫蒜者, 則纔一啓口, 臊氣滿室, 使旁人不可堪, 甚於狐臭放屁, 古之人有紉蘭茝含鷄舌者, 則雖不得滿口作蓮花香, 何可以不潔之氣, 遺臭於到處耶? 非甚病而藥, 則切不可食.

余亦種數十本於圃邊, 以備藥用及葅料, 而獨於此麝香艸, 守葷戒甚嚴.

丁巳秋, 西瓜將熟, 忽遍身生贅尤大如豆, 內作釘根, 不可食. 圃人稱'西瓜痘', 瓜瓜相似, 田田同然, 亦一怪事.

又自近年以來, 匏瓜不能成實, 比將堅硬, 根蔓先枯朽爛, 不可用. 剖視其根, 則近土處或有蟲蝕者. 故一瓢之直, 可受半斗, 則恰爲五六十錢, 汲舀爨淅者, 皆買木瓢而用之, 亦一怪事也. 或言種瓠瓜之初, 撒鹽於坎, 及苗且蔓, 壅而築之, 則能不枯而堅云.

余性嗜辛辣, 故於芥薑之屬, 食或過人. 壬子秋, 對策熙政堂前庭, 自內賜儒生盛饌, 饌品中, 有黃芥汁一大椀, 蓋爲熟肉而設, 而諸生皆攫肉徒嚼之, 不知有芥醬. 余獨取而吸[17]半椀, 味亦甚佳, 胸膈爲洞.

乙卯十月, 過全州東城店, 地卽良井浦, 國薑之所出也. 見家家圍薑圃甚廣, 提斗荷篚者, 言語皆薑也. 出三文錢, 使貨之, 可京師十五倍, 意主人厚之, 謝其太多, 主人曰: "今玆薑不熟, 比前半之, 直則然矣." 余爲剝而噉之, 所食幾三之一, 主人爲余甚嗜薑, 及飯饋薑菹一器, 根似栗瓣, 笋如竹葉, 鹹能奪辛, 味不如生, 恰有童便意, 不可食也.

萵苣有二種, 莖甍而葉濶, 深靑有赤黑色而甚皺若摺裙者曰'裳不老', 莖瘦而葉狹, 如槲微皺而多白色者曰'五十葉不老', 一名'三月不老', 能耐久. 《本草》有萵苣‧白苣二種, 則意五十葉者, 是白苣, 而如裳者, 乃萵苣耶! 其味, 固勝於白者矣.

每歲朱夏, 甘雨初過, 萵葉政肥如靑錦裙, 以大盆水, 久浸淨洗, 因以盤水,[18] 淨洗兩手, 大開左手如承露盤, 卽以右手, 揀取萵葉厚

17_ **及** | 저본에는 '汲'으로 되어 있는데, '吸'의 誤記로 여겨져 교정함.

且大者, 顚倒二葉, 鋪于掌上, 始取白飯, 搏一大匙, 圓如鵝卵, 放在葉上, 微平其顚, 更以箸取蘇魚細膾蘸黃芥醬, 撮之飯上. 又取芹菜若菠蓤菜, 不多不少, 與膾伴居, 又取細葱及生香芥各三四枝, 以鎭膾菜, 乃取新煮蠻椒紅醬小許泥之. 卽以右手, 卷葉左右, 緊緊包裹, 合若蓮房, 乃大張口, 齶露吻弦, 右手推納, 左手護之, 如大悖牛載薪與芻, 突入柴關, 絓衡掣樞. 目瞋如怒, 頰豊如腫, 唇秘如緘, 齒快如剉, 緩緩咀嚼, 徐徐嚥下, 旣甘且爽, 允美無量. 當其初嚼, 不許旁人談說笑事, 若不愼此, 發一胡盧, 噴白洒靑, 必吐後已.

如是呑下十有餘塊, 我固不識一切世間龍味鳳湯八珍膏粱許多飮食, 是爲何物, 莫不飮食, 鮮能知味. 余偏嗜萵苣, 時或依此法食之, 雖不盡依, 亦食而甘之. 旣甘之, 戲作'不老經', 願與世之知菜味者道之. 得而讀之, 則似有勝於鄒平公鍊珍堂〈食憲〉五十章云矣.

筆之壬　談木

余家後小園, 多無名雜木, 蓋其初不植而自挺, 仍以爲藩籬之固者也. 有稱, 曰'彭', 曰'嚴', 曰'藥', 曰'枸杞', 曰'北', 曰'刺'者. 曰'刺'者, 卽野薔薇, 有刺開白花結紅實. 實曰'營實', 以其狀如營實星[19]

18_ 盤水 | 저본에는 '水' 앞에 한 칸이 공란으로 되어 있는데, 盤이 누락된 것으로 여겨짐.
19_ 星 | 저본에는 '暑'로 되어 있는데, 문맥상 '星'의 誤記가 아닌가 한다.

故名. 古人言, "野薔薇, 搾油塗髮, 甚美"云. 曰'北'者, 卽其實曰'五倍子'者, 昨年冬, 紅疹大行, 有言, "五倍子湯能治蛔, 有奇效", 實不足, 繼以皮. 於是, 五倍木, 皆剝皮而裸之. 曰'枸杞'者, 卽柘也. 鄕人采其葉以飼蠶, 謂之曰'枸杞蠶'. 其大者, 有實, 赤而甘. 類陸疏所稱'枳枸子', 而枳枸, 是枳子, 則類之而實非矣. 桑曰'葚', 柘曰'佳', 則此豈佳者耶? 採其根以染黃, 勝於黃檗及梔, 卽所謂柘黃者也, 而鄕人不知用. 曰'藥'者, 樹似椒, 五六月, 開白花, 結子如櫻大. 漁人搗其實, 毒之洿澤, 則魚盡死, 故稱'藥木'. 《爾雅》載杭魚毒, 則此豈杭之類耶? 曰'嚴'者, 棘也. 遍身生鉤刺, 葉如楓而大. 曰'彭'者, 木理甚燥堅中用, 枝多屈曲, 亦有花有實, 而不知其爲何木也. 或言, "黔彭者奇材也." 則彭木, 其亦同類而異用者歟?

園中亦多合歡木, 此夜合花也. 一名'鶿忿花', 一名'榮花', 長枝細葉, 旣異它樹, 每値花盛開, 拂拂如世俗所稱'金剪紙流蘇', 甚可愛. 《養生論》之云, "使人不忿"者, 卽此樹也.

樹有相似而不同者, 櫟也, 槲也, 柞也, 栩也, 杼也, 《詩傳》註疏, 亦不能詳辨. 今以鄕音之所稱者分之, 則曰'德加乙木'者, 葉廣皮厚, 有橡斗而捄彙自裹, 此《爾雅》所謂櫟也. 曰'蘇里眞木'者, 葉差小實亦小, 此槲也. 曰'眞木'者, 葉似栗, 實有阜斗甚大, 此柞也. 柞則宜於材用, 櫟則漁人煎其皮以染網, 有赤黑色. 《漢淸文鑑》謂柞爲橡, 謂櫟爲婆羅樹.

樹之不同而相似者, 又有樗·漆, 故古語曰: "橁樗栲漆相似如一."

按橁本作杶, 亦作椿,[20] 〈禹貢〉孔傳稱, '木似樗桼, 或作櫄'. 《左傳》, "孟莊子斬其橁, 而爲公琴", 卽今俗所稱'眞忠木'也. 樗, 〈豳風〉陸疏稱, "樹及皮, 皆似漆, 靑色葉臭." 《莊子》之云, "擁腫卷曲"者, 卽今俗所稱'假忠木'也. 栲 《爾雅》作山樗, 郭註稱, "似樗, 色小白生山中", 《詩傳》陸疏稱, "與下田樗無異, 葉似差挾", 疑今俗所稱'白假忠木'也. 漆則形雖相近, 而以其有汁, 易於分辨.

今按, 杶則膚赤而堅, 中於材用, 宜其貢也. 樗則旣臭且脆, 其種素賤, 宜其薪也. 栲則理如桐木, 柔韌而堅, 其稱可爲車輻, 亦宜矣. 我國, 避度祖諱 讀椿爲忠, 故稱'眞忠'·'假忠'·'白假忠'以卞之, 而四木, 性宜海沿, 故每見村人籬落之間, 多繞屋成林者矣. 杶之嫩葉, 作荣亦甚香美云. 或曰: "樗栲本一木, 大則栲, 小則樗".

余所居, 素無柳樹, 其初得鞭長者二枝, 揷之庭畔, 不多年能垂絲成陰. 及其蘩, 每伐而移之, 于今二十年, 得柳大小凡二三十株, 而其二本樹, 則已老而朽矣. 每一顧眄, 不禁有金城之歎, 蓋易長者易老也.

20_ **椿** | 저본에는 '春'이 작은 글자로 좌변이 생략되어 있는데, '椿'이 조선 태조의 조부인 도조(度祖)의 이름이므로 기휘한 것이다. 여기서는 원 글자를 노출하였음.

楊之與柳, 古人辨之而明, 而余則曰: "楊與柳, 其本一也, 倒插楊枝則爲柳, 倒插柳枝則爲楊." 楊者葉濶枝硬, 揚起者也, 柳者, 葉長枝輭, 垂流者也, 余以一樹分插驗之而然.

至若河邊赤柳, 古人稱之爲'檉', 而《爾雅翼》稱, "葉細如絲, 婀娜可愛", 則又不似今之赤楊, 而似今之所謂'渭城柳'矣. 余得渭柳一株種之, 每花開葉垂, 望之如烟霧, 眞可愛也. 若赤楊, 則乃楊水尺之所織而爲栲栳者, 而古之所謂'蒲柳'者, 近之矣.《埤雅》云, "楊有黃白靑赤四種", 而其實, 不止於四矣.

余旣鄕居, 閒而無事, 專意於橐駝之業. 前後所種者, 松五百餘本, 柞百餘本, 柘三四十本, 柳三十餘本, 椵五六本, 桃二十餘本, 杏四五本, 李亦如之, 櫻桃四十餘本, 柿十餘本, 栗五六本, 棗三四本, 牛奶柿四五本, 牧丹六七本, 杶十餘本, 樗五六本, 李根而自挺者, 五六十本, 梧桐一本, 薔薇三四本, 海棠一本, 槿一本, 山丹三四本, 樅三四本, 川椒一本, 山櫻一本, 木頭菜一本, 渭城柳一本, 杜鵑花三四本, 杜冲一本, 山査二本, 石榴五六本, 所種者, 凡三十餘種. 或取其實, 或取其花, 或取其材, 蓋無無可取取之者也.

世之尋常而似可易辨者, 莫賤於松, 而松之類, 旣多矣, 松之類之名, 亦多矣, 則此又難於的知者也. 今夫松類之名, 曰'松', 曰'柏', 曰'栝', 曰'樅', 曰'杉', 曰'檜'. 檜曰柏葉松身, 杉曰似松, 樅曰松葉柏身, 栝曰與檜同. 是柏葉而松身, 松葉而柏身, 與夫松葉松身, 柏葉柏身, 而凡有四種矣. 今夫松之類, 則有稱'柏子'者, 有稱'側柏'者,有稱'益價木'者, 有稱'香木'者, 有稱'老家材'者, 有稱'殿木'者, 有稱'赤木'者, 并松而凡爲八種矣.

是故或有疑我國松, 非眞松之議, 則尋常之松柏, 而猶未可易知矣. 蓋松, 是松也, 側柏, 是柏也, 柏子, 是海松也, 殿木, 是檜也, 益價木, 是杉也, 香木, 是紫檀也, 老家材, 是樅也, 其外, 不可知也. 今人, 以海松子, 稱'栢子', 亦可怪. 松之中, 又有'海松'者, 頗與山松有異, 頗苗長而無蟲矣.

松者, 百木之長也. 其爲材於人也, 大而棺槨之厚終, 次而棟梁之重托, 皆須於松, 則視諸棗栗之實, 桃梨之華, 實有重焉. 惟其木之堅貞而有心也, 剪之則不復萌蘖, 種之則未易苗長, 不有養護之勤, 難得須用之多, 故國有禁法, 不敢妄斫, 犯同牛酒, 載在令丙, 而法不徒行, 禁網解紐, 則松之日就童濯, 固通國之患也.

吾鄕, 海鄕也. 厥土宜松, 邱壟之間, 林麓之際, 不植而自生, 不培而自榮, 望之鬱乎蒼蒼然, 美哉者久矣. 烟戶漸織, 而人心不古, 塩鍋漸廣, 而柴政益窘, 則大者困於斧斤之侵, 小者盡於薪蒸之用, 曾未幾何, 山盡髡剃, 而花海一畔, 無異湘山之赭矣. 村人, 用是大閔, 欲結社以護之, 亦鄕谷禁養之例也. 社旣結, 余名之曰'長靑', 爲申其約束而嚴之.

每日社中二人, 輪番巡山, 呵禁偸斫者, 有慢不勤者罰. 有以其私宥者罰, 罰與偸斫者同. 每年四月十月, 社中一會, 以稽能否, 而會時, 有酒亂喧呶者罰. 有坐失次, 惹橫議者罰. 每歲春秋, 課社人種松, 而否者罰. 社中有婚若喪, 則每人出二升米以助之, 違者罰.

社會時, 不赴及晚來者罰, 罰有上中下. 其所養之地, 大峴 · 芳谷 · 茱逕 · 苦嶺 · 海亭等, 幅員可四五里云.

茱萸, 有三種曰, ‘吳茱萸’ · ‘食茱萸’ · ‘山茱萸’. 醫書皆言: “其有服食功”, 而吳茱萸, 余未之見也, 食茱萸, 余未之知矣, 而山茱萸, 則曾居白門, 庭有一樹, 故嘗稔見而食其實矣.

鄉居有樹, 稱爲‘茱萸’, 而夏開細白花, 秋結實, 顆粒僅大於麥, 其房則紅赤, 熟而自坼, 則其子漆黑, 甚有臭, 只合搾油燒燈, 余不知, 是果食茱萸耶? 其臭既惡, 則但恐不可以‘食’名矣. 《楚詞》曰: “椒又欲充夫佩幃”, 椒者固非香物, 而《說文》稱“似茱萸出淮南”, 《唐韻》稱“似茱萸而實赤”, 《爾雅》稱“椒榝醜菜”, 註: “菜, 莫子聚生成房貌”, 疏, “實皆有菜彙自裹”. 今按此樹, 形既似茱萸矣, 其實之房, 既赤矣, 其未坼也, 又皆菜彙自裹, 而聚生成房矣, 則是其《楚詞》之所謂‘椒’者耶?

每當霜後, 鮮紅嫩赤, 遠望如花, 則古人之插於九日者, 其亦此茱萸耶? 其油甚毒, 故久燃害目, 又能除蝨云.

余在龍湖時, 庭有無名一樹, 枝葉及花, 似茱萸. 及秋結實, 則實有四角, 色紅味酸甘, 或言, “是雞足果”, 甚稀種, 豈亦茱萸之一種耶?

廬邊, 有小樹, 葉厚而濶, 能多青, 稱爲‘杜冲’, 余不知是《本草》所謂‘杜仲’者耶? 抑非杜冲, 而別稱爲‘杜冲’者耶? 醫家亦嘗稱杜仲爲杜冲矣.

　　五行, 皆有性情形體而無知覺者也. 異於五蟲之能運動知覺, 而五行之中, 惟木最近於知覺. 其順時開落, 似生死, 其隨風動靜, 似行止, 其種子相傳, 似繼嗣.

　　今夫就一木, 而諦觀之, 則其枝榦屈曲, 似走獸之拏攫, 其根柢蟠結, 似蛇螭之糾鬱, 其花葉鮮耀, 似羽族之揚彩, 其殼核之堅固, 似介蟲之外骨, 原體之屹然, 似夫人之植立者, 則五行之中, 形近於生物者, 惟木爲多, 豈以其知覺之最而形狀之然耶? 然則其不可輕加斬伐若草菅然者, 非徒惜其有用也, 亦近於殺生之科矣. 可不戒歟!

　　俗傳: "銀杏有牝牡之理, 故必相對照應, 然後能開花結實", 是則固未可知也, 而嘗觀樹木, 有能實·不能實者, 若檜木·柘木之類, 同一木也, 而或不結子, 則驗之然矣. 俗之稱"結子者爲牝, 不結子爲雄"者, 亦無怪矣. 《禮》有牡麻·牝麻, 古語"石楠樹, 有雌雄"云.

　　《本草》稱, "桂三月四月生花, 全類茱萸"云, 則余雖未見桂花, 而桂花固無足觀矣. 古人之稱'國香'·'仙葩', 而誇詡於文字, 表揚於詞章, 至以爲月中天上者, 毋已過乎? 豈非以其樹之淸香絶世, 而幷稱其花也哉?

　　樹比於人, 則香者, 德也, 花者, 藝也. 有德之人, 其文必著, 不德之人, 其文必掩, 此桂之所以稱花者也. 然則桂之有花, 其忠臣烈士孝子貞婦之以片牘隻字, 而垂耀於後世者歟? 聞"禁中有一桂樹, 自燕京購至者十餘年"云.

余嘗欲服松葉矣, 有言其躁者不果. 嘗採其節釀酒, 非徒利於骨節風, 其味香烈, 無異於筍酒.

嘗刮取松上綠衣, 爇之於火氣, 膊臊不可聞, 烟亦不見其團結矣. 古人之重艾蒳香者, 不可知矣. 其脂用以糝瘡口, 易於完合, 但惡肉未祛, 則不可輕用, 必包惡肉而生皮矣.

世人稱楡爲'槐', 蓋楡之種甚多. 陸璣疏言, "楡有十種, 葉同皮異." 《爾雅》, "有三楡, 一曰'藲', 莖. 郭註, '今之刺楡, 〈山有樞〉也'. 一曰, '無姑', 其實, '夷.' 郭註, '姑楡蕪荑也'. 一曰'楡', 白枌, 〈東門之枌〉也."

又《本草》有大楡·榔楡, 則楡之種, 蓋多矣. 故世人只稱'白枌爲楡', 不知今之所稱'歸木'者, 卽楡也.《漢淸文鑑》, 以刺楡爲茵蕪木, 則茵蕪木者, 亦與歸木, 相似而異者也.

大抵世俗於尋常樹木, 亦多名面之異, 故多不知朴達之爲楝, 水靑之爲樞, 梨新木之爲烏荼, 柤木之爲莉條, 黃栢之爲煖木矣. 尙何槐楡之能辨也?

海鄕之人, 多以葛爲業. 每五六月之交, 葛節既誕, 則出而采之, 殺其枝葉, 屈曲捲歸. 搯破其頭, 卽以齒嚼其心, 而以手挽其皮, 則皮脫至尾. 因節斷其皮, 束而浸水中一二日, 俟通身透潤, 始以蓼葉小刀, 刮其陰陽, 則黃膚靑膜, 爛堆趾下. 而葛皮始白, 明潔如好紙條, 稱之曰'靑兀致', 兀致者, 今年物之謂也.

於是撝而爲繩, 可以織茵, 可以結網, 其不繩而貨者, 一劬可三十錢, 繩之者, 十庹直一錢. 以劬買者繩之, 則爲五六百庹, 手疾者, 日能繩二十餘錢. 其工甚遲, 其利甚微, 而專力而治之者, 歲能致萬餘錢. 故治葛之家, 遠屋掛木鉤, 坐臥手葛不休, 甚則婦人, 皆治之如麻紵.

醫書稱葛曰: "花消酒毒, 葉療金瘡." 余有友人性嗜酒, 課童奴采葛花, 其大人問采之何, 曰: "藥用". 曰: "奚藥", 久之曰: "藥病酒". 其大人曰: "有藥尤妙, 汝不飮則無病矣."

其根粉, 亦能醒酒. 有一親知, 嘗得峽粉, 每酒後, 爲作糚服之. 及粉乏, 家人爲買薏苡粉繼之, 久後始覺之曰: "頗怪近日酒不快醒, 原來是薏苡粉." 余聞而笑之曰: "古人有錯飮米泔而酗者, 其女爲發之曰: '飮米泔, 亦復酗耶?' 其人乃憮然去曰: '余怪酒氣終不大出.'" 玆事恰好反對. 既已飮矣, 既已飮矣, 又何必葛花而葛粉以速其醒也?

卷葹者, 羊負來也. 一名'無心草', 一名'蒼耳', 一名'枲耳', 卽李謫仙夜醉所臥之草也. 其實曰'道人頭', 中有二瓣, 其一先芽, 則苗戴而出, 纔尺去土, 則復落入地. 其明年, 其一復芽而苗, 故庭除之間, 每蒼然成林, 而最難鉏除者也. 且性近惡實, 易於粘綴, 故馬鬣狗尾, 累累如懸, 信其爲羊負來矣.

余嘗痛惡之, 隨出隨拔, 期勿易種, 而醫書言其有治風·治瘡·治蛇咬等功, 則亦不可全棄者也. 有客言, 烹葉包飯, 則甚香有熊翠意, 試之頗然. 鄕名曰'獨苦抹'.

〈離騷〉曰: "扈江離與辟芷", 又曰: "又況揭車與江離", 江離者, 蘼蕪也, 而芎藭苗也. 余嘗植之庭畔, 其氣不可聞. 又嘗見鄕村女子, 遇有燕會, 始出篋中嫁衣, 則紅綠乍飄, 使人掩鼻之不暇, 蓋慮其蛀而薰江離故也.

余嘗謂, 屈三閭是遐鄕貧家子也, 平生不知有离宮錠·芙蓉香等許多好品, 故乃以芎藭葉, 看作可佩之香, 不亦固哉! 今按, 蓀者是菖蒲之無脊者, 辟芷是白芷也, 葯是白芷葉也, 薜荔是絡石也, 蕙是蘭之多花而香不足者, 茞又是芎藭葉, 則屈子之香, 蓋亦如斯矣.

神農氏嘗百艸, 製醫藥, 凡天下之出地而靑者, 莫不有性味, 亦莫不有功用. 如人之林林葱葱者, 上自聖智, 下至愚庸, 莫不有知覺運動, 亦莫不有所需用之處. 雖至嬖之伶·閹之寺·兀之守門, 而天下無不可用之人, 在用之者如何矣. 是故, 善於醫者, 牛溲馬勃,莫不收蓄, 以資吾佐使之用, 而苟得其用, 陳根·腐艸, 未必不賢於牛黃·鹿茸. 而俗醫不然, 遇一微痾, 命一湯劑, 則必聚價高而品貴者用之, 此安南之藿香·日本之黃連·中國之若附子·荳蔲·肉蓯蓉者, 所以日翔於市, 而病不可易讎也.

余見所居山野之間, 抽靑而拂綠者, 多《本草》中所載也. 若旋花·地膚·營室·絡石·蒴藋·車前·升麻·芫蔚·苦薏·茵陳·白蒿·蒼耳·天花·苦參·蠡室·瞿麥·芽根·酸漿·艾葉·牛蒡·大薊·小薊·蘿藦·葶藶·旋復·羊蹄·萹蓄·牛膝·白頭翁·茴實·茨菰·萱艸·馬勃·夏枯·蒲公英, 人皆日踐而不之知. 若白朮·蒼朮·葛根·木防己·芍藥·百合·紫艸·射干·蒴藋·艸烏·金銀花之屬, 采於山者, 皆識其苗. 近水有蒲黃·荏艸·蓬蔂花. 若靑箱·牛蜆麻·金鳳·紅藍·牧丹, 卽種之則榮. 此皆余之所知者也.

余旣不閑於采藥, 則又安知余之所不知者, 爲余所有而余未之知之耶? 苟得用之之道, 則亦足以治寒熱·導虛實, 劑四功而收十全矣. 余嘗與醫家論鄕谷治病之道, 曰: "瘡則牛糞勝於黃杉, 脂勝於胡桐淚, 關格則姜和童便, 勝於淸心元, 塩湯勝於藿香正氣散, 感則木米飮勝於蔘蘇飮, 虛則陳鷄膏勝於人蔘. 非曰'勝', 於與其無彼而死, 毋寧得此而生之爲勝也." 醫亦然之.

墻前, 偶種白鳳仙數十本, 花旣訖, 拔而乾之. 隣里有食肉而病者, 或患疔瘡者, 與之使服而付之, 其後, 皆來謝曰: "是好藥也, 甚效. 賴以活矣." 其人則易然故也.

莫賤於艸而有莫貴於艸者, 曰'人蔆', 是也. 或作人蔘, 或作'人葠'.《本草》曰: "一名'神艸', 一名'人銜', 一名'地精'." 年深浸漸長成者, 根如人形, 故謂之人蔆.

天下産蔆之地,[21] 惟上黨·遼東·我國而已. 故《唐地理志》, 載太原土貢人蔆而聞, 今也則無之. 今則天下之蔆, 惟産於我國, 故東流日本, 西輸中國, 蔆價之高, 甚於金珠. 而生羅州者, 曰'羅蔘', 出江界者, 曰'江蔘', 羅江之品, 一觔至四十萬錢. 於是, 有種而業之者, 爲之種家蔘. 家蔘旣盛, 蔆始廣於世, 而其功不及於采山者. 家[22]葠之直, 比羅江下四之三, 種之者, 猶連阡陌, 美衣食, 蓋艸之莫貴者也.

煮以欝金, 製以紅蔘, 貨之於燕, 則燕人大賈, 轉而之於廣東, 廣東之賈, 載以大舶, 往海外[23]諸國而散之. 凡經三回易, 皆收什五六, 計至數萬里外, 其貴不可當也. 海外人得之, 皆以爲此不死藥也, 而我國富貴之家, 視烹蔆如煠桔梗, 往往蜜煎而爲果, 蔆安得不貴也?

聞其種之者, 致遠土, 愼雨曝, 防蟲鼠, 嚴忌諱, 夜不敢甘寐. 利之所厚, 人安得不勞也? 間有采女·樵奴, 卒然逢之於櫝下, 則盈甑而去, 連車而歸, 是又不勞而利者也, 亦何可貴之哉! 近有種蔘, 方行於世.

21_ **地** | 저본에는 '也'로 되어 있는데, '地'의 誤記로 여겨져 바로잡음.
22_ **家** | 저본에는 '家家'로 되어 있는데, 衍字로 여겨져 한 글자를 생략함.
23_ **外** | 저본에는 공란으로 되어 있는데, 문맥상 '外'자로 여겨져 보충함.

草者, 木之類也. 其生也, 稟春木之氣, 而莖葉皆靑碧蒼綠, 旣秀
而花, 則得太陽之氣, 故其花多丹朱黃白. 此百艸之所同然, 而余怪
夫鷄冠花, 則莖葉與花, 皆殷朱而鮮紅, 鷄腸艸, 則其蔓葉猶微綠,
而花則乃深靑, 此亦異乎常者也. 花之靑者, 非無馬蘭·吉更, 而皆
不若鷄腸矣, 葉之紅者, 非無赤莧·紫蘇, 而亦不若鷄冠矣. 豈所稟
者, 或異而然歟.

兒時, 嘗見有白艸如以粉筆界之者, 曰'錦線艸'. 見海邊有海葒艸,
初生甚紅, 始知艸之爲色, 亦自不一矣. 然而亦未見有色黑者, 則艸之
所無者, 其惟黑耶? 偶見鷄腸·鷄冠, 花靑葉紅而同植庭畔, 故及之.

木棉, 一作枾, 《南史》〈高昌國傳〉言, 有艸, 實如繭, 中有絲爲
細纑, 名曰'白疊', 取以爲布, 甚軟白. 《唐》〈環王傳〉稱, "古貝艸也,
緝其花爲布." 史炤《釋文》曰, "木棉江南多有之, 以春二三月下種,
旣生, 一月三薅, 至秋生黃花結實, 及熟時, 其皮四裂, 其中綻出如
綿," 此木花之棉也. 而木綿之見於世, 自六朝久矣. 意自西南夷流
入中國, 至于東國. 而世傳文益漸[24]入中國, 納其子筆管而來, 托其
姻種之, 種旣繁, 其姻爲造取子車·繰絲車, 取子車, 卽今去核絞車
也, 繰絲車, 卽今所稱'文來車'. 文氏以是有木花功臣之號云.

海鄕素不力棉, 而余有小田, 不宜穀, 糞而歲種棉, 亦可以暖數
人背. 我國則紬棉旣貴, 裘褐亦罕, 故所以布之纊之者, 專恃草棉,

24_ **益漸** | 저본에는 이 두 글자가 빠져 있는데, 앞뒤 문맥으로 보아 보충함.

此田家之所不可忽者也. 近又有黑木棉, 能不染而如鴉色[25]云矣.

　莎者, 我國之所謂南艸也, 中國之所謂烟艸也, 鄕音之所稱'痰破膏'也. 明季, 自呂宋而傳入中國.《蚓菴瑣語》云, "烟葉自閩出, 關外人以匹馬易一觔. 崇禎癸未禁烟[26], 犯者斬, 以邊軍病寒無治, 遂停禁." 宋荔裳《綏寇紀略》, 以爲"明季之一災異", 則莎之見於中國, 蓋自崇禎間始矣.

　韓慕廬炎始嗜之, 以爲去食去酒, 而不可去烟, 則亦嗜之甚者, 而醉可使醒, 醒可使醉, 饑可使飽, 飽可使饑者, 不徒檳榔之專美矣. 李澤風詩集, 載〈南靈艸歌〉, 有曰: "南靈艸生自海東洲, 倭人相傳貞女魄. 藁砧病時不得醫, 以殉願化千金藥." 又曰: "南人用以代茗茶, 率將一升沽一葉." 註本名'琰珀鬼'. 此近於齊諧, 而又似自日本流傳者矣. 能治痰‧治蟲‧治惡心, 又能散憂鬱之病, 又足爲禦寒之用, 則使莎早生於艸《本草》之日,[27] 其功用必有所稱道者矣.

　莎之土, 則峽之洪川‧湖之靑陽‧南之鎭安‧西之三登, 皆以烟鄕稱. 而其性味, 則北艸峻而有毒, 使人疾首, 南艸次之而只平平, 東則與南性近. 惟關以西, 色如金絲, 味甘有香臭, 使人一吸知其爲渡浿水來者, 故言烟艸者, 必推西艸爲第一矣.

<hr>

25_ **鴉色** | 저본에는 '鵝色色'으로 되어 있는데, '鵝'는 '鴉'의 誤記로 여겨져 바로잡았으며, '色色'이란 두 글자에서 한 자는 衍字로 여겨져 생략함.
26_ **烟** | 저본에는 '姻'로 되어 있는데, 誤記로 여겨져 교정함.
27_ 저본에는 이 다음에 '歟' 한 자가 더 있으나, 衍字로 여겨져 생략함.

余亦慕慕廬者也, 歲種數百本以資用, 而所種之土, 古埃墟爲上, 赤埴次之, 沙石下之. 旣苗而移, 旣根而植, 頻薅且壅, 竢其完而糞之, 所糞者, 鷄矢白·埃中灰·爛艾葉·馬糞·人尿·榨油槽皆可. 但鷄矢多辛, 人尿不宜火, 惟埃灰·馬糞, 有香且烈. 摘其幼葉之近地者, 及長治其傍枝, 又治其頂之結花者, 每一樹不過留六七葉, 則葉厚而味烈, 候其毒盛, 割而綴之, 陽暴三日, 陰乾十日, 旣有黃赤色, 庭鋪三夜, 以承秋露, 則味之香烈, 不下於西艸矣. 其種亦有五十葉·牛舌葉之異, 而西艸則有別種云矣.

余嘗聞, 菸之初至, 酒蒸而用之, 吸者猶瞑眩, 故五六十年前, 食烟者, 猶十之二三, 今則內自婦人, 下逮童稚, 無不飮之. 甚至四五歲小兒, 連吸數杯, 甘之如乳, 亦大變矣. 余亦多目擊者矣.

余家歲種紅花數畦, 蓋資嫁女時衣裳之染也.《本草》稱'紅藍', 而《古今注》稱'燕支', 中國人謂之紅藍, 則紅花之名, 本是燕支, 而後世乃分而稱之也. 燕支, 或作臙脂, 或作燕脂, 或作䋙敊, 或作焉支, 始知胡人之稱'閼氏'者, 亦燕支之訛耶. 其旁種染綠之艸, 此古人所謂蓼藍, 而三藍之一也.

春夏之交, 雨洗日烜, 百艸皆花, 實類且繁. 余乃曳短笻, 循曠野, 博采細搜, 究其所以花者, 或紅如玭, 或黃如蠟, 或如綴璣, 或如滲鑞, 或如糝金粟, 或如攢錦縷, 或如燈如毯, 或如鱗如羽, 咕嘟齊綻, 光彩亂費, 時風乍至, 蕪澤掠鼻. 適有蕘者, 以鐵而來, 信手斐刈, 無顧無猜. 余乃歔欷而歎曰:

"地之所生, 天之所養, 萬物芸芸, 同澤其廣爾. 乃吹和風而雕鏤, 下甘雨而縕染, 同運機而稟形, 各隨質而呈豔. 其視牧丹之珍重, 海棠之奇麗, 雖或大小之不齊, 寧有工拙之異計! 況乎, 細瑣也, 其營也益勞, 微香也, 其成也益艱. 刻宋玉於三年, 纔得髣髴, 剪隋錦於五采, 未盡斒斕. 然而貴者如彼, 賤者如此, 豪家深幕, 護春風於眼前, 癡奴短鎌, 變秋霜於手裡, 豈塔庭近人, 郊坰遠阻, 近者易親, 遠者齟齬故耶! 抑姚魏姓尊, 凡卉無名, 姓尊者煇爀, 無名者爲氓故耶? 抑根深者種大, 葏葏者細下, 高大者在位, 細下者在野故耶? 噫! 生之在天, 榮之在人, 天則無私也, 其造化也均人則不可以博施也, 故有疎而有親, 天旣已生之矣, 又何恨乎人之榮不榮也? 余雖有感, 草則無情, 其視牛脰之飽, 何異蝶翅之爭?"

近世, 南方多種甘藷, 余亦嘗見之. 而藷根大如蘿蔔, 形似蹲鴟, 味若玉延, 相傳可以爲餠餌粥糜, 可以蒸煨食如栗, 葉可以飼[28]牛馬, 救荒之良劑也.

按〈南都賦〉註, "以藷爲甘蔗", 《博雅》稱'藷蕷'·'署預'也. 又按《南方艸木狀》, "言甘藷圓數寸, 長丈餘, 斷而食之, 甚甘." 然則藷之與蔗, 非徒味異, 形亦殊之, 意其爲薯蕷之別種, 芋魁之同類歟.

天下事, 無全備者, 植物亦然. 竿莫高於篁竹, 葉莫大於巴蕉, 花

28_ **飼**: 저본에는 '詞'로 되어 있는데, 誤記로 여겨져 바로잡음.

莫盛於芙蓉, 實莫碩於西瓜. 今若綴巴蕉葉於十仞之竹, 而花之以芙蓉, 實之以西瓜, 則此天下之珍樹也. 然而各得其一, 未之或兼, 則天下之物, 無可以責備者矣. 士之才高者, 或輕, 女之貌美者, 鮮貞, 馬之快走者, 易驚, 此固理也. 余嘗咏牧丹曰: "詩人莫恨[29]花無實, 無實亦[30]人間可花."

漢陽小民之家, 家旣湫隘, 人亦淸貧, 每見屋角種一年碧梧桐一樹, 高出板墻, 墻下聚拳石, 築小垈, 垈上所種者, 一年柿·五色金鳳花·鄕荔支·石竹花·鷄冠花四五本, 墻頭壅土, 種唐芥椒數根, 開花結實, 亦自有瀟灑意. 鄕民則不然, 屋旁隙地, 種菸·種瓠, 雖或陳廢, 亦不曾插一艸花, 此固華實之所由分, 都鄙之所由別也.

29_ **恨** 저본에는 '限'로 되어 있는데, 恨의 誤記가 아닌가 한다.
30_ **亦** 저본에는 이 글자가 빠져 있는데, 앞뒤 문맥을 고려하여 보충함.

烟經

烟經 序

古人於日用飲食之事, 莫不有書以記之. 故鄒平公有《食憲》五十章, 王績有《酒譜》, 鄭雲叟有《續酒譜》, 竇苹亦有《酒譜》, 陸羽有《茶經》, 周絳補之, 毛文錫[31]有《茶譜》, 蔡君謨丁謂有《茶錄》. 以之飲啖之外, 有可以資淸賞備故事, 則若范曄之《香序》·洪駒父之《香譜》·葉廷珪之《香錄》, 皆就燒香一事記之也. 若君謨之《荔枝譜》·沈立之《海棠譜》·韓子溫之《橘錄》·范石湖之《梅菊譜》·歐陽永叔之《牧丹譜》·劉貢父之《芍藥譜》·戴凱之之《竹譜》·僧贊寧之《筍譜》, 皆就名花嘉寀上記之者也.

31_ **毛文錫** | 저본에는 '無文錫'으로 기록되어 있으나, 《茶譜》의 저자는 毛文錫이다. 따라서 無文錫을 毛文錫으로 교정함.

於此, 可以見古人之於物, 苟有一善之可錄, 則不以物微而遺之, 蒐羅其隱者, 闡揚其蘊者, 莫不哀以爲書, 以詔後來, 則其爲庶物揚側陋, 與天下後世而公其用者. 其意豈一時翰墨之戲也哉?

天下之吃烟, 亦久矣. 《蚓菴瑣語》稱"崇禎初, 烟葉自呂宋傳來", 宋荔裳《綏寇紀略》亦引爲"明季一災沴", 則烟之自南蠻來者, 且四丙子矣. 《李澤堂集》有〈南靈艸歌〉, 林忠愍家傳, 稱"錦州之役, 載烟以易食", 則東國之有烟, 亦將二百年所矣. 蓺之者, 若業黍麻, 而種植之法, 至焉. 服之者, 若親杯觴, 而修製之方, 萃焉. 以至族彙漸繁, 而名品異焉. 智巧漸尙, 而器用備焉. 薰花吸月, 而有酒之妙理焉. 燒碧燃紅, 而有香之意思焉. 銀杯花筒, 而有茶之風致焉. 培花曝香, 而亦無愧於珍實名卉焉.

則二百年間, 宜其有文字之所以記焉者, 而纂輯家, 未聞有所誌焉, 則豈物瑣事冗, 不足爲墨卿之從事歟? 蓋有之而余未之見也, 有固寡之愧歟? 抑其出猶不久矣, 有未遑者而留而爲後人涉筆之地歟?

余癖於烟, 甚愛且嗜, 不自畏笑, 妄有撰次, 踈繆荒穢, 固不足以發幽抉秘, 而若其記載之意, 則庶幾乎《酒錄》·《花譜》之類云爾.

歲庚午鳴蜩之月下浣, 花石山人題.

烟經 一

昔樊遲問爲圃, 子曰: "吾不如老圃." 聖人之意, 雖責其所問之鄙, 而蓋爲圃之道, 亦必求老於圃者問之也.

余嘗見鄉之業植烟者, 名之曰'艸農'. 艸雖非農, 而其作苦而求利也, 則亦一農也.

京華貴游子弟, 只知烟爲可吃, 不知烟之所以種穫培植者爲如何, 則亦何異乎飽喫玉食而不知稼穡之艱難者歟?

余旣鄉居, 亦多種烟, 有所得於老圃者, 故爲先記其種穫培植之方, 俾食烟者, 知烟之所以成者亦不易焉.

一. 收子

子黑微黃赤, 細無倫, 粟可三之.

有曰'五十葉', 或曰'西之烟', 曰'牛舌葉', 味下之. 葉疎曰'倭葉', 箕而矮.

藏不密, 鼠穴而齕.

二. 撒種

劃地爲平, 不壤而築, 先以尿水潤定. 將子和黃土或灰, 均撒, 令勿密.

陰之以松靑, 苗生二葉, 卽去陰, 去雜艸.

三. 窝種

間二咫, 挖一小凹, 實糞灰, 蓋以土. 熟大豆, 豆每顆, 糝烟子四五粒, 掩不露, 豆爛而烟苗, 勝於移.

斷秸寸長, 涎而粘子, 亦可.

四. 行苗

苗寸而上, 得雨皆可移.
旱則堅築, 霖則疏封.
濕地凸, 燥地凹. 凡地壟而植其畎.
苗過於脩者, 乙而埋, 至腰.

五. 壅根

苗之徙十日, 根而如生, 鋤土令柔, 捊而封之, 如垤如塊, 視苗
大小.
又十日復爾, 自移至刈, 壅不厭數.

六. 溉根

壅既完, 候將雨, 以尿灌其本, 勿令葉知.
一溉而止, 再三之, 葉雖茂, 不利火.

七. 下藥

古堁灰, 雞矢白, 爛艾葉, 乾馬通等分糅和, 各一根, 與一合多,
而鋤解其封, 環而圍之, 近不親膚, 遠不出趺, 復合而完之.

八. 剔筍

苗旣盛, 其氣旁出而筍, 任而不剔, 剔而不勤, 支强於宗, 毒不注葉.

剔必惟日, 期以無筍, 惟留近地者一, 爲剪後之㕛.

九. 禁花

欲筍而不得, 則毒不肯專於葉, 上而爲花. 花則實, 實則葉瘦而淡.

擇早穗者一二, 許其花而子之, 其餘髠之, 俾不得紅而回.

十. 除蟲

烟之毒, 有蟲猶甘之. 在穉, 蟹拇鉗其莖, 及長, 蝎蝎者靑, 剝其葉, 始猶作河洛文, 甚則無葉而旣. 朝起審其背, 捕而除之.

十一. 愼火

烟有瘕, 其名曰'火'. 病者葉斑而爛. 始赤誌如灑赭, 未幾黃, 又未幾白, 蓋朽也.

一樹病, 百樹從, 火有起, 卽去之, 無使蔓.

十二. 騙葉

葉之最下曰'影', 影近土, 多海金沙. 且不受陽, 老而猶不毒. 壅之時, 騙而去之, 勿令分氣.

暴其影, 爲嘗新用亦佳, 曰'靑艸烟'.

十三. 采葉

毒旣至, 卽可采. 毒之候, 葉忽硬而如糠, 黏而如膠, 色深靑而隱黃, 全身反側, 不能安者, 毒之不自勝也.

或連莖斳, 或以葉取, 葉取者, 筍復爲葉, 斳者, 支復爲本.

壅漑之所力, 或三采, 或四五采.

采過期, 毒復下.

十四. 編葉

葉少萎, 辮秸以編其柄, 四分而三合, 以固之.

辮一眼, 或兩葉, 或五六葉, 兩葉弱, 五六葉太樸. 樸則易饐.

或五十眼, 或七八十眼, 長短無程. 兩端繼以絢纓.

十五. 暴葉

旣編鋪地, 若委二日三日, 太陽下灸, 翻而受之, 尖角微黃, 卽擧而施之於宇. 有風無雨, 日或朝暮, 披而審之, 內無其靑, 乾已成矣.

陽乾紅, 陰乾青, 乾不善者黑.

十六. 曬葉

秋露方繁, 枯槁猶浥, 乃從宇下, 遷于屋上, 夜則承露, 朝則納陽.
葉之性剛者柔, 澁者油, 辣者不射喉.

如是凡三日夜, 始收.

十七.[32] 罨根

未霜, 收烟根. 大者罨藏土窖, 中春而芽. 明年又爾, 宿二冬, 不
罨而能樹.

葉漸細, 味漸毒.

烟經 二

子曰: "人莫不飲食, 尠能知味". 味猶尠知, 況知其所由之遠, 知其
可施之宜者, 能幾人也哉? 余嘗見世之吃烟者, 多知以南艸, 而不知
其爲烟. 只知爲自倭國, 而不知其所出. 鄕里之人, 慣於挼團, 而不知

32_ 十七 │ 저본에는 十六으로 되어 있으나, 순서상 十七이 되어야 하므로 교정함.

市刳之如何者有之. 京華之人, 狃於買品, 而不知刀切之如何者有之.
則吃烟是一尋常日用之事, 而能知其所可知者亦鮮矣. 余爲備述其原
由與性味與鋪疊剉切之法, 斟酌燒吃之道, 與不知者告之也.

一. 原烟

　中國古無烟, 明崇禎初, 自呂宋傳入閩, 未幾至出關, 始猶酒蒸
吃, 最宜冬.
　初有厲禁, 戍卒病, 遂不禁.
　其始, 烟一匊, 直一馬.

二. 字烟

　烟之名曰'菸', 朝汕曰'南艸', 又曰'烟茶'.
　鄕名曰'淡巴菰', 或作'痰破膏'.

三. 神烟

　或曰'痰破膏', 非也. 蠻之女有曰'淡泊鬼', 夫病不得藥, 從而死,
矢曰: "願爲藥以救人", 是爲烟, 帝女之化詹艸也.

四. 功烟

　澤風子曰: "烟, 飽使飢, 飢使飽, 醉使醒, 醒使醉." 偉哉, 烟之

功! 南氓之有檳榔果也.

五. 性烟

烟味苦辛, 性大熱, 有大毒. 主氣鬱·膈滯·喉痰·惡心, 治一切憂思.

能辟寒辟惡臭.

中毒者, 用蘿蔔汁解.

六. 嗜烟

烟之始, 韓炎業嗜之. 或問: "酒·食·烟三者, 必不得已去, 於斯三者, 奚先?" 曰: "去食". 又問曰: "必不得已去, 於斯二者, 奚先?" 曰: "去酒. 酒食可無, 烟不可一日無."

七. 品烟

西烟, 香而甘, 峽烟, 平而厚, 湖南之烟, 柔而和, 惟北方之烟, 甚强, 喉燥而腦暈.

赤埴之田, 味而烈, 塗泥之田, 燥而羶.

植於舊爨之地者, 旨哉, 不可尙已.

八. 相烟

庸烟吃而知, 老烟齅而知, 巧烟目而知.

啓藏有甘香氣螫鼻者上, 辣氣者次, 燒毛氣艸腥氣無氣者下.

手摩津津如漬蜜, 金色而微紅者上, 柔而赤, 刵[33]之如蜈蚣脚者次, 色或靑或黑或黃白, 隨手作蛺翅碎者下.

大率色淡者淡, 體薄者薄.

九. 辨烟

烟之貴曰'西貴'故亦有贗焉. 體西也, 色西也, 惟氣與味, 非西也. 或杍葉之所糞, 或霜雹而早, 或浣於雨, 或紅藍之黃, 皆不可吃.

有工造雁者. 煎烟如餳, 三浴之, 加苔汁, 再加朴硝水, 潤之以火酒, 雖雁, 味無敵.

十. 校烟

時貴時賤, 物之情也, 烟爲甚. 嘗貴極, 漢陽之市, 持一文者, 析半葉, 屑其骨, 杯量而訂價, 又嘗賤之極, 市兒衒者, 一錢, 撿而拇不交者二.

關之西, 一秤而七十錢者, 惟巡察使嘗之.

十一. 輔烟

遠至者, 老於藏者, 凝而頑, 剖之如石, 解之如沙. 卽以蜂餳水或

33_ 刵 | 저본에는 '刵'로 적혀 있으나 자전에서 확인할 수 없다. 다만 《聊齋志異》에 '刵'와 같은 글자라고 되어 있다.

火酒, 蘸兩端, 令濕氣緩透, 味倍佳.

强而太亢者, 剉乾棗肉糅和, 佳. 或切蓮葉和, 或拌香末燒, 佳.

病於無者, 亦吃桑棗葉 · 蒼耳葉云.

十二. 噀烟

烟之美者, 不澤而自液, 其餘噀而柔之.

水太儉, 傷葉, 水太多, 傷味.

晨鋪而承露上, 安於下地, 使久而潤, 次之. 不得而噀, 必均而細, 珠結如粟, 翻復之, 厚被而輕躁之, 卽其身通和而適矣.

市之人, 不然, 借水而爲重, 故揮箒而雨, 市之品, 皆不利火無味者, 水之多也.

十三. 鋪烟

棐葉而縞, 審而治之惟謹. 沙則振之, 灰則掃之, 塵則措之, 芥則拾之.

愼壁鏡, 若愼河狁之煤, 小有失殺人.

去其脊, 舒其角, 鋪而疊之, 均厚薄, 齊圓隋, 三卷而摺之. 大刀匾而廣, 小刀脩而敦.

倭之葉, 若砑紙, 而積卷, 只紅條, 總其附, 無事鋪也.

十四. 剉烟

市人用剉, 家人用刀. 切之如繪, 細而不厭.

絲髮爲上, 芻莖次之, 糠麩次之, 柰芼末之, 切若如棻, 人必問羹, 聞火則竦, 治之不成.

十五. 儲烟

藏葉烟, 宜厚裹而緊絞, 人立而植, 上防雨, 下防濕, 防穴鼠.
藏切烟, 磁甖上, 木匵次, 紙裹次.
終始忌風, 風不慎, 乾而味辛.
藏之所, 密鬱而白釀, 釀雖無傷, 腐則味爽.

十六. 斟烟

量杯而實, 惟意橡栗. 平其底, 無窒其咽, 斂其頂, 無帽其脣.
潤者彈之使疏, 燥者捄之使密, 散者堅之使凝.
乾若小過, 鉤弋而三呵之, 妙.

十七. 着烟

凡着火, 火茸火最佳, 星星火次之, 紅炭火末之, 燃薪火又末之, 燈燭火又復末之, 麩炭火末又末之. 炭與薪, 其埶燄燄, 火未及而杯烘. 燈與燭, 炙而不燃, 誤而脫杯, 棄烟與油. 麩火, 香甘之烟, 皆爲糠味, 大不可.
火着偏倚, 深若瓦窯, 火着遍地, 圍若野燒. 遲速緩峻, 惟火爲要.

十八. 吸烟

齒以咬住, 不至陷鐵, 脣以鼓輔, 時啓時閉, 無如兒吮乳, 無如魚吐沫, 一呼一吸, 始翕而闢, 其味無窮, 悉能體得.

時或嘬口不洩, 默運眞氣, 從鼻孔噴出, 腦海淸爽, 妙不可說.

十九. 洞烟

取烟葉, 厚疊密捲, 作小箇, 圍視杯口, 長短在手. 堅植在杯上, 上安一豆子, 火吸之, 味勝剉切, 一杯當三杯, 鄕名'烟洞烟'.

烟經 三

子曰:"工欲善其事, 必先利其器." 天下之事, 無無器而可能者, 則一飯之恒, 而必有待乎盌楪匙箸矣, 一飮之庸, 而必有需乎甁罍琖坫矣. 欲善其事, 而必利其器者, 奚徒工而已也哉? 此蔡君謨之《茶錄》下篇, 專以茶具爲重者, 而烟之有具, 亦未嘗不若茶具, 則此余所以著爲一編, 而本之自烟刀烟盒, 外之及火箭火鎌者, 皆以其爲烟之具也, 而亦出於利其器之意也云爾.

一. 烟刀

市之切剉, 野之切刀, 剉宜頸長而厚背, 刀宜薄而廣.

砥不離側, 切而復磨. 刀不利, 切不細.

利而不慎, 血指而釁.

二. 烟質

市刀有局, 承之以氈革, 家切無常, 遇木則畫, 木太剛則傷刃, 木太柔則屑生白.

鋸斷五寸株, 立而爲格, 芒刃不缺, 俎亦無跡.

三. 烟杯

杯之品, 白銅上, 黃銅次, 紅銅又次, 水鐵又次之.

其制, 竅欲疏, 乳欲細, 器欲闊而深.

有抽而作菘莖者, 有飽而作蓮葯者, 有窪而作橡斗者, 有四稜者, 有六稜者, 有三成而間銀銅者, 有銀箍者, 有銀臺者, 有鍍銀花者, 有鐫銀'壽福'篆者.

俗侈匠巧, 鬪新尙妙, 其制不一, 不可以悉.

大抵太纖近婦女, 太華近俠游, 太壯近輿儓, 無侈無野, 醇而不繪, 豁而不碍, 容而不塞, 斯之美矣.

亦有層而如鉢, 蓋而如盒, 輪而如鞔, 大而能受一握者.

惟琺瑯嵌花, 不可用.

四. 烟筒

烟之所往來, 筒爲之路也. 太短則近火而無味, 太長則亦多妨.

貌慢一也, 易折二也, 頻嚏三也.

　無位之士, 未耆之子, 筒齊其身, 人反爲耻, 長不出四尺, 短不入三咫, 得其中矣.

　花斑上之, 促節次之, 皁竹次之, 白竹末之.

　花斑固好, 而五色鱗瑂, 遍地無閑者, 還戒太侈, 不如紫地作紅梅點, 黃地點桃花二三者,

　促節耐久, 猶妨倒汁.

五. 烟囊

　以紙或以紬, 油而爲子囊, 亦有圓其腹爲亥囊.

　厚油而凝之, 使黏而不燥, 套之以帛 以防磨穿.

　中國之囊, 佩不局香茶藥烟, 至四至六, 東人羞之, 不敢佩服, 佩之者, 野人貧人賤人也.

　籤骨而紅星, 當係而押者, 市童子之夸也.

六. 烟匣

　平壤造上, 松都全州造次, 漢城造次之.

　或作橘皮皴, 或作蓮葉綠, 皆取瑩如琉璃, 柔如麛皮.

　或以紫紬緣佮口佳, 或衣以靑黑布而紐.

七. 烟盒

　文木而黃銅粧者, 黃銅而嵌花者, 油鐵而鍐銀花者, 木漆黑而嵌

螺鈿者, 品亦不一, 多有位者之用.

八. 火爐

爐之制不一, 各適其用, 而烟之爐, 貴小貴輕貴深, 小則占地不廣, 輕則便於左右, 深則能久火.

只抱一塊紅, 能終一日一夜者好.

中國人, 多爇烟香, 無事乎爐.

九. 火筯

下圓上方, 食筯而長, 連鐶而綴之, 只可撥灰掩灰好.

亦或用鐵匙.

十. 火刀

一名'火鎌', 鄉名'火鐵'.

烟之用火刀火, 最有味.

或小奩而藏之, 或荷包而囊之.

宜於夜, 宜於雨, 宜於行路, 不可以無.

其品有三孔風穴·七星風穴·卍[34]字雙穴, 又有銅結交龍而加

34_ 卍 | 저본에는 '萬'으로 되어 있으나, 일반적으로 '卍'자를 사용하므로 수정함.

火刃者, 隋如籤牌而出兩刃者.

古者男子佩鐩, 鐩者, 夫遂也, 蓋類也.

夫叩火之法, 制不如性, 性不如石, 石不如人.

十一. 火茸

端午翠絶佳, 厚紙漬蜺麻灰佳, 蕎稈灰佳. 烟骨灰易緩, 藜灰有
艸氣. 朴硝水太烄, 或曰傷人.

手法之聖, 故紙墨痕, 皆可用.

茸苟不敏, 星流電迅, 承而復爐, 石喪其利, 金憊其試, 人病其臂.

石, 唐勝鄉, 白勝黃, 紅勝蒼, 柔勝剛, 區勝方.

十二. 烟臺

烟爲灰, 灰則爲塵, 塵則涴人, 勢所相因. 於是爲小盫, 頂板而啓
闔, 板簌而容入, 凹其一面, 以安承杯, 俗曰'灰匣', 實烟之臺.

烟而不臺, 席有火跡, 衣有灰色, 遝烟入爐, 毒焰裊碧.

或鍮鑄如匜而隔.

烟經 四

朱子嘗論物之理, 有曰: "花瓶有花瓶之理, 燭籠有燭籠之理." 所

謂理也者, 不過是如此則可, 如此則不可, 如此則好, 如此則不好之謂也. 然則吃烟, 不過一閑漫事, 而視諸花瓶燭籠, 猶爲緊用, 則豈可以吃烟而無其理也哉? 嘗觀袁石公《觴政》編, 專論趣味之妨宜, 則烟亦酒之類也, 其理宜與酒而無間, 故畧論烟之所以用之之理, 以著於末云爾.

一. 烟用

一, 飽喫盂飯, 口餘葷腥, 卽進一杯, 胃安脾醒.
二, 早起未嗽, 痰噎津濁, 卽進一杯, 灑然如濯.
三, 愁多思煩, 無賴莫聊, 徐進一杯, 如酒以澆.
四, 飲酒旣多, 肝熱肺濞, 快進一杯, 鬱氣隨歇.
五, 大寒氷雪, 鬖珠脣强, 連進數杯, 勝服熱湯.
六, 大雨潦淫, 席菌衣花, 恒進數杯, 氣燥而嘉.
七, 思詩軋軋, 撚髭咬筆, 特進一杯, 詩從烟出.

二. 烟宜

宜月下, 宜雪中, 宜雨中, 宜花下, 宜水上, 宜樓上, 宜途中, 宜舟中, 宜枕上, 宜廁上, 宜獨坐, 宜對友, 宜看書, 宜圍棋, 宜把筆, 宜烹茗.

三. 烟忌

一, 尊前, 不可.

二, 子孫之父祖前, 不可.

三, 弟子之函丈前, 不可.

四, 賤之貴人前, 不可.

五, 少幼之長老前, 不可.

六, 祭祀, 不可.

七, 大衆會獨吃, 不可.

八, 忙急時, 不可.

九, 病瘧吞酸時, 不可.

十, 赫炎旱日時, 不可.

十一, 大風時, 不可.

十二, 馬上, 不可.

十三, 衣被上, 不可.

十四, 火藥火鎗邊, 不可.

十五, 梅花前, 不可.

十六, 病咳喘人前, 不可.

一切嚴禮貌處, 不可, 慎火患處, 不可, 妨烟氣處, 不可, 戒霉蹴
處, 不可.

嘗於寺中, 對佛而吃, 僧大悶.

四. 烟味

對案讀書, 咿唔半晌, 喉燥涎膠, 無口可吃. 讀旣已, 引爐撚筒,
細進一杯, 其甘如飴.

趨陪殿陛, 旣嚴且威, 緘口自久, 五味甘澀. 纔脫禁局, 忙索烟匣,

促進一杯, 五內皆香.

冬夜漫漫, 睡覺雞初, 無人可酬, 無事可賴. 潛叩火刀, 一剎承燐, 徐從被底, 穩進一杯, 春生虛室.

長安城裏, 日熱道狹, 鮑肆溝圊, 百臭破鼻, 使人幾乎失嘔. 忙向友舍, 未暇叙阻, 主人勸進一杯, 頓如新浴.

峽路荒店, 病嫗賣飯, 蟲沙雜蒸, 醯腥葅酢. 只顧軀命, 强吞忍吐, 胃滯不輪. 匙纔停, 卽進一杯, 如食薑桂. 是皆當之者知之.

五. 烟惡

童子含一丈筒立吃, 時復從齒間唾, 可憎.

閨閤衣紅婦人, 對郎君, 自如吃, 可愧.

年少鴉鬢, 踞竈頭, 吃如吐霧, 可痛.

野人携五尺白竹筒, 粉末烟葉, 和唾引火, 數吸便盡, 而棄唾於爐, 埋灰於席, 可悶.

破笠丐子, 筒與節長, 而道上攔人, 索漢陽鐘聲烟一杯, 可怕.

朱門驕僕, 橫植不短之筒, 爛焚西烟, 而客過其前, 不暫停吃, 可榜.

六. 烟候

測時之法, 或尺而影, 或漏而聲, 而亦不可隨時而驗, 隨處而占, 則皆不如烟之測候之爲簡且易也. 或限詩令, 或促急步, 或寬小暇, 或約近期, 每以一杯烟二杯烟, 至于三杯四杯, 以爲準焉, 則杯雖有深淺, 烟雖有燥潤, 而大抵所以候時者, 差亦不遠矣, 顧何待火索與辰鐘也哉?

七. 烟癖

嗜而過人, 病之曰'癖'. 有飯癖, 酒癖, 餠癖, 餳癖, 荔癖, 諸果癖, 苽癖, 豆腐癖者, 而於烟, 亦多癖之者. 古一相國, 弱冠, 日吃西烟二觔. 一尙書, 常用二杯遞進而杯不冷. 近一相國一元戎, 皆用新羡別製杯, 杯恰如鵝卵殼. 又或有三歲兒, 盡日吃不住, 亦不曾醉暈; 烟亦有生而癖者歟?

其初, 吃者, 百一二, 近古, 不吃者, 猶十一二, 今則男子皆吃, 婦女亦皆吃, 賤者猶皆吃, 遍一世, 無不吃烟者. 然而貴人多癖, 愁人多癖, 閑人多癖, 癖之者蓋亦多矣.

聞燕京則婦女甚於丈夫云.

八. 烟貨

居峽者, 有一頃地, 不種粟而種烟, 鄕居者, 有一席地, 不種菜而種烟. 故山海之市, 負而相首尾者, 烟也. 漢陽大都會也, 東北以蹄角運, 西南行舟楫, 川委而雲集者, 皆烟也.

城中外開舖凭櫃而坐, 磨刀之聲相聞, 童子席地而墻環, 叫買西烟紅烟者, 聒人耳, 前負以胸, 行而求衒者, 踵相沓也. 然而朱門華屋, 則餽遺日臻, 而亦不曾求烟於市, 烟之費不亦廣哉? 一日吃一日之切, 一歲吃一歲之種, 非烟之多, 吃者之多, 非吃之多, 癖者之多, 觀於烟, 知人之方盛多矣.

九. 烟趣

天下事, 事事皆有其格, 苟失其格, 便覺沒趣. 今若以烟之格論之, 則位高卿宰, 方伯·州牧, 觀瞻所係, 使令. 足前一聲"烟來", 自有伶俐小史, 忙啓銅盒, 揭起金色烟, 取觀音紫竹七尺筒, 燃幾到半, 翻裾淨杯, 鞠躬而進, 高倚花席, 緩緩吸進, 便貴格.

年大老人, 孫曾列侍, 擧止從便, 吃烟亦罕. 飯粥少頃, 始命一杯, 或是稚孫, 或爲女侍, 徐展油匣, 斟酌輕杯, 火候旣熟, 拭而進之, 移灰臺以薦之, 坐吃臥吃, 從其所安, 便福格.

年少郎君, 袖出小匣, 引銀卍[35]字東萊杯. 粧訖, 虛橫左吻, 又於囊裡, 取出精緊火刀, 一聲춥然, 火已近指. 插在烟心, 緊弄唇舌, 一吸再吸, 烟已出口, 便妙格.

夭韶佳人, 逢歡, 撒嬌就歡, 口裡拔出銀三筒滿花竹燃未半者, 不暇念灰散羅裙, 不曾顧涎流滴珠, 忙插在櫻紅唇間, 且笑且吸, 便艶格.

鋤水農人, 停鋤坐稻塍靑艸間, 麥酒初巡, 於露髻上, 拔出橫簪短竹杯, 捲烟葉作烟洞狀, 安在杯上, 左手擎杯, 右手執火而燃之, 烟出如烽, 直衝其鼻, 便眞格.

人各有其格, 格各有其趣, 相與姍之曰: "君獨未知其趣耳."

35_ 卍 | 저본에는 '萬'으로 되어 있으나, 일반적으로 '卍'자를 사용하므로 수정함.

十. 烟類

火至熱, 烟至毒, 人所不可食. 然而海外有食火之民, 仙翁有吐火者, 人之吃烟亦類也.

醫家有筒烟法, 或熏耳, 或熏齒, 吃烟亦何以異於是?

古人以吃烟, 爲南朝聖火之比, 而歸之於明季赤眚, 則吃烟其豈火沴木之類歟?

今則用大於酒, 功先於茶, 直可曰, 茶酒之類也.

人有愛香烟成癖者, 則吃烟亦豈非香烟之類耶?

南方之人, 習食檳榔, 常儲懷袖, 和灰食之, 故齒爲之紅, 亦食烟之類也. 嗜食烟者, 齒皆內黑, 如拘奴之漆.

近西洋人, 又傳鼻烟法, 取黃黑屑一黍大, 吸入鼻孔, 可敵吃一杯佳烟. 若鼻烟者, 又是烟之別部也.

完譯
李鈺全集

완역 이옥 전집 4 자료편―원문

이옥 지음
실시학사 고전문학연구회 옮기고 엮음

1판 1쇄 발행일 2009년 3월 9일

발행인 | 김학원
편집인 | 한필훈 선완규
경영인 | 이상용
기획 | 최세정 홍승호 황서현 유소영 유은경 박태근
마케팅 | 하석진 김창규
디자인 | 송법성
저자 · 독자 서비스 | 조다영(humanist@humanistbooks.com)
조판 | 홍영사 진현희
스캔 · 출력 | 이희수 com.
용지 | 화인페이퍼
인쇄 | 청아문화사
제본 | 경일제책

발행처 | (주)휴머니스트 출판그룹
출판등록 | 제313-2007-000007호(2007년 1월 5일)
주소 | (121-869) 서울시 마포구 연남동 564-40
전화 | 02-335-4422 팩스 | 02-334-3427
홈페이지 | www.humanistbooks.com

ISBN 978-89-5862-277-2 04810
      978-89-5862-279-6 (세트)

만든 사람들

기획 | 최세정(se2001@humanistbooks.com) 박태근
편집 | 김은미
디자인 | 민진기디자인